Scarlet
스칼렛

www.bbulmedia.com

그림자
황제

· *1* ·

그림자
황제

1판 1쇄 찍음 2014년 8월 12일
1판 1쇄 펴냄 2014년 8월 19일

지은이 | 무 연
펴낸이 | 정 필
펴낸곳 | 도서출판 **뿔미디어**

편집장 | 이재권
기획 · 편집 | 주종숙

출판등록 | 2002년 9월 11일 (제1081-1-132호)
주소 | 경기도 부천시 원미구 상동로 117번길 49(상동) 503호
전화 | (032)651-6513 / 팩스 032)651-6094
E-mail | scarlets2012@hanmail.net
블로그 | http://blog.naver.com/dahyangs
홈페이지 | http://bbulmedia.com

값 9,000원

ISBN 979-11-315-3410-6 04810
ISBN 979-11-315-3409-0 04810(세트)

그림자 황제

SCARLET ROMANCE STORY

1

무연 장편소설

contents

서장

저항하던 마지막 인영이 피를 뿜으며 쓰러졌다. 바닥에 흥건한 피의 향이 홀을 가득 메웠다. 숨이 끊어졌는지 거대한 홀 안에는 산처럼 쌓여 있는 시체와 그녀, 그리고 그뿐이었다.

그의 검을 타고 흘러내리는 붉은 피.

흥건하게 고인 피 웅덩이를 밟으며 그가 그녀에게 다가왔다. 사내의 갈색 머리카락에 묻은 피가 걸음을 옮길 때마다 한 방울씩 뚝뚝 떨어졌다.

소름 끼치도록 잔인하고 끔찍한 상황에서 그는 태연했고, 숨 막히도록 아름다웠다. 자신을 바라보는 사내의 시선에 여인이 몸을 떨었다.

그 모습이 마음에 들지 않았는지 그가 그녀의 턱을 잡아 자신을 바라보게 했다.

"너는 내 것이다."

여인이 이마를 찌푸리며 대꾸했다.

"저는 전하에게 충성 서약을 하지 않았습니다."

심연보다도 더 깊은 눈이 사내를 향했다.

꺾이지 않는 그녀가 그의 소유욕을 자극했다. 동시에 순순히 말을 듣지 않는 그녀에 대한 분노 또한 치밀었다.

"서약 따위가 무슨 소용인가? 이미 넌 내 손안에 있고."

그의 손길을 피하려는 그녀를 잡아채 허리를 감았다. 밀어내려는 팔을 잡아 등 뒤에 움켜잡았다.

"내가 원할 때 가질 수도 있다."

반항하는 여인의 입술에 그가 거칠게 입을 맞췄다.

방 안을 가득 메운 피 냄새와는 다른 향에 그의 감각이 떨렸다. 입술을 열지 않는 그녀의 턱을 잡아 억지로 열었다. 작은 틈으로 멋대로 들어온 그가 여인의 허락과는 상관없이 원하는 대로 마음껏 취하였다.

강제로 취하는 여인의 입술은 주변을 채우는 혈향보다도 자극적이었다.

일방적인 침입에 벗어나려는 여인을 힘으로 억눌렀다. 입술을 탐하고 또 탐해도 만족은커녕 갈증이 났다.

정신없이 입술을 탐하던 중 입 안에서 느껴지는 비릿한 피 맛에 그의 움직임이 멈추었다.

그가 멈춘 틈을 타 손에서 벗어난 그녀가 그에게서 멀어졌다.

그녀가 떨어진 다음에나 느껴지는 고통에 사내의 손가락이 입술을 쓸었다. 손가락에 쓸려 묻어 나오는 피. 그녀다운 반항에 레너드의 입가에 미소가 감돌았다.

"내가 기사로서 충성을 맹세한 사람은 레나의 그분입니다. 레너드, 당신이 아닙니다."

"이젤."

"전 전하의 기사가 아닙니다. 그러니 보내 주세요. 레나의 그분께 돌아가겠습니다."

그녀, 아니 이젤의 거부에 그, 레너드의 눈이 가늘어졌다.

벌써 이곳에 온 지도 일 년, 이제는 누가 뭐라 해도 기사 이젤은 레너드의 것이었다. 모두가 인정하고 받아들이는 사실을 정작 이젤만이 거부하고 있었다.

"내가 보내 줄 것 같은가? 왜 내가 손에 쥐고 있는 널 고작 소국의 황태자를 위해 놔주어야 한단 말인가?"

레너드의 입가에 비웃음이 묻어 나왔다. 보는 것만으로도 몸을 내리찍는 것 같은 분노에 이젤의 몸이 떨었다.

하지만 여기서 물러설 수 없다.

레나의 그는 이젤이 평생을 모시고자 했던 주군이었다.

여인으로서 그의 곁에 머물 수는 없었지만 기사로서 머물고 싶었다. 그게 이젤이 품고 있던 유일한 소원이었다.

결국 이젤이 레너드에 고개를 숙였다.

"전하의 호기심으로 여기까지 왔습니다. 여인으로서도, 기사로서도 난 당신이 원하는 모습을 보여 드릴 수 없습니다. 그러니……!"

말하고 있는 이젤의 앞으로 레너드가 자신의 검을 던졌다.

쨍그랑!

하지만 그것보다도 더 날카로운 것은 레너드의 시선이었다.

홀을 가득 메운 혈향은 더 이상 느껴지지 않았다. 치열하게 마주하는 시선이 한 치의 양보도 없이 부딪쳤다.

"레나에 가고 싶다면 죽어라."

"……무슨 말씀을 하시는 것입니까?"

"네 숨이 붙어 있는 마지막까지 난 널 놔줄 생각이 없다. 내 호기심을 충족시킬 수 없다? 그러면 네가 할 수 있는 선택은 하나밖에 없지 않은가?"

이젤이 가지고 있는 삶의 의지가 얼마나 지독한지 레너드는 누구보다도 잘 알고 있었다. 그리고 그는 절대로 이젤을 포기할 생각이 없었다.

그렇다면 방법은 하나, 그녀를 포기시키면 그만이었다.

여인으로서도, 기사로서도 그녀를 소유할 사람은 오직 자신뿐이었다.

"네가 할 수 있는 선택은 두 가지다. 나에게 충성해라. 네 전부를 나에게 바쳐라. 그럴 수 없다면 죽어라."

말을 끝낸 레너드가 차가운 시선으로 이젤을 바라봤다. 그의 선택에 하얗게 질린 이젤이 검 앞에 주저앉았다. 떨고 있는 몸이 안타깝게 여렸다. 당장에라도 품 안에 가두고 제 마음껏 원하는 만큼 취하고 탐하고 싶었다.

하지만 지금은 안 된다. 자신의 나라로 돌아가겠다는 일말의 희망을 품고 있는 그녀에게 눈앞의 현실을 보여 줄 생각이었다.

"단 죽어서도 너는 레나 땅에서 잠들지 못할 것이다."

살아서도, 죽어서도 이젤은 레너드의 것이었다. 그녀가 카렐의 땅을 밟았을 때부터, 그리고 레너드의 기사가 되었을 때부터 당연히 그렇게 정해진 것이었다.

"택하라."

레너드의 말이 이젤의 심장을 찔렀다. 아득해 가는 정신에 균열이 생겨났다.

왈칵 눈물이 넘쳤다. 바꾸고 싶어도 바꿀 수 없는 현실에 이젤이 절망하였다.

"제 숨이 붙어 있는 한 저는 레나로 돌아갈 수 없단 말입니까? 저는 생애에 바라던 소원조차도 이룰 수 없단 말입니까?"

검을 향해 있던 이젤의 눈이 레너드를 향했다.

이젤의 눈가에 가득 차오르던 것이 얼굴을 타고 흘러내렸다. 그녀의 눈물에 레너드의 눈이 커졌다.

얼굴에 흐르던 투명한 것이 바닥에 떨어지기 직전, 이젤이 레너드의 검을 붙잡았다.

레너드를 향하던 검 끝이 이젤의 심장으로 향하였다.

경악에 찬 레너드를 보며 이젤이 웃었다.

방향을 잡은 검이 거침없이 심장을 향해 움직였다.

제1장
레나의 이젤

곳곳에서 나는 연기에 코가 매웠다. 적과 아군의 시체를 알아볼 수 없는 전쟁의 가운데에서 투구를 쓴 기사가 검에 몸을 의지하며 자리에서 일어났다.

자리에서 일어난 기사가 구부러진 갑옷을 벗었다. 베인 상처에서 흐르는 피와 땀으로 옷은 엉망이었다. 시야를 가리는 투구를 벗자 땀에 젖은 백금발이 몇 가닥 뺨에 묻어 나왔다.

가는 선에 창백한 피부, 유난히 작은 체구가 기사라기보다는 학자로 보였다.

"콜록. 콜록."

매운 연기에 옅은 기침을 한 기사가 지친 눈으로 정면을 바라보았다.

곳곳에 널려 있는 시체들. 곳곳에 고여 있는 피. 부러진 무기와 들려오는 신음 소리.

비명을 지르는 몸의 고통을 정신으로 억누르며 갑옷을 벗은 기사가 앞의 적을 향해 검을 겨누었다.

카델의 황태자. 레너드 로즈.

대륙 제일 검. 유일의 검제.

고작 검을 겨누었을 뿐인데도 이가 떨릴 정도로 공포가 느껴졌다. 대륙에서 가장 강한 자가 내뿜는 살기가 주변을 압박하였다.

맹수에게 잡힌 먹이 같은 기분에 기사가 입술을 깨물었다.

"레나의 이젤도 이제 보니 별것 아니군. 검성이라는 자가 겨우 이따위라니."

피에 젖어 본래의 색을 알아볼 수 없는 머리카락 사이로 보이는 광기 어린 시선이 이젤을 조롱했다. 레너드의 시선을 받은 이젤이 젖은 머리카락을 뒤로 넘기며 그를 노려봤다.

강대국인 카델에 비해 레나는 소국이었다. 갑자기 시작된 카델의 식민전쟁을 소국인 레나는 피해갈 수 없었다.

죽여도, 죽여도 밀려오는 적들. 더군다나 오랜 식민전쟁으로 경험을 쌓은 카델의 군대와 레나는 비교가 되지 않았다.

이제 남은 것은 이젤과 소수의 병사들, 하지만 물러날 상황이 아니었다.

"아직 끝나지 않았다!"

호리호리한 겉모습에 걸맞은 미성의 목소리에 레너드가 피식 비소를 흘렸다.

최강의 검제와 그다음으로 강한 세 명의 검성. 하지만 검성

중 하나는 이미 레너드의 손에 죽은 후였다. 그리고 레나의 이젤 또한 곧 죽게 될 것이었다.

느긋이 자신을 바라보는 레너드를 향해 이젤의 검이 움직였다. 기사 두 명의 목을 단번에 벨 수 있는 속검임에도 레너드는 태연하게 이젤의 검을 막았다.

빙긋. 이젤을 향해 조롱 가득한 미소를 보낸 레너드가 잡고 있는 검에 힘을 주었다.

"큭!"

레너드의 힘에 밀린 이젤이 몇 발짝 뒤로 물러났다.

검제라는 이름답게 레너드는 기술이나 힘에서 이젤과는 비교조차 되지 않았다.

틈 하나 보이지 않는 레너드의 검술, 하지만 뚫어야 했다.

"하앗!"

검의 방향을 바꾼 이젤이 레너드의 목을 향해 검을 찔렀다. 단번에 꿰뚫어 버릴 듯 날아오는 검을 보고 있던 레너드가 무심히 말했다.

"검은 날카로우나 힘이 없다."

태연히 말을 한 레너드의 검이 짧게 춤을 추었다. 흠이라고는 전혀 보이지 않던 이젤에게서 작은 틈을 찾아낸 그의 검이 날카롭게 파고들었다.

목을 향하던 이젤의 검이 방향을 바꿔 레너드의 검을 막았다. 아니 막으려 했다.

둘의 검이 맞닿은 순간, 레너드가 잡은 검에 힘을 주었다.

"큭."

어깨를 꿰뚫은 검에 이젤이 비명을 삼켰다. 레너드가 잡고 있는 검에 힘을 주자 어깨에 천천히 검이 박혔다. 몸을 관통하는 고통에 이젤이 비명을 지르는 대신 입술을 깨물고 레너드를 노려보았다.

고통이 심할 텐데도 물러나지 않는 이젤을 보며 레너드가 씩 미소를 지었다.

기사라는 단어를 붙이기에 민망할 정도로 이젤의 체구는 왜소했다. 하지만 기백만큼은 레너드가 지금까지 상대해 왔던 어떤 적보다도 강했다. 그에게 밀리고 당하고 있음에도 이젤은 물러나지 않았다. 아니 도리어 더 악착같이 레너드를 향해 달려들었다.

"죽고 싶나?"

어깨를 찌른 검에 힘을 주며 레너드가 비아냥댔다. 죽지 못해 안달이 난 것처럼 달려드는 이젤의 모습이 가소로웠다. 그리고 재미있었다.

죽자 사자 반항하지 않아도 레너드는 이젤을 죽일 생각이었다.

가지고 놀다 죽이느냐, 고통 없이 단번에 죽이느냐의 차이일 뿐이었다.

그때 고통을 참고 있던 이젤이 힘겹게 입을 열었다.

"더 이상의 선택지가 없다면…… 어차피 물러날 길이 없다면……."

순간의 착각이었을까? 아니면 고통을 참아 가며 나오는 목소리가 바뀐 것일까?

레너드는 이젤의 목소리가 바뀌었다고 생각했다.

좀 전의 미성과는 다른 목소리.

말도 안 되는 생각에 레너드의 눈이 좁아졌다. 하지만 그의 생각은 오래가지 않았다.

어깨를 찌르고 있는 레너드의 팔을 움켜잡은 이젤이 그의 앞으로 몸을 날렸다.

상처가 깊어지는 것 따윈 상관없다는 듯, 그를 붙잡은 이젤이 검을 찔렀다.

간발의 차, 이젤을 발로 차 낸 레너드가 뒤로 몇 걸음 물러났다.

갑옷의 사이로 들어온 날카로운 검, 상처가 심하지는 않았지만 그로서는 의외의 상처였다. 상처를 살피던 그가 믿을 수 없다는 표정으로 이젤을 바라보았다.

한 움큼 피를 토해 낸 이젤이 어깨에 박힌 레너드의 검을 빼냈다. 아직 움직일 수 있다는 듯 레너드를 노려보던 이젤이 몇 걸음 옮기다 결국 바닥에 쓰러졌다.

쓰러진 이젤의 어깨에서 나오는 피가 흙을 적셨다. 그러자 레너드가 발로 엎어져 있는 이젤의 몸을 돌렸다.

깊이 찔린 어깨에서 흐르는 피가 빠르게 옷을 적셨다. 바닥에 떨어진 검을 잡은 레너드가 이젤의 목에 검을 겨누었다.

이대로 검을 내려치면 끝.

하지만 평소와 다르게 레너드의 검은 정신을 잃은 이젤의 목에 멈춰 있었다.

쓰러져 있는 이젤의 모습이 거슬렸다. 무엇이라 또렷이 말할

수는 없었지만 왠지 모르게 자신이 무엇인가를 놓치고 있다는
생각이 자꾸 들기 시작했다.

무슨 생각이었을까?

목을 겨누고 있던 레너드의 검이 방향의 바꿔 이젤이 입고 있
는 상의를 천천히 잘라 냈다.

잘린 상의 사이로 보이는 모습에 레너드의 눈이 커졌다.

"전하!"

멀리서 들려오는 부름에 레너드가 이젤의 몸을 다시 엎어뜨렸
다. 상황이 종결된 듯 달려온 이가 그의 앞에 무릎을 꿇었다.

"레나의 병력을 모두 제압하였습니다."

보고에도 여전히 레너드의 시선은 쓰러진 이젤을 향해 있었
다. 그의 시선에 무릎을 꿇었던 이 또한 바닥에 쓰러진 이젤을
보았다. 그러자 그가 대수롭지 않다는 듯 말했다.

"레나의 이젤이다."

"그 검성이 바로……."

"주변을 수습해라. 대열이 정비되는 대로 레나의 수도로 향한
다."

더 이상의 간섭이 귀찮다는 듯 자르는 레너드의 말에 수하가
서둘러 고개를 숙이곤 자리를 떠났다. 그런 수하를 보던 레너드
가 엎어져 있는 이젤을 돌아보았다.

사내라 하기에는 왜소한 체구. 유난히 가는 이목구비. 미성의
목소리.

날카롭지만 힘이 부족한 이젤의 검술.

목숨의 위협하는 전쟁의 긴장 이외에는 좀처럼 생기지 않는 호기심에 불이 일었다.

"레나의 이젤이 여자라……."

이대로 두면 그, 아니 그녀는 죽는다.

사내라고 알고 있던 이젤이 여자라는 이유로 갑자기 동정심이 생기거나 살려야 한다는 생각은 들지 않았다. 어차피 사람은 죽어 버리면 그만이었다.

하지만…….

'살아나면 곁에 두는 것도 재미있겠군.'

쓰러진 이젤을 버려 놓은 채, 레너드가 자신의 부대로 걸음을 옮겼다.

레나의 최종 병력을 제압한 카델은 곧바로 레나의 수도로 진격하였다.

그렇게 사흘 후,

레나는 카델에 복속되었다.

레나를 복속한 카델은 빠른 속도로 내부를 장악하였다. 잔인한 카델의 군대라는 말과는 달리 민간의 피해는 크지 않았다. 황태자인 레너드가 철저히 무너뜨린 것은 단 한 가지, 레나의 병력과 그에 반항하는 귀족 세력이었다.

레나를 제압한 레너드는 왕의 항복을 받아 내고, 차후 정리를 하기 위한 병사들만을 남긴 후 카델로 돌아갔다. 군의 수장인 그는 없었지만, 유능한 부하들은 패전 후의 상황을 빠르게 수습하였다.

「전쟁의 패배는 용납할 수 없는 일이었으나 이 또한 어쩔 수 없었겠지. 기사 이젤에게는 더 이상 책임을 묻지 않겠다. 우선은 상처를 치료하는 데 전념하라.」

패전에 대한 벌은 받지 않았으나 이미 지금의 상황이 이젤에게는 벌이었다. 알현실을 나온 이젤이 어깨의 상처가 아픈지 눈을 찌푸렸다.

"이젤 님, 혹 상처가…… 치료사가 필요하신 것은 아니신지."

그녀의 표정이 좋지 않았는지 알현실 앞에 서 있던 시종이 다가왔다. 그의 물음에 이젤이 고개를 저었다.

"아니다. 신경 쓰지 않아도 된다."

"하지만……."

"이만 가 보겠다."

시종의 말을 자른 이젤은 걸음을 서둘렀다. 시종의 말대로 지금은 왕궁에서 보고를 할 때가 아니라 집에서 상처를 치료하며 쉬어야 할 때였다. 수도로 돌아오자마자 제대로 쉬어 보지도 못한 채, 사흘을 정신없이 돌아다녔다.

괜찮다며 다독여도 몸은 한계인 듯, 걸음을 옮길 때마다 느껴지는 몸의 고통에 자신도 모르게 입을 악물었다.

'아픈 것은 참을 수 있지만.'

뇌리를 스치는 생각에 이젤의 걸음이 멈추었다.

압도적인 검제의 실력에 제대로 반항조차 못한 채, 정신을 잃었다. 죽지 않은 것은 다행이었으나 지금까지 숨겨 왔던 비밀이 드러나고 말았다.

어깨를 상처를 돌볼 새도 없이 이젤이 제일 먼저 한 일은 벗었던 갑옷을 다시 입어 드러났던 몸을 가리는 것이었다.

'검제가 알고 있는 것은 아닐까?'

하지만 곧바로 이젤은 강하게 부정했다.

전쟁에 한해서 검제는 잔인한 자로 유명하였다. 카델의 황좌 이외에는 모든 것을 수단으로 여긴다는 자, 그런 그가 단지 여자란 것 때문에 이젤의 목숨을 살려 줄 리가 없었다.

"이젤 님."

멀지 않은 곳에서 들려오는 목소리에 이젤이 생각을 멈추고 고개를 돌렸다. 알현실에서 그녀의 상태를 물었던 시종이 헐레벌떡 달려오고 있었다.

고개를 숙인 시종이 품에 넣어 놓았던 편지를 꺼내 두 손으로 이젤에게 내밀었다.

"윈스턴 저하께서 전해 드리라는 편지이옵니다."

"저하께서? 다른 말씀은 없는가?"

"그 편지만 보시면 아실 것이라 하셨습니다."

그녀가 편지를 받아들자 시종이 인사 후 조용히 사라졌다. 주변에 아무도 없는 것을 확인한 이젤이 조심스러운 손길로 편지를 펼쳤다.

며칠 후 적혀 있는 곳으로 나오라는 명을 본 이젤이 조심스럽게 편지를 품에 넣었다. 흐트러진 모습을 갈무리한 이젤이 아무 일도 없다는 듯 다시 궁 밖으로 걸음을 옮겼다.

　사람들의 인사를 적당히 받으며 궁 밖으로 나가자 가문에서 보내온 마차가 서 있었다. 그녀의 모습에 대기하고 있던 마부가 고개를 숙였다.

　"아버지는?"

　"가문 안에 계십니다. 마님도…… 그리고……."

　"말하지 않아도 안다. 출발하자."

　푹 쉴 수 있는 집으로 가는 길임에도 이젤의 표정은 좋지 않았다. 굳은 표정으로 마차에 오른 이젤이 눈을 감았다.

　마차의 문이 닫히고, 빠른 속도로 마차가 출발하였다.

　레나에서 드니스 백작가문은 걸출한 기사를 배출해 내는 곳으로 유명했다. 가문의 수장이자 백작인 페로단은 무인으로서도 귀족으로서도 그 명성이 자자한 사람이었다.

　왕의 신임도, 레나에서의 막강한 영향력도, 마치 신이 내린 축복처럼 페로단은 모든 것을 다 가지고 있는 듯 보였다. 하지만 유일한 한 가지, 그에게는 가문을 이을 아들이 없었다.

　양자를 들여서라도 가문을 이으라는 레나 왕의 명이 있었지만 페로단은 드니스의 피가 섞인 아들이 아니면 받아들이지 않겠다며 완강히 버텼다.

　그렇게 몇 년 후, 그는 이란성 쌍둥이를 얻게 되었다. 여아는

지병이 심해 한 번도 가문 밖으로 나오지 못했지만 동생이자 남아인 이젤은 가문의 후계자에 천부적인 검 실력으로 검성의 명예까지 얻게 되었다.

그것이 세상이 알고 있는 드니스 가문과 검성 이젤의 모습이었다.

마차에 내린 이젤은 앞에 보이는 거대한 저택의 모습에 한숨을 내쉬었다.

"도련님, 오셨습니까?"

도련님이라는 말에 이젤의 눈썹이 잠시 꿈틀댔다. 하지만 곧바로 원래의 표정으로 돌아온 그녀가 시종을 향해 고개를 끄덕였다. 수도로 돌아온 후, 전쟁의 뒤처리를 하느라 며칠 동안 잠을 이루지 못했다. 천근만근인 몸이 어서 휴식을 취하라며 그녀를 채근하고 있었다.

"훈련장에서 백작님께서 기다리고 계십니다."

시종의 말에 이젤이 눈을 질끈 감았다.

하루라도 조용히 지나가기를 바랐건만, 오늘 이젤에게는 무리인 듯했다. 작게 한숨을 쉰 그녀가 입고 있던 겉옷을 시종에게 넘기고 훈련장을 향해 걸음을 옮겼다.

훈련장의 문을 열고 들어가자 익숙한 등이 이젤의 눈에 띄었다. 그의 모습에 반사적으로 이젤이 긴장하였다.

"왔느냐?"

"부르셨잖습니까?"

"패전을 한 주제에 당당하구나."

"그럼 죽었어야 하는 것입니까? 제가 죽었으면 그 아이의 상황이 불편해지는 것이 아닙니까?"

미성의 목소리에 서려 있는 반항이 거슬린 듯 이젤에게서 등을 돌리고 있던 페로단이 날카로운 눈으로 그녀를 노려봤다. 속을 꿰뚫은 시선을 받고 있음에도 이젤은 움츠러들거나 피하지 않았다.

가문에 아무 도움도 안 되는 딸과 유일한 후계자인 아들.

그렇기에 페로단은 딸에게는 이름조차 주지 않았고, 귀한 아들에게는 이젤이라는 이름과 소백작의 자리를 주었다.

검에 천부적인 재능을 가진 딸과 무능한 아들.

아버지에게 외면당하던 딸은 그때부터 검과 무인으로서 필요한 모든 것을 배우기 시작했다. 여인이 갖춰야 할 교양 대신 검술을 배웠고, 사내의 행동과 미성인 목소리를 만들어 내는 방법을 배웠다. 모든 준비가 끝난 후, 그토록 기다리던 이름을 받았다.

이젤 드니스. 동생과 똑같은 이름을 받은 그녀는 그때부터 그림자가 되었다.

"어떻게 살아난 것이냐? 살아온 병사들에게 검제와 싸웠다고 들었다."

"모르겠습니다. 정신을 차리니 살아 있었습니다."

"그걸 말이라고 하는 것이냐?"

"모르는 것을 모른다고 하지, 그럼 어떻게 말씀드려야 하는 것입니까?"

이젤의 말에 페로단의 눈이 찌푸려졌다. 하지만 말에 가시가

서 있을 뿐, 이젤은 거짓을 말하진 않았다. 그 사실을 알기에 페로단은 찜찜해하면서도 상황을 적당히 넘어갈 수밖에 없었다.

무엇보다도 유일한 후계자인 아들 이젤은 무능했다. 최소한 백작으로서 제 몫을 할 때까지는 여자인 저 아이가 남자인 이젤의 그림자가 되어 줘야 했다.

"며칠 후, 카델로 돌아간 검제가 다시 레나로 돌아올 것이다. 속국은 피할 수 없게 되었으니 이쪽에서도 뒷일을 모색해야겠지. 검제가 원하는 것을 들어주면 레나의 현 상태는 유지하게 해준다 했으니 패전의 책임은 적당히 넘어가게 될 것이다."

페로단의 말에 이젤은 말없이 그 자리에 서 있었다.

평생을 충성한 나라가 다른 나라의 속국이 되었음에도 페로단은 그 어떤 감정의 동요도 없었다. 그가 왜 그런 반응을 하는지 알기에 이젤 또한 어떤 동조도 하지 않았다.

권력과 가문의 영광.

페로단이 평생 충성한 것은 레나가 아니라 자신의 영화였다. 그의 영광 하나만을 위해서 이젤은 평생 남동생의 그림자로 살아왔다.

이젤이 아무 말도 없자 페로단이 몸을 돌렸다.

"카델의 레너드가 오는 날은 소백작이 왕궁에 갈 것이다. 전하와도 그렇게 말을 끝냈으니 당분간은 집에서 얌전히 있도록 해라."

여자인 이젤은 도련님. 후계자인 남자인 이젤은 소백작.

단단히 교육을 시킨 시종들도, 그리고 부모인 드니스 백작부부도 그렇게 둘의 호칭을 철저히 나누었다.

전쟁과 훈련은 여자인 이젤이, 얼굴을 보여야 하는 연회나 행사에는 남자인 이젤이 나갔다. 누가 듣더라도 어긋나 있는 기묘한 상황. 하지만 드니스가에서는 일상적인 모습이었다.

"말씀이 끝나셨으면 가 보겠습니다."

이 이상의 대화는 무의미했다. 말을 끝낸 이젤이 몸을 돌렸다.

유일하게 쉴 수 있는 곳임에도 집은 편하지 않았다. 도망치듯 훈련장을 나온 이젤이 자신의 방을 향해 빠르게 걸었다.

아버지인 페로단이 원하는 대로 살다 보면 언젠가는 그녀 또한 인정을 받을 수 있을 것이라 생각했다. 적어도 그렇게 믿고 자신을 학대하며 밀어붙이던 때도 있었다.

하지만 이젠 아니다.

아무리 노력해도 바뀌지 않는 게 있었다. 발악하며 부정해도 그녀는 가문 내에서도, 그리고 레나에서도 소백작인 동생 이젤의 그림자일 뿐이었다.

시중을 들려는 하녀를 모두 내보낸 이젤이 침대에 똑바로 누웠다. 며칠 동안 그녀를 괴롭히던 현실에서 잠시나마 벗어나자 비로소 이젤의 입에서 편안한 숨이 새어 나왔다.

카델의 검제와 만났을 때, 비로소 죽을 자리를 찾았다는 생각이 들었다.

제힘으로는 끊을 수 없는 그림자의 족쇄. 그에게 죽는다면 해방될 거라는 기대를 품으며 검을 휘둘렀다. 그리고 계획대로 그녀의 검은 레너드를 공격하는 데 실패했다.

그럼에도 이젤은 죽지 않았다. 살아남아 다시 돌아왔다.

'기뻐해야 하는 것인가?'

동생의 그림자로 살고 있었지만 그녀에게도 소원이 있었다. 그 소원을 위해서라면 살아남은 것에 감사해야 할 것이다.

그럼에도…….

하지만…….

감은 눈에서 눈물은 나오지 않았다.

"검제라는 이름답게 살아왔구나."

황제의 말을 들은 레너드의 입가에 비틀린 미소가 감돌았다. 단정한 갈색 머리카락에 또렷한 이목구비는 한 번은 돌아보게 할 정도로의 매력을 가지고 있었다.

하지만 레너드에게 나오고 있는 살기는 그 모든 매력을 잠식시킬 정도로 소름 끼쳤다.

"과분한 말씀이십니다. 이 모든 게 다 폐하께서 걱정해 주신 덕분이 아니겠습니까?"

"홋, 내가 말이냐? 내가 왜 너를 걱정하겠느냐? 알아서 잘하는 네가 아니냐."

황제의 비아냥거림에 레너드가 차가운 표정으로 그를 노려보았다.

대제국 카델의 황제이자 자신의 아버지.

"잘하고 있는 아들을 많이 걱정하신 듯합니다. 자객에 독이라…… 저에게 레나를 정복하는 일 말고도 많은 숙제를 주셨더군요. 걱정을 그런 식으로 표현하시는 분은 폐하밖에 없으실 것입니다. 폐하의 관심 덕분에 건강히 돌아왔습니다."

레너드의 말에 황제의 입가가 분노로 굳었다. 그의 굳은 모습에 레너드가 더욱 짙게 미소 지었다.

"너를 살려 놓는 게 아니었다. 그때 죽여 버렸어야 했어."

이를 갈며 토해 내는 황제의 말에 레너드의 미소가 더욱 진해졌다.

카델에서 가장 불길하다고 하는 한 해의 마지막 날, 소위 그림자의 날이라고 부르는 그날에 레너드는 태어났다. 그림자의 날에 태어난 아이는 재앙을 불러온다는 소문이 있었지만 광인이라 불리던 황제는 불길한 아이를 버리는 대신 재미 삼아 살려 놓았다.

황제에게는 장난이었지만 아이에게는 목숨을 걸어야 할 정도의 일을 겪어 내며 레너드는 황태자의 자리까지 올라왔다. 그리고 현재, 이번 식민전쟁을 성공적으로 이루며 카델에서 압도적인 지지를 얻어 냈다.

"그런 후회를 하기에는 이미 늦지 않으셨습니까?"

"아직 난 황제이다. 그리고 네가 내 자리에 오른다는 보장 또한 없다."

"……."

"그전에 널 죽이면 그만이다. 나의 자리는 막내인 바렌이 받을 것이다."

아버지가 아들에게 하는 말이라고 하기에는 묻어 나오는 살기가 섬뜩했다. 주변의 시종들이 공포로 몸을 떨 정도로 말이다.

하지만 레너드로서는 이십 년도 더 넘게 들었던 폭언이다. 이제는 지나가는 바람만큼이나 별것도 아니었다.

광인으로 유명한 카델의 황제, 그의 광기에 질린 첫째 아들은 황태자로서의 자질이 있음에도 불구하고 철저히 부서졌다.

하지만 차남인 레너드는 아니다.

스스로가 부서지는 선택을 하느니, 차라리 황제에게 검을 겨누고 무너뜨릴 것이다.

"얼마 남지 않은 그 자리. 남아 있는 권리에 만족하며 평온을 누리시길…… 그리고 저를 죽이실 생각이면 확실한 방법으로 시도하셨으면 좋겠습니다. 저는 카일 형님과는 다르니까요."

카일이라는 말에 황제의 눈이 분노로 물들었다.

황제의 광기에 자멸한 카일, 하지만 그를 완전히 무너뜨린 것은 황제가 아니라 레너드였다. 레너드의 말에 폭발한 황제가 입을 열려는 순간, 레너드가 말을 잘랐다.

"허락하신다면 이만 궁으로 돌아가겠습니다. 저 또한 정리해야 할 일이 있으니까요."

말을 마친 레너드가 주저 없이 몸을 돌렸다. 넓은 알현실을 벗어나자 대기하고 있던 중년 사내가 레너드의 뒤로 다가왔다.

"황태자 전하."

"궁 안의 첩자들은?"

"모두 자백을 받았습니다. 현재 감옥에 가둬 놓았습니다."

알현실 밖에서도 황제가 지르는 고함 소리가 울렸다. 물건을 던지며 지르는 비명에 밖에 있던 시종들도 서둘러 안으로 들어 가고 있었다.

'발광한들 그 자리는 내 것이다.'

황제의 자리. 그것 하나만을 위해서 여기까지 왔다.

"루칸. 심문은 필요 없다. 감옥에 가둔 그것들은 모두 죽이도 록."

"알겠습니다."

루칸의 대답을 들으며 레너드가 알현실을 벗어나기 시작했다.

아버지의 자리를 노리는 아들.

정신 놓은 형을 감금한 동생.

어린 동생을 견제하는 잔인한 형.

그 어떠한 말도 더 이상 그를 막을 순 없었다.

'나의 자리다.'

그림자의 날에 태어난 불길한 아이.

그 아이가 황제의 자리에 앉는 날, 그가 꿈꿔 온 모든 것을 이 루게 될 것이다.

똑같은 외모와 이름, 하지만 앞에 있는 사내와 그녀는 달랐다.

그녀의 남동생이자 드니스 백작의 하나뿐인 후계자.

여자인 그녀와 남자인 그가 함께 있을 때, 이젤이라는 이름은 사내인 그에게 당연하듯 주어졌다. 그리고 당연하게 이름을 받은 남동생은 그녀를 언제나 같은 호칭으로 불렀다.

"야. 이거 어때?"

말 같지도 않은 그의 외침에 반응하고 싶진 않았지만 며칠 후 있을 연회에 입을 옷을 봐놓으라는 페로단의 명이 있었다. 모처럼의 휴식에 책을 보고 있던 이젤의 눈이 남동생이 입고 있는 연회복으로 향했다.

"너무 화려하다. 난 그런 옷을 입고 다니지 않아. 조금은 수수한 걸로 찾아."

"헤에. 너야 전쟁터만 죽어라 다녔으니까 그렇지. 네가 연회를 가 보지 않아서 그렇게 말하는 거야. 이 정도는 입어 줘야 여자들이 꼬인다니까."

쌍둥이로 태어났지만 여자인 이젤과 남자인 이젤은 너무 달랐다.

금욕적인 성격의 누이, 이젤과 방탕하고 무절제한 남동생 이젤.

황제와 황태자 부부 내외가 묵인하고 있다는 것 하나만을 믿고 날뛰는 남동생은 페로단조차 고개를 저을 정도로 제멋대로 행동했다.

"야! 당분간은 절대 밖에 나오지 마. 네가 전쟁에 가 있는 동안 밖에 나가 놀지도 못하고 얼마나 답답했는지 알아? 망할, 그놈의 전쟁! 적당히 끝내고 올 것이지 느려 터져서는…… 아무튼 굼뜨다니까."

책에 시선을 고정하고 있던 이젤은 결국 책을 테이블에 내려

놓았다.

남편이자 가문의 주인인 페로단의 사랑이 식을까 두려운 나머지 악착같이 아들만을 사랑하는 어머니, 애초부터 권력만을 사랑해 온 페로단, 그리고 제멋대로에 엉망인 남동생.

드니스 가문 안에서 이젤은 언제나 그들의 틀 밖에 있었다.

유일하게 이젤이 자신의 이름으로 마음껏 자유를 느낄 때는 아이러니하게도 목숨이 경각에 달린 전쟁터에서뿐이었다.

하지만 전쟁터는 그 존재만으로도 처절하고 끔찍한 곳이었다.

가문에서 귀여움만 받아 천둥벌거숭이 같은 남동생은 그녀에게 아무 의미도 없었지만, 전쟁터가 쓸모없고 귀찮은 일이라고 말하는 태도는 그냥 넘기기 불편했다.

"왜? 네가 날 그렇게 쳐다보면 어쩔 건데?"

이젤의 달라진 분위기에 움찔한 남동생이 한 걸음 뒤로 물러났다. 여자이기는 해도 무로 단련된 이젤의 기는 충분히 위압적이었다.

"왜? 그렇게 화를 내면 내가 움츠러들 줄 알아? 덤벼! 덤비라…… 악!"

상황 판단조차 제대로 못 한 채 달려드는 남동생의 정강이를 이젤이 힘껏 걷어찼다.

'겨우 이런 것의 그림자라니.'

어쩔 수 없는 일이라며 스스로를 억지로 다독여도, 어느 순간 답이 나오지 않는 남동생을 보고 있노라면 울컥 화가 치솟았다.

자신이 사내로 태어났다면, 애초에 쌍둥이로 태어나지 않았더라면.

목 끝까지 원망의 말이 솟구쳤지만 이젤은 말을 꺼내지 않았다.

화를 내며 독한 말을 쏟아 낸다 한들 결국 모든 책임은 여자인 이젤에게 돌아갈 것이다.

가문의 후계자. 페로단의 하나뿐인 아들.

그것이 주는 특권은 드니스 가문 내에서는 절대적이었다.

"연회서 다른 이와 대화를 할 때에는 전쟁에 대해 가벼이 말하지 마라. 어느 기사도 전쟁을 그렇게 말하지 않는다."

"야! 너 진짜!"

"그리고 연회를 가기 전까지 복부의 살은 빼고, 허벅지와 팔의 근력은 키워라. 지금 네 모습, 나와는 다르다."

"이게 어디서! 너 내 이름을 쓰고 전쟁에 나가니까 잘난 척인데, 그래 봤자 넌 계집애라 아무것도 아니란 말이야! 내가 너를 봐주니까 네가 그렇게 나댈 수 있는 거란 말이야!"

"그럼 내가 여인인 것을 주변에 알려도 되겠군."

이젤의 말에 남동생의 말문이 막혔다. 살기가 서린 이젤의 시선이 남동생을 꿰뚫을 듯 노려봤다. 가문에 얽혀 있기에 원하지 않는 삶을 살고 있어도, 이유도 없이 그에게 밟힐 생각은 없었다.

"내가 계집인 걸 들키는 순간, 손해는 보는 건 내가 아니라 너다. 난 죽으면 그만이지만 넌 죽고 싶지 않겠지."

"야! 너…… 너!"

"연회복은 바꿔라. 그리고 이만 나가. 계속 거기에 있겠다면 나도 내 멋대로 행동하겠다."

말을 끝낸 이젤이 전까지 앉아 있던 의자에 앉아 접어 놓았던 책을 펼쳤다. 이젤의 경고에도 폭언을 내뱉던 남동생이 결국 제풀에 지쳐 방 밖으로 나갔다.

문이 거칠게 닫히는 소리를 들으며 이젤이 눈을 감았다. 피로로 이어진 동생임에도 그를 상대하고 나면 머리가 아팠다.

힘들어하고 억울해해도 바뀌는 것은 아무것도 없다.

좋은 것은 남동생인 이젤이, 나쁜 것은 여인인 자신이 가질 뿐이었다.

'연회를 가지 않는 건 다행이지만.'

사흘 후의 연회, 그곳에 카델의 황태자 레너드가 온다는 이야기가 있었다.

전쟁에서 보았던 그가 머릿속을 스치자 이젤은 자신도 모르게 몸을 떨었다.

"만나고 싶지 않아."

시간이 지날수록 그의 이미지는 선명해졌다.

찍어 누르는 살기, 완벽에 가까운 검술, 무엇보다도 가까이하고 싶지 않은 그의 기운.

바보 같은 남동생이 레너드의 앞에서 제대로 연기를 할지는 의문이었지만, 어쨌든 이젤은 당장에 그를 만나지 않는다는 사실에 안도하였다.

앞으로의 일이 어떻게 진행이 될지도 모른 채, 이젤이 다시 보고 있던 책에 빠져들었다.

그리고 카델의 황태자, 레너드가 레나로 들어왔다.

❖

대륙 제1의 검제. 카델의 황좌를 노리는 그림자 황태자.

저 말 말고도 레너드를 부르는 호칭은 많았다. 하지만 그 많은 호칭의 어느 것도 자비와 용서에 관련된 것은 하나도 없었다.

따르는 자에게는 최고의 혜택을, 그에게 반항하는 자에게는 철저한 보복을 주는 그의 방식은 절대적인 자신의 실력만큼이나 거대한 권력을 만들어 냈다.

"어서 오시오. 기다리고 있었소."

레너드의 등장에 수선스럽던 레나의 연회장은 찬물을 끼얹은 것같이 조용해졌다.

상석에서 기다리고 있던 레나 왕이 그를 향해 걸어왔다.

자신의 나라를 망하게 한 원흉인 레너드를 환대하면서 말이다.

하긴, 레너드가 어떻게 나오느냐에 따라 처지가 어찌 될지 알 수 없는 자였다. 그렇기에 지금의 자리를 유지하기 위해서라도 그는 레너드 앞에서 몸을 숙일 것이었다.

일국의 왕이라는 자가 이렇게 쉽게 마음을 읽히다니, 겨우 이런 자가 왕이니 레나가 카델에 먹힌 것이었다.

'어차피 이런 놈을 보러 이곳에 온 게 아니니까.'

이미 정복한 나라에 관심은 없다. 귀찮은 것을 무릅쓰고 레나까지 온 이유는 단 한 가지, 그가 원하는 존재가 여기에 있기 때문이었다.

검성 이젤. 사내라는 가면 속에 감춰져 있는 여인.

오랜만에 느껴 본 호기심은 시간이 지날수록 강렬해졌다. 관심을 갖는 것을 참는 일은 자신과는 어울리지 않았다.

적당한 미소를 만들어 낸 레너드가 왕을 향해 고개를 숙였다.

"레나의 환대에 감사드립니다."

왕의 안내를 받아 가장 상석에 앉은 레너드가 연회장을 바라보았다.

왕의 채근에 서둘러 연회가 시작되었다.

왕궁 악사들의 음악 소리에 분위기가 다시 화기애애해졌다. 자리를 잡은 레너드의 옆에 준비한 음식과 술이 놓였다.

그를 의식하며 끊임없이 입을 여는 왕을 적당히 넘기며 그의 눈이 연회에 참여한 귀족과 기사를 빠르게 훑어 내렸다.

그리고 얼마 지나지 않아 레너드의 눈에 원하던 이의 모습이 보였다.

여러 여인들 사이에 있는 이젤은 당당한 미소에 자신감 넘치는 태도로 그들을 상대하고 있었다. 무슨 이야기를 하는지 이젤이 입을 열 때마다 주변에 있는 여인들이 자지러지듯 웃음을 터트렸다.

이젤을 바라보는 레너드의 시선에 왕이 미소를 지으며 입을 열었다.

"드니스 백작가의 이젤입니다. 전쟁에서 보셨을 테니 구면이겠군요."

어떻게든 레너드의 호감을 끌어내려는 듯 땀까지 뻘뻘 흘려가며 왕이 묻지도 않은 이젤에 대해 이런저런 말을 꺼냈다.

하지만 레너드가 원하는 정보는 단 하나도 없는, 필요 없는 내용뿐, 결국 왕의 말을 레너드가 잘랐다.

"레나에서는 전쟁에 패전한 기사를 살려 줍니까?"

"예? 무슨 말씀인 것이오?"

"전쟁에 패한 기사가 멀쩡한 모습으로 연회에 참석한 모습이 제 눈에는 제법 신기해 보이는군요. 그게 아니면⋯⋯."

"⋯⋯."

식은땀을 흘리는 왕만이 들을 수 있는 목소리로 레너드가 말했다.

"내가 검을 마주했던 이젤이 실은 저것이 아니라면?"

레너드의 말에 왕은 들고 있던 잔을 떨어뜨릴 뻔했다. 창백하게 질린 왕의 표정을 파헤치듯 레너드가 차갑게 노려봤다.

여인이 사내의 옷을 입고 귀족 사내만이 될 수 있는 기사가 되었다. 아무리 백작가문이어도 왕의 묵인 없이는 불가능한 일이었다.

생각할 수 있는 것은 두 가지.

가문의 명령을 받아 사내의 삶을 살고 있거나, 그게 아니면 누군가의 그림자로 사내 노릇을 하고 있다는 것이었다.

물음의 답은 후자.

눈앞의 이젤은 그가 전쟁에서 검을 마주했던 그녀와는 확실히 달랐다. 앞에 있는 이젤은 사내, 그것도 가까이 가는 것조차 꺼려질 정도로 천박한 분위기를 가지고 있었다.

이제는 겉으로 보일 정도로 몸을 떠는 왕을 보며 레너드가 의자에 몸을 실었다.

"눈이 아주 많습니다. 진정하시죠."

레너드의 말에 화들짝 놀란 왕이 힘겹게 표정을 관리했다. 턱을 괴고 있던 레너드의 시선이 왕에서 이젤에게로 향했다.

레너드의 시선이 느껴졌는지 여인들 속에서 실없이 농담을 하던 이젤이 그를 향해 고개를 숙였다. 그의 인사에 레너드가 자리에서 일어나 그에게 다가왔다.

갑작스러운 행동에 왕은 기함했고, 드니스 백작은 긴장하였으나 사내인 이젤은 기뻐했다. 카델의 실세, 차기 황제가 될 그의 눈에 들 수만 있다면 자신의 미래는 더없이 찬란할 것이었다.

"이젤 드니스, 카델의 황태자 전하를 뵙습니다."

관통 직전까지 상처를 입은 어깨치고 행동이 물 흐르듯 자연스러웠다. 그저 무릎을 꿇은 것뿐이었지만 레너드는 그 순간 앞에 있는 이젤이 어떤 자인지 단번에 알아차렸다.

"이만 일어나라."

몸을 일으킨 이젤의 눈은 자신감이 넘쳤다. 하지만 그 자신감에 맞는 실력은 없었다.

레너드가 눈에 담은 이젤은 앞의 사내가 아니다.

일부러 이젤의 어깨에 손을 올린 레너드가 힘을 주었다. 순간 밀려오는 힘에 사내 이젤의 눈썹이 꿈틀댔다.

"저, 전하!"

"어깨는 많이 나았는가?"

"괘, 괜찮습니다, 전하. 큰 상처는 아니었습니다."

이젤의 말에 빙긋 미소를 지은 레너드가 시선을 돌렸다.

사내 이젤이 무슨 실수를 저질렀는지 깨달은 왕과 페로단의 얼굴이 창백해졌다. 다만 영문을 모르는 사내 이젤만이 연신 싱글벙글이었다.

그를 보고 있는 레너드의 입가에 흥미로운 미소가 감돌았다.

"괜찮을 리가 있나? 관통되기 직전까지 찔린 상처였는데 말이야."

만약 그림자로 살아온 이젤이 이 자리에 있었다면 단번에 레너드의 의도를 깨닫고 서둘러 자리를 피했을 것이다. 하지만 어리석은 데다가 오랜만의 연회로 자신의 상황을 망각한 사내 이젤은 대수롭지 않다는 듯 입을 열었다.

"전 회복이 아주 빠르지요. 조만간 좋은 모습을 전하께 보여 드릴 수 있을 것입니다."

레너드의 부드러운 모습에 자신감을 얻은 이젤이 그에게 허리를 숙였다.

순간, 모든 상황을 파악한 레너드가 왕을 돌아보았다.

"레나 왕, 당신은 지금의 자리를 지키고 싶소?"

한 나라의 왕에게 하는 말치고 레너드의 말은 거침없었다.

창백한 왕의 시선이 레너드의 손이 있는 이젤의 어깨를 향하였다. 그 행동은 실신 직전의 페로단도 마찬가지였다.

다치지 않은 사내 이젤은 몰랐지만, 현재 레너드가 손을 올리고 있는 어깨는 여인 이젤이 그에게 다친 부분이었다. 회복이 빠르다? 말도 안 되는 소리였다.

만약 앞의 이젤이 그와 겨뤘던 진짜였다면 레너드가 팔을 올리는 것만으로도 비명을 질렀을 것이다.

"무, 무슨 소리를 하는 것이오? 갑자기 왜 그런 소리를 하는 것이오!"

왕의 떠는 목소리에 레너드가 잔인한 미소를 지었다.

그는 이젤을 가지고 싶다.

하지만 눈앞의 쓰레기는 필요 없다.

레너드가 가져야 할 이젤은 여인, 그것도 이 쓰레기의 뒤치다꺼리를 하고 있는 그림자였다.

"나는 레나의 이젤을 원한다."

찬물이 끼얹은 듯 수선스럽던 연회장의 분위기는 차가워졌다. 놀란 왕이 컥컥 숨을 내쉬는 소리가 들려왔다. 레나의 땅에서, 레나의 왕이 주관하는 연회였지만 이미 이곳을 지배하고 있는 자는, 카델의 레너드였다.

"레나의 이젤을 내 개인 기사로 주시오. 그러면 당신의 지금 자리는 유지될 것이오. 하지만 제대로 된 이젤을 내주지 않는다면 모든 것을 잃는 것은 당신이 될 것이오."

레너드의 선언이 연회장에 울렸다. 화기애애했던 연회장이 순식간에 엉망이 되었다.

같은 시각, 연회장의 사내 이젤과 똑같은 옷을 입은 여인 이젤이 누군가를 만나기 위해 왕궁 안으로 들어왔다.

❖

"윈스턴 저하."

멀지 않은 곳에서 들려오는 이젤의 목소리에 등지고 서 있던 사내가 환한 미소로 걸어왔다.

부드러운 외모, 하지만 나이에 비해 창백한 얼굴에 야윈 모습이 불안해 보였다.

걸어오는 그의 모습에 당황한 이젤이 걷는 속도를 올렸다.

"무리하시면 안 됩니다!"

이젤의 목소리에 사내, 윈스턴의 입가에 부드러운 미소가 생겨났다.

카델에 복속만 되지 않았다면 레나의 차기 왕이 되었을 사람.

여자 이젤이 그림자로 살고 있다는 것을 알고 있는 몇 안 되는 사람 중 하나였다.

"전쟁에 참여하지도 않은 내가 무슨 어려운 일이 있겠느냐? 그보다 어깨는 괜찮은 것이냐?"

"당분간 검을 쓰지는 못할 것이나 푹 쉬기만 하면 원래대로 돌아갈 것이라 하였습니다. 심려하지 마소서."

"너는 레나의 빛이다. 비록 나라가 힘이 없어 속국이 되었으나 너의 존재만으로 큰 힘이 되고 있다. 어려운 일이라는 것은 알지만 몸을 아껴야 한다."

윈스턴의 말에 눈이 빨개진 이젤이 고개를 숙였다.

무능한 동생의 그림자로 사는 것도, 도구로서 페로단에 이용당해도 참고 견딜 수 있는 이유. 그건 윈스턴 때문이었다.

평생을 숨어 살아야 하는 그림자여도 좋았다.

그가 다스리는 레나에서 기사로 윈스턴에게 충성할 수만 있다면, 그의 손에서 바뀌어 가는 레나의 모습을 볼 수만 있다면 이젤은 지옥 속에서도 웃으며 견딜 수 있었다.

"건강은 어떠하십니까? 발작은 많이 가라앉으셨습니까?"

"나야 왕궁 치료사와 비가 지극정성으로 간호해 주니 아플 틈이 없구나. 그러니 네 몸부터 조심해라. 여인의 몸으로 하기 힘든 일을 하고 있는 네가 아니냐. 나라가 약하기에, 내가 무능하기에 네가 고생한다."

현명하고 자애로운 윈스턴은 왕의 자질을 가지고 있었지만, 몸이 좋지 않았다. 원인을 알 수 없는 토혈과 발작, 최근에 그 주기가 점점 빨라져 왕의 근심이 깊어지고 있다는 말이 돌고 있었다.

"아니옵니다, 저하. 어찌 그렇게 생각하십니까? 저는 아무렇지도 않습니다. 그러니 부디 몸을 아끼셔야 합니다."

진심 어린 이젤의 걱정에 윈스턴의 입가에 부드러운 미소가 감돌았다.

천재적인 검의 자질을 가진 이젤이 남자가 아니라 여자라는 것을 알았을 때, 윈스턴은 강하게 반대했었다. 사내들도 꺼리고 무서워하는 전쟁터에 어린 여자아이를, 그것도 그림자로써 이용하겠다는 사실을 받아들일 수 없었다.

하지만 아무리 반대하고 거부하려 해도 왕태자인 그는 왕의 뜻을 거스를 수 없었다. 그렇게 오 년, 작은 손으로 검을 잡고 막무가내로 전쟁에 뛰어든 그녀는 어느새 검성으로 레나 제일의 기사가 되어 있었다.

"그나저나 저하, 연회에 가셔야 하는 것이 아닌지요? 오늘 연회에 카렐의 황태자가 와 있다고 들었습니다."

"알고 있다. 현재 전하께서 그의 입맛을 맞추느라 고생 중이시지. 하하핫."

"윈스턴 저하."

"미안하구나. 실은 카렐에 항복을 한 후부터 마음이 좋지 않았다. 어디에 투정이라도 부리고 싶었는데 생각나는 게 너밖에 없었구나. 그런데 내 생각이 짧았다. 내 어찌 너에게 투정을 부리겠느냐? 우리 중에 가장 많은 희생을 하는 게 이젤, 너인데 말이야."

윈스턴의 말에 이젤이 조용히 고개를 숙였다.

부모에게조차 받지 못했던 애정을 처음으로 준 사람이 윈스턴이었다. 여인의 몸으로 휘두르는 검은 무섭고 아팠지만 그가 보여주는 신뢰에 보답하려는 마음에 더 최선을 다해 살아왔다.

"그렇게 생각하지 마세요, 저하. 저는 괜찮습니다. 신경 쓰지 마세요."

아무것도 모르던 시절, 이젤의 마음에는 윈스턴으로 가득 차 있었다.

어린 여자아이의 철없는 소원이라고 해도 한때는 그를 진심으로 사랑했었다. 그의 곁에 있을 수 있다면 이젤은 무엇이든지 할 수 있었다.

하지만 시간이 흘러 흔히 말하는 주변 상황이라는 것을 알게 된 후, 자신이 해 왔던 짝사랑이 결코 이루어질 수 없는 것이라는 걸 깨달았다. 그리고 그때쯤, 윈스턴이 신뢰하고 사랑하는 여인이 왕태자비로 정해졌다.

그의 곁에 머무는 아름다운 왕태자비를 보는 순간, 이젤은 오랫동안 가슴에 품어 왔던 감정을 정리했다. 그리고 대신 새로운 꿈을 꾸기 시작했다.

닿을 수 없는 외사랑 대신 이젤은 기사로서 그에게 충성의 서약을 하였다.

"그래도 네 건강한 모습을 보니 안심이 된다. 그녀도 같이 와서 널 보면 좋았을 것을…… 변덕스러운 레나의 날씨에 그 사람의 건강이 좋지 않구나. 다음에는 함께 보자꾸나."

"불러 주시면 언제든지 입궁하겠습니다, 저하."

그에 대한 감정을 완전히 접은 것은 아니다.

하지만 그를 욕심내거나 소유하고자 하는 마음은 이제 없었다.

여인의 삶은 버린 지 오래, 그림자로 평생을 살더라도 윈스턴의 기사로만 살 수 있다면 이젤은 자신의 삶에 후회가 없었다.

누군가에게 목숨을 바쳐야 한다면 이젤은 주저 없이 윈스턴을 위해 죽을 것이다.

힘든 전쟁 후, 처음으로 얻는 윈스턴과의 시간에 이젤의 입가에 미소가 감돌았다.

모처럼의 즐거운 시간이었기 때문일까? 아니면 상처로 몸이 약해졌기에 기를 읽을 수 없었던 것일까?

얼마 떨어지지 않은 곳, 연회장에서 나온 레너드가 날카로운 시선으로 그들을 주시하고 있단 걸 짐작조차 하지 못했다.

❖

어차피 즐기려던 연회가 아니었기에 말이 끝나자마자 레너드는 밖으로 나왔다.

정신을 어지럽히는 시끄러운 연회장을 나오니 조금 전보다는 기분이 한결 나아 있었다.

그 아버지에 그 아들.

레너드의 힘과 권력을 부러워하면서도 한편으로는 그가 아버지인 황제의 광기를 가장 많이 물려받아 광포하고 무자비하다며 수군댔다.

"뭐, 틀린 말은 아니지."

태어난 순간부터 목숨을 위협받았던 레너드와는 달리, 모두의 기대를 받으며 살아온 형, 카일.

하지만 그조차도 황제가 부리는 광기에 버티지 못하고 스스로 자신을 놓았다.

카일이 자신을 버린 순간, 황제의 광기는 레너드에게 향했다.

이유를 알 수 없는 광기에 무너지느니 레너드는 미쳐 버린 아버지의 자리를 꿈꾸기 시작했다.

"이제 얼마 안 남았다."

그 아버지에 그 아들이라는 소리도 상관없다.

세상의 그 누구도 감히 넘볼 수 없는 자리. 평생을 위협받으며 살아갈 운명이라면 황제의 자리에서 그들을 상대할 것이었다.

"하하하."

한적한 길을 걷던 레너드의 귓가에 사내의 웃음소리가 들려왔다. 그리고 그 사이, 익숙한 미성의 웃음소리가 간간이 들려왔다.

정처 없이 걷던 그가 소리가 들려오는 곳을 향해 가기 시작했다. 그러다 본 광경에 레너드의 눈이 좁아졌다.

누군가와 똑같은 외모. 하지만 느껴지는 분위기는 연회장의 천박한 그것과는 달랐다.

몸이 불편한지 앞의 사내에게 인사를 하는 모습이 어색했다. 하지만 그 모습이 이상하거나 거슬려 보이지 않았다. 도리어 진짜를 만났다는 듯 알 수 없는 쾌감이 레너드를 휘감았다.

'옆에 있는 건 누구지?'

레너드보다도 나이가 있어 보이는 외모, 그보다 눈에 더 띄는 것은 금방이라도 쓰러질 듯한 가는 체구와 창백한 얼굴이었다. 무엇이 그렇게 즐거운지 크게 웃음을 터트리는 사내의 옆에서 이젤이 조용히 고개를 숙이고 있었다.

나무에 몸을 기댄 레너드가 사내와 이야기하고 있는 이젤에게 시선을 고정하였다.

사내의 말에 고개를 끄덕이며 수긍하다가도, 어느 순간 정색하며 말을 잘랐다. 도대체 무슨 이야기를 하는지 전쟁 때와는 전혀 다른 모습으로 상대의 이야기에 집중하는 모습이 새로웠다.

이젤의 모습에 레너드가 자신도 모르게 피식 웃음을 터트렸다. 하지만 곧, 자신의 행동에 그의 몸이 굳어졌다.

'왜?'

그저 남장을 한 여인일 뿐이었다. 평소에 보았던 여인들과 조금 다를 뿐이었다.

이제 겨우 두 번째 만남, 그럼에도 시선을 다른 곳에 둘 수 없었다.

대화가 끝났는지 이젤의 인사를 받은 사내가 반대 방향으로 걸어갔다. 그를 향해 이젤이 정중히 고개를 숙였다.

"레나의 이젤."

무언가 마음에 들지 않는다.

"레너드의 이젤."

그의 입가에 재미있다는 듯 비틀린 미소가 자리 잡았다.

여인으로 품에 안고 싶다거나 소유하고 싶다는 감정은 아니었다.

모처럼 호기심을 끄는 장난감을 본 기분.

도대체 어떻게 살아왔기에 여인의 몸으로 저렇게까지 움직이고 있는지 궁금했다.

관심을 끄는 존재를 그냥 내버려 두는 것은 자신이 할 만한 일이 아니었다.

'궁금하다면 내 손안에 넣어야지.'

검성이어도 어차피 검제인 자신에게는 상대가 되지 않았다. 얼마든지 손아귀에서 움직일 수 있는 패, 레나의 상징이어도 반드시 가질 것이었다.

그리고 그때, 사내가 떠난 자리를 보고 있던 이젤이 무언가를 느낀 듯 레너드를 향해 시선을 옮겼다.

부드러웠던 이젤의 눈이 순식간에 굳었다. 잠깐의 생각이 끝난 듯, 기대고 있던 나무에서 몸을 일으킨 레너드가 그녀에게 다가왔다.

무릎을 꿇는 것조차 잊고 있던 이젤이 코앞에 서 있는 그의 모습에 서둘러 무릎을 꿇으려 했다. 하지만 당황하며 움직인 나머지 어깨의 상처를 건드리고 말았다.

"죄, 죄송합니다, 전하."

"연회장에서는 아무렇지도 않게 움직이더니만 그게 또 아니었나 보군."

조금의 틈도 보이지 않는 서늘한 목소리에 이젤의 어깨가 움찔댔다.

들킨 것일까? 아니다. 그럴 리가 없다. 윈스턴의 명으로 입궁하기는 했으나 혹시라도 모를 상황에 대비하여 누구와도 만나지 않았다.

무릎을 꿇으면서 건드린 어깨의 상처가 아팠지만 이젤은 이를 악물며 참아 냈다.

"어찌하여 연회장이 아니라 이곳에 계시는 것입니까? 혹여 길을 잃어버리신 것이라면 제가……."

"나를 위한 연회장에 천박한 것 하나가 물을 흐리고 있더군. 그 모습을 보고 있기가 역겨워서 나왔는데 똑같은 모습에 다른 분위기를 가진 자가 내 눈에 띄었다."

고개를 숙이고 있던 이젤이 자신도 모르게 레너드를 바라보았다. 반사적으로 일어나려는 이젤의 어깨를 레너드가 힘껏 움켜잡았다.

레너드의 악력에 이젤의 상처가 터지고, 상의로 붉은 피가 배어 나왔다. 고통에 숨을 삼킨 이젤이 본능적으로 레너드의 손목을 움켜잡았다.

"큭!"

"연회장의 그것은 어깨를 두드려도 괜찮다며 웃음을 터트렸다. 만약 그것과 내 앞에 있는 네가 동일인물이라고 한다면 이렇게 반응이 다를 수는 없겠지. 누구냐?"

그는 모든 것을 알고 있다.

날카롭게 잘린 상의, 부정하고 싶었던 현실이 모습을 드러냈다.

여인이라는 것을 들키게 된다면, 아니 애초에 그런 생각은 한 적은 없었다.

그런데 이렇게 간단히 들켜 버렸다.

무슨 수를 써서라도 숨겨야 한다.

무능하고 어리석은 남동생을 위해서도, 자신밖에 모르는 아버지를 위해서도, 잘난 백작가문 때문도 아니었다.

"저는 이젤입니다. 큭!"

말이 끝나는 것과 동시에 어깨를 움켜잡은 레너드의 손에 힘이 들어갔다. 상처를 헤집는 그의 손에 자비라고는 없었다. 어깨의 고통에 이젤이 입술을 깨물었다. 송골송골 맺힌 땀이 얼굴을 타고 흘러내렸다.

"이대로 널 끌고 가 연회장의 그 역겨운 것과 마주 보게 해야 제대로 된 답을 들을 수 있는 것인가? 다시 묻겠다. 누구냐?"

기사로서의 미래 이외에 이젤에게 남아 있는 것은 없었다. 고통에 울컥 샘솟은 눈물이 뺨을 타고 흘러내렸다.

고통보다도 들킬지도 모르는 두려움이 이젤을 휘감았다. 질끈 감고 있던 눈이 핏발이 선 채로 레너드를 노려봤다. 손목을 움켜잡고 있던 이젤이 이를 악물었다.

어깨를 잡고 있는 레너드의 손을 붙잡은 이젤이 반대로 그의 손을 꺾었다. 완전히 꺾인 것은 아니었으나 순간의 반동에 생긴 작은 틈, 그 찰나의 순간에 이젤이 몸을 틀었다.

예상외의 반항에 레너드의 입가에 흥미로운 미소가 생겼다.

레나 제일의 기사의 반항이라는 것인가? 아니면 그때의 비밀이 절대 들키면 안 된다는 데서 나오는 발악인 것일까?

무엇이든 레너드에게는 상관없는 일이었다. 부상을 입은 기사를 사로잡는 일이야 그에게는 어려운 일이 아니었다. 더군다나 간이고 쓸개고 다 내어 줄 것같이 달려드는 쓰레기들보다는 악착같이 반항하고 저항하는 이젤 같은 이를 꺾어 자신의 것으로 만드는 것이 훨씬 짜릿했다.

도망가려는 이젤을 잡아챈 레너드가 그녀를 벽에 세웠다. 저항하는 팔을 한 손으로 잡아 머리 위로 올렸다. 어깨의 상처에 이젤이 비명을 질렀지만 개의치 않았다.

한 치의 틈도 없이 그녀를 가둔 레너드의 손이 이젤의 상의를 잡아 뜯었다.

어깨의 고통보다도 결국 들켰다는 참담함에 이젤이 눈을 질끈

49

감았다. 격렬하게 저항하던 몸에서 빠르게 힘이 빠져나갔다.

새하얀 붕대로 몇 번이고 여미고 여며서 감추었던 것이 레너드의 앞에서 적나라하게 드러났다.

"이제는 도망칠 곳이 없다."

"……."

"네 이름은 무엇이냐?"

차가운 레너드의 물음을 들은 이젤이 감았던 눈을 떴다. 마치 짐승에게 전신을 물어뜯긴 것처럼 너덜너덜해져 버렸다. 윈스턴의 이야기를 들으며 소소하게나마 행복하던 자신을 비웃듯 악마는 철저히 그녀를 유린하였다.

"없습니다."

이젤의 대답에 레너드의 눈이 좁아졌다. 여기까지 몰렸음에도 거짓말을 하는 것인가? 분노한 레너드가 입을 열려는 찰나, 이젤이 그의 말을 잘랐다.

"여인으로서의 이름을 물어보신 것이라면 없습니다. 가문은 나에게 이젤이라는 이름 이외에는 어느 것도 주지 않았습니다. 그림자에 무슨 이름이 또 필요하겠습니까?"

토해 내듯 말을 끝낸 이젤이 입술을 깨물었다. 거짓이라고는 전혀 보이지 않는 그녀의 대답에 레너드가 잡고 있던 이젤의 팔을 놓았다. 터진 상처에서 나오는 피가 한쪽 팔을 붉게 물들이고 있음에도 이젤은 레너드가 찢은 상의를 추스를 뿐이었다.

원하는 대답을 들었음에도 알 수 없는 불쾌감이 레너드를 휘감았다.

어차피 관심이 갈 뿐, 그 이상도 그 이하도 아닌 존재였다. 사람을 도구처럼 대하는 것에 대한 반감은 없었다. 힘을 얻기 전까지 레너드 또한 황제에게 그런 대우를 받았었다.

무엇보다도 귀족사회에서 여인은 가문을 위한 수단일 뿐이었다.

무능한 사내의 그림자로 살아오게 했다 한들 신기할 뿐, 억울하거나 잘못된 일은 아니었다.

그럼에도 알 수 없는 분노가 레너드를 흔들었다.

말 없는 레너드를 보고 있던 이젤이 그에서 빠져나와 몇 걸음 뒤로 물러났다.

"대답을 들으셨다면 이만 물러나겠습니다. 오늘 일은 잊어 주십시오."

더 이상 레너드를 상대할 이성도, 정신도 없었다. 서둘러 집으로 돌아가 오늘의 일 따위 완전히 지워 버리고 싶었다.

휘청거리는 몸을 추스르며 이젤이 몸을 돌렸다. 도망가듯 서두르는 그녀의 뒤에서 레너드가 말했다.

"패전에 대한 보상으로 레나 왕에게 너를 요구했다."

불안하던 이젤의 걸음이 멈추었다. 믿을 수 없다는 표정으로 레너드에게 답을 요구했다.

정신을 제멋대로 파헤치던 복잡한 생각을 접으며 레너드가 이젤을 바라보았다.

알 수 없는 이 호기심만 충족되면 그만이다. 그때까지는 자신의 손아귀에서 그녀를 놔줄 생각이 없었다.

"연회장에 있는 쓰레기를 말하는 것이 아니다. 일주일 후, 너는 내 기사가 될 것이다."

"무슨 소리를 하시는 것입니까?"

"레나의 이젤이 여자였다…… 난 그런 것 따위 신경 쓰지 않는다. 여인으로서 널 원한다고 생각하나? 차라리 지나가는 탕부가 너보다는 더 여자다울 테지. 그것 또한 관심 없다. 하지만 여자로 검성의 이름까지 가진 너는 궁금하다."

빠져나올 수 없는 족쇄가 이젤을 옭아맸다.

위험하다. 어떻게든 레너드라는 악마에게서 도망쳐야 했다.

그런데 한 발짝도 움직일 수 없었다. 앞에 있는 악마가 코앞까지 다가왔는데도 이젤은 어느 행동도 할 수 없었다.

이젤을 내려다보는 레너드의 눈은 검보다도 차갑고 날카로웠다.

"너는 이제부터 내 것이다."

제2장
볼모

레너드의 말은, 다음 날 레나를 발칵 뒤집히게 만들었다.

모든 국민이 레나의 이젤이라 부를 정도로 나라 안에서 그녀의 존재는 상상 이상이었다. 그런 이젤을 자신에게 달라는 레너드의 제안은 모두에게 충격으로 다가왔다.

절대로 들어줄 수 없다는 의견과 어쩔 수 없지 않으냐는 의견이 팽팽히 부딪히는 가운데 당사자인 이젤은 자신의 방 안에 조용히 머물고 있었다.

「너에게 선택할 권리는 없다.」

하녀가 가져다 준 차에서 향기로운 향기가 나고 있음에도 마실 생각조차 들지 않았다. 감정을 알 수 없는 담담한 표정 사이사이, 무거운 한숨이 흘러나왔다.

황제와 대적하고 있는 미친 황태자.

마주하고 보는 것만으로도 상대를 찍어 내리는 살기가 두려웠다. 검으로 어느 정도의 경지에 오른 후, 두려운 것은 없다고 생각했었건만 그는 보고 있는 것만으로도 피하고 싶은 상대였다.

"그가 나를 원한다."

기사로서도, 여인으로서도 아니었다.

단순한 호기심. 가지고 싶은 장난감 같은 존재로 레너드는 그녀를 요구했다.

도망칠 수도, 외면할 수도 없는 현실에 이젤이 다시 무거운 한숨을 내쉬었다.

"야! 안에서 뭐하냐?"

상념의 젖어 있던 이젤이 거칠게 열리는 문에 시선을 돌렸다. 언제 들어왔는지 남동생인 사내 이젤이 상기된 표정으로 그녀에게 달려왔다.

"너 들었냐? 들었어? 내가 그 검제의 개인 기사로 가게 되었다! 으하하. 이제 나도 대제국의 기사인 거야!"

상황을 아는지 모르는지 남동생의 표정은 흥분되어 있었다.

생각이 없는 것일까? 아니면 레너드의 기사가 되면 같이 따라올 부와 권력에 눈이 먼 것일까? 제국의 기사, 그것도 차기 황제의 기사라면 확실히 좋은 자리였다. 하지만 그림자 황태자라 불리는 레너드의 기사라면 말이 달랐다.

마음에 들어 개인 기사로 거뒀어도, 그의 마음이 바뀌면 하루 만에 죽어 나가는 게 바로 레너드의 기사였다. 더군다나 잔인하고 무자비해도 카렐의 일에 한해서는 철저히 이득을 얻어 간다는 그였다. 그런 레너드의 눈에 남동생이 받아들여질 리가 없었다.

"가고 싶나?"

이젤의 물음에 한심하다는 듯 혀를 찬 남동생이 크게 웃음을 터트렸다.

"당연한 거 아니야? 그 레너드란 말이다! 이건 기회야! 제국에서 내가 인정받을 기회라고! 이제 레나의 누구도 나에게 이래라저래라 할 수 없을 거야! 전하도 나에게 뭐라 할 수 없을걸."

짧은 만남만으로도 레너드는 남동생의 존재를 파악했다. 마음 같아서는 그녀 대신 제발 레너드에게 가 달라고 하고 싶었다. 죽은 듯이, 다시는 이젤로서 검을 들지 않을 테니 진심으로 남동생이 그에게 갔으면 했다.

하지만 결국 꿈일 뿐이다. 이루어질 수 없는 소원일 뿐이었다.

"아버지께서는 어떻게 하신대?"

"글쎄? 안 물어봤는데? 어차피 그가 개인 기사로 요구한 건 나잖아. 선택은 내가 해야지."

남동생이 레너드에게 가는 순간, 일 초의 주저도 없이 그는 남동생을 벨 것이다. 그리고 그의 분노는 곧바로 레나와 윈스턴에게 향할 것이다.

원하는 주군의 곁에서 아낌없이 그에게 충성하는 것. 이젤에게 있어서 그 대상은 오직 윈스턴뿐이었다.

마음으로 충성하는 주군을 지키는 것도 기사의 책임.

"어머니께서는 허락하지 않을 거야. 널 아끼잖아."

"흥! 아버지도, 어머니도 날 막을 수 없어. 그리고 너에게도 좋은 일 아니야? 내가 레너드의 기사로 가게 되면 너도 이제 내 그림자로 살 필요 없잖아? 서로에게 좋은 일이야. 절대 방해하지 마."

남동생의 말에 이젤이 씁쓸한 미소를 삼켰다.

언제나 이런 감은 절대로 틀리지 않았다. 일이 어떻게 전개될 지는 알 수 없으나 레너드에게 가는 것은 남동생이 아니라 그녀 가 될 것이다.

하지만 이젤은 그의 앞에서 어떤 내색도 하지 않았다.

자신이 레너드에게 갈 때까지 얌전히 집에 있으라는 말을 남 긴 남동생이 밖으로 나갔다. 무엇이 그렇게 급한지 걸어가는 뒷 모습에 흥분이 묻어 나왔다.

집 밖으로 나가는 그를 보던 이젤이 눈을 감았다.

왕의 부름을 받은 페로단은 시종의 안내를 받아 집무실까지 단숨에 들어갔다. 집무실의 문이 열리고, 왕과 윈스턴의 시선이 페로단을 향했다.

몸을 숙여 예를 갖추려는 페로단에게 왕이 하지 말라는 듯 손 을 저었다.

"사안이 사안인 만큼 생략하자. 단도직입적으로 묻겠다. 이젤 은 어떻게 하고 있는가? 사내아이를 말하는 게 아니라는 건 자네도 알고 있겠지."

왕 내외와 왕태자 내외, 그리고 드니스 가문의 사람들만 알고 있는 비밀.

그랬던 일이 레너드의 말 한마디에 산산조각이 나 버렸다.

제대로 된 이젤.

모르는 사람은 끝까지 알 수 없는 말이었지만 진실을 알고 있는 사람들에게는 심장이 내려앉는 충격이었다.

"현재 가문 안에서 한 발짝도 나오지 못하게 했습니다. 섣부른 행동을 할 아이는 아니니 염려 놓으셔도 됩니다."

페로단의 말에 왕이 깊은 한숨을 내쉬었다. 당사자인 이젤을 묶어 놓기는 했지만 역시나 그냥 넘길 일은 아니었다. 여자라는 문제를 떠나, 이젤은 레나의 상징이었다. 레너드는 왕의 지위를 유지해 주는 대신, 이젤을 자신의 개인 기사로 내 달라는 요구를 하였다.

어제의 연회 이후, 머리가 아프도록 생각하고 고민했지만 역시나 그의 요구를 들어줄 수는 없었다. 더군다나 왕태자인 윈스턴조차 이젤만큼은 보내면 안 된다며 격렬하게 반대하고 있었다.

"이젤을 절대 레너드에게 줄 수 없네. 그 아이가 여인이라는 사실보다도 중요한 건 이젤이라는 존재가 가진 의미네. 이젤을 카델에게 빼앗기는 순간, 레나 스스로 카델에게 복속됨을 인정하는 것과 다름이 없단 말일세!"

감정이 격해진 왕의 언성이 절로 높아졌다. 고개를 숙인 채, 왕의 말을 듣고 있던 페로단이 소리 없이 무거운 한숨을 내쉬었다.

이번 일은 그 또한 전혀 생각지 못했던 일이었다. 그렇기에 지금 어떻게 해야 할지 감조차 잡히지 않았다.

자신의 목적을 위해서라면 측근이어도 웃으면서 죽일 수 있는 사내가 레너드였다. 그런 이에게 후계자인 아들을 보낼 수는 없다. 하지만 이젤이라는 이름을 검성에까지 올린 사람은 딸이었다.

현재는 그 미묘한 틀을 계속 유지해야 했다.

"전하께서는 어떻게 처리하기를 바라십니까?"

페로단의 물음에 굳게 입을 다물고 있던 왕의 시선이 아들인 윈스턴에게 향하였다. 왕의 시선에 윈스턴이 말없이 고개를 끄덕였다.

페로단이 오기 한 시간 전, 이미 왕과 윈스턴은 말을 끝낸 후였다. 지금은 속국이었으나 언제까지 카델에 몸을 숙이고 있을 생각은 없었다.

왕의 시선을 받은 윈스턴이 페로단을 보며 입을 열었다.

"빠르면 오 년, 아무리 늦어도 이십 년 안에 레나는 카델에게서 독립할 것이다. 비록 지금은 속국이 돼 버렸지만 언제까지 이런 치욕 속에 있을 생각은 없다. 하지만 그러기 위해서는 이젤이 필요하다."

"……."

"그대에게는 미안하고 또 미안한 말이지만, 부탁하겠다. 백작의 후계자인 이젤을…… 사내인 그 아이를 카델에 보내 주게."

"윈스턴 저하!"

58

"그 아이가 자네에게 어떤 존재인지 아네! 하지만 레나의 이름으로 나 또한 맹세하겠네. 무슨 수를 써서라도 그 아이가 레너드에게 봉변을 당하지 않도록 하겠네. 무슨 수를 써서라도 5년 안에는 레나로 다시 돌아오게 하겠네. 부탁하겠네! 사내인 이젤을 카렐에 보내게. 레나에는 검성의 힘을 가진 그 이젤이 필요하네!"

페로단의 피가 싸늘하게 식어 갔다. 어느 정도 예상하고 온 걸음이었지만 막상 자신의 귀로 직접 들으니 파장은 상상외로 컸다.

페로단에게는 가문을 이을 아들이 최우선이었다.

레나가 속국이 된다 한들 페로단에게 손해는 없었다. 어차피 모시는 주인이 레나에서 카렐로 바뀌는 것뿐이었다.

드니스 가문의 맥이 끊어진들 레나의 누구도 걱정하거나 염려하지 않았다. 눈앞에 있는 왕태자라는 놈도 안타까운 일이라고만 할 뿐 아무 도움이 되지 않을 것이다.

치솟는 분노에 페로단이 핏줄이 도드라지도록 주먹을 쥐었다. 하지만 그를 몰래 숨기며 말했다.

"생각할 시간을 주십시오. 오래 걸리지는 않을 것입니다."

그 후로 몇 가지 이야기가 오고 갔지만 더 이상 페로단의 귀에는 아무것도 들리지 않았다.

도망치듯 집무실을 나온 페로단이 으득 이를 갈았다.

'내 후계자다. 내 아들이다! 누구 멋대로 사지로 그 아이를 보낸단 말인가!'

최선의 방법을 생각하라 했더니만 드니스 가문의 맥을 끊는 선택을 하였다. 머릿속을 스치는 윈스턴의 말에 페로단이 걷던 걸음을 다시 멈추었다.

머리끝까지 치솟는 분노가 방향을 못 찾고 휘몰아쳤다. 하지만 그럼에도 별다른 대안이 없다. 어쨌든 드니스 가문은 레나에 속해 있는 백작가문, 항명하여 여인 이젤을 보내게 된다면 그 또한 가문을 위협하는 일이었다.

답이 없는 고민에 답답한 그가 사람들의 이목에도 아랑곳하지 않고 가슴을 주먹으로 쳤다.

그런 그에게 가문의 시종이 당황한 표정으로 달려왔다.

"백작님! 크, 큰일이! 큰일 났습니다!"

"지금은 들을 상황이 아니다. 나중에 해라!"

"소백작님이 카렐의 황태자 전하께 가셨다고 합니다. 당장에라도 황태자 전하의 개인 기사가 되시겠다며 가신 듯한데……."

시종의 말을 계속되지 않았다. 좀 전의 분노는 어디로 갔는지 창백하게 질린 백작이 자신도 모르게 시종의 멱살을 움켜잡았다.

"왜 막지 않은 것이냐? 네놈들이 다 죽는 한이 있더라도 막았어야지! 얼마나 된 것이냐? 그곳으로 간 지 얼마나 되었어?"

"한 시간이 조금 넘었습니다. 백작님께서 폐하의 집무실에 계신다는 소리에……."

"망할!"

싸늘하게 피가 식어 갔다. 한바탕 욕을 퍼부은 페로단이 정신 없이 머리를 굴렸다.

이대로라면 카델에 넘어가기도 전에 아들은 죽을 것이다. 씁쓸한 이야기였지만 딸과 아들은 아직 많은 면에서 차이가 났다. 자신의 눈에도 보이는 그 차이가 레너드의 눈에 보이지 않을 리가 없었다.

"당장 마차를 준비해라. 그리고 집에 있는 이젤에게도 연락해라."

"도련님께서는 이야기를 듣자마자 카델의 황태자 전하께 출발하셨습니다. 백작님께 연락을 드리되 절대 함부로 움직이지 말라는 명령을 내리셨습니다. 가문 이외의 누구도 알아서는 안 된다며 단단히 입단속을 하셨습니다."

딸인 이젤의 빠른 처리에 페로단이 그나마 다행이라는 듯 한숨을 내쉬었다.

차라리 딸이 아들로 태어났다면, 그랬다면 페로단은 웃으며 후계자로 그 아이를 선택했을 것이다.

하지만 신은 그에게 그런 기회를 주지 않았다.

"레너드 황태자 전하께 가야겠다. 서둘러라."

무능한 아들과 현명한 딸.

둘 중 하나를 선택해야 한다면 페로단은 주저 없이 가문을 이을 수 있는 아들을 선택할 것이다. 딸을 버리는 잔인한 아버지라 손가락질을 받아도 어쩔 수 없다.

그에게는 권력이, 힘을 유지할 수 있는 가문이 최선이었다.

시종과 함께 가는 페로단의 걸음에 초조함이 묻어 나왔다.

✣

자신에게 다가오는 날카로운 검을 간신히 막으며 사내 이젤이 기괴한 비명을 질렀다. 하지만 그것도 잠시, 방향을 바꾼 검이 사내 이젤의 복부를 후려쳤다.

"컥!"

사내 이젤의 입에서 고통스러운 신음이 터져 나왔다. 칼날에 베이지만 않았을 뿐, 검신에 두들겨 맞은 몸은 이미 엉망이었다.

카델 황태자의 개인 기사.

평생에 한 번 있을까 말까 한 기회가 행여나 사라질까 사내 이젤은 제 스스로 레너드를 찾아갔다. 레너드에게 당당한 모습을 보여 주고자 평소보다도 훨씬 호기로운 모습으로 자신을 개인 기사로 받아 달라는 말을 먼저 꺼냈다.

당당한 자신의 모습이 마음에 든 듯 미소를 지은 레너드가 검을 뽑으라 하였다.

바로 시작된 대련. 예상한 대로 결과는 처참했다.

"일어나라."

"저, 전하! 어찌 이러시는 것입…… 쿨럭."

사색이 된 이젤이 한 움큼 피를 쏟아 냈다. 말짱한 것은 겉모습일 뿐, 속은 엉망이었다.

외상보다 위험한 것이 내상이었다. 그걸 알면서도 레너드는 일부러 사내 이젤에게 내상만을 입히고 있었다.

다른 사람이 만들어 놓은 영광이 제 것인 것마냥 누리고 있는 멍청이.

아무것도 하지 않는 무기력한 것보다도 더 추악했다. 제가 알아서 레너드의 앞에 온 이상, 다시는 자신의 눈에 보이지 않도록 만들 생각이었다.

"내 기사가 되고 싶지 않았냐? 그렇다면 이 정도의 검은 받아내야지."

"저, 전하! 갑자기 왜 이러시는 것입니까?"

"아니, 도리어 질문은 내가 하고 싶구나. 그때의 넌 이러지 않았다. 레나로 돌아온 사이 무슨 일이라도 있었던 것이냐? 아니면 내가 널 잘못 본 것이냐?"

레너드의 말에 이젤의 표정이 새하얗게 질렸다. 전쟁에서의 이젤은 자신이 아니라 그의 누님이었다. 인정하고 싶지는 않았지만 그녀와 자신의 실력 차이는 상당했다.

입안에 고여 있는 비릿한 피를 뱉어 내며 주저앉아 있던 이젤이 몸을 일으켰다. 검을 들고는 있었지만 이미 이젤의 눈은 공포로 가득 차 있었다.

개인 기사고 뭐고 그냥 도망치고 싶다. 설마 레나의 검성인 그를 죽이겠느냐는 생각이 들었지만 모르는 일이었다. 지금의 레너드라면 진짜 그를 죽일지도 모른다는 두려움이 생겼다.

결국 이젤이 떠는 목소리로 말했다.

"저기 전하, 실은……."

"네가 그 이젤이 아니라는 건 알고 있다. 그래서 검을 뽑으라 한 것이다."

사실 검성은 자신의 누님이라고 말하려 했던 이젤이 입을 다물었다. 검성이 아니라는 것을 알면서도 왜 대련을 하자고 한 것인가? 차마 묻지는 못한 채, 어물거리고 있는 그를 향해 레너드가 빙긋 미소를 지었다.

"레나에서 쉽게 내가 원하는 이젤을 내줄 리가 없지. 어떻게 데려올까 고민하던 찰나에 너라는 멍청이가 알아서 들어왔다."

말을 끝낸 레너드가 다시 검을 들어 올렸다. 레너드에 기에 눌린 이젤이 손에서 검을 떨어뜨렸다. 그의 행동에 레너드가 차갑게 말했다.

"손에 들어온 미끼는 제대로 활용해야지."

"황태자 전하, 잘, 잘못했습니다! 살, 살려 주십시오!"

사색이 된 이젤이 무릎 꿇은 채, 손이 발이 되도록 싹싹 빌었다. 당당한 모습은 온데간데없었다. 순수한 공포가 얼굴 가득히 퍼져 나갔다.

처절할 정도로 추한 모습을 보던 레너드의 팔이 위로 올라갔다.

애초에 살려 놓고 싶지 않았던 것. 차라리 지금 죽이는 것도 나쁘지 않았다.

레너드의 검이 이젤을 향해 움직였다.

남동생이 멋대로 레너드에게 갔다는 소리에 이젤은 검을 챙긴

뒤, 카텔의 사람들이 머물고 있는 궁을 향해 달려갔다. 둘이 동시에 황궁에 있으면 위험했지만 지금은 그런 것을 걱정할 상황이 아니었다.

남동생이, 사내인 이젤이 죽어 버리게 되면 지금까지 그녀가 만들어 놓았던 검성 이젤도 사라져 버린다. 윈스턴을 모시는 꿈도, 기사로서의 미래도 모두 사라진다는 소리였다.

그럴 수 없다. 그렇게 되어서는 안 된다.

"멈추어라! 어?"

"누구냐?"

숙소를 지키고 있는 기사 몇이 이젤을 막아섰다. 하지만 좀 전에 들어간 남동생과 똑같은 모습에 그들이 고개를 갸웃했다. 입을 굳게 다문 이젤이 그들을 향해 검을 휘둘렀다.

갑작스러운 그녀의 공격에 당황한 것도 잠시, 거리를 갖춘 기사들이 무기를 꺼내 그녀에 겨누었다. 네 명의 기사가 동시에 무기를 겨누고 있음에도 이젤은 곧바로 그들을 향해 검을 휘둘렀다.

미세한 틈 사이로 들어오는 이젤의 검에 자리를 지키고 있던 기사들의 움직임이 흔들렸다. 두 명의 기사가 자신의 자리를 찾는 사이, 이젤의 검에 의해 나머지 둘이 팔과 허벅지를 베였다.

찰나라 할 순간에 둘이 쓰러지자 남은 둘이 자세를 다시 잡았다. 이대로 침입자를 들여보내면 그들은 레너드에 의해 죽는다. 목숨을 위해서라도 이젤을 막아야 했다.

하지만 절박하기는 이젤도 마찬가지였다. 더군다나 시간을 끌수록 부상을 입은 그녀가 훨씬 위험했다.

기사 둘의 매서운 공격에 이젤이 입술을 깨물었다. 가까이 다가온 기사의 검을 미끄러지듯 피한 이젤이 잡고 있던 검의 방향을 바꿔 팔을 찔렀다.

"비키란 말이다!"

초조해진 이젤이 끝까지 막아서는 기사의 허벅지를 검으로 찍으며 소리쳤다.

갑작스러운 침입자의 등장에 궁 안이 어수선해지기 시작했다.

카렐의 기사를 죽이면 곤란했기에 이젤은 행동을 못 하게 만들어 놓은 채, 레너드가 있으리라 생각되는 곳을 향해 전력 질주하였다.

"침입자는 멈추어라."

정신없이 달려가던 이젤의 앞을 거대한 대검을 든 중년 사내가 막았다. 중년 사내의 주변을 기사들이 에워쌌다. 그들의 모습에 답답한 이젤이 이를 갈며 검을 고쳐 쥐었다.

반면 중년 사내, 루칸은 믿을 수 없는 표정으로 이젤을 바라봤다.

분명 조금 전에 레너드와 들어갔던 검성과 똑같은 모습이었다. 하지만 미묘하게 달랐다.

개인 기사로 받아 달라며 왔었던 앞선 이젤은 검성이라기에는 미묘하게 가볍고 경박한 분위기였다. 하지만 단숨에 네 명의 기사를 제압하고 온 눈앞의 이젤은 전쟁터에서 얼핏 보았던 그 검성과 비슷한 분위기였다.

'이쪽이 진짜라는 것인가?'

"내 이름은 이젤 드니스다. 레너드 전하를 뵈어야겠다. 비켜 달라!"

"전하께서는 이미 기사 이젤과 만나고 계시다. 물러나라."

아무리 이젤이어도 앞에 있는 전력은 부담이었다. 더군다나 루칸이라는 중년 사내는 그녀로서도 쉽지 않은 상대로 느껴졌다.

그때, 남동생의 비명이 멀지 않은 곳에서 들려왔다. 그 순간, 이젤의 이성이 멈추었다.

병사들이 만들어 낸 장벽을 단숨에 뚫은 이젤이 루칸을 향해 검을 휘둘렀다. 이젤의 속검을 루칸의 거대한 대검이 막았다. 힘에서 밀리는 이젤이 몇 걸음 뒤로 물러났다.

옆에서 달려드는 기사들의 공격을 미끄러지듯 막아 낸 이젤이 짧은 기합과 함께 루칸을 공격해 갔다. 이젤의 공격에 루칸 또한 검을 휘둘렀다.

하지만 검과 검이 만나기 직전, 몸을 뺀 이젤이 굳게 닫혀 있던 문으로 달려갔다.

뒤에서 자신을 공격하려는 기사들은 이미 안중에 없었다. 이젤이 있는 힘껏 닫혀 있던 문을 열었다.

열린 문 사이로 비명을 지르는 남동생과 그를 베려는 레너드의 검이 아래로 움직이는 것이 보였다. 자칫하면 레너드의 검에 자신이 베일 수 있다는 것도 망각한 채, 이젤이 그 사이에 끼어들었다.

검과 검이 만나는 굉음이 넓은 홀을 울렸다. 사내 이젤의 정수리로 곧장 내려오는 검을 아슬아슬한 타이밍으로 이젤이 막았다.

"큭."

온몸을 후려치는 압박에 이젤이 입술을 깨물었다. 죽일 기세로 사내 이젤을 베려던 레너드의 입가에 그제야 만족의 미소가 감돌았다.

레너드와는 달리 이젤은 잡고 있는 검에 힘을 주며 뒤에 남동생에게 소리쳤다.

"나가 있어라!"

"……응?"

"멍청이같이 굴지 말고 당장 여기서 나가란 말이다!"

"으응. 어, 알았어."

이젤의 일갈에 주저앉아 있던 남동생이 몸을 일으켰다. 나가려던 사내 이젤을 루칸과 다른 기사들이 막았다. 레너드의 검을 막고 있던 이젤이 힘겹게 입을 열었다.

"전하께서 원하시는 건 저라고 하지 않으셨습니까?"

"그래서 저 쓰레기를 보내라? 어차피 너에게도 저것은 의미가 없지 않은가? 네가 만들어 놓은 것을 빨아먹는 거머리일 뿐이다."

"저 아이가 없어지면 이젤도 없어지는 것입니다. 전하의 제멋대로인 행동에 제 전부를 잃을 수는 없습니다."

도발적인 이젤의 말에 레너드가 씩 입꼬리를 올렸다. 그에게 언제나 밀리면서도 여인인 이젤은 악착같이 그를 상대했다. 레나는 물론 카델의 누구도 레너드에게 이렇게까지 정면으로 맞서는 사람은 없었다.

"루칸, 모두 내보내라. 그리고 상황을 정리해라."

"전하?"

"여기에 온 이젤은 지금 나와 검을 맞대고 있는 이 녀석뿐이다. 멍청이 따위 내보내라. 그리고 너."

"……."

"내 대련에 멋대로 끼어들었으니 죽을 각오로 발악해라. 그렇지 않으면 피해를 입는 건 너와 저 멍청이뿐이 아니다. 네가 그토록 지키고 싶어 하는 윈스턴에게도 영향이 갈 것이다."

윈스턴이라는 말에 힘들어하던 눈빛이 바뀌었다.

레너드의 검을 밀어낸 이젤이 전력으로 공격해 갔다. 어깨의 상처가 터져도 상관없다는 듯 움직이는 이젤의 공격을 막아 내며 레너드가 웃음을 터트렸다.

조금만 건드려도 새끼를 지키는 어미처럼 사납게 달려들었다. 그럼에도 거슬리기는커녕 악착같이 발악하는 모습이 자꾸 그의 호기심을 자극하였다.

하지만 동시에 윈스턴이라는 이름에 반응하는 이젤의 모습이 거슬렸다. 그녀가 앞으로 섬겨야 할 사람은 레나의 윈스턴이 아니라 카델의 레너드였다.

날카롭게 파고드는 공격을 여유 있게 막아 낸 레너드가 검의 방향을 바꿨다. 검을 잡고 있는 손잡이의 끝으로 이젤의 손목을 쳐 낸 레너드가 주먹으로 이젤의 명치를 찍었다.

"컥."

명치를 맞은 이젤이 레너드의 품 안에서 무너졌다. 힘없이 쓰러지는 이젤을 레너드가 어깨에 둘러멨다.

"루칸."

"예, 전하."

"기사들의 입단속을 확실히 시켜라. 레나의 이젤이 둘이라는 소문이 나면 모두가 목을 내놓아야 할 것이다. 그리고 드니스 백작이 온다면 따로 자리를 마련해라. 지금쯤 정신없이 이곳으로 오고 있을 테지."

"네! 전하. 그리고 검성은 어찌……."

"내가 알아서 하겠다."

말을 끝낸 레너드가 이젤을 안고 자신의 방으로 걸어갔다.

그가 완전히 사라질 때까지 기다리고 있던 루칸이 몸을 일으켰다. 검성이 쌍둥이라는 것도 의외였지만 루칸을 놀라게 한 것은 레너드의 반응이었다.

아무리 관심을 가지는 기사여도 그가 직접 챙기고 데려가는 일은 처음이었다. 무엇보다도 오랫동안 레너드의 곁에 있었지만 대련을 하는 내내 저런 미소를 짓는 것은 루칸으로서도 처음 보았다.

혼이 빠진 듯한 표정으로 레너드가 사라진 곳을 바라보던 루칸이 퍼뜩 정신을 차렸다.

다른 것은 몰라도 명령한 것을 제대로 해 놓지 않으면 레너드는 예외 없이 벌을 주었다. 그의 불호령이 떨어지기 전에, 서둘러 정리해야 했다.

어리둥절해하는 기사들에게 호통치며 루칸이 바쁘게 움직였다.

❖

눈을 뜨니 보이는 것은 낯선 천장이었다. 몇 번 눈을 깜박인 이젤이 주변을 쳐다보았다. 처음 보는 방의 모습이 어색했다.

누워 있는 상태로 좀 전의 일을 생각하던 이젤이 화들짝 몸을 일으켰다.

"아앗!"

잊고 있던 어깨의 상처가 울리자 이젤이 짧게 비명을 질렀다. 반사적으로 어깨를 붙잡은 이젤이 생소한 옷의 감촉에 고개를 내렸다.

자신이 입고 있는 옷에 이젤이 손으로 눈을 비볐다.

'잘못 봤나?'

하지만 분명 보이는 것은 귀족 여인들이 입는 실크 치마 잠옷이었다.

순간, 이젤은 질끈 눈을 감았다.

옷이 갈아입혀진 것까지는 그렇다 쳐도 여인들이나 입는 치마 잠옷이라니, 눈앞이 깜깜해졌다.

'누가?'

"깨어나셨습니까?"

문이 열리고 고개를 숙인 여시종이 차를 들고 안으로 들어왔다. 그녀의 등장에 이젤이 자리에서 일어났다.

무슨 연유에서인지 고개를 숙인 여시종이 테이블에 차를 내려놓았다.

"절대 아가씨의 얼굴을 보지 말라는 전하의 명이 있으셨습니다. 전하께서는 곧 오신다 하셨으니 쉬십시오."

"옷이랑 상처는 누가?"

"시중을 드는 저 이외에는 누구도 들어가지 말라는 황태자 전하의 명이 있으셨습니다. 입고 있으신 옷도, 상처 치료도 전하께서 직접 하셨습니다. 염려 놓으세요."

염려는커녕 눈앞이 깜깜해졌다. 앞의 여시종은 자신을 레너드가 데려온 여자 정도로 보고 있는 것이 뻔했다. 그의 여자기에 그가 직접 옷을 갈아입혔으니 걱정하지 말라는 소리였지만 지금까지 누구에게도 자신의 몸을 보여 준 적이 없는 이젤에게는 심장이 덜컥 내려앉는 소리였다.

쉬라는 말을 남긴 여시종이 뒷걸음질로 밖을 나가려 했다.

"한 가지만 더 묻겠다. 이 방은……."

"전하의 방이십니다. 다른 곳에는 레나의 궁인들이 머물고 있지만 이 궁에는 전하의 수발을 직접 드는 카델의 시종들밖에 없으니 안심하세요."

여시종이 나간 후에도 혼이 나간 이젤이 그 자리에 서 있었다.

상황이 어떻게 흘러가는지는 몰랐지만 레너드에게 잡힌 것을 확실했다. 여시종은 배려의 의미로 카델의 사람들밖에 없는 궁이라는 말을 했지만, 그 소리는 결국 이젤이 외부로 연락할 방법은 하나도 없다는 소리였다.

창문 밖으로 보이는 풍경은 조용하고 평화로웠지만 그것을 보는 이젤의 눈은 어두웠다.

자신의 감은 거의 틀린 일이 없었다.

그토록 피하고 싶었건만, 결국 잡혔다.

카델로, 레너드의 개인 기사로 가게 되는 것은 그녀였다.

레나의 황제 앞에서도 태연했던 페로단은 현재 앞에 있는 차가운 물을 마시며 연신 입술을 축이고 있었다.

그런 페로단을 보면서도 레너드는 아무 말도 하지 않았다.

얼마나 지났을까? 레너드의 입술이 열렸다.

"아들은 잘 들어갔나?"

"네? 네. 못난 아들놈을 살려 주셔서 감사드리옵니다. 전하."

"흠. 살려 주었다? 정말로 살려 주었다고 생각하는가?"

레너드의 말에 심장이 내려앉은 페로단이 마른침을 삼켰다.

"무슨 말씀이신지?"

"진정 내가 그 무능한 놈을 살려 주었다고 생각하는가? 이 레너드가?"

"전하, 무슨 소리를 하고 계신 것인지 소인을 알 수 없습니다."

전혀 모르겠다는 태도로 굽실대는 페로단의 행동에 레너드의 입술이 삐뚜름해졌다.

같잖게 몸을 숙이는 모습이 보기 싫었다. 여자인 이젤을 레너드에게 빼앗기지 않았다면 페로단은 그에게 저런 태도를 보이지 않았을 것이다.

그가 원하던 이젤은 이제 자신의 손에 있다.

"연회장에서 난 확실히 경고했다. 제대로 된 이젤을 데리고 내게 데려오라고 말이지."

잔을 들고 있던 페로단의 손이 미끄러질 뻔했다. 비아냥대는 레너드의 어조에도 페로단은 옴짝달싹할 수 없었다.

페로단의 모습을 보던 레너드가 자신의 말을 마무리했다.

"하지만 애초에 그대들이 나에게 이젤을 줄 것이라 기대하지 않았다. 그렇다면 내가 직접 움직이는 수밖에. 그 멍청이는 그저 미끼였을 뿐, 녀석을 보내 주면 자신이 남겠다고 했으니 내 것을 위해 그 정도의 아량은 베풀어야지."

레나의 왕이나 윈스턴과는 전혀 다른 분위기였다.

반항하면 죽는다. 조금이라도 말실수를 하면 레너드는 페로단을 죽일 것이다.

하지만 그럼에도 페로단은 딸에 관해 묻지 않을 수 없었다.

아직 드니스 가문에는 검성 이젤이라는 상징이 필요했다. 그걸 유지하기 위해서는 아직 딸이 가문 내에 있어야 했다.

"전하, 주제넘은 물음이오나 제 딸을 어떻게 하실 것인지 여쭈어도 되겠습니까?"

페로단의 물음에 레너드가 손으로 턱을 괴었다. 그 모습이 한 없이 여유로워 보이면서도 두렵게 느껴졌다.

"내가 말하지 않았는가? 나는 이젤을 내 개인 기사로 데리고 가겠다는 말을 했을 텐데?"

"하지만 전하, 그 아이는…… 딸아이는……."

"나는 거래를 좋아하는 편이지. 호기심에 데려올 생각을 하고 있었지만 예상외로 구질구질한 게 많이 붙어 있더군. 그중 하나 가 네 집안과 그 쓰레기다."

쓰레기라는 말에 페로단의 몸이 움찔댔다. 그를 보고 있는 레너드의 입가에 비릿한 미소가 감돌았다.

누군가를 위해서 대신 움직이는 취미는 없다. 하지만 자신의 것에 쓸데없는 것들이 꼬여 대는 모습은 볼 수는 없다.

소유를 한다면 온전히 자신만의 것이어야 했다.

"소국의 백작가문 따위 없애는 일이야 어려운 것이 아니지."

"전하, 말씀이 지나치십니다. 어찌 저의 가문을 이렇게 욕보이시는 것입니까?"

"나는 더러운 것을 깨끗하다는 거짓을 말하는 사내가 아니다. 나에게는 너희를 그렇게 말해도 상관없을 힘이 있다. 내 말이 마음에 들지 않는다? 그럼 어떻게 움직이겠는가? 페로단 백작."

나오는 말 한 마디가 모두 날이 바짝 선 칼이었다. 불편한 마음에 말을 꺼냈던 페로단이 결국 푹 고개를 숙였다.

미친 황제의 피를 가장 많이 물려받았다는 황태자.

상대는커녕 마주하는 것조차도 고통이었다.

'어떻게든 데려오려 했건만.'

어쩔 수 없다. 애초에 딸을 보내 달라는 말조차도 꺼낼 수 없었다.

레너드가 사내 이젤을 보낸 이유는 하나였다. 딸을 데려가려는 페로단을 막을 수 있는 단 하나의 수단.

만약 페로단이 딸을 보내 달라는 말을 꺼낸다면 레너드는 자신을 모욕했다는 죄명 아래 가문의 후계자인 아들의 목을 벨 것이다.

어차피 그에게는 필요한 것은 무능한 아들이 아니라 이미 손에 넣은 딸이었으니까.

"딸을 데려가시면 제 가문은, 아들은 살아남는 것입니까?"

"한 가지 더, 녀석의 이름을 바꿔라."

레너드의 요구에 숙이고 있던 페로단의 고개가 번쩍 올라갔다. 하지만 레너드의 말은 끝난 것이 아니었다.

우아한 자세로 잔의 차를 마신 그가 별것 아니라는 어조로 말했다.

"눈치는 있는 줄 알았건만 말귀를 못 알아먹는군. 아니면 눈 가리기 식으로 날 능멸할 생각이었는가? 설마 내가 레나의 이젤을 데리고 가는데 다른 이젤이 드니스 가문에 있다는 식으로 일을 몰아가려 했는가?"

"아닙니다! 어찌 그렇게 하겠습니까? 전 그저……."

"난 이젤이 두 명인 모습 따위 보지 않는다 했다. 내가 소유한 것이 이젤이다. 어차피 가문에 있는 그것의 처리는 백작, 그대가 할 일이다. 어차피 가문을 잇게 할 목적인 아들이 사생아나 양자였다는 식의 임기응변은 어려운 일이 아니지."

"……."

"진짜 이젤은 내 것 하나뿐이다."

부탁이 아닌 강요이자 명령이었다. 결국 딸을 데려오려 했던 페로단은 포기했다.

"이젤은 이제 전하의 것입니다."

분명 레나의 왕과 윈스턴은 그럴 수 없다며 반대하겠지만 더이상 어찌할 방도가 없었다. 결국 별다른 수확 없이 일어난 페로단이 자신의 집으로 돌아갔다.

그리고 레나의 이젤이 레너드의 개인 기사로 가게 되었다는 소문이 다음 날부터 빠르게 돌기 시작했다.

❖

"만나지 않는다 하였다."

방 안에서 들려오는 서늘한 레너드의 목소리에 시종이 몸을 떨었다.

몸이 좋지 않은 윈스턴 왕태자와 왕태자비가 레너드를 만나겠다며 궁을 방문한 것이 벌써 세 시간 전이었다. 하지만 굳게 닫혀 있는 레너드의 방문은 열리지 않았다.

시종의 기척이 사라지자, 레너드의 시선이 자신의 침대로 향하였다.

단정히 빗어 내린 백금발이 햇빛에 반짝였다. 침대에 조용히 앉은 채, 창밖을 보는 모습이 그만을 보며 달려들던 여인들과는 또 다르게 다가왔다.

궁에 갇힌 지 이틀째, 그가 레나에서 마음에 들어 데려온 여인으로 되어 있었지만 이젤은 단 한 번도 레너드를 바라보지 않았다. 그 또한 그녀를 품에 안거나 하지 않았다.

방치.

지금처럼 시간이 생겼을 때를 제외하고는 레너드는 그녀에게 관심조차 주지 않았다.

백금발 사이로 보이는 푸른 눈이 티 없이 맑았다. 이젤을 여인으로 보지는 않았지만 그녀의 눈은 제법 마음에 들었다.

"나가고 싶나?"

레너드의 물음에 창에 시선을 두고 있던 이젤이 대답 없이 눈을 감았다.

저렇게 시위 아닌 시위를 한 것도 이틀째, 결국 발을 꼬고 앉아 있던 레너드가 이젤의 앞으로 다가왔다.

"날 봐라."

레너드의 명령에 이젤이 고개를 돌렸다. 하지만 그것도 잠시, 매섭게 이젤의 턱을 잡은 손이 그와 억지로 시선을 마주하게 했다. 매서운 이젤의 시선에 레너드가 빙긋 웃었다.

잡혀는 있되 쉽게 꺾이지 않았다.

이미 손안에 있어도 자신의 것이라는 느낌이 들지 않았다.

그 점이 그의 소유욕을 부추겼다.

"나간다 한들 결국 돌아올 곳은 전하의 곁밖에 없지 않습니까?"

"그대는 나의 기사이니 당연한 것이 아닌가? 왜? 도망이라도 치고 싶은 것인가?"

레나가 속국이 되는 절차가 끝나면 이젤은 카렐로 가게 된다. 그때까지는 그의 방에서 여인의 모습으로 머물러야 했다.

여인인 이젤은 어디도 갈 수 없다. 이젤이 두 명이고, 설상가상 레너드에게 가 있는 이젤이 여인이라는 것이 밝혀지면 모든 것이 무너진다.

그녀에게 있어서 최우선은 검성이자 기사인 이젤이었다. 그걸 알고 있기에 레너드는 그녀에게 드레스만을 입히고 여인의 모습 그대로 내버려 두었다.

"한 가지만 여쭤 봐도 되겠습니까?"

그의 기사들도 주인인 레너드와는 눈을 마주하지 못했다. 검제에게서 나오는 압도적인 기가 상대로 하여금 절로 몸을 숙이게 하는 것이 있었다.

하지만 이젤은 그의 분위기에 밀리고 있음에도 시선을 피하지 않았다.

레너드의 허락에 이젤이 시선을 창으로 돌렸다.

받아들일 수 없는 현실을 어떻게든 수긍하려 노력하고 있었다. 하지만 평생을 꿈꿔 왔던 미래가 현실에서 무너져 내렸다.

받아들일 것인가? 반항할 것인가?

답이 나오지 않는 감정이 선택을 더욱 어렵게 하였다.

"전하께서는 저에게서 무엇을 얻고 싶은 것입니까?"

"무엇을 얻는다? 전부를 가지고 있는 내가 너에게 무엇을 얻고 싶어서 이런다고 생각하나?"

힘을 가진 자의 자신감일까? 보는 사람을 홀리는 자신감 넘치는 미소가 레너드의 입가에 만들어졌다. 그가 저런 미소를 지을 때면 누구나 가던 걸음을 멈추고 그를 바라보았다. 그에게 가까이 가면 죽는다는 것을 알면서도 그 매력에 홀려 어리석게도 전부를 내주었다.

그게 레너드가 상대에게 보이는 미소의 매력이었다.

하지만 그를 바라보는 이젤의 표정에는 변화가 없었다. 유난을 떨지도, 두렵다며 피하지도 않았다.

"그럼 왜 전하에게 아무것도 드릴 것이 없는 저를 데려가시려하는 것입니까?"

"데려가면 안 되는 이유라도 있던가?"

"저는 전하의 기사가 되기 싫습니다."

가감 없이 나오는 말에 레너드의 눈이 커졌다. 하지만 그것도 잠시, 그가 어이없다는 듯 웃음을 터트렸다.

아버지인 황제도 그에게 저렇게까지 과감하게 자신의 생각을 말하지 않았다.

언제라도 마음에 들지 않으면 그는 이젤을 죽일 수 있다. 그리고 이젤 또한 그 사실을 알고 있다.

그럼에도 그에게 바짝 날을 세우는 것은 죽어도 상관이 없다는 것인가? 아니면 다른 숨은 의도가 있는 것일까?

이젤을 물끄러미 보고 있던 레너드가 이젤의 가는 목을 손으로 움켜잡았다.

"이대로 힘을 주면 넌 죽는다. 내가 관심이 있다 한들 네가 멋대로 혀를 놀려도 되는 것은 아니다."

목을 잡은 레너드의 손이 차가웠다.

그는 무서운 사람이었다.

담담한 척, 아무렇지도 않은 척했지만 마주하는 것만으로도 숨이 막혔다.

레너드의 기사 외에는 대안이 없다.

그 사실을 알면서도 받아들여지지가 않았다. 하지만 받아들일 수 없는 현실이라며 죽여 달라 요구할 수도 없었다. 목에 감겨 있는 레너드의 손을 이젤이 잡았다. 갑작스러운 그녀의 행동에 레너드의 눈이 좁아졌다.

"저는 죽을 수 없습니다. 제가 살아남을 방법이 전하의 기사가 되는 것뿐이라면 기꺼이 받아들여야겠지요. 하지만 이유도 모른 채, 원치 않는 전하께 충성하며 살 수는 없습니다."

"살아갈 수 있는 목적이라도 달라는 말인가?"

"이유를 알고 싶을 뿐입니다."

손을 통해 이젤의 떨림이 전해졌다. 아닌 척해도 지금의 상황을 두려워하는 게 느껴졌다. 대화를 주도하는 것은 자신이었지만, 점점 이젤에게 끌려가는 듯한 기분이 들었다.

"건방지군."

말과는 다르게 레너드는 예의 자신감 넘치는 미소를 지으며 잡고 있던 손을 풀었다.

"전에도 말했다시피 여자이면서도 검성인 네가 궁금할 뿐이다. 그래서 데려가는 것이다. 곁에 두고 보고 있다 보면 내가 가지고 있는 호기심이 충족되겠지."

"호기심이 충족된다면 보내 주실 것입니까?"

이젤의 물음에 레너드가 고개를 갸웃했다.

그녀에게 레나는 결코 좋은 곳이 아니었다. 그림자로 이용만 할 뿐, 최소한의 사람으로서의 가치조차도 인정받지 못한 곳이었다.

그럼에도 이젤은 악착같이 이곳에 미련을 두고 있었다.

'왜?'

그 사실이 궁금하면서도 물어보고 싶지 않았다. 레너드는 조금 전까지 들었던 물음을 접으며 차갑게 말했다.

"그건 내가 카델에서 널 겪어 보고 결정할 문제겠지. 너는 내 기사로서 갈 뿐이다. 너에게는 그 외의 선택지는 없다."

돌아가고 싶다며 떼를 쓰지도, 이럴 수 없다며 울음을 터트리지도 않았다. 어깨까지 내려오는 백금발에 왜소한 체구를 가진 어린 여인의 모습이었지만 레너드를 바라보는 눈은 흔들림 없이 강했다.

누구에게도 떨리지 않았던 심장이 그 모습을 보자 격하게 떨렸다. 처음으로 겪어 보는 감정에 레너드는 당황스러우면서도 기분 나쁘지 않았다.

말없이 레너드를 보고 있던 이젤이 이윽고 길게 숨을 내쉬었다.

"마지막 소원이 있습니다. 윈스턴 저하를 뵙게 해 주십시오."

"싫다면?"

당연한 듯 따라오는 윈스턴이라는 이름이 거슬렸다. 지워 버릴 수 있다면 흔적조차 남기고 싶지 않은 존재, 누구도 쉽게 받을 수 없는 레너드의 관심을 받고 있으면서도 이젤은 그보다는 병약한 황태자를 최우선으로 생각했다.

"그럼 전 무너지는 현실에 수긍해야겠지요. 이런 식으로 살아남느니 최소한의 명예를 안고 죽겠습니다."

"최소한의 명예라······ 너의 명예는 왕의 것이 아닌 왕태자를 위한 것이란 말인가?"

말도 안 된다는 표정으로 레너드가 이젤을 조롱하였다. 그의 조롱과 비웃음에도 이젤은 미동조차 없었다.

아니, 도리어 흔들림 없는 눈동자가 레너드를 향하였다.

"저에게 주군은 레나의 윈스턴 저하뿐입니다."

맹목적인 사랑인지, 아니면 순수한 충정인지 알 수는 없었지만 이젤에게 있어서 모든 것의 우선은 윈스턴이었다. 외곬이라 할 정도로 한 곳에 모든 것을 거는 이젤의 모습이 이상하면서도 떨렸다.

저 맹목적인 충성을 자신이 받아 볼 수만 있다면······ 아니다. 어차피 이미 이젤은 자신의 것이었다. 반드시 자신의 것으로 만들 것이다.

"네가 가지고 있는 그 명예는 이제부터는 나에게 바쳐야 할 것이다."

"명예도, 충성도 제가 선택하는 것입니다. 레너드 전하에게 드릴 수 있는 유일한 것은 검성 이젤, 그 자체밖에 없습니다. 윈스턴 저하를 뵙게 해 주십시오. 그마저도 들어주시지 않는다면 전하께서는 아무것도 얻으실 수 없을 것입니다."

"조금 전까지는 어떻게든 살고 싶다 하지 않았나? 거래는 이런 식으로 하는 게 아니지."

"거래가 아닙니다. 당신에게는 이게 거래일지 몰라도 나에게는 전부를 걸고 하는 부탁입니다."

흔들림 없는 눈이 레너드를 향했다.

비아냥대며 놀리던 레너드의 표정이 바뀌었다. 고작 여자의 몸으로 저 정도로까지 주변을 휘어잡는 이는 본 적이 없었다.

언제나 레너드가 지배하고 휘어잡던 분위기가 바뀌었다.

레너드에게 다가온 이젤이 그의 앞에 무릎을 꿇었다.

"전하께 드리는 부탁입니다. 부탁을 들어주시면 전하의 기사가 되겠습니다."

입고 있던 드레스를 벗고 원래의 옷으로 갈아입은 이젤은 시종의 안내를 받아 방으로 들어갔다. 하지만 안에는 화려한 옷을 입은 젊은 여인만이 있을 뿐, 윈스턴의 모습은 보이지 않았다.

굳어 있던 이젤의 입가에 희미한 미소가 감돌았다.

"비 저하."

금발에 화려한 장신구를 달은 여인이 눈에 그렁그렁 눈물을 매단 채 자리에서 일어났다.

윈스턴의 부인이자 레나의 왕태자비.

그녀 또한 이젤이 여자인 것을 아는 사람 중 하나였다.

이젤이 레너드에게 잡혔다는 이야기를 듣자마자 윈스턴과 왕태자비는 이젤을 빼 오기 위해 움직였지만, 결국 실패했다. 절대로 그녀를 보낼 수 없다는 간언을 왕에게 하였지만 들려온 대답은 레나를 위해 그녀를 포기하라는 것뿐이었다.

몸이 숙이려는 이젤을 막으며 그녀가 말문을 열었다.

"우리 둘밖에 없으니 인사는 생략해요. 몸은 괜찮은가요? 험한 일을 당하지는 않았나요?"

그녀의 물음에 이젤이 괜찮다며 미소를 지었다. 갇혀 있는 이젤이 힘들어하지 않도록 최대한 담담하려 했으나 결국 그녀를 보자 참고 있던 눈물이 왈칵 치솟았다.

옷소매로 눈물을 닦아 내며 왕태자비가 고개를 저었다.

"당신 앞에서 이러면 안 되는데 미안해요."

"비 저하께서 무엇을 하셨다고 이러시는 것입니까? 이러지 마세요. 그리고 아무 일도 없었습니다. 그나저나 윈스턴 저하께서는 괜찮으신 것입니까?"

레너드를 기다리던 와중 윈스턴은 갑작스러운 발작과 함께 피를 뿜었다. 위험할 정도는 아니었지만 더 이상 레너드를 보겠다며 기다릴 몸 상태가 아니었기에 왕태자비만을 남겨 둔 채 궁으로 돌아간 뒤였다.

"요 며칠 신경 쓰셔서 그래요. 걱정하지 마요. 이젤도 알다시 피 약한 분이 아니시잖아요."

그녀의 말을 들은 이젤이 다행이라는 듯 편안한 숨을 내쉬었다.

안도하는 이젤의 모습을 보던 왕태자비의 눈이 다시 촉촉해졌 다.

윈스턴은 알지 못했지만 왕태자비는 이젤이 그에게 어떤 감정 을 가졌는지 알고 있었다. 하지만 그녀는 이젤에게 분노를 느끼 기보다는 안타깝고 미안했다.

이젤의 나이 겨우 18살, 정혼자를 기다리며 신부수업을 받을 나이였다. 하지만 수를 놓는 대신 검을 잡았고, 교양을 익히기보 다는 더 효과적으로 전쟁에 이길 수 있는 전술을 배웠다.

윈스턴에게 마음이 있다며 질투를 하고 시샘을 하기에는 왕태 자비의 눈에 보이는 이젤의 모습은 처참했다.

「저는 저하를 사내로 보지 않습니다. 예전에도, 지금도, 앞으 로도 그럴 것입니다.」

윈스턴에 대해 물어보는 왕태자비에게 이젤은 일 초의 주저도 없이 저렇게 말했다. 그 후로, 이젤은 철저한 선 밖에서 윈스턴 을 대하였다. 괜찮다며 그러지 말라고 말려도 이젤은 단 한 번도 자신이 만들어 놓은 선을 넘지 않았다.

그렇게 이젤을 알고 지낸 지 삼 년이 지났다. 그녀에게 있어 이젤은 신뢰할 수 있는 기사이자 동생과 같은 이였다.

"비 저하, 나라를 위해 가는 것이니 저에게는 영광된 일입니 다. 그러니 신경 쓰지 마세요."

가고 싶지 않다며 소리를 쳐도 모자랄 판에 이젤은 미소까지 띠며 괜찮다고 말했다.

윈스턴이 다스리는 나라에서 기사로 인정받으며 그에게 충성하는 삶을 살고 싶다고 했던 이젤이었다.

그 작은 소원조차 힘없는 레나는 지켜 주지 못했다.

이젤에게 다가간 왕태자비가 몸을 숙였다. 그녀의 행동에 이젤이 비명을 질렀다.

"비 저하! 이러지 마십시오! 어찌 저 같은 것에게!"

"이제부터 저하께서 남긴 말을 전할게요. 이건 저하의 뜻이기도 하지만 나의 뜻이기도 합니다. 듣는 귀가 있으니 조용히 말할게요."

이젤의 가는 손을 왕태자비가 감쌌다.

"카델에서 살아남아라. 윈스턴의 레나에는 그대가 필요하다. 어떻게든 다시 부를 것이다. 그때야말로 유일한 검성으로서 내 곁에 머물라."

"……."

"저하의 전언이에요. 이젤은 윈스턴 저하와 나의 기사이니 꼭 지켜야 합니다."

눈앞이 흐릿해졌다. 복잡하게 꼬여 있던 마음이 비로소 정리되었다.

카델로 가게 되더라도, 강요에 의해 레너드의 기사가 되더라도 버틸 수 있는 목적이 생겼다. 그러자 두려움도 천천히 사라졌다.

왕태자비의 손을 굳게 잡은 이젤이 고개를 숙였다.

"저하도, 비 저하도 건강하셔야 합니다. 반드시 돌아오겠습니다."

눈물이 그렁그렁 맺힌 왕태자비가 궁 밖으로 나갔다.

왕태자비를 태운 마차가 떠나는 모습을 보며 이젤이 방 안에서 몸을 숙였다.

'살아남아 반드시 돌아오겠습니다.'

고개를 숙인 이젤의 눈에 결연한 의지가 감돌았다. 굳게 쥔 주먹이 마차가 완전히 떠날 때까지 펴지지 않았다.

시간이 흐르고…….

레나가 카델의 속국이 되었다. 레너드의 인정을 받은 왕은 그대로 레나를 다스리게 되었다.

모든 일정을 마친 레너드가 카델로 가는 마차에 올랐다. 레나 왕의 인사를 받으며 카델을 향해 일행이 움직였다.

마차에 있던 레너드가 열린 창 너머로 시선을 옮겼다.

시선의 끝, 말을 탄 이젤이 레너드의 마차를 호위하고 있었다.

제3장
카델의 황태자

사내가 바닥에 고꾸라지며 튀는 흙이 하늘을 날았다. 얼굴에 묻은 흙을 지우지 못한 채, 이젤이 목검을 세웠다.

누구의 것인지 모를 목검이 이젤의 목검을 때렸다. 몸을 보호하는 어떠한 보호구도 입지 않아 그대로 충격을 받은 이젤이 입술을 깨물었다.

방향을 바꾼 이젤의 목검이 그녀에게 달려오는 세 명의 사내를 향해 움직였다.

팔, 다리, 복부를 각각 맞은 사내들이 바닥에 고꾸라졌다. 그들을 제압한 것도 잠시, 이젤이 다시 몸을 굴렸다.

아슬아슬한 타이밍으로 이젤이 있던 자리가 움푹 파였다. 체구가 왜소한 그녀에게 악착같이 달려드는 사내의 어깨를 목검으로 내려쳤다.

"악!"

비명에 사내가 몸을 숙이자 그 틈을 놓치지 않고 다시 급소를 찔렀다. 목검이기는 했으나 치명적인 공격, 사내가 정신을 잃었다.

얼굴조차 확인하지 못할 정도의 난전 속, 다시 공격하려는 이젤과 사내들의 귀에 종소리가 들렸다.

땡땡땡!

"그만!"

루칸의 목소리가 울려 퍼지자 살기를 띤 채 노려보고 있던 이들이 자신의 무기를 내렸다.

거친 숨을 내쉬며 이젤 또한 들고 있던 검을 내렸다. 얼굴에 묻은 흙을 닦아 내며 그녀가 훈련장의 상석에 여유롭게 앉아 있는 레너드를 보았다.

자세는 느긋하게 풀어져 있었지만 기사를 보는 눈빛만큼은 예리했다. 쓰러져 있는 기사를 보고 있던 그의 시선이 이젤을 향했다. 그러자 마주하고 싶지 않다는 듯 이젤이 고개를 돌렸다.

땅이 다 파일 정도로 엉망이 된 훈련장에 서 있는 사내들. 이들이 황태자의 기사라면 누구도 믿지 않을 것이다. 바닥에 쓰러져 있는 스물다섯 명의 기사들. 하지만 무기를 들고 서 있는 기사들은 언제나 다섯 명이었다.

매일 아침마다 시작된 대련. 적도, 아군도 없는 상황 속에서 다섯 명 안에 살아남아야 원하는 시간대에 휴식을 취할 수 있었다.

해가 뜨고 질 때까지 계속되는 훈련. 더군다나 중간중간 레너드가 직접 나서서 참여하거나 지도하는 경우도 있었다.

"목검을 반납하고 상처를 치료한다. 대련에서 남은 다섯은 오늘 안으로 쉬고 싶을 때 말하도록. 이상."

루칸의 말이 끝나자 이젤이 고개를 숙인 채 더운 숨을 내쉬었다.

하지만 내쉬는 숨과 달리 차갑게 불어오는 바람에 이젤이 몸을 떨었다. 1년 내내 따뜻한 레나와는 달리 카델은 춥고 바람이 많이 불었다.

이곳에 온 지도 벌써 한 달, 낯선 날씨만큼이나 카델의 훈련은 버겁고 힘들었다.

틈틈이 쉬기는 했지만 하루의 훈련량에 비하면 턱없이 부족한 시간이었다. 조금이라도 몸의 상태를 유지하기 위해서는 다섯 명에게만 주어지는 휴식 시간을 확보해야 했다.

"오늘도 쉬는군."

목검을 반납하려는 이젤의 옆으로 그녀보다 키가 조금 더 큰 기사가 다가왔다. 나이는 그녀보다 서너 살 위. 이름은 클라우스였지만, 다른 사람들은 그를 클라우라 불렀다. 그리고 이젤처럼 다른 나라 기사 출신이었다.

처음에는 스스럼없이 다가오는 클라우를 경계했지만, 이제는 종종 그와 이야기를 하며 시간을 보내기도 했다.

"운이 좋았을 뿐입니다."

"삼 일 내내 말인가?

클라우의 말에 이젤이 조용히 미소 지었다. 하지만 대륙의 세명, 아니 이제는 두 명만 남은 검성이어도, 심지어 이젤이 여자여도 레너드는 다른 기사들과 차이를 두지 않았다.

잔인하고 두려움을 자아내는 황태자였지만 레너드의 공평한 처사는 마음에 들었다. 더군다나 그는 이젤을 카델에 데려온 이후 어떤 개인적인 관심도 보이지 않았다.

두려울 정도로 그녀에 몰리던 관심이 사라지자 이젤 또한 자신을 추스르며 이곳에 적응하기 위해 견디고 있었다.

그의 물음에도 말을 아끼는 이젤을 보며 클라우가 고개를 저었다.

"나야 조용한 자네가 마음에 든다만, 그래도 조심하는 게 좋을 걸세. 힘든 만큼 이곳은 텃세가 심하니 말이야."

클라우의 말에 미소를 지은 이젤이 어느 한 곳으로 고개를 돌렸다.

황제가 될 가능성이 높은 레너드가 직접 관리하는 기사들이어서 그런지, 모두 자존심이 상당히 강했다. 특히 카델 출신의 기사들은 레너드가 다른 나라에서 데리고 온 기사들을 외부인이라며 배척하고 있었다.

그런 그들에게 타국 기사이면서도 검성인 이젤은 눈엣가시였다. 하지만 이미 몇 차례 이젤에게 당한 전적이 있는바, 그녀의 날카로운 시선에 노려보고 있던 몇몇 기사들이 쭈뼛거리며 자리를 옮겼다.

그들을 보고 있던 이젤이 클라우를 보며 고개를 숙였다.

"클라우가 아니었으면 지금도 많이 힘들었을 것입니다. 항상 감사합니다."

"인사치레는…… 같은 처지끼리 돕고 그러는 것이지. 그나저나 괜찮은가? 이제 보니 얼굴이 좋아 보이지 않는군."

클라우의 말에 이젤이 차가운 손을 이마에 갖다 댔다.

어깨의 상처가 제대로 낫지 않은 상황에서 새로운 환경에 연이어 훈련을 해 대니 한 번 생긴 오한이 쉽게 가라앉지 않았다.

"지나가는 오한인 듯합니다. 곧 좋아지겠지요."

이젤의 말에 클라우가 고개를 끄덕였다. 검성이라기에 단단한 체구에 자존심 높은 기사를 상상했었는데, 이젤은 왜소하고 조용했다.

아직 어린 티가 났기 때문이었을까? 클라우의 눈에 이젤은 고향에 두고 온 어린 동생으로 보였다.

하지만 이젤은 고향의 동생과는 다르게 자신에게 걸어오는 시비나 공격에 당할 정도로 호락호락하지 않았다. 가까이서 지켜볼수록 클라우는 이젤이 마음에 들었다.

"황태자 전하의 기사라 훈련을 빠질 수는 없지만, 혹 감기인 듯싶으면 시종에게 말하고 쉬게나. 황태자 전하는 두려운 분이지만 그런 걸 가지고 뭐라 하시는 분은 아니네. 이만 난 가 보겠네. 이따 보게나."

떠나가는 클라우에 인사를 한 이젤이 어지러운지 이마를 손으로 감쌌다.

그때였다.

"이젤."

멀지 않은 곳에서 들려오는 소리에 이젤의 시선이 뒤로 옮겨졌다. 언제 내려왔는지 레너드의 옆에 있던 루칸이 그녀에게 다가와 있었다.

황태자의 수석기사인 그의 등장에 이젤이 몸을 숙였다.

온몸이 흙과 상처투성이로 엉망임에도 이젤의 태도는 한 치의 잘못도 없이 절도 있었다.

예리한 눈으로 이젤을 보고 있던 루칸이 무감각한 얼굴로 그녀에게 말했다.

"황태자 전하께서 찾으신다. 검을 반납한 후, 전하의 집무실로 오너라."

레너드의 부름에 이젤의 눈가가 좁혀졌다. 카렐로 돌아온 후, 그녀가 있는지 없는지 관심조차 두지 않던 그였다. 그런 그가 갑자기 부른다는 소리에 이젤은 덜컥 심장이 내려앉았다.

하지만 주군으로 모시고 있는 레너드의 부름을 거부할 권리는 이젤에겐 없다.

"바로 찾아뵙겠습니다."

이젤의 대답을 들은 루칸이 주저 없이 몸을 돌렸다. 그가 완전히 사라질 때까지 고개를 숙이고 있던 이젤이 길게 한숨을 내쉬었다.

목검을 반납하고 옷을 갈아입으러 가는 이젤의 발걸음이 무거웠다.

레나는 따뜻한 날씨만큼이나 물질적으로 풍요로웠다. 하지만 레나와는 다르게 카렐의 땅은 추운 만큼이나 자원의 혜택이 부족했다.

그렇기에 카렐은 전쟁을 수단으로 부족한 자원과 혜택을 가져왔다.

어디든 사람이 사는 것은 비슷하다 하지만, 이젤의 피부로 느껴지는 두 나라의 간극은 상상외로 컸다.

'내가 돌아갈 곳은 레나다.'

하지만 의지와는 다르게 현재 이젤이 있는 곳은 카렐, 그것도 황태자인 레너드의 집무실 안이었다.

그의 집무실은 이젤의 예상과는 다르게 진한 책의 향과 차향이 가득했다.

검과 전투뿐인 삶을 살고 있는 그였기에 깔끔하고 정돈된 느낌의 집무실은 그녀에게는 의외였다.

안경을 쓴 채 서류를 보고 있던 레너드가 고개를 들어 이젤을 보았다.

벌써 한 시간째, 일부러 불러 놓고 마치 없는 척 외면하였다. 그럼에도 그 자리에서 레너드를 바라보기만 할 뿐, 이젤은 말없이 기다렸다.

"어깨는 괜찮나?"

한 시간 만에 던지는 레너드의 물음에 이젤이 소리 없이 한숨을 내쉬었다.

"많이 나아졌습니다."

이젤의 대답에 고개를 끄덕인 레너드의 시선이 다시 서류로 옮겨 갔다. 그의 반응에 이젤이 굳게 입을 다물었다.

클라우에게 듣기는 했으나 사람을 불러 놓고 신경조차 안 쓰는 레너드의 방식은 생각한 것보다 더 부담스러웠다. 앉아 있을 수도, 그렇다고 마냥 신경을 써 줄 때까지 그 자리에서 서 있는 것도 애매했다.

레너드가 서류를 처리하는 동안 다시 이젤에게 기다림이 시작되었다. 그 자리에 서 있는 채 레너드를 보고 있던 이젤의 시선이 창밖을 향했다.

처음으로 보는 카델의 하늘, 제자리에 서 있던 이젤의 발걸음이 자신도 모르게 창으로 향했다.

그림자로 살기는 했지만 레나에서는 종종 맑은 하늘을 보며 혼자만의 시간을 보냈던 적도 있었다. 하지만 카델에 와서는 이곳에 적응하고 버텨 내느라 하늘을 보며 시간을 보낼 수도, 책을 읽거나 산책을 할 수도 없었다.

"레나의 하늘은 몰라도, 맑은 날의 카델은 제법 볼만하지."

창밖에 있던 시선을 돌리니 어느새 다가왔는지 레너드가 코앞에서 이젤을 보고 있었다. 그의 목소리에 이젤이 다시 고개를 돌렸다. 창 너머로 보는 것이었지만 모처럼 보는 하늘이 좋았다.

"나쁘지 않습니다. 아니요. 레나의 하늘만큼이나 맑습니다."

집무실에 있는 사람이 레너드밖에 없어서일까? 아니면 오랜만에 느껴보는 고요함에 안도한 것인가? 창밖을 보며 말하는 이젤의 목소리는 평소에 듣던 미성이 아니었다.

전쟁터에서 처음 만났을 때 들었던 여인의 목소리.

바다처럼 깊고 푸른 눈에 약하게 짓고 있는 미소가 레너드의 시야에 들어왔다. 동시에 그의 눈이 날카롭게 변했다.

벌써 한 달, 이젤을 카델로 데리고 오면서 레너드의 관심은 그것으로 끝나야 했다. 이젤을 보면서 들었던 호기심이야 가끔 생각날 때 충족시키면 그만인 것이었다.

그런데도 어느 순간 정신을 차리면 이젤을 좇는 자신의 모습이 보였다.

이런 자신의 모습이 당황스러우면서도 거부감이 들지 않았다.

"레나의 그것이 아인젤 드니스로 이름을 바꿨다고 하더군. 페로단 백작의 사생아로 이름을 올렸다고 한다."

레너드의 말에 창에 시선을 고정하고 있던 이젤이 그를 바라보았다.

카델의 레너드를 선택한 대신, 얻게 된 선물.

남동생의 것이었던 이젤이라는 이름은 이제 온전히 자신의 것이 되었다.

"그토록 가지고 싶어 하던 이름을 줬는데도 고마워하질 않는군."

입가에 걸려 있는 위험한 미소에 장난기가 가득 묻어 있었다. 레나에서 카델로 옮겨 오고, 이젤이 가장 먼저 배운 것은 레너드의 미소를 믿지 말라는 것이었다.

저 미소에 방심하면 죽는 것은 자신이었다.

"제가 전하께 감사해야 합니까?"

"그럼 내가 너에게 준 이름이 당연한 것이다?"

"전 전하께 제 전부를 드렸습니다. 그렇다면 이름 정도는 받을 자격이 있다고 생각합니다."

이젤의 당돌한 말에 레너드가 피식 웃음을 터트렸다. 알 수 없는 감정이었지만 하나는 인정했다.

레너드는 앞의 여자가 제법 마음에 들었다. 자르지 않은 듯 레너드의 신경을 건드리는 선을 넘지 않았다. 몸을 숙이는 듯해도 절대 밟히지는 않았다.

다시 창으로 시선을 돌리려는 이젤의 턱을 잡았다. 이젤을 바라보는 레너드의 얼굴에 모처럼 진심 어린 미소가 감돌았다.

"언제 그대가 나에게 전부를 주었는가? 몸은 이곳에 있다 한들 마음이 가 있는 곳은 레나의 윈스턴이 아닌가?"

윈스턴이라는 단어에 이젤의 눈에 날카로워졌다. 턱을 잡고 있는 레너드의 손을 떼어 내며 이젤이 차갑게 말했다.

"당신이 원한 것은 내가 카델에서 당신의 기사로 사는 것뿐입니다. 마음의 충성까지 바라지 마십시오."

이젤의 말에 레너드의 화가 울컥 치솟았다. 이곳에 온 지도 한 달, 이제는 레나를 지우고 카델에 충성해야 할 때였다. 당연히 마음에서 놓아야 하는 것을 악착같이 붙잡고 있는 이젤의 모습이 마음에 들지 않았다.

"마음까지는 바라지 마라? 그렇다면 네가 나에게 하는 행동부터 조심해야 할 것이다. 마음이라는 것은 결국 행동에서 전부 드러나는 것이다."

한 걸음 물러나는 이젤의 팔을 레너드가 붙잡았다. 무언가 더 말하려던 레너드가 이젤의 손에서 느껴지는 열기에 하려던 말을 멈추었다.

열기가 제법 뜨거웠다. 그러고 보니 레너드를 노려보는 이젤의 얼굴에 평소보다 홍조가 있었다. 레너드의 행동이 주춤하자 이젤이 그의 팔을 떼어 냈다.

몸의 오한을 억지로 참아 낸 이젤이 고개를 숙였다.

"너······."

"허락하신다면 이만 물러나겠습니다."

말을 끝낸 이젤이 도망치듯 집무실 문을 잡았다. 나가려는 이젤의 등 뒤로 레너드의 목소리가 들려왔다.

"치료사가 필요하면 보내 주겠다."

레너드의 말에 이젤의 걸음이 멈추었다.

몸의 오한이 점점 심해지는 것은 사실이었다. 하지만 적어도 윈스턴을 약점 삼아 그녀에게 억지 충성을 강요하는 레너드의 도움은 받고 싶지 않았다.

"가 보겠습니다."

"고집을 부릴 때와 부리지 않을 때를 구별하지 못하는군."

레너드의 비아냥거림을 외면하며 이젤이 문을 닫았다.

얼굴에 맺힌 땀을 닦아 내며 그녀가 힘든 숨을 내쉬었다.

레너드와의 시간은 언제나 부담이었다. 몸이 아픈 것은 참을 수 있지만 속을 헤집듯 들쑤시는 그의 시선과 말투는 참기 힘들었다.

머리가 어지러운지 손으로 이마를 붙잡은 이젤이 한 걸음씩 걷기 시작했다.

이대로 시간을 끌다 보면 레너드가 다시 부를지도 모른다.

문득 머리를 스치는 생각에 걸음이 빨라졌다.

그녀의 바람과는 다르게 오한은 가라앉지 않았다. 아침이 되자 일어난 이젤의 얼굴은 전날과는 다르게 창백했다.

오한으로 송골송골 맺혀 있는 땀을 닦아 낸 이젤이 뜨거운 이마를 손으로 감쌌다.

오늘 훈련이 없다는 사실을 다행으로 여기며 그녀가 뜨거워진 숨을 길게 내쉬었다. 한 발자국도 움직일 기운이 없었다.

"성 밖의 치료사에게라도 가야겠다."

레나에 있을 때는 페로단이 개인 치료사를 붙여 주었지만 지금 그녀가 있는 곳은 카델이었다. 그런 호사스러운 대우를 기대할 수 없었다.

황궁 치료사들에 비하면 형편없는 실력을 가진 이들이었으나 지금의 이젤은 그런 것을 가릴 여유가 없었다.

씻기 위해 몸을 일으킨 이젤이 휘청거렸다. 결국, 간신히 의자에 걸쳐 놓았던 옷만 입고 이젤이 방 밖으로 나왔다.

차가운 공기를 들이마셨지만 멍한 정신은 나아지지 않았다. 이를 악물고 힘겹게 걸어가는 이젤의 앞에 한 무리의 기사들이 멈추었다.

"이게 누구신가? 레나의 잘나신 검성 나리가 아니신가?"

이죽거리는 그들의 모습에 이젤이 눈을 질끈 감았다.

최근 마주칠 때마다 충돌하는 카델 출신의 기사들이었다. 검성의 칭호를 가진 왜소한 체구의 이젤이 레너드의 관심을 받자, 텃세를 부리던 이들이 그녀를 목표로 삼은 것이었다.

대련할 때도 죽자 사자 이젤에게 먼저 달려드는 이들. 훈련이 없었기에 마주치지 않을 것이라 생각했건만, 운이 좋지 않았다.

"또 당하고 싶어서 알은척을 하는 건가?"

"우리도 너 따위 얼굴은 보고 싶지 않은데 말이야. 네가 자꾸 이리저리 돌아다녀서 그런 거 아니야? 이런 날에는 제발 네 방에 처박혀 있으라고."

자기들이 말해 놓고는 즐겁다며 킬킬대는 모습이 역겨웠다. 하지만 지금은 그들을 상대할 기운이 없었다. 걷는 것조차 힘든 상황에 그들과 이렇게 쓸데없는 시간을 보내고 싶지 않았다.

"날 보고 싶지 않으면 네놈들이 꺼져 있어. 지나가는 사람에게 무리 지어 시비 걸 시간이 있으면 검이라도 연습하든가."

몸이 피곤해서인지 절로 가시 돋친 소리가 입에서 흘러나왔다. 그들을 피해 나가려는 이젤의 앞을 날카로운 검이 막았다.

"어라? 걸어가는 꼬락서니는 보니 어디 아픈가 보네? 아하! 레나 출신이라 황궁 치료사가 널 치료하지 못한다고 했나 보지.

치료사들도 더러운 건 알아보겠지. 아하…… 컥.”

앞에서 시비를 거는 기사가 둘로 보일 정도로 힘든 상태였지만 그를 압도하는 분노가 이젤의 상태를 극복했다. 비아냥대는 기사의 다리를 후려진 이젤이 허리에 차고 있던 검을 꺼내 기사의 손목을 후려쳤다.

“악!”

검을 떨어뜨린 기사가 손목을 잡는 사이, 이젤이 그들에게서 몇 걸음 물러났다. 그들에게 검을 겨눈 이젤이 이를 갈았다.

“네놈들의 나불대는 혀보다 더러운 건 없다. 그렇게 당하고도 이러는 것을 보면 아직 정신을 못 차렸나 보군. 실력도 없는 주제에 까부는 모습이 추하다.”

“망할! 터진 입이라고! 겨우 레나의 기사 따위가!”

“겨우 레나의 기사인 나에게 몇 번이나 당한 거지? 머리가 돌이 아닌 이상 그 정도 당했으면 처박혀 있어야 할 건 너희지. 이제 보니 그 쓸모없는 근육만큼이나 쓸모없는 머리였군.”

이젤의 비웃음에 화가 난 기사들이 허리춤에서 검을 빼 들었다. 일대 다수의 불리한 상황이었지만 이젤은 물러나지 않았다.

카렐의 사람이 아니라는 이유만으로도 더럽다는 소리를 들을 필요는 없었다.

‘이놈들은 그 황태자가 아니다.’

고개를 저어 정신을 집중한 이젤이 검을 잡은 손에 힘을 주었다.

일촉즉발의 상황. 서로 눈치를 보던 기사들이 이젤을 향해 몸을 움직일 때였다.

"이게 무슨 짓이냐!"

멀지 않은 곳에서 들려오는 루칸의 고함에 검을 꺼냈던 기사들이 고개를 숙였다. 이젤을 포함한 기사들의 얼굴에 당혹스러운 표정이 떠올랐다.

언제 온 것인지 화가 잔뜩 난 루칸이 무서운 시선으로 그들을 노려보고 있었다.

그리고 루칸의 옆, 화려한 장신구로 우아하게 머리카락을 올린 젊은 여인이 부채로 얼굴을 가린 채 서 있었다.

"당장 무기를 집어넣지 못할까? 어찌 비비엔 아가씨 앞에서 감히!"

"루칸, 괜찮아요."

젊은 여인의 또랑또랑한 목소리가 부채 뒤에서 흘러나왔다. 높은 신분인 듯 여인의 말에 호통을 치던 루칸이 쩔쩔맸다. 하지만 곧, 무기를 들고 있는 기사들을 보며 다시 소리쳤다.

"아직도 무기를 들고 있다니, 항명하겠다는 것이냐! 당장 넣지 못할까!"

루칸의 호령에 이젤을 포함한 모든 기사들이 검을 검집에 넣었다. 기사들 사이에 길이 만들어지고 루칸이 비비엔에게 깊게 고개를 숙였다.

"전하께서는 집무실에 계십니다. 어서 가시지요."

루칸의 말에 고개를 끄덕인 비비엔이 드레스 치맛자락을 잡으며 우아하게 길을 걸어갔다. 하지만 무엇을 보았는지 기사들이 만들어 놓은 길을 걸어가던 비비엔의 걸음이 멈추었다.

"처음 뵙는 분이시군요. 혹시……?"

앞에서 들려오는 소리에 이젤이 숙였던 고개를 들었다. 또렷한 검은 눈과 새하얀 피부가 부채에 의해 반이나 가려졌음에도 시선을 끄는 외모였다.

나이는 이젤 또래. 하지만 느껴지는 분위기나 여인의 분향이 이젤과는 다른 우아하고 교양 있는 여인의 느낌을 풍겼다.

어느새 곁에 다가온 루칸이 비비엔에게 고개를 숙였다.

"이번에 레나에서 온 이젤입니다. 무엇을 하고 있는 것이냐? 파벨 후작님의 영애이신 비비엔 아가씨다. 인사드려라."

"이젤 드니스입니다. 무례를 용서하십시오."

그녀의 인사를 받으며 비비엔의 눈이 빠르게 이젤의 전신을 훑었다.

대륙의 검성 중 하나라 하여 건강한 기사를 떠올렸건만, 앞에 있는 이젤은 그녀의 예상과는 전혀 달랐다.

여자라고 생각될 정도로 왜소한 체구에 가는 목소리.

허리에 차고 있는 검이나 사내 옷이 아니었다면 여자라고 해도 믿을 것 같은 모습이었다.

생각한 것과는 다른 모습, 처음 만났을 뿐이지만 볼수록 미묘한 기분이 들었다.

하지만 어차피 상대는 기사, 그것도 레너드에 의해 끌려온 속국의 기사였다.

"비비엔 파벨이에요. 카델에 온 걸 환영해요. 루칸, 레너드가 기다리겠어요. 이만 가요."

레너드와 친한 사이인 듯 그의 이름을 부르는 비비엔의 말투는 친근했다.

화사한 미소를 지은 비비엔이 루칸의 안내를 받으며 이젤을 스쳐 갔다. 그저 짧게 나눈 대화였지만 왠지 모를 기분이 이젤을 휘감았다.

하지만 어차피 그녀와는 상관없는 귀족 여인. 신경 쓸 것은 없었다.

순식간에 분위기가 깨져 버린 기사들과 이젤이 서로를 노려봤다.

몸도 엉망인데 이들과 계속 충돌하고 싶지 않았다.

노려보는 그들의 시선을 외면하며 이젤이 그들을 지나쳤다.

부드럽게 닿았던 입술이 점점 격해졌다. 처음 맛보는 달콤한 과실처럼 여자의 입술이 사내의 입술을 끊임없이 애무하였다. 하지만 가빠지는 것은 여인의 숨소리뿐, 입술이 닿아 있는 사내의 입술은 굳게 닫혀 있었다.

"레너드. 하아……."

우아하게 틀어 올렸던 머리카락이 하얀 어깨에 드리웠다. 그에게 온다며 모처럼 입고 왔던 벨벳 드레스와 속옷은 모두 바닥에 떨어져 있었다. 고혹적인 손길로 비비엔이 레너드의 상의 단추를 하나씩 풀어냈다.

그녀의 손길에 드러나는 단단한 몸에 비비엔이 뜨거운 숨을 내쉬었다.

"제발."

비비엔의 애원에 무심하게 보고 있던 레너드가 다물고 있던 입술을 열었다. 기다렸다는 듯 레너드의 입술 안으로 들어온 비비엔이 농염하게 그와의 입맞춤을 즐겼다.

하지만 그녀를 보는 레너드의 시선은 여전히 차가웠다.

차가운 그의 반응이 초조했는지 유혹적인 자세로 그의 허리를 어루만졌다.

침대에 편하게 누운 레너드의 위에 올라탄 비비엔의 손이 조심스럽게 그가 입고 있던 옷을 벗겨 내렸다.

비비엔이 그를 유혹하는 방법은 나쁘지 않았다. 아니, 언제나처럼 비비엔의 실력은 괜찮은 편이었다.

그런데 내키지 않는다. 모르는 척 받아들이기에는 좀처럼 끌리지 않았다.

레너드의 생각과는 다르게 비비엔의 숨은 점점 뜨거워졌다. 그냥 안아 버릴까? 하지만 내키지 않았다.

"아…… 레너드."

차가운 눈으로 방의 천장을 보고 있던 레너드가 문득 스치는 생각에 날짜를 계산하였다. 레너드의 입가에 씁쓸한 미소가 감돌았다. 언제나 이런 부분에서 그의 예상은 틀린 적이 없었다.

그의 가슴에 짙게 키스마크를 남기고 있던 비비엔의 허리를 잡은 레너드가 단숨에 몸을 돌렸다. 침대에 거칠게 눕혀진 비비엔이 흥분되듯 비명을 질렀지만 레너드는 그 표정 그대로 자리에서 일어났다.

갑작스러운 그의 행동에 비비엔의 얼굴이 사색이 되었다. 쾌락에 몸을 맡기던 비비엔이 손을 뻗어 레너드를 잡았다.

"왜? 왜요?"

"그만하자."

자리에서 일어난 그가 밖에 대기하는 시종에게 씻을 물을 준비하라 명령했다.

그의 감정을 알지 못하는 비비엔이 그에게 달려왔다.

"내가 뭘 잘못했어요? 아니면 기분 상하는 일이라도 저질렀나요?"

"오늘은 할 기분이 아니야. 할 말이 있어서 온 것이 아니었나? 그 이야기나 끝내고 가."

"레너드! 당신이 날 이렇게 대할 수는 이럴 수는 없어요!"

침대 옆에 있는 가운을 걸치는 그에게 비비엔이 소리쳤다. 만족하지 못한 쾌락에 분노가 치솟았다. 그러자 레너드의 시선이 날카로워졌다.

그의 시선에 움찔한 비비엔이 한 걸음 뒤로 물러났다.

"네가 나에게 무슨 존재인데?"

"난 당신의 하나뿐인 연인이잖아요! 난 당신에게 전부를 줬는데 언제나 당신은 받기만 하죠. 이건 모욕이에요. 난 당신에게 이런 대우를 받을 이유가 없다고요!"

연인이라는 말에 레너드가 피식 실소를 흘렸다.

"누가 너에게 그런 권리를 주었지?"

레너드의 냉담한 말에 비비엔의 몸이 떨렸다. 하지만 이대로 물러설 수 없다. 이를 악문 비비엔이 그에게 소리쳤다.

"레너드! 난 당신에게 전부를 줬어요! 그렇다면 당신 하나 정도는 나에게 줄 수 있잖아요."

"하나를 달라?"

"다른 건 원하지 않아요. 나에게는 당신밖에 없다고요."

"그래서 아이가 생기는 주기에 빠지지 않고 안아 달라 보채는 거였군."

허를 찌르는 말에 비비엔의 말문이 막혔다. 당황한 비비엔을 보고 있던 레너드가 몸을 돌렸다.

"일부일처. 아무리 황제나 황태자가 많은 여인을 거느릴 수 있어도 결국 인정을 받는 건 하나지. 아이를 가지면 황태자비는 네 것이 아닌가?"

"그 조건에 나는 아니라는 건가요? 내가 그 조건에 부족하다고는 생각하지 않아요."

"네가 생각하는 조건이 무슨 소용인가? 결국 선택은 내가 하는 것이다."

반박할 여지조차 주지 않는 그의 말에 비비엔이 말을 삼켰다.

그때, 씻을 물이 준비되었다는 시종의 소리가 들렸다. 나체인 비비엔을 보던 레너드가 몸을 돌렸다.

"이만 돌아가라."

밖으로 나가려는 레너드의 앞을 비비엔이 막았다.

카델의 평생 숙원이었던 식민전쟁도 성공적으로 마무리되었다. 미친 황제가 살아 있다 한들 얼마 남지 않았다. 그는 황제가 될 것이다. 그리고 그의 옆, 그녀가 황후로서 있게 될 것이다.

그러니 그가 황제가 되기 전에 자신의 자리를 인정받아야 했다.

"난 당신을 사랑해요."

"그래서?"

비비엔의 고백에도 레너드는 냉담했다. 마치 지나가다 아는 사람에게 인사를 받은 것처럼 그는 담담했다.

자르듯 선을 긋는 그의 분위기는 다가가기 어려웠다. 하지만 비비엔에게는 그가 전부였다.

"나에게 기회를 주세요. 당신의 옆자리를 나에게 줘요."

"비켜."

"내가 황태자비로서의 자질이 있다는 것을 증명할게요! 할 수 있다고요."

아무것도 입지 않은 비비엔을 위아래로 훑어본 레너드가 감정 없이 말했다.

"비비엔, 그 상태로 끌려 나가야 정신을 차릴 건가?"

레너드의 말에 비비엔이 숨을 삼켰다. 울컥하는 마음에 자신도 모르게 레너드가 허용한 선을 넘어 버렸다.

그는 비비엔에게 어떠한 관심도 없다.

파벨 후작의 힘이 필요해서 그녀를 가까이 두고 있었지만 단지 그뿐, 레너드에게 비비엔이나 다른 여자들이나 별 차이는 없었다.

그럼에도 그녀는 그를 사랑한다.

그의 강함을, 오만에 가까운 그의 자신감을, 누구도 범접하지 못하는 힘을 사랑했다.

어떻게든 황태자비의 자리를 약속받기 위해 온 걸음이었지만 오늘은 무리였다.

결국 고개를 숙인 비비엔이 몸으로 막고 있던 문에서 비켜섰다.

레너드가 일말의 주저도 없이 밖으로 나갔다.

씻으러 가는 그의 등을 바라보는 비비엔의 눈가엔 그렁그렁한 눈물이 맺혀 있었다.

쥐고 있는 주먹에 있는 힘껏 힘이 들어갔다.

그는 자신의 것이다.

반드시 그렇게 될 것이다.

궁 밖으로 나가려던 이젤의 계획은 기사들과 충돌하면서 무산되었다. 비비엔을 레너드에게 보낸 루칸은 기사들의 기강이 허술하다 느꼈는지 그날의 궁 밖 출입을 금지시켰다.

결국 방으로 들어온 이젤은 그대로 자리에 몸져누웠다. 아무리 두꺼운 이불을 뒤덮고 물에 젖은 수건으로 이마를 식혀도 열이 가라앉지 않았다.

시간이 어떻게 흘러가는지도 느껴지지 않았다. 간간이 정신을 차리면 날이 어두워지는 것이 보일 뿐이었다.

어두웠던 밤, 잠에서 깬 이젤이 자리에서 일어났다. 땀에 젖은 머리카락이 뺨에 몇 가닥 붙어 나왔다. 무거운 머리를 아래로 내리자 머리카락에서 흘러내린 땀방울이 바닥에 투툭 떨어졌다.

초점을 잃은 멍한 눈이 힘겹게 주변을 둘러보았다. 타들어 가듯 목은 마른데 잔에 가득 담아 놓았던 물은 어디에도 없었다.

"물······."

주변을 둘러봐도 물은 보이지 않았다. 결국 침대에서 일어난 이젤이 힘겹게 숙소를 벗어났다. 한 걸음, 한 걸음 내딛는 걸음이 천근만근이었다.

기사들의 숙소여서 그런지 사람들의 모습은 보이지 않았다.

온몸이 젖을 정도로 흘린 땀이 차가운 밤바람을 만나자 단숨에 그녀의 체온을 빼앗았다.

걷고는 있는데 제대로 가고 있는지 알 수 없었다. 하지만 그 와중에도 절대 황궁 치료사에게 가면 안 된다는 생각만큼은 확실했다.

터덜터덜 힘겹게 걸어가는 길의 끝, 흐릿하게 보이는 인영의 모습에 이젤의 걸음이 멈추었다.

멍한 눈을 비비며 주변을 둘러봤지만 열 때문인지 제대로 보이지 않았다.

앞에 서 있던 인영이 그녀의 앞으로 달려왔다. 누군가가 강한 힘으로 팔을 움켜잡았지만 이미 고열에 혼미한 이젤은 앞의 사내를 볼 정신조차 없었다.

"괜찮나?"

목소리가 울려 누구인지도 정확히 알 수 없었다. 그저 굵직하게 들려오는 목소리가 사내의 것이라는 것만 알 뿐이었다.

고열에 몽롱해진 이젤은 그녀가 현재 있는 곳이 카델이라는 사실도, 앞에 있는 사내가 산책을 나온 레너드였다는 사실도 알지 못했다.

자신이 있는 곳은 레나. 그리고 레나에서 그녀에게 유일하게 이런 호의를 베풀 사람은 윈스턴밖에 없었다. 몸은 카델이었으나 이젤의 정신이 있는 곳은 레나였다.

"윈…… 저하."

가는 팔에서 느껴지는 열기가 뜨겁다 못해 타는 것 같았다. 자신의 몸 상태도 관리 못 하는 기사가 검성이라 불리고 있다니, 왠지 모르게 울컥 화가 치솟았다. 더군다나 이젤은 자신을 보며 윈스턴을 찾고 있었다.

부서질 듯 위태로운 이젤을 보는 레너드의 눈에 분노가 일었다.

이 지경이 되도록 참았느냐는 말을 하려는 찰나, 이젤이 환한 미소를 지었다.

레너드의 시간이 멈추었다. 아니, 주변의 모든 것이 그 순간 완전히 정지하였다.

"괜찮습니다, 저하. 전 괜찮……."

말을 끝내기도 전에 이젤의 몸이 레너드의 품 안에서 무너졌다. 못된 사술에 걸린 것처럼 이젤의 미소에 몸이 굳은 것도 잠시, 품으로 들어오는 뜨거운 기운에 레너드의 심장이 바닥에 내려앉았다.

차갑고 냉정했던 그의 모습은 더 이상 없었다. 자신이 어떤 표정을 짓고 있는지도 모른 채 레너드가 품 안에 쓰러진 이젤을 바라보았다.

"이젤?"

제멋대로 날뛰던 분노가 불안에 삼켜졌다. 그에게 보여 줬던 화사한 미소가 완전히 사라졌다. 송골송골 맺혀 있는 땀이 레너드의 옷을 적셨다.

복잡한 머리를 가라앉힐 겸 나온 산책이었다. 좀처럼 오지 않는 혼자만의 시간을 이젤이 방해했다. 그럼에도 화가 나거나 불쾌하지 않았다. 아니, 피를 차갑게 하는 공포가 그를 휘감았다.

쓰러진 이젤을 레너드가 가볍게 안아 들었다. 목덜미에서 느껴지는 이젤의 숨에서 느껴지는 열기가 뜨거웠다.

고작 타국에서 데려온 기사일 뿐이다.

"치료사를 불러라!"

자신의 궁으로 돌아간 레너드가 다급히 외쳤다.

갑작스러운 그의 부름에 시종들이 당황한 것도 잠시, 분노에 찬 레너드의 음성에 부지런히 움직이기 시작했다.

품에 안겨 있는 이젤이 잔약하게 여렸다. 마치 아기 새가 어미 새에 매달리듯 이젤의 손이 레너드의 옷소매를 움켜잡고 있었다.

심장이 제멋대로 요동쳤다. 알 수 없는 감정이 그를 흔들었다.

정신을 잃은 것은 이젤이었지만 이성을 잃은 것은 레너드였
다.

❖

처음의 이젤은 그저 흥미를 끄는 존재였을 뿐, 아무것도 아니
었다.

하지만 가볍게 끌기 시작한 시선은 언제부터인가 당연한 것처
럼 고정되었다.

사내도, 그렇다고 여인도 아닌 삶을 사는 이젤.

주변에 억눌려진 삶을 살고 있으면서도 악착같이 견디는 이젤
이 신기했다. 그래서 데려왔다. 데려와서 어떻게 살아가는지 지
켜보았다.

더럽고 추악한 카렐의 황궁 안에서 잠시나마 호기심과 즐거움
을 주는 존재.

그뿐이었다.

그랬던 이젤이, 악착같이 자신을 지켜오던 이가 품 안에서 쓰
러지는 순간, 레너드는 자신 있게 가졌던 생각이 틀렸다는 것을
깨달았다.

"반드시 살려라."

레너드의 말에 새벽에 끌려오다시피 온 치료사는 벌벌 떨며

고개를 숙였다.

침대에 누워 있는 사람을 본 황태자의 개인 치료사는 자신의 눈을 의심했다. 분명 누워 있는 사람은 이번에 황태자가 데려왔다고 하는 레나의 기사였다. 하지만 몸 상태를 살피면서 확인한 바로는 침대에 누워 있는 사람은 여자였다.

주저하는 치료사를 보고 있던 레너드가 서늘한 어조로 말했다.

"지금 네가 해야 할 일은 치료다."

상념에 빠져 있던 치료사를 채근하듯 레너드의 서늘한 음성이 방을 울렸다. 치료사가 들어오자 모든 시종을 내보냈기에 황태자의 방에는 치료사와 이젤, 레너드뿐이었다.

그의 음성에 정신이 번쩍 든 치료사가 부지런히 손을 놀렸다.

황태자의 전속 치료사답게 어느 정도 시간이 지나자 고통스러운 신음 소리를 내며 떨던 이젤의 몸이 안정되었다. 찡그리고 있던 눈썹이 서서히 펼쳐지고 거칠게 내쉬던 숨이 안정되었다.

어느 정도 안정이 되었는지 이마의 맺혀 있던 땀을 닦아 내며 치료사가 레너드에 고개를 숙였다.

"고비는 넘겼습니다, 전하. 약을 넘겼으니 곧 열도 가라앉을 것입니다. 그래도 열이 빨리 내리는 것이 좋을 듯하니 찬물로 몸을 닦게 할 시녀를 보내겠습니다."

"그건 알아서 처리하겠다."

레너드의 말에 치료사가 고개를 숙였다. 이젤에게 가까이 다가간 그가 잠들어 있는 그녀의 이마에 손을 올렸다.

품에 안겼을 때보다는 열이 가라앉아 있었지만, 치료사의 말대로 아직 뜨거웠다.

그의 손길에 힘없이 고개를 돌리는 이젤의 모습을 보고 있던 레너드가 치료사에게 말했다.

"내가 널 내 치료사로 선택한 이유는 실력 때문이기도 했지만 입이 무거워서였다."

레너드의 말이 무엇을 뜻하는지 아는 치료사가 고개를 숙였다.

"전 아무것도 보지 못하였습니다. 심려하지 마시옵소서."

"앞으로 이젤의 관리도 네가 해야 할 것이다. 현명하게 행동하는 너이니 구구절절 말하지 않아도 알고 있겠지."

"염려하지 마십시오, 전하."

그림자 황태자라 불리는 레너드는 무섭고 두려운 인물이었지만, 적어도 충성하는 만큼 대가를 주는 인물이었다.

말을 끝낸 치료사가 밖으로 나가고, 밖에서 대기하고 있던 시녀가 차가운 물을 담은 그릇과 몸을 닦을 수건 몇 장을 들고 안으로 들어왔다.

이젤에게 다가오려는 시녀를 제지하며 레너드가 테이블을 가리켰다.

"내가 허락할 때까지는 누구도 들이지 마라."

레너드의 명에 고개를 숙인 시녀가 조용히 문을 닫았다.

모두가 잠든 깊은 밤, 불이 켜져 있는 레너드의 방은 밝았다. 시녀가 두고 간 물과 수건을 침대 옆으로 가져온 레너드가 이젤의 옆에 앉았다.

몸을 덮고 있는 이불을 걷어 냈다. 땀에 젖은 옷 사이로 몸의
윤곽이 드러났다.

검을 휘두르고 사내의 목소리를 따라 하려 해도, 결국 여인은
여인일 뿐이었다.

사내의 삶을 살고 있는 이젤.

이젤을 붙잡고 있던 동생과 가문을 떼어 냈어도, 여전히 그녀
는 기사로서 검을 휘두르고 있었다.

여전히 사내의 모습임에도 레너드는 그 안에서 여인을 느꼈
다.

젖은 옷을 벗겨 내기 위해 단추로 가던 레너드의 손이 흠칫
멈추었다.

냉정하던 레너드의 눈에 그조차도 알지 못했던 열기가 생겨났
다.

단추로 가던 레너드의 손이 이젤의 터진 입술을 훑었다. 비비
엔처럼 도톰하고 붉게 화장한 입술은 아니었지만 현재 레너드의
시선을 완전히 사로잡고 있었다.

이대로 삼키고 싶다. 힘겹게 내쉬는 숨 따위 전부 삼켜 버리
고 마음껏 탐하고 싶었다.

레너드로서는 처음으로 느껴보는 강한 열망이었다. 여자야 지
겨울 정도로 품에 안은 그였지만 지금과 같은 기분은 새로웠다.

입술을 쓸던 손으로 어깨를 붙잡은 레너드가 고개를 숙였다.
당장에라도 마음껏 이젤의 입술을 탐할 것 같은 그의 행동이 바

117

로 코앞에서 멈추었다.

"미쳤군."

상대는 아픈 여인, 그것도 고열에 정신을 잃은 여인이었다.

흔들렸던 이성에 찬물을 끼얹듯 정신을 차린 레너드가 몸을 일으켰다.

좀처럼 알 수 없는 감정은 이젤이 제대로 돌아온 후부터 알아도 늦지 않았다. 지금은 남아 있는 열을 식히는 게 우선이었다.

단추를 풀고 젖은 상의를 벗겼다. 유려한 어깨에 채 낫지 않은 상처가 레너드의 눈에 띄었다. 이제 자신의 사람이기 때문일까? 아니면 그저 바보같이 굴어 아픈 여자가 마음 안에 박힌 것일까? 어깨의 상처를 보던 레너드의 미간이 좁혀졌다.

젖은 상의를 바닥에 던지며 레너드가 고개를 저었다. 지금은 그런 생각을 할 때가 아니었다.

가슴을 단단히 압박하던 천까지 뜯어내자 하얀 나신이 그의 눈에 적나라하게 드러났다.

레나에서 옷을 갈아입혔을 때와는 다른 느낌이 그를 사로잡았다. 아프지 않았다면, 열로 인해 정신을 잃지만 않았더라면 어쩌면 강제로라도 그녀를 가졌을 것이다.

찰나의 욕구일지도, 순간의 충동일지도 모른다. 하지만 오랜만에 느껴보는 가장 원초적인 충동이었다.

"본의 아니게 시험당하고 있군."

레너드의 입가에 쓴웃음이 떠올랐다. 차가운 물에 적신 수건을 짜낸 레너드가 열을 식히기 위해 천천히 이젤의 몸을 닦기 시작했다.

평생을 누구에게 받기만 하며 살아온 레너드에게 지금의 경험은 생소했다. 하지만 누군가에게 이런 식으로 도움을 주는 것도 괜찮은 경험이었다.

미지근해진 수건을 다시 적시고, 적시며 이젤의 몸을 닦아 내자 다행히 몸에서 느껴지던 열이 천천히 식어 갔다.

그렇게 레너드가 하는 대로 몸을 맡기고 있던 이젤의 눈이 천천히 떠졌다.

"왜…… 전하께서……."

"쓸데없는 고집을 부리더니만 잘하는 짓이다."

이제야 정신을 차렸다는 기쁨과는 달리 그의 입에서 나오는 말은 비아냥이었다.

하지만 그의 차가운 말투조차 제대로 느끼지 못하는 듯 이젤의 눈이 짧게 감겼다가 다시 떠졌다. 정신을 차리려는 듯 고개를 흔들려는 이젤의 뺨을 레너드가 감쌌다.

"억지로 정신을 차릴 필요는 없다."

"일어나야…… 여긴……."

몸조차 제대로 가누지 못하는 주제에 일어나겠다며 고집을 부리는 이젤의 눈을 억지로 감겼다. 아이를 달래듯 레너드가 이젤을 토닥였다.

"지금은 아무 생각 말고 자라."

몸이 아파서, 그래서 생각을 할 수 없기 때문이었는지도 몰랐다. 누구보다도 두렵고 무서운 상대임에도 그의 손길이 싫지 않았다.

뺨을 감싸고 있는 레너드의 손을 이젤이 감쌌다. 몸이 약해졌기에 누구에게라도 잠시나마 의지하고 싶었던 것일지도 모른다. 그의 손을 감싼 이젤이 힘없이 미소를 지었다.

그때 레너드가 어떤 표정을 지었는지 이젤은 알지 못했다. 다만 손에서 느껴지는 온기에 지친 몸을 맡기며 이젤이 편안히 잠들었다.

그리고 그녀의 옆, 놀란 표정의 레너드가 오랫동안 잠든 이젤을 바라보았다.

해가 중천에 떠오르도록 레너드가 방에서 나오지 않자 루칸은 불안한 마음에 그의 궁으로 찾아갔다.

아무도 들어오지 말라 한 명령 때문에 레너드의 방 앞에는 그의 지시를 기다리는 시종들로 길게 줄이 만들어져 있었다.

혹시라도 레너드가 다친 것일까? 아니다. 대륙에서 그에게 해를 끼칠 수 있는 사람은 없었다. 하지만 벌써 해가 중천에 떠오른 시간이었다. 평소라면 집무실에서 일을 처리하거나 기사들의 훈련장에서 그들을 지켜보고 있을 황태자였다.

이런 경우는 루칸도 처음으로 겪는 일이었다. 문득 떠오르는 불안에 루칸이 소리쳤다.

"전하! 루칸입니다. 들어가겠습니다!"

말을 끝낸 루칸이 닫혀 있는 문을 열었다. 휘장이 가린 침대에 누군가가 누워 있었다. 그리고 인영의 옆, 의자에 앉은 레너드가 무심한 눈으로 누워 있는 이를 보고 있었다.

레너드의 모습에 루칸이 무릎을 꿇은 채 고개를 숙였다.

"누구도 들어오지 말라는 전하의 명을 어겼습니다. 용서하여 주시옵소서."

루칸의 쩌렁쩌렁한 소리에 침대에 누워 있던 인영이 몸을 움찔 움직였다. 의자에 앉아 있던 레너드가 몸을 들어 침대에 누워 있는 이에게 다가갔다.

가늘고 여린 목소리. 얼굴을 알 수 없었으나 그의 침대에 누워 있는 사람은 여인, 그것도 비비엔이 아닌 다른 이였다.

움직이려는 여인을 레너드가 붙잡았다. 무슨 이야기가 오고 갔는지 모를 대화가 끝나고, 여인의 목소리는 다시 잠잠해졌다.

휘장을 걷고 나온 레너드가 감정을 알 수 없는 표정으로 루칸을 보았다. 그의 시선에 루칸이 고개를 깊게 숙였다.

테이블의 의자를 루칸의 앞으로 끌어온 레너드가 다리를 꼰 채 앉았다.

"루칸, 조용히."

"네, 네! 전하."

"기사들의 바깥출입을 막았다는 보고를 들었다."

전혀 생각지 못한 물음에 루칸이 잠시 숨을 골랐다.

"비비엔 아가씨가 오셨을 때, 기사간의 충돌이 있었습니다. 해이해진 기강을 바로잡을 겸, 궁 밖에서의 휴식을 금하였습니다."

"흠."

루칸의 보고를 들은 레너드의 시선이 휘장 안의 이젤을 향했다. 남아 있는 열과 약 기운에 이젤은 아무 말도 하지 못했지만 시종을 시켜 알아본 것만으로도 레너드는 어떻게 된 일인지 파악했다.

기사들 간의 경쟁 관계는 권장할 일이었다. 황태자의 기사라는 자리에 도취하여 자신의 배를 채우는 멍청이들은 그에게 필요 없다. 처절한 경쟁 속에서 살아남는 놈들이야말로 그가 마지막까지 믿고 책임질 이들이었다.

루칸의 행동이 잘못된 것은 아니다. 결국 문제는 무리 지어 돌아다니는 카델 출신의 기사였다.

"난 시끄러운 건 질색한다."

"알고 있습니다, 전하."

"네가 수석기사인 이유는 누구보다도 날 잘 알고 있기 때문이다. 너에게는 두 번 말할 필요가 없지."

레너드의 말에 루칸이 고개를 숙였다.

어렸을 때부터 레너드의 최측근으로 살아온 그였다. 비록 다른 황자들에 비해 그의 길은 험했지만 단 한 번도 후회한 적은 없었다.

지독한 고난 속에서 압도적인 힘으로 황태자의 자리까지 올라온 레너드는 자신이 원하는 바를 돌려 말하는 사내가 아니었다.

그랬던 그가 지금 직접적으로 원하는 것을 말하지 않고 있었다.

생각할 수 있는 것은 하나, 지금부터 레너드에게서 나오는 말은 황태자인 그의 생각이 아니라 루칸의 책임으로 처리하라는 지시였다.

"하명하소서, 전하."

"내가 데려온 기사다. 앨빈 출신이고 레나 출신이고 간에 내 마음에 들어 데려온 녀석들이다. 그걸 타국의 기사라며 카델 기사가 무리 지어 텃세를 부린다면, 그 또한 나에 대한 도전이겠지."

"……."

"서로의 실력을 견제하며 경쟁하는 모습은 마음에 든다. 하지만 무리 지어 패를 나누려는 놈들이라면 한 번 정도는 정신을 차리게 해 주는 것도 나쁘지 않겠지. 내가 움직이는 것은 어렵지 않으나 결국 겉만 건드리고 끝날지도 모르지."

"죄송합니다, 전하."

"너에게 책임을 묻고자 함이 아니다."

카델 기사들이 무리 지어 타국 출신의 기사를 배척하는 일이 그의 귀에까지 들어간 듯했다.

그의 선에서 깔끔하게 정리해 놓으라는 레너드의 명에 루칸이 고개를 숙였다.

"사흘 안으로 처리해 놓겠습니다."

루칸의 말에 레너드가 손가락으로 턱을 쓸었다.

언제나 그의 처리는 확실했다. 이 정도만 이야기해 놓으면 상황은 깔끔하게 정리될 것이다.

레너드의 시선이 그의 침대에 잠들어 있는 이젤에게 향했다. 열은 내려갔으나 지쳐 있었기에 아직 정신을 차리지는 못하고 있었다.

자신의 손아귀에 들어온 기사라면, 그리고 그 기사가 제법 자신의 몫을 해내고 있다면 그는 얼마든지 자신의 힘을 써 줄 용의가 있었다.

"이만 나가 봐라."

"네, 전하."

"그리고 이젤은 어제 새벽에 따로 일을 시켰다. 해가 뜨자마자 궁 밖으로 나갔으니 일주일 정도 걸릴 것이다."

어쩐지 아침훈련부터 이젤이 보이지 않았다. 지금까지 누구보다도 악착같이 버텨 냈었던 그였는데 막상 보이지 않으니 무언가 이상하다는 생각을 하고 있던 루칸이었다.

이제야 해결이 되었다는 듯 고개를 끄덕인 루칸이 조심스럽게 뒷걸음으로 방 밖으로 나갔다. 그의 기척이 완전히 사라지자 레너드가 이젤이 있는 침대로 다시 걸어왔다.

밝은 백금발을 베개에 늘어뜨린 채, 고른 숨을 내쉬며 이젤이 잠들어 있었다.

새벽에 보았던 미소가 뇌리에서 사라지지 않았다. 그저 자는 모습임에도 시선을 뗄 수 없다. 검을 휘두르며 그에게 이를 세우는 이젤과 지금의 그녀는 다르게 느껴졌다.

침대의 끝에 앉은 레너드가 그녀의 머리카락을 손가락으로 쓸었다. 손가락에 휘감기는 머리카락이 부드러웠다. 그의 손길에 간지러운 듯 이젤이 고개를 옆으로 돌렸다.

그를 외면하듯 돌린 고개가 마음에 들지 않는다. 턱을 잡아 그에게 다시 고개를 돌렸다.

가까이 갈수록 위험하다는 신호가 들려왔다.

흥미가 생겨 데리고 온 기사일 뿐이다. 그 이상도, 그 이하의 의미도 없었다.

하지만……

이젤이 깨어날 때까지 레너드의 시선은 그녀에게 향해 있었다.

❖

이젤은 꼬박 사흘을 고열에 시달렸다. 가라앉는 듯하면서도 다시 치솟는 열에 꼼짝없이 그의 방에서 머물렀다. 그토록 싫어하는 레너드의 방이라는 것을 알면서도 손 하나 까딱할 수 없었다.

오르는 열에 아픈 적은 많았지만 이렇게까지 앓은 기억은 없었다. 그래도 치료사와 레너드의 간호 속에 빠르게 회복이 되어 가고 있는 것은 다행이었다.

침대에 앉아 시종이 가져온 따뜻한 수프를 수저로 떠먹으며 이젤이 휘장 밖의 모습을 눈치껏 보았다.

"뭐지?"

"아, 아닙니다, 전하."

서류에 시선을 주고 있으면서도 어떻게 아는 것인지 그의 말에 이젤이 고개를 푹 숙였다.

잔인하고 무섭다는 생각과 달리 그는 며칠 동안 이젤의 간호를 도맡았다. 그에게 몸을 보여 준 것은 부끄러운 일이었으나, 레너드가 아니었다면 지금쯤 이젤은 여자라는 것이 밝혀졌거나 죽었을 것이었다.

수저로 수프를 휘젓고 있던 이젤이 한 숟가락 들었다.

회복을 하려면 우선은 먹어 두어야 했다. 하지만 아직 기력이 부족한지 들고 있던 수저를 떨어뜨렸다.

쨍그랑.

조용한 방 안에 접시와 수저가 만나는 소리가 울렸다. 안경을 쓴 채, 서류를 보고 있던 레너드의 눈이 이젤을 향했다. 그의 시선에 이젤이 눈을 질끈 감았다.

꼭 언제나 이런 식으로 실수를 해 댔다. 고개를 흔들어 아찔한 정신을 다듬고는 다시 수프를 먹으려는 찰나, 햇빛이 레너드에 의해 가려졌다.

언제 왔는지 안경까지 벗은 그가 이젤의 다리 위에 올려져 있던 수프 그릇과 수저를 빼앗았다. 몇 번 수프를 휘저은 그가 한 숟갈 떠서 이젤의 앞에 내밀었다.

그가 말하는 것이 무엇인지 깨달은 이젤이 고개를 격하게 저었다.

"전하! 제가, 제가 먹을 수 있습니다."

"먹어라."

"좀 전의 일은 그저 실수였을 뿐이었습니다. 그러니 수저 주십시오."

빨갛게 익은 얼굴로 눈에 띄게 당황했다. 치료사를 보내 준다고 할 때도 쓸데없는 고집을 부리더니만 지금은 수저조차 제대로 들지 못하는 주제에 자신이 한다며 반항이었다.

당황한 나머지 평소에는 열심히 유지하고 있던 미성조차 풀려 있었다. 어찌할 바를 모르고 허둥대는 모습이 그제야 제 나이대의 여인으로 보였다.

하지만 당황하는 모습이 생각보다 귀여워 보이는 것은 둘째 치더라도, 쓸데없는 반항이 거슬렸는지 레너드의 눈썹이 꿈틀댔다. 꼬박 사흘을 앓아 댔으니 몸이 제대로 굴러갈 리가 없다. 그걸 알기에 직접 먹여 주겠다는데 또 자신이 할 수 있다며 고집이었다.

"뭐, 이런 식으로 안 먹겠다면 할 수 없지."

레너드의 말에 당황했던 이젤이 길게 한숨을 내쉬었다. 순간의 실수로 돌이킬 수 없는 일을 당할 뻔했다. 다시 한 번 느끼는 것이었지만 눈앞의 황태자는 그녀의 범주에서 완전히 벗어난 사람이었다.

정신을 차리자며 눈을 질끈 감았던 이젤이 레너드에게서 수저를 받기 위해 손을 들었다.

하지만 그녀의 손으로 되돌아 갈 수프를 뜬 수저가 레너드의 입으로 들어갔다.

"어?"

그의 반응에 놀란 것도 잠시, 열린 이젤의 입술로 그가 다가왔다.

입안으로 들어오는 수프의 맛은 느껴지지도 않았다. 작게 열린 틈으로 멋대로 들어온 그는 느긋하게 이젤의 혀를 감아 왔다. 반항하는 이젤의 허리를 팔로 감은 레너드가 다른 손으로 피하려는 그녀의 머리를 붙잡았다.

꼼짝없이 잡혀 버린 상태에서 반항조차 할 수 없었다. 거듭 물리고 있는 입술이, 혀뿌리가 뽑힐 듯 거칠게 휘감기는 레너드의 감촉이 어느 때보다도 당혹스러웠다.

입술을 맞춘 채 그녀를 바라보는 눈에 열기가 느껴지는 것은 이젤만의 착각이었을까? 아니 지금은 그가 무슨 생각을 하고 있는지 중요하지 않았다. 허리를 안고 있는 레너드의 팔에 힘이 들어가자 약간의 공간도 없이 그에게 밀착되었다.

피조차도 얼음처럼 시릴 것 같은 그에게서 느껴지는 온기가 데일 듯 뜨거웠다.

처음으로 느껴보는 감각에 이젤의 정신이 아늑해졌다.

하지만 그 감각에 지는 대신 이젤이 있는 힘껏 그를 밀어냈다.

"이게 무슨 짓입니까?"

거친 숨을 내쉬며 이젤이 몸을 뒤로 뺐다. 얇은 옷 위로 거칠게 오르내리는 가슴이 눈에 들어왔다. 적어도 그의 앞에서 항의하고 있는 이젤은 더 이상 사내가 아니었다.

팔 안에 느껴지는 여체가 아늑하게 고혹적이었다. 짧게 맛보았던 이젤의 감촉은 그가 예상했던 것보다도 훨씬 매력적이었다.

가볍게 시작한 입맞춤은 정신을 놓을 정도로 아찔했다.

"이런 식으로 당신에게 당할 이유가 없습니……."

"여기 묻었다."

레너드의 손가락이 입술 끝에 묻은 수프를 쓸었다. 그의 행동에 당황한 이젤이 굳은 사이, 레너드의 입술이 다시 다가왔다.

병간호를 하느라 참아 왔던 것을 풀 듯 느긋하게 제 마음껏 취하고 탐하였다. 레너드의 힘에 의해 앉아 있던 이젤이 침대에 눕혀졌다. 한 팔에 감기는 허리도, 손에 잡히는 얇은 손목의 감촉도 좋았다. 저항해도 빠져나갈 수 없자 이젤의 눈가에 눈물이 맺혔다. 몸이 좋지도 않은 때에 있는 힘껏 반항하다가 지쳐 버린 이젤의 몸이 침대에 늘어졌다.

그제야 약탈하듯 이젤의 입술을 취하던 레너드가 입술을 뗐다.

이성과 본능 사이에서 치열하게 대립하였다. 강제로라도 안고 싶다. 만족할 때까지 품 안에 가두고 자신만을 보게 하고 싶었다.

"사내 같은 네가 자꾸 끌린다."

"……."

"안고 싶다."

레너드의 말에 놀란 이젤이 공포에 질린 표정으로 그를 보았다. 늘어져 있던 이젤의 몸에, 레너드에게 반항하기 위해 힘이 들어가는 게 느껴졌다.

"하지만 너를 그런 식으로 안으면 후회할 것 같다."

이젤의 위에서 그녀를 내려다보던 레너드가 몸을 일으켰다. 그가 떨어지자 침대 끝으로 이젤이 몸을 옮겼다.

"이제는 수저로 음식을 떠먹을 기운이 나겠지. 먹어라. 반항도 먹어야 하는 거다."

"전하께서는 날 여자로서 원하지 않는다고 하셨습니다."

침대에서 일어나 테이블로 돌아가는 레너드의 뒤로 이젤이 낮게 말했다. 섬뜩하리만큼 낮은 목소리에 레너드의 시선이 다시 이젤에 향했다.

거듭 빨리고 물려서 부은 입술 끝에 피가 맺혀 있었다. 반항하는 이를 찍어 눌러 탐하다가 생긴 상처, 꼭 자신의 것이라는 표시를 남긴 것 같은 기분이었다.

그녀의 기분이야 어쨌든 레너드로서는 제법 그 표시가 마음에 들었다.

"탕부도 저보다는 여자답다고 한 전하입니다."

"내가 너를 여인으로서 느껴서는 안 될 이유라도 있는 거냐?"

레너드의 말에 이젤이 숨을 삼켰다. 테이블로 가던 그가 다시 돌아오자 이젤이 몸을 피했다. 하지만 어차피 그녀와 그 이외에는 아무도 없는 방, 순식간에 레너드의 손이 이젤의 팔목을 잡았다.

"아니면 너는 윈스턴의 여자이니 나는 건드려서는 안 된다는 말을 하는 것인가?"

"윈스턴 저하와 전 그런 관계가 아닙니다! 오해하지 마십시오!"

"그럼 맹목적인 충성이라 말하고 있는 건가? 애정과 충성조차 구분하지 못하는 멍청한 인간으로 널 보지 않았다."

처음은 관심이었을지도 몰랐다. 호기심으로 멋대로 끌고 온 기사, 그 이상 이하도 아니었다.

하지만 조금 전의 입맞춤으로 레너드는 자신을 복잡하게 하던 마음을 정리했다.

그는 자신을 거부하는 그녀를 얻고 싶다. 단순한 기사로서도, 여인으로서도 아닌 전부를 원했다.

하지만 카델에 적응하려 노력하면서도, 언제든지 레나로 돌아갈 준비를 하는 이젤의 모습은 마음에 들지 않았다. 그 이유가 레나의 윈스턴 때문이라는 것도 알고 있었다.

속을 꿰뚫듯 날카롭게 노려보는 레너드의 시선에 이젤의 눈가에 물기가 어렸다.

"저는 반려가 있는 사람에게 마음을 품을 정도로 파렴치한 사람이 아닙니다. 그리고 원하지 않는 사내에게 여인으로 보이고 싶을 정도로 여인의 삶을 동경해 온 사람도 아닙니다."

압도적인 분위기를 가진 레너드의 시선을 마주하고 있음에도 이젤은 변화가 없었다.

잡고 있는 팔목에서 단 하나의 떨림도 없었다.

"하지만 윈스턴 저하의 기사로는 살고 싶습니다. 그분의 곁에서 바뀌어 가는 세상을 보고 싶습니다. 아둔한 꿈일 수 있으나 저에게 있어서는 평생의 꿈이자 일생의 소원입니다. 전하의 충동적인 호기심으로 여기까지 오게 되었지만 반드시 돌아갈 것입니다. 그때까지는 절대 망가지지도 무너지지도 않을 것입니다."

"내가 너에게 관심을 가지는 것이 널 망가뜨릴 것이다?"

"전하는 원하는 것을 위해서라면 누구든 짓밟을 수 있는 사람이니까요. 전하는 충동적인 욕구를 충족시키면 그만이겠지만, 저는 저 이외에는 아무것도 없는 사람입니다."

"……."

"기사 이젤은 전하에게 드렸습니다. 하지만 여인인 저는 전하의 것이 되고 싶지 않습니다. 전하의 일시적인 욕구에 제 전부를 빼앗기지 않을 것입니다."

결연한 시선에 담긴 마음이 레너드를 끊임없이 흔들었다.

그녀의 말대로 지금의 감정이 일시적이고 충동적일 수도 있었다. 그녀를 안고 나면 다른 여인들처럼 그저 그런 존재로 느껴질지도 모르는 일이었다.

하지만 지금만큼은 그 어느 것보다도 그녀를 가지고 싶었다.

"강제로 가져서 부서질 존재라면 지금은 물러나는 것이 좋겠지. 하지만……."

잡고 있던 팔목을 풀어 주자 이젤이 다시 그에게서 멀어졌다. 시선을 외면하는 이젤을 보며 레너드는 다짐했다.

레나의 윈스턴도, 누구도 데리고 갈 수 없다.

"나는 널 원한다."

외면하던 시선이 다시 레너드를 향했다.

깊이를 알 수 없는 짙은 푸른색의 눈을 보며 레너드는 그녀에게, 그리고 자신에게 다짐하듯 말했다.

"나는 네 전부를 가질 것이다."

❖

"전하의 심부름을 갔다 왔다더니 얼굴이 반쪽이군."

열흘 만에 만나는 클라우의 모습에 이젤이 미소를 지었다. 그때의 일 이후, 당장에라도 방에 돌아가고 싶었지만 이젤을 방으로 데리고 오면서 한 레너드의 조치 때문에 어쩔 수 없이 삼 일을 그곳에서 더 머물렀다.

다행히 그날 이후로 레너드는 이젤에게 더 이상 손을 대지도 다가오지도 않았다.

하지만 이미 그에 의해 찍혀 버린 낙인. 잊고자 했지만 그럴수록 기억에 더 선명해졌다.

"어찌어찌 갔다 왔습니다. 다만 감기랑 겹쳐서 조금 고생을 했더니만 얼굴이 말이 아니군요. 그런데 제 기분인 것입니까? 무언가 달라졌습니다."

주변을 둘러보는 이젤의 감각이 전과 달라진 미묘한 분위기를 잡아냈다. 무언가 딱 꼬집어서 말할 수는 없지만 텃세를 부리며 기선 제압을 하던 이들의 기세가 가라앉아 있었다.

이젤의 물음에 클라우가 대답하려는 찰나, 이젤 또래의 기사가 그들의 사이에 끼어들었다.

그녀와 비슷한 시기에 앨빈에서 들어온 제스퍼였다. 이젤보다 머리 하나가 더 큰 그가 자연스럽게 이젤의 어깨에 팔을 둘렀다.

"제스퍼다. 지난번에 인사했지?"

"기억하고 있습니다."

"에이. 애늙은이 같기는…… 너 나랑 동갑이잖아. 말 놓으라
고."

친근한 말투에 이젤이 씩 미소 지었다. 어차피 카델에 머물려
야 한다면 여기에 있는 이들과도 친해져야 했다. 능청스럽게 어
깨를 올린 제스퍼의 옆구리를 팔꿈치로 툭 치며 이젤이 물었다.

"그나저나 자네는 뭐 좀 아는 게 있는가? 우리 대화에 끼어든
걸 보니 아는 게 있는 것 같군."

별 스스럼없이 말을 놓는 이젤의 모습에 제스퍼가 씩 미소를
지었다. 검성이라더니만 생각보다 괜찮은 성격이었다. 카델 기사
들의 텃세로 타국에서 온 기사들은 서로 뭉칠 수밖에 없었다. 그
래야 이곳에서 살아남을 수 있으니까.

그런 의미에서 실력도 있고, 성격도 무난한 이젤은 알고 지내
기에는 제법 괜찮은 이였다.

"카델 놈들 주축이었던 몇몇이 이번에 황태자 전하의 직속에
서 밀려났다던데? 추후 명령이 있을 때까지는 배치된 곳에서 한
발자국도 움직이지 말라고 했다더군."

"흐음."

이상하다는 듯 이젤이 고개를 갸웃했다. 그녀의 표정을 보고
있던 클라우가 고개를 숙인 체 조용히 말했다.

"카델 놈들이 텃세를 부린다는 사실이 황태자 전하에게까지
들어간 모양이더군. 처리한 것은 수석기사인 루칸이었지만 지시

한 사람은 레너드 전하라는 소문이 있었네."

클라우의 말에 이젤이 숨을 들이마셨다. 열병에 정신을 차리지 못할 때 루칸과 그가 얼핏 대화하는 것을 듣기는 했었다. 하지만 그때의 정신이 워낙 흐릿하여 제대로 들은 건지 알 수 없었다.

그 후로도 몇몇 얘기가 오고 갔지만 주요한 내용은 없었다.

그때, 끼리끼리 모여 대화를 하는 기사들의 귀에 황태자 전하의 등장을 알리는 목소리가 들려왔다.

루칸과 몇몇 기사들을 데리고 레너드가 훈련장 안으로 들어왔다.

상대를 찍어 누르는 위압감. 가까이 가면 죽을지도 모른다는 공포.

꼭꼭 숨겨 왔던 속마음을 꿰뚫어 보듯 노려보는 시선. 그리고 차가운 그의 이미지와 상반되는 가장 뜨거운 열기.

훈련장 안으로 들어온 그가 고개를 돌려 자리에 서 있는 이젤을 바라봤다.

잊고 싶은 과거가 다시 떠올랐다. 붉어지는 얼굴을 가리듯 그녀가 시선을 땅으로 내렸다.

할 수만 있다면 그때의 기억만큼은 검으로 도려내고 싶었다.

"흡."

그때의 열기가 느껴지자 이젤이 손으로 입을 가린 채 숨을 삼켰다. 그녀의 반응에 제스퍼가 괜찮으냐며 팔을 쳤다. 하얗게 질린 이젤이 그에게 어색한 미소를 지어 보였다. 다시 고개를 들어 보니, 그의 시선은 뒤에서 말을 거는 루칸에게 향해 있었다.

그녀가 아무리 발악해도 이길 수 없는 상대.

어떻게든 도망가고 싶어도 그럴 여지조차 주지 않는 사내.

이대로라면 그에게 잡힐 것이다. 그에게 잡히는 순간, 레나로 되돌아가려는 이젤의 계획은 무너질 것이다.

그럴 수는 없다. 자신이 있어야 할 곳은 레나, 그녀의 주군인 윈스턴의 옆이었다.

레너드의 시선이 다시 이젤을 향했다.

하지만 고개를 돌려 그의 시선을 외면한 이젤이 굳게 주먹을 쥐었다.

벗어날 것이다.

반드시 살아남아 이곳에서 빠져나갈 것이다.

제4장
형제

어느덧 시간이 흘러, 한 달이 훌쩍 지나 있었다.

클라우, 제스퍼와는 무난히 지냈고, 카델 기사의 텃세도 제법 사라져 갔다.

그리고 무슨 연유에서인지 레너드는 그녀에게 훈련뿐만이 아니라 행정적인 부분도 가르치기 시작했다.

레나에 있을 때는 개인 훈련을 하거나 신입 기사의 검을 봐 주는 것이 전부였다. 그녀가 처리해야 할 행정업무는 전부 페로단이 맡아 했었다. 남동생 이젤은 행정에 전혀 관심이 없었고, 그녀의 경우에는 여자인 것을 들킬지도 모른다는 페로단의 우려에 관심조차 가지지 못했다.

여자가 나라의 행정에 간섭한다는 것 자체가 말도 안 된다고 생각하는 시기였다. 그렇기에 해 보고 싶다는 소망뿐, 거의 포기하고 있었던 일이다.

그랬던 것이 레너드에 의해 이루어졌다.

그녀가 여자라는 사실을 알면서도 그는 기회를 주었다.

처음으로 얻은 기회가, 그리고 그 기회를 준 사람이 레너드라는 사실이 이젤에게는 어색하게 다가왔다.

"이젤 기사님!"

멀지 않은 곳에서 부르는 소리에 이젤의 걸음이 멈추었다. 고개를 돌리니 레너드의 집무실에 머물고 있는 시종이 그녀에게 달려오고 있었다.

급하게 달려오느라 가빴던 숨을 고르며 시종이 그에게 고개를 숙였다.

"무슨 일인가?"

같이 고개를 숙인 이젤이 그에게 물었다. 그녀의 물음에 고개를 든 시종이 품 안에 접어 놓은 종이를 이젤에게 넘겼다.

"전하께서 기사님께 전해 드리라 한 것입니다. 그리고 서고에 가시는 길에 전하께서 맡겨 놓은 책까지 같이 가져오시라는 명 또한 전하라 하셨습니다."

고개를 끄덕이며 이젤이 시종이 가져온 종이를 받아 들었다. 고개를 숙여 인사를 마친 시종이 바쁜 걸음으로 왔던 길을 다시 걸어갔다.

그가 완전히 사라지자 이젤이 접혀 있던 종이를 폈다. 며칠 안에 해 오라는 짤막한 문장과 함께 그녀가 처리해야 할 일의 목록이 적혀 있었다.

"하아."

기회를 준 것은 준 것이고, 그가 이젤에게 시키는 일은 이제 행정을 배우기 시작한 그녀에게는 어려운 수준이었다. 오늘 밤도 새워야 할지도 모른다는 생각에 이젤이 무거운 숨을 내쉬었다.

하루에 한 번, 행정을 배우는 대신 이젤은 일을 보고하기 위해 레너드를 보았다.

잔인하고 제멋대로에 두려운 황태자는 시간이 지나감에 따라 다른 모습을 보여 줬다.

찍어 내리는 살기나 주변을 휘어잡는 강함은 여전했다. 하지만 한 걸음 뒤에서 지켜본 그는 이유 없이 화를 내지도, 영문도 없이 주변을 찍어 내리지도 않았다.

철저히 계산된 상황에서 움직였고, 이득을 얻어야 하는 상황에서는 몸을 낮추고 기다릴 줄도 아는 이였다.

광인으로 유명한 황제가 제멋대로 저질러 놓은 정책을 수습하는 것도 그였고, 황제의 광기에 피해를 당한 사람들을 거두는 것도 그였다.

나라 밖에서는 피에 미친 그림자 황태자라 불렸지만, 적어도 안에서는 나라를 이끌 유일한 황자라는 압도적인 지지 또한 받고 있었다.

서고로 가던 이젤의 걸음이 멈추었다.

'혼란스럽다.'

차라리 그냥 광인이었다면 마음껏 증오하며 레나로 돌아갈 생각만을 가지며 살아갔을 것이다. 하지만 그는 광인이기보다는 치밀하고 냉정한 생각을 하는 사람이었다.

자신을 위한 이득이라면 데리고 있는 기사가 여자여도 아무런 문제도 되지 않는 자. 그게 바로 레너드였다.

멈춰 있던 이젤이 고개를 흔들며 다시 걸음을 옮겼다. 지금은 쓸데없는 생각을 하기보다는 그가 시킨 서류부터 처리하는 것이 우선이었다.

다급히 걸음을 옮기던 순간, 전혀 느껴지지 않던 기척이 바로 옆에서 감지되었다.

놀란 이젤이 피하려는 찰나, 나무 뒤에 숨어 있는 인영이 그녀의 손목을 붙잡았다.

깊게 생각한 나머지 반응이 늦은 것도 있지만, 검성인 이젤의 기에 읽히지 않을 정도로 갑자기 나타난 인영의 움직임은 은밀하고 민첩했다.

당했다는 생각에 이젤이 팔을 들며 인영의 목을 손으로 내려치려 하였다.

하지만 목에 닿기 직전, 인영의 모습에 이젤의 손이 멈추었다.

레너드와 똑같은 얼굴. 미세한 차이만이 있을 뿐 그녀를 잡은 인영은 놀랍도록 그와 닮았다.

"카일 저하!"

멀지 않은 곳에서 달려오는 시종의 모습에 이젤이 들었던 손을 내렸다.

이젤을 잡은 인영, 아니 카일이 환한 미소로 그녀를 바라보았다.

카일 로즈.

카델에 머물기 위해 익혔던 상식 중에 그녀가 아는 카일이라는 사람은, 레너드의 형이자 황제의 맏아들밖에 없었다.

차기 황제라 불렸던 자, 하지만 현재 로즈 왕가 특유의 광기를 이기지 못하고 무너진 자.

일련의 사건으로 정신을 놓은 뒤로 황궁의 북쪽 탑에 감금되어 있던 황자는 어떻게 나온 것인지 현재 이젤을 붙잡은 채 환한 미소를 짓고 있었다.

"저하, 어서 이리로 오소서."

"싫어! 오지 마!"

레너드보다도 몇 살 위로 보였으나 하는 짓이나 말투는 어린아이와 별 차이가 없었다. 졸지에 시종과 카일의 사이에 끼어 버린 이젤이 난감하다는 듯 눈썹을 모았다.

미쳤다기보다는 마치 자신을 놓아 버린 것 같은 모습. 영문은 알 수 없었으나 이젤의 뒤에서 바들바들 떨고 있는 모습이 왠지 모르게 안쓰러웠다.

하지만 그녀를 꼭 붙들고 있는 이가 레너드의 형이자 첫째 황자인 카일이라면 그녀로서도 어찌할 권한이 없었다.

그런 그녀의 변화를 느낀 듯 카일이 와락 이젤의 허리를 휘감았다.

"앗!"

"저하, 기사에게 그러시면 안 되십니다. 어서 이리 오세요!"

"싫어! 나 안 갈 거야."

버럭 소리를 지르는 카일과 발을 동동 구르는 시종의 사이에 본의 아니게 팽팽한 상황이 만들어졌다. 아무리 어린아이같이 굴어도 황자는 황자, 자칫 잘못 행동해서 얼굴에 생채기라도 나는 날에는 시종이나 이젤은 모두 죽은 목숨이었다.

결국 그들의 중간에 끼어 있던 이젤이 나섰다.

허리에 팔을 꼭 감고 얼굴을 묻은 카일에게 이젤이 나지막이 말했다.

"저하, 이러시면 안 됩니다. 시종의 말을 따르셔야죠."

부드러운 미성의 음에 떨고 있는 카일이 고개를 빼꼼 들었다. 험악하게 생긴 기사들과는 다른 이젤을 보며 그가 고개를 저었다.

"싫어! 안 가! 나 보내지 마! 놀자! 응? 나랑 놀자!"

이젤의 허리에 매달린 카일이 막무가내로 떼를 썼다. 그의 행동에 시종들이 이젤과 카일을 보며 안절부절못하였다. 카일이 탑에서 나온 지도 벌써 한 시간째, 이 상황을 황제나 레너드가 알면 큰 처벌을 받을 것이었다.

불안한 시종들이 이젤에게 빨리 카일을 떼어 내라는 무언의 시선을 보내었다.

그들이 말하고자 하는 바가 무엇인지는 알았으나 생각 외로 이젤을 붙잡고 있는 카일은 필사적이었다. 결국 길게 한숨을 내쉰 이젤이 카일에게 손을 내밀었다.

"저하, 한 시간입니다. 그 이후에는 시종의 말을 따르시는 것입니다."

"응!"

"기사님, 그건 절대 아니 되는 일입니다! 이 사실을 폐하나 전하께서 아시면!"

이젤의 말에 시종들이 비명을 질렀다. 하지만 카일의 손을 잡은 이젤은 담담했다.

"그럼 이대로 저하를 탑까지 끌고 갈 것인가? 내 보기에는 그대들이나 나나 저하를 온전한 모습으로 탑까지 모셔 갈 수는 없을 것 같다."

"그렇지만!"

"스무 걸음 뒤에서 따라오라."

"기사님!"

"같이 놀아 줄 거야?"

기함하는 시종들의 비명 사이로 카일의 물음이 섞여 들었다. 밖에 더 있을 수 있다는 것 때문인지 카일의 표정은 처음 봤을 때보다도 환하였다.

다른 분위기의 레너드를 보는 기분.

볼수록 묘한 느낌이 들었다.

그 어떤 얼룩도 없는 순백의 모습. 무슨 연유로 모든 것을 버렸는지는 몰라도 어린아이 같은 카일의 모습은 이젤에게는 친근하게 느껴졌다.

잡고 있는 손에 힘을 주며 이젤이 미소 지었다.

"저하, 제 이름은 이젤이라고 하옵니다."

"난! 카일이야! 카일 로즈야!"

이젤보다도 머리 하나가 더 있는 그였어도 행동은 그녀보다도 어렸다.

"저와 같이 있는 한 시간 동안은 잡은 손을 놓으시면 안 됩니다. 아시겠죠?"

"응!"

약속하듯 고개를 끄덕인 카일이 꼭 잡고 있는 이젤의 손을 들어 보였다. 그의 말에 고개를 숙인 이젤이 천천히 걷기 시작했다.

그리고 둘에게서 떨어진 이십 보 뒤, 초조해하는 시종이 부지런하게 따랐다.

"기사의 무기와 방어구 상황에 대한 보고는 왜 아직이지?"

레너드의 낮은 음성에 루칸이 식은땀을 흘렸다. 압도적인 병력으로 닥치는 대로 주변국들을 삼키기만 했을 뿐, 황제는 전쟁 후의 일 처리나 내부의 상황에는 전혀 관심을 가지지 않았다.

결국 그 모든 처리는 레너드의 몫.

밤을 새우다시피 일을 처리하는 그가 아니었다면 카렐은 식민 전쟁을 성공으로 끝내지도, 이후에 이렇게까지 빠르게 안정을 찾지도 못했을 것이다. 그 대신 레너드는 자신이 원하는 시간대에 보고가 이루어지지 않으면 크게 화를 냈다.

"그 보고는 이젤이 하기로 되어 있었습니다. 오늘 서고를 갔다 온 후에 보고할 예정이었습니다."

"그런데 아직도 오지 않았다?"

소름 끼치도록 낮은 목소리에 루칸이 몸을 떨었다. 레너드에게 선택받은 스물다섯 명의 기사들. 그중 행정까지 처리하는 기사는 열 명도 되지 않았다.

레너드에 모난 감정을 가지고 있어도 성실하고 부족한 만큼 노력하려는 것이 보이는 이젤이었다. 서류를 잘못 해 오거나 부족해서 그에게 혼나는 일은 있었어도 절대 늦는 일은 없었다.

꿀꺽, 루칸이 마른침을 삼켰다. 그 모습을 보고 있던 레너드가 문을 보며 말했다.

"밖에 누구 있나?"

레너드의 말이 끝나기가 무섭게 문이 열리며 시종이 몸을 숙였다. 들고 있던 서류를 내려놓은 그가 다른 문서를 집어 들었다.

"이젤을 찾아와라."

"저기……."

말을 흐리는 시종의 행동에 문서에 가 있던 레너드의 눈이 그에게 향했다. 말하라는 레너드의 시선에 시종이 몸을 깊게 숙였다.

"오전에 차를 가지러 간 시종이 카일 저하와 같이 걷고 있는 이젤 기사님을 보았다고 하옵니다."

생각지 못한 카일의 이름에 레너드의 눈이 좁아졌다. 레너드의 시선이 시종에게서 창문으로 돌려졌다.

몸을 사리거나 피하지는 않아도, 이젤은 어떻게든 레너드와 카델에게서 도망치려 하였다.

이제 겨우 두 달. 그럼에도 제법 자신의 몫을 해내는 모습이 나쁘지 않았다. 아니, 도리어 치장에 신경 쓰며 그의 눈에만 들려는 여인과는 다른 이젤이 마음에 들었다.

그 와중에 레나의 움직임이 전과는 다르다는 보고가 계속 들어오고 있었다.

무능한 황제. 그리고 병약한 윈스턴. 그리고 윈스턴에 충성한 이젤.

어쩌면 윈스턴에게는 검성이라는 존재가 불손한 생각을 품고 있는 귀족들을 억누르는 무기가 되었을 것이다. 레나의 상징이자 윈스턴을 보좌할 만한 능력과 실력을 갖춘 존재. 그리고 무모하다고 생각할 정도로 윈스턴을 믿고 따르던 이젤.

하지만 그랬던 것이 레너드가 이젤을 데리고 오면서 점점 흔들리고 있었다.

'속국의 상황에는 관심이 없지만…….'

올곧고 하나에만 매달리는 사람일수록 그것이 무너졌을 때 부서지기 쉬웠다.

여인으로서도 기사로서도 이젤은 제법 마음에 들었다. 레너드에게 있어서 이젤이 여자라는 사실은 전혀 신경 쓰이지 않았다. 쓸모가 있다면 성별은 중요하지 않다.

얼마나 그의 기대를 충족시키게 될지는 알 수 없었으나 적어도 자신의 손에 있는 한, 마음껏 써 볼 생각이었다.

"전하?"

"탑으로 가겠다."

갑자기 자리에서 일어나 나가는 레너드를 루칸이 당황한 표정으로 바라보았다. 하지만 곧, 정신을 차린 그가 서둘러 레너드의 뒤를 따랐다.

황태자 전하가 오셨다는 말을 하려던 시종을 막으며 레너드가 문을 열었다.

휘장이 늘여져 있는 넓은 침대. 그 안에 잠을 자고 있는 카일과 그의 옆에 앉아 있는 이젤의 모습이 보였다.

카일을 보느라 고개를 숙이고 있어서인지 묶여 있는 백금발 몇 가닥이 얼굴을 가렸다.

그 모습이 왠지 모르게 레너드의 눈에 각인되었다.

문에서 나는 기척에 카일을 보고 있던 이젤의 눈이 레너드를 향했다.

부드럽게 짓고 있던 미소가 굳어졌다. 생각지도 못한 듯 이젤의 눈에 당혹감이 물들었다.

"화, 황태자 전하. 이건!"

"조용히 해라."

성큼성큼 다가온 레너드가 카일에게 잡혀 있는 이젤의 손목을 보았다. 정신을 놓은 카일은 마음에 드는 시종을 데리고 와 질릴 때까지 인형처럼 옆에 두었다. 이번에는 이젤인 듯 깊게 잠들어 있으면서도 그녀의 팔을 꼭 붙잡고 있었다.

이대로라면 꽤 오랫동안 이젤은 이곳에서 벗어날 수 없다. 더군다나 비밀을 가지고 있는 그녀였다. 자칫하면 그것이 발각될지도 모르는 일이었다.

단정히 묶어 놓은 이젤의 손목 단추를 레너드가 풀었다. 그녀가 뭐라 말하려는 순간, 레너드의 손이 거침없이 이젤의 팔목 천을 찢었다.

카일에게 단단히 잡혀 옴짝달싹 못하던 이젤이 찢어진 소매에 의해 자유를 얻었다. 당황하는 그녀를 보고 있던 레너드가 말했다.

"나가서 듣겠다."

레너드의 말에 이젤이 고개를 숙였다. 몸을 돌려 나가는 레너드의 뒤를 이젤이 따랐다. 아니, 좀 더 정확히 말하자면 따라가기 위해 걸음을 옮기려는 찰나였다.

언제 깼는지 자고 있던 카일이 이젤의 허리를 팔로 감쌌다.

"아앗!"

이젤의 비명에 레너드의 고개가 뒤로 돌아갔다.

"레너드, 미워! 이젤 데리고 가지 마!"

"저하, 이러시면 안 됩니다. 한 시간만 더 머물고 보내 주시기로 저와 약속하셨잖아요."

당황한 이젤이 허리를 감싸고 있는 카일에게 말했지만 그는 요지부동이었다.

"싫어! 가지 마!"

"형, 이젤 놔줘."

고집을 부리는 카일에게 레너드가 화가 난 눈으로 말했다. 듣는 것만으로도 서늘한 말투에도 카일은 싫다는 듯 이젤의 등에 얼굴을 묻은 채 고개를 저었다.

겉모습은 사내여도, 이젤은 여자였다. 새하얀 목에 얼굴을 묻으며 카일이 어리광을 부렸다. 그 모습이 왠지 모르게 울컥 올라왔다.

마치 자신의 것을 빼앗긴 기분. 먼저 찾아내 소유한 것을 카일이 채 간 기분이었다.

"레너드에게 안 줄 거야! 이젤은 내 거야! 내 거란 말이야!"

"카일 형!"

아무리 황태자인 레너드여도 카일은 특별한 듯 그에게는 평소와는 전혀 다른 말투였다.

하지만 진심으로 화가 난 듯 레너드의 미간이 좁혀졌다. 차가운 한기 속에서 울컥 치밀어 오르는 분노가 가까이에 있는 이젤에게도 느껴졌다.

레너드의 기운이 두려운지 목에 얼굴을 묻고 있는 카일의 몸이 바들바들 떨렸다.

결국 이번에도 중간에 끼인 이젤이 먼저 움직였다.

"황태자 전하, 잠시만. 주제넘은 행동이지만 참아 주십시오."

생각지 못한 이젤의 부탁에 레너드의 움직임이 멈추었다. 무슨 생각이냐는 말 없는 물음에 고개를 숙인 이젤이 카일을 보며 미소 지었다.

"저하."

"가지 마! 조금만 더 있어."

몸을 반쯤 돌린 이젤이 자신에게 꼭 붙어 있는 카일의 머리를 쓰다듬었다. 떨고 있던 카일이 진정한 상태에서 이젤을 바라보았다.

조용히 카일의 머리카락을 쓰다듬는 이젤의 모습을 보며 레너드가 팔짱을 끼었다.

무슨 짓을 어찌할 생각인지는 몰랐지만 막무가내로 달려드는 카일을 저런 식으로 대하는 사람은 이젤이 처음이었다. 이젤의 허리를 꽉 잡은 채 몸부림치던 카일이 점점 안정되었다.

"저하, 아직 졸리시죠? 주무시다가 깨셨잖아요."

"하지만 이젤이 가려고 하잖아! 레너드가 데리고 가면 보고 싶어도 못 본단 말이야."

"또 오겠습니다, 저하. 자주 탑에 올게요."

"진짜?"

자주 온다는 소리에 레너드가 뭐라 말하려는 찰나, 이젤이 고요한 시선으로 그를 말렸다.

그녀의 시선에 레너드의 움직임이 멈추었다.

무언가 휘말리는 느낌. 레너드 중심으로 돌아가던 분위기가 어느새 이젤 중심으로 바뀌었다. 마치 레나에서 윈스턴을 보게 해 달라며 무릎을 꿇었었던 그때와 같은 상황.

이젤에 대해 많은 것을 알고 있다고 생각하면서도 어느새 그녀는 그에게 새로운 모습을 보여 줬다.

사내의 모습이 사라져 갔다. 앞에 있는 이는 누구보다도 매력적인 여인이었다.

"아까도 도망 안 가고 저하와 놀아 드렸잖아요. 저 믿으신다면서요?"

"응! 이젤은 믿어!"

카일을 저만큼 말을 듣게 한 사람이 있었을까? 그의 어리광과 제멋대로에 지친 시종들은 탑에서 도망가기 일쑤였다.

하지만 이젤 앞의 카일은 훈련이 잘된 강아지 같은 느낌이었다.

꼭 붙잡고 있던 허리를 푼 카일이 이젤에게 환한 미소를 지어 보였다. 그의 미소에 이젤 또한 미소로 화답하였다.

이젤의 흐트러진 머리를 슥 쓰다듬은 카일이 빙긋 웃었다.

"그럼 나 다시 잠든 후에 가. 곧 잘 테니까…… 응? 알았지?"

카일의 말에 이젤이 허락을 구하듯 레너드를 바라보았다. 이미 이젤에게 넘어간 분위기, 더군다나 별 탈 없이 카일이 그녀를 보내 준다면 레너드로서도 쓸데없는 소모를 할 필요가 없었다.

말없이 테이블의 의자를 가져온 레너드가 자리를 잡고 앉았다. 그의 허락에 얼굴이 환해진 카일이 이젤의 손을 잡은 채 다시 자리에 누웠다.

잠든 카일과 그의 옆에 앉아 있는 이젤. 그리고 둘을 바라보고 있는 레너드.

카일이 잠들 때까지 셋은 그 자세로 조용히 시간을 흘려보냈다.

카일의 숨이 고르게 변하자 이젤이 손목을 잡고 있는 손을 조심스럽게 떼어 냈다. 옆으로 흘러내린 머리카락을 귀 뒤로 넘기며 자리에서 일어났다.

자리에서 일어나 레너드에게 다가가던 그녀의 걸음이 멈추었다.

팔짱은 낀 채 눈을 감고 있는 레너드의 모습이 어색했다.

'자나?'

기척 없이 걸음을 조심스럽게 내디뎠다. 꼿꼿이 편 허리에 단정한 자세가 자고 있기보다는 눈을 감고 있는 것으로만 보였다. 하지만 콧등에 살짝 내려앉은 안경이 그녀의 시선을 끌었다.

잠은 전혀 안 자도 멀쩡할 것 같은 그가 잠이라니 왠지 모르게 신기했다.

귀를 기울이지 않는 한, 들리지도 않을 정도로 희미한 숨소리가 평온했다.

다만 레너드가 고개를 숙일 때마다 점점 내려가는 안경이 자꾸 그녀의 신경에 거슬렸다.

부담스러운 상대였지만 그래도 편하게 안경만은 빼 주려는 생각으로 이젤이 레너드에 가까이 다가갔다.

굳은살이 잡혀 있기는 했지만 사내보다는 가는 손이 안경테에 닿았다.

그가 깨지 않도록 조심히, 그리고 천천히 이젤이 그의 안경을 벗겼다.

그리고 그때 감고 있던 레너드의 눈이 떠졌다.

"아! 전하. 그러니까…… 이건…… 이건 그러니까…… 아!"

카일에게 잡혔던 손이 레너드에 다시 잡혔다. 채 반항하기 전에 레너드의 품에 이젤이 갇혔다. 목덜미에 느껴지는 그의 숨이 간지러웠다. 하지만 그보다도 바로 앞에서 느껴지는 열기에 얼굴이 빨개졌다.

품에 안은 이젤의 어깨에 얼굴을 묻은 레너드가 담담히 말했다.

"내 반경으로 들어올 때는 언제든지 각오해야 할 것이다."

"전하! 이러시면 안 됩니다!"

"너에게서 여인의 향이 난다."

꼬물꼬물 반항하던 이젤의 움직임이 멈추었다.

여인의 향이라니, 그런 말은 처음 들어 봤다. 믿을 수 없다는 이젤의 시선에 그가 피식 웃음을 터트렸다.

"왜? 내가 해서는 안 되는 말이라도 했는가?"

"아닙니다. 그게 아니라 그런 말은……."

"처음 들어 본 건가?"

그의 물음에 대답하지 못한 채 이젤이 그를 밀어냈다. 하지만 의지와는 다르게 레너드의 품 안에 더 깊이 갇혀 버렸다. 손 하나 들어갈 틈도 없이 밀착된 상태, 어정쩡한 자세로 레너드에게 매달려 있던 이젤이 결국 그의 어깨를 잡고 중심을 잡았다.

코앞에 있는 그의 시선을 외면하며 딱딱한 어조로 대답했다.

"사내로 살아왔습니다. 그런 소리를 들어 봤을 리가 있겠습니까?"

"흠."

다시 이젤의 어깨에 얼굴을 묻은 그가 말없이 고개를 끄덕였다. 밀착되어 있는 몸에서, 어깨에서 느껴지는 그의 체온이 두려울 정도로 따뜻했다.

그와 함께 있으면 그녀의 의지와는 언제나 다른 일이 일어났다.

"대답을 했으니 이제 놓아주십시오. 카일 저하께서도 주무십니다."

간신히 유지하고 있던 미성이 어느새 풀어져 있었다. 가늘게 떨리는 몸이 본의 아니게 레너드에게 유혹이 되었다.

보통 여자가 먼저 그에게 다가오곤 했다. 그런데 이젤은 달랐다. 그를 거부하는 여인이기 때문일까? 아니면 사내의 가면을 쓴 여인이기 때문이었을까?

어쩌면, 옆에 누가 있는 것만으로도 쉬지를 못하는 그가 자신도 모르게 잠들 정도로 편하게 다가오는 여인이라서 그런지도 몰랐다.

이제 겨우 시작된 감정, 하지만 천이 물을 빨아들이듯 점점 더 그녀에게 끌렸다.

가지고 싶다. 누구도 보여 주지 않은 채, 자신만 바라보며 레너드만을 찾게 하고 싶었다.

"하나만 더."

한 걸음 뒤에서 보는 이젤은 체구만 작을 뿐, 여느 기사들과 똑같았다. 하지만 자신의 품에 안겨 있는 그녀는 누구보다도 고혹적인 여인이었다. 그녀에게는 지금 상황이 불편할지는 몰라도 레너드에게는 모처럼 느끼는 달콤함이자 편안함이었다.

안고 있는 팔에 힘을 주며 레너드가 낮게 물었다.

"떼를 쓰는 형님은 능숙한 시종들도 고개를 젓게 하지. 어떻게 한 거지?"

그를 밀어내야 한다는 걸 알면서도 쉽지 않았다. 반항하느니 대답을 끝내고 그에게서 풀려나는 것이 나았다.

결국 반항을 멈춘 이젤이 그의 품에 안겨 있는 채로 천천히 말했다.

"아들을 낳지 못하는 백작부인은 언제 남편에게서 이혼당할지도 모른다는 두려움에 히스테릭해집니다. 그것도 힘겹게 얻은 후계자가 아니라 필요 없는 딸이 아버지의 재능을 물려받게 되면 그 부인은 점점 자신을 놓게 되죠."

단단하게 잡고 있던 레너드의 팔에 힘이 풀렸다. 이젤의 어깨에 얼굴을 묻고 있던 그가 고개를 들어 그녀를 보았다. 물기라고는 하나도 없는 눈으로 마치 타인의 일인 것처럼 담담히 자신의 상황에 대해 말하고 있었다.

하지만 담담한 겉모습과 속은 다른 듯, 도망갈 수 없게 잡고 있던 팔을 풀어 줬음에도 이젤은 아무것도 느끼지 못하고 있었다. 다만 굳게 다문 입술과 쥐고 있는 주먹이 현재 그녀의 감정이 어떤지 간접적으로 보여 줬다.

"절대 동생의 자리를 노리지 않는다며, 그런 꿈 따위 단 한 번도 꾼 적이 없다며 항변을 해도 믿어 주지 않더군요. 그에 비하면 카일 저하는…… 놀아 드렸다고 해도 한 일이라고는 그저 볕 좋은 곳을 걸었을 뿐입니다. 고집은 있으시지만 조곤조곤 말하면 저하께서는 받아 주시니 어렵지 않았습니다. 이런 비교는 건방지게 들릴지 모르나 히스테릭한 부인보다는 어린아이가 훨씬 편합니다."

"소국의 기사였던 자가 카델의 황자를 어린아이라 말하고 있는 것인가? 겨우 레나의 기사 주제에?"

레너드의 말에 이젤의 말문이 막혔다. 처음으로 느껴보는 누군가의 온기에 방심하였다. 아무리 정신을 놓았어도 카일은 레너드의 하나뿐인 형, 카델의 첫 번째 황자였다.

그런 그를 어린아이라고 하다니, 확실히 이젤의 실수였다.

"죄, 죄송합니다. 제가 실수를 하였습니다. 그리고⋯⋯."

그제야 레너드의 손이 풀렸다는 것을 깨달은 이젤이 서둘러 그에게서 떨어졌다. 한 걸음 물러나 서 있는 이젤을 보고 있던 레너드의 시선이 잠들어 있는 카일에게 향했다.

황태자의 자리도, 검제의 자리도, 훗날 황제의 자리도 원래는 모두 형인 그의 것이었다.

그날, 그때의 일만 아니었다면.

하지만 이제 와서 후회해도 소용없었다. 카일은 정신을 놓았고, 그때의 상황에 참을 수 없었던 레너드는 황제의 자리를 꿈꾸기 시작했다. 그렇게 시작된 과거는 지금의 결과를 만들어 냈다.

"어린아이 같은 사람에게 어린아이라고 하는 게 잘못된 것은 아니지."

꾸중을 들은 것이라는 생각과는 달리 쉽게 넘어가는 그의 말에 이젤이 숙이고 있던 고개를 들었다. 한동안 말없이 카일을 보던 레너드가 자리에서 일어났다.

무슨 생각을 하는지 알 수 없는 차가운 얼굴을 보며 이젤이 복잡한 표정을 지었다.

레나에서, 평생을 충성하며 살기로 맹세했던 윈스턴에게서 억지로 데리고 올 때만 해도 그는 무자비하고 냉정한 사람이었다. 무슨 수를 써서라도 도망치고 싶은 사람. 같은 공간에서 숨을 쉬는 것조차도 고통이라 생각될 정도로 그는 이젤에게 위험한 사람이었다.

그랬던 그가 점점 다르게 다가왔다.

여전히 두렵고 가까이 가기 어려웠지만, 그럼에도 전처럼 위압적으로 그녀를 대하지도, 억지로 가지겠다며 다가오지도 않았다.

레나에서는 전혀 겪어 보지 못했던 기회를 주고 있는 사람, 다른 사내들이었다면 건방진 계집이라며 무시하고 화냈을 일을 별것 아니라며 넘어가는 사내.

무조건 증오할 수도, 그렇다며 평생의 소원을 무시하며 충성할 수도 없는 사람이었기에 그를 보면 볼수록 이젤의 마음은 심란해졌다.

"안경은 언제쯤 돌려줄 생각인가?"

"네? 아!"

레너드의 물음에 무슨 소리냐는 듯 물으려던 이젤의 얼굴이 빨개졌다. 안경만 빼 준다는 것이 자신도 모르게 지금까지 손에 들고 있었다.

"전하, 이것은 그러니까."

"그렇게 당황할 시간에 씌워 주는 게 어떤가?"

어느새 다가온 레너드가 이젤의 앞에 섰다. 직접 안경을 씌우라는 듯 서 있는 그를 보며 이젤이 숨을 삼켰다.

방심하고 있으면 단숨에 그녀의 사정거리 안으로 들어오는 사내.

위험하다.

"가져가십시오."

시선을 피한 채 안경을 내밀고 있는 이젤을 보며 레너드의 눈이 좁아졌다. 좀 더 고집을 피우면 그녀는 레너드가 하라는 대로 안경을 씌워 줄 것이다.

'그러면 더욱 열심히 도망가겠지.'

그녀에게는 아무 도움도 안 되었던 레나조차 평생의 소원 하나 때문에 그리워하는 이젤이었다. 그런 그녀에게 제 욕심 하나로 달려들면 결과는 뻔했다.

기사로서도, 여인으로서도 그녀를 원하는 것은 레너드였다.

그럼 먼저 몸을 숙이고 양보해야 하는 것이 기본.

결국 그녀가 내미는 안경을 레너드가 말없이 받아 들었다.

"윈스턴은 네가 자신에게 가장 귀한 기사라는 말을 나에게 했었다. 누구보다도 믿을 수 있는 기사이기에 반드시 레나로 되돌아오게 만들 것이라 말하더군."

레너드의 말에 이젤의 시선이 그를 향했다. 그녀가 준 안경을 쓰며 레너드가 담담하게 말했다.

조용한 이젤의 눈에 빛이 감도는 것을 레너드는 놓치지 않았다.

"네가 레나로 돌아가는 일은 없을 것이다. 난 내가 마음에 든 것을 단 한 번도 누구에게 넘겨준 적이 없으니 말이다. 기사로 데려왔으니 아직은 기사로서 널 대하겠다."

"무슨 말씀을 하고 싶으신 것입니까?"

"네가 여인이라는 사실을 누구에게도 들키지 마라."

그의 말에 이젤의 눈이 커졌다. 그녀를 내려다보는 레너드의 눈이 탐욕으로 물들었다.

레너드의 시선이 이젤의 심장을 제멋대로 흔들었다.

전에도 말했지만 여인의 삶을 동경하거나 부러워하지는 않았다. 기사인 삶을 선택했을 때부터 그녀의 것이 아니었던 것. 윈스턴에 대한 감정을 접고 난 후에는 모르고 있었던 것이다.

하지만 레너드가 같이 있으면 외면하고 잊고 있었던 여인이라는 존재가 이젤을 일깨웠다.

자신도 모르게 심장이 떨린다. 두려움에서 오는 긴장이 아닌 자신에게 마음이 있다는 사내에게서 느껴지는 감정이 그녀 안에 굳게 숨겨져 있던 무언가를 자꾸 흔들어 댔다.

"네가 여인인 것을 들키는 순간, 기사 이젤을 없앨 것이다. 기사가 아닌 널 자유롭게 만들 필요는 없겠지. 그때도 말했지만 기사인 너도, 여인인 너도 전부 내가 가질 것이다."

이젤의 숨이 멈추었다. 당장에라도 집어삼킬 듯 이젤을 보고 있던 그가 문으로 걸어갔다.

"일주일에 두 번, 탑에 오는 것을 허락하겠다. 하지만 탑에 오기 전에 반드시 보고하도록."

"네, 전하."

어떻게든 그를 피하려는 이젤을 레너드는 알고 있다는 듯 더욱 단단히 붙잡았다.

레나를 포기하라는 듯, 윈스턴은 더 이상 그녀의 주군이라 아니라는 듯 이젤이 외면하고자 하는 현실을 그는 더욱 또렷하게 보여 줬다.

그가 그녀에게 보여 주고 있는 호의는 전부 카델에 바칠 이젤을 위한 것이었다.

하지만 그럴 수 없다.

"돌아가자."

문을 연 레너드가 뒤에 서 있는 이젤을 향해 말했다.

그의 말에 고개를 숙인 이젤이 뒤를 따랐다.

레나에서는 절대 얻을 수 없던 기회. 이젤이라는 이름. 카델에 모든 것을 바치면 얻을 수 있는 황금의 미래.

하지만 그 모든 것을 위해서라면 이젤은 평생을 바라 왔던 소원을 버려야 했다.

지금까지 그녀를 지탱해 왔던 전부, 그것을 순간의 만족을 위해 버릴 수 없었다.

레너드의 뒤를 따르며 이젤이 굳게 주먹을 쥐었다.

돌아갈 것이다.

이곳은 그녀가 평생을 머물 곳이 아니었다.

어깨를 향해 오는 이젤의 검을 비껴 낸 클라우가 입술을 깨물었다.

별다른 생각 없이 지나치던 훈련장에서 이젤이 검을 휘두르는 모습을 보았다.

검제 바로 밑의 실력이라 하는 검성. 두 명 중 하나인 이젤이 검을 휘두르는 모습에 그의 걸음이 저절로 멈추었다.

물 흐르듯 움직이는 검만큼이나 움직임 또한 부드러웠다. 마치 검과 하나가 된 것 같은 그녀의 모습에 잠시만 보고 가려 했던 클라우의 걸음이 멈추었다.

시선을 뗄 수 없었다.

답답할 정도로 느리게 움직이는 검을 보고 있노라면 천천히 흐르는 강물이 느껴졌다. 하지만 그 모습에 자신도 모르게 빠져들면 어느새인가 부드러웠던 강물은 격한 폭풍으로 바뀌어 있었다.

보는 것만으로도 숨이 막히고 몸이 떨렸다. 마치 하나의 잘 그려진 그림을 보는 것처럼 아름다웠지만 그 안에서 움직이는 검은 매섭고 치명적이었다.

그의 존재를 알아챈 이젤이 말을 걸지 않았다면 클라우는 오랫동안 그 자리에서 한 걸음도 움직이지 못했을 것이다.

무슨 일이시냐고 묻는 이젤에게 그는 다짜고짜 검을 빼 들었다.

그렇게 시작된 대련. 처음에는 가볍게 시작했으나 시간이 흐를수록 대련은 격해졌다.

"그만해도 되지 않겠습니까?"

거친 숨을 들이쉬는 클라우에게 이젤이 물었다. 그에게 연이어 승세를 잡는 것이 마음에 걸린 듯 그녀의 표정은 좋지 않았다. 그녀의 물음에 상관없다는 듯 클라우가 고개를 거칠게 저었다.

"이제 겨우 시작인데 이러는 것인가? 다시!"

말을 마치기가 무섭게 클라우의 검이 그녀를 향해 움직였다. 힘을 바탕으로 한 파괴적인 클라우의 검을 비껴 내며 이젤이 입술을 깨물었다.

오랜 기간 황태자의 직속기사로 있던 클라우의 검은 위력적이었다. 입을 굳게 다문 채, 그의 검을 받아 낸 이젤의 검이 춤을 추었다.

그녀의 검에 의해 방향을 바꾸었던 클라우가 회심의 미소를 지었다. 휩쓸려 가듯 이젤에게 끌려가던 클라우가 순간 검의 방향을 바꾸었다.

클라우의 검 끝이 목으로 향하자 이젤이 힘껏 몸을 비틀었다. 공격에 실패한 클라우의 몸이 휘청거리자 그 짧은 틈을 놓치지 않은 이젤이 수비에서 공격으로 전환하였다.

찰나의 순간에 끝난 대련, 목에 닿아 있는 검을 보며 클라우가 인상을 구겼다.

"쳇. 더럽게 빨라서는!"

회심의 공격이 막히자 클라우가 짧게 툴툴댔다. 그의 모습에 씩 웃은 이젤이 검을 내렸다.

"클라우에게 미움받기는 싫습니다. 여기까지만 하지요."

이젤의 부탁에 클라우가 마지못해 고개를 끄덕였다. 아쉽기는 했지만 밤도 늦었기에 클라우는 자신이 들고 있던 검을 검집에 넣었다.

"충분히 상대할 수 있을 것 같았는데 말이야. 순간 방심하면 이미 자네의 검이 내 목을 향해 있단 말이지."

"운이 좋았을 뿐입니다. 공격을 막지 못했다면 어려웠을 것입니다."

"이번에도 운이 좋다고 얼버무리는군."

클라우의 말에 이젤이 수건으로 얼굴의 땀을 닦으며 미소 지었다. 미소를 지을 뿐 더 이상 말하지 않는 그녀를 보며 클라우가 결국 웃음을 터트렸다.

훈련장에 있는 의자를 끌어 온 클라우가 앉으라며 자리를 권하자 이젤이 자리에 앉았다.

보면 볼수록 미묘한 기분.

앳된 모습이 처음에는 고향에 두고 온 어린 동생을 떠오르게 했다. 하지만 언제부터인가 동생으로 보였던 시선이 흔들리기 시작했다. 고작 같은 처지의 사내놈일 뿐이었다. 그런데 왜 자꾸 시선이 가고 마음이 쓰이는지 알 수 없었다.

말없이 쳐다보는 클라우의 시선에 이젤이 고개를 갸웃했다. 그녀의 시선에 클라우가 격하게 고개를 저었다.

"나에게는 어린 동생이 하나 있지. 나이는 자네보다 어려도 체구는 자네보다 크다네."

갑자기 시작된 이야기에 이젤이 고개를 갸웃했다. 하지만 처음으로 듣는 클라우의 이야기였다. 어느새 그에게 시선을 둔 채 이젤이 귀를 기울였다.

"내가 있던 곳은 레나보다도 작은 나라야. 어쩌면 자네는 이름조차 들어 보지 못했을 것 같군. 워낙 가난한 나라라서 기사라고 해도 좋은 대우를 받기 어렵지. 나의 가문도 그랬네. 벌어 오는 돈으로 생활하기에는 어려움이 컸지. 그때, 레너드 전하께서 기회를 주셨네."

타의로 온 자신과는 다르게 클라우는 자의로 레너드를 따라왔다는 것을 알고 있었다. 레너드를 두려워하고 꺼리는 이젤과는 달리 클라우는 진심으로 그를 존경하고 있다는 것 또한 알고 있었다.

"나 하나만 나라를 버리면 가족이 편해질 수 있다는데 어떻게 거절하겠는가? 더군다나 그분은 내 나라에도 꾸준히 도움을 주시니, 나나 내 가족이 나라를 버렸다는 오명을 쓰지 않도록 배려해 주셨네. 덕분에 내 동생도 기사야. 자네와는 다르게 견습이지만 말이야."

이야기를 마친 클라우가 이젤을 향해 고개를 돌렸다. 이젤이 레너드에 반감을 품고 있는 것은 황태자의 기사라면 누구나 아는 사실이었다.

하지만 최근 이젤이 점점 혼란스러워하고 있다는 것을 가장 곁에서 보고 있는 그는 잘 알고 있었다.

"자네가 생각하는 것보다 전하께서는 그렇게 잔인한 분만은 아닐세. 볼모로 온 자네에게 내가 이래라저래라 할 처지는 아니지만, 그래도 한번 이곳에서 터전을 잡아 보는 게 어떠한가? 최근 전하께서도 자네를 마음에 들어 하시니 기회만 잘 잡는다면 좋은 일이 생길 것일세."

클라우의 말에 이젤이 고개를 숙였다. 깍지를 끼고 있던 손이 현재의 기분을 대신하듯 힘이 들어가 있었다.

과분한 기회만큼이나 마음의 방향을 잡을 수 없다.

강제로 끌려온 나라여도 그녀에게는 하루하루가 새로운 나날이었다. 힘들지 않은 것은 아니었으나 그 모든 것을 견뎌 낼 정도로 지금 그녀에게 온 기회는 큰 것이었다.

"전하께서 저에게 많은 기회를 주셨다는 것은 잘 알고 있습니다. 과분할 정도로 많은 것을 배우고 있죠. 하지만 아직 레나를 놓을 수는 없습니다."

좋은 조건을 제시하는 대신 레너드는 이젤에게 자신의 전부를 주는 선택을 하라고 하였다.

지금까지 그 누구도 그녀에게 그런 말을 해 준 사람은 없었다. 부모나 무능했던 남동생은 그녀에게 요구하는 대신, 당연히 내놓아야 한다는 사람들이었다. 평생 충성하고자 했던 윈스턴은 그녀에게 선택을 강요하지는 않지만 언젠가는 그의 곁에 이젤이 있을 것이라 당연히 믿던 사람이었다.

언제나 이젤 혼자서 마음을 정하고 선택했었다. 동생의 그림자로 사는 대신 기사의 삶을 택한 것도 그녀였고, 윈스턴의 곁에 머물겠다 소원을 한 것도 자신이었다.

"레나의 윈스턴 저하는 지금의 저를 있게 해 주셨습니다. 능력만 있을 뿐 자격이 없는 저에게 기회를 주신 것도 그분이셨고, 힘든 상황 속에서도 언제나 배려를 해 주신 것도 그분이셨습니다. 사방이 적인 곳에서 유일하게 저를 이해해 주셨던 분이셨습니다."

"……."

"윈스턴 저하 덕분에 저는 여기까지 버텼습니다. 하지만 그분에게는, 차기 레나를 이끌어 나가실 저하에게는 힘이 되어 드릴 사람이 아무도 없습니다. 몸도 좋지 않으신 분을 두고 어찌 제가 저 혼자만의 영화로 저하를 외면할 수 있단 말입니까? 그분께서 계시는 한 저는 레나를 버릴 수 없습니다."

그녀의 말에 클라우가 턱을 손으로 쓸며 긴 숨을 내쉬었다. 주군의 눈에 뜨인 이상, 기왕이면 이젤이 카델에서 자리를 잡아 기회를 얻기를 바랐다. 클라우 또한 그녀와 경쟁해야 하는 입장이었지만 적어도 이젤과는 경쟁하기보다는 협력하는 관계이기를 바랐다.

강경한 이젤의 말에 클라우도 더 이상 이래라저래라 할 수 없었다.

"뭐, 자네가 그렇다면 내가 뭐라 할 문제는 아니겠지. 그래도 당분간은 여기에 있을 테니 그때까지는 정이라도 붙여 보게. 마냥 거부한다고 좋은 것은 아니지 않은가?"

클라우의 말에 피식 웃으며 이젤이 고개를 끄덕였다. 형이라는 표현을 쓰기는 어렵겠지만 클라우와 같이 있다 보면 마치 그와 같은 느낌을 받았다.

방으로 휴식을 취하러 가야 했지만 생각 외로 길어지는 이야기에 둘은 한동안 훈련장에서 이런저런 대화를 하였다. 주로 클라우가 말을 걸고 이젤이 대답하는 식이었지만, 오늘은 반대로 그녀가 관심을 보이고 그가 대답하는 방식으로 흘러갔다.

이야기하면 할수록, 이젤이 그의 물음에 대답하며 미소를 지으면 지을수록 클라우는 점점 알 수 없는 기분이 들었다.

분명히 이젤은 사내였다.

그럼에도 짓고 있는 미소가, 별것도 아닌 행동이, 눈을 빛내며 이야기를 집중하는 모습이 자꾸 클라우의 심장을 둥둥 쳤다.

'내가 미쳤군.'

"클라우?"

"아! 아닐세. 잠깐 딴생각을 했군."

이상해진 그의 반응에 이젤이 묻자 거칠게 고개를 저었다. 과민한 생각이다. 그저 말이 잘 통해서 느낀 기분일 것이다.

"제가 클라우를 너무 오래 잡고 있었던 것 같습니다. 이만 쉬시는 게 좋겠군요."

딴생각을 했다는 그의 말에 앉아 있던 이젤이 일어났다. 이만 방으로 쉬러 가라는 이젤의 말이 오늘따라 왜 그렇게 서운하게 느껴지는지 클라우는 알 수 없었다.

하지만 입밖으로 꺼낼 말도 아니었기에 자리에서 일어난 그가 애써 밝은 목소리로 말했다.

"자네도 가서 쉬게."

"들어가십시오."

이젤의 인사를 받으며 클라우가 훈련장 밖으로 나갔다. 시간 가는 줄 모르고 떠들고 났더니 어느새 날이 어두워져 있었다.

남아 있는 뒷정리만 끝내고 방으로 돌아갈 생각에 이젤의 움직임이 분주해졌다.

"이야. 아까 보니 사이좋던데? 누가 사내자식들의 대화라고 보겠어. 응?"

뒤에서 들려오는 목소리에 이젤의 미간이 찌푸려졌다.

굳은 표정의 이젤이 몸을 돌리자 언제 왔는지 실실 웃으며 쿠퍼가 문에 기대서 있었다. 클라우에게서 그가 다른 곳으로 좌천되었다는 소리를 들었었다. 그런 쿠퍼가 이곳에 있는지 의아한 이젤이 고개를 갸웃댔다.

"무슨 일이지?"

아무것도 모른다는 듯 물어보는 이젤의 모습에 쿠퍼가 눈썹을 꿈틀댔다. 앞에 있는 검성이라는 것 때문에 10년을 버렸던 황태자의 기사단에서 쫓겨났다.

눈앞에 마련되어 있던 황금빛 미래가 사라지자 기다렸다는 듯 무시와 냉대가 그를 따라다녔다.

'모든 게 저놈 때문이다!'

치밀어 오르는 분노에 쿠퍼가 힘껏 입술을 깨물었다. 하지만 평소처럼 겉으로 분노를 표출하기보다는 그는 억지 미소를 지었다.

"무슨 일이기는 그냥 소리가 들리기에 와 보았지. 혼자 보기 무척이나 아까운 장면이더라고? 무슨 사이야? 기사들끼리 지내기 적적하니까 눈이라도 맞았어?"

빙글빙글 웃으며 하는 조롱에 이젤의 눈이 매서워졌다. 하지만 잠시 후, 상대할 가치가 없다는 듯 그녀가 고개를 저었다.

"그 썩은 혓바닥은 전이나 지금이나 쉬지도 않고 잘도 움직이는군."

"뭐?"

이젤의 독설에 울컥한 쿠퍼의 눈매가 매서워졌다. 하지만 평소처럼 검을 빼 드는 대신 쿠퍼는 이젤에게서 한 걸음 물러났다.

굳어 있던 표정이 언제 그랬느냐는 듯 다시 빙글빙글 비웃기 시작했다.

"내가 아무리 더러워도 너만큼 더럽겠어? 카렐에 있으면서 레나에 충성하는 더러운 것. 그렇게 돌아가고 싶으면 당장에라도 꺼지라고. 너 때문에 애꿎은 나만 피해를 보잖아."

쿠퍼의 조롱에 이젤이 이를 갈았다. 모처럼 기분이 괜찮은 날이었다. 겨우 이딴 놈 하나 때문에 망칠 수 없었다.

"남에게 시비 걸 시간이 있으면 검이나 더 연습해. 다시는 내 앞에서 알짱대지 말고. 다시 한 번만 더럽다는 말을 하면 그때는 네 목에 검을 꽂아 버릴 테다."

쿠퍼에게 차갑게 응수한 이젤이 입구로 걸어갔다. 성큼성큼 걸어간 그녀가 쿠퍼를 지나가려는 순간, 가만히 있던 그가 어깨로 이젤의 팔을 힘껏 쳤다.

"아!"

순간 팔이 날카로운 것에 찔린 것 같은 미묘한 기분이 들었다. 놀란 이젤이 자신의 팔과 쿠퍼의 손을 연이어 노려보았다.

"아. 미안, 미안하다고. 발이 풀리면서 넘어졌을 뿐이야."

양손을 펴 보인 쿠퍼가 싱글벙글 비틀린 미소를 지었다. 그의 손 어디에도 날카로운 무기 같은 것은 없었다. 미심쩍은 이젤의 시선이 아직도 아리는 팔을 향했다.

하지만 팔에는 아무런 흔적도 없었다.

"왜 그런 눈으로 보시나? 사과했잖아. 검성 정도면 너그러이 용서해 줘야지."

"꺼져. 망할 자식."

결국 증거를 잡지 못한 이젤이 쿠퍼를 지나쳐 문을 열고 밖으로 나갔다. 거침없이 걸어가는 이젤을 보고 있던 쿠퍼가 비열한 미소를 지었다. 그의 시선이 팔목의 단추로 향했다.

옷소매에 끼워져 있는 얇은 바늘, 그 끝에 무엇이 묻어 있는지 진녹색의 액체가 가득 묻어 있었다.

"아. 더러운 걸 더럽다고 하지 뭐라고 해야 하나? 킥킥."

원하는 대로 판은 마련되었다.

이제는 더러워진 것을 청소하러 갈 차례, 쿠퍼가 휘파람을 불며 이젤의 뒤를 따랐다.

자신의 방 앞에 선 이젤은 뒤에서 날아오는 무기에 몸을 숙였다. 그녀의 머리가 있던 자리에 박힌 검, 이젤이 검을 뽑아 넓게 휘둘렀다.

챙!

무기와 무기가 맞닿는 소리를 시작으로 닫혀 있던 이젤의 방문이 열렸다. 동시에 날아드는 무기를 검으로 막으며 이젤이 미간을 좁혔다.

쿠퍼가 좌천된 이후로는 조용하다 생각했건만 겨우 한 달이었다. 이를 악문 이젤이 검을 가로로 눕혀 자세를 잡았다. 어차피 언제나 제압했던 이들, 어려운 일은 아니었다.

하지만 그 순간, 앞에 있던 이들의 모습이 둘로 나뉘어 보였다. 손으로 안을 헤집듯 치밀어 오르는 구역질에 이젤의 몸이 휘청거렸다. 시력도, 감각도 순식간에 엉망이 되었다. 갑자기 일어난 상황에 얼굴이 창백해졌다.

그녀의 변화에 무기를 겨누고 있던 이들 사이에서 미소가 번져 갔다. 기다렸다는 듯 그들이 이젤을 방으로 몰기 시작했다.

"큭!"

피가 배어 나올 정도로 입술을 깨문 이젤이 정신을 차리기 위해 고개를 저었다.

물을 먹은 솜마냥 몸이 천근만근이었다. 그녀를 방으로 몬 이들이 사정없이 무기를 휘둘렀다. 입술을 깨문 채 막고는 있었지만, 베이고 맞은 상처에서 피가 흘러내렸다. 하지만 그녀를 공격하고 있는 기사들에게도 검에 베인 상처가 늘어났다.

"와. 이 독한 놈. 그걸 먹고도 버티네?"

"어차피 얼마 못 갈걸? 쿠퍼가 오기 전에 처리해야 해. 안 그러면 그놈 더 날뛸걸?"

"망할 자식! 그냥 죽이는 게 편한데 말이야. 아무튼 어서 처리하자고."

앞에 있는 기사들이 말하는 소리가 귀에 윙윙댔다. 흐릿해진 눈은 더 이상 제 기능을 하지 못했다. 순전히 남아 있는 감각과 경험에 의존하여 이젤이 그들의 공격을 막았다.

격한 전투로 주변이 소란스러웠지만 아무도 없는 것인지 누구의 기척도 느껴지지 않았다.

그들의 공격을 간신히 막아 내며 이젤이 문을 향해 이동하였다.

지금으로써는 이곳을 빠져나가는 것이 최선이었다.

문을 막고 있는 기사의 무기를 막은 이젤이 검을 휘둘렀다.

"악!"

검에 느껴지는 감각과 기사의 비명에 회심의 미소를 지은 이젤이 닫혀 있던 문을 열었다.

동시에 문에 서 있던 쿠퍼가 들고 있던 검으로 그녀의 허벅지를 찔렀다.

"어딜 가려고?"

다리에서 느껴지는 고통에 이젤이 비명을 질렀다. 하지만 곧 그녀의 옆으로 온 기사가 입을 틀어막았다. 고통스러워하는 그녀의 모습에 즐거운 미소를 지은 쿠퍼가 주먹으로 배를 힘껏 후려쳤다.

방으로 굴러 들어온 이젤이 검붉은 핏덩어리를 토해 냈다. 그 사이에 달려온 기사들이 움직일 수 없도록 무릎을 꿇리고 양팔을 단단히 붙잡았다.

"더러운 걸 더럽다고 하지 뭐라고 하나? 아! 아까 더럽다는 말을 하면 목에 검을 꽂겠다고 했던가? 그런데 어떡하나? 이 상태로는 무리겠는데?"

쿠퍼의 주먹이 이젤의 뺨을 후려쳤다. 하지만 소리를 지르는 대신 이를 물고 고통을 참아 냈다. 반항하는 그녀의 모습에 쿠퍼의 입가에 미소가 감돌았다.

"역시 그냥 죽이기에는 아깝단 말이야?"

쿠퍼가 머리채를 잡아당기자 숙이고 있던 이젤이 억지로 고개를 들었다. 눈도 보이지 않는 주제에 노려보는 시선이 그의 욕정에 불을 댕겼다.

어차피 죽일 놈. 즐기는 것도 나쁘지 않았다. 어깨를 잡은 쿠퍼가 이젤의 옷을 거칠게 뜯자 어깨에서 팔의 소매가 단번에 뜯겨 나갔다.

베인 상처에서 피가 흘러내렸지만 뽀얀 살이 그의 입맛을 돋 우었다.

"쿠퍼, 진짜 하려고? 빨리 죽여 버리자고! 이러다가 걸리기라 도 하면!"

"괜찮아. 어차피 이곳에는 우리밖에 없어. 하루 이틀도 아니 고 싫으면 방에서 꺼져."

쿠퍼의 혀가 이젤의 어깨를 핥았다. 끔찍한 감각에 잡혀 있는 이젤이 거칠게 반항하였다.

"이…… 개자식! 컥!"

검에 찔린 허벅지를 쿠퍼가 움켜쥐자 이젤이 숨을 삼켰다. 어 깨를 핥던 쿠퍼의 혀가 자연스레 이젤의 목으로 옮겨 갔다.

사내치고 감촉이 좋았다. 마치 여자를 희롱하는 기분. 오랜만 에 느끼는 본능에 쿠퍼가 환호하였다.

"이놈 생각보다 맛있는데? 계집을 안는 것도 좋지만 이럴 때 는 사내놈도 괜찮단 말이야. 꽤 즐겁겠어."

"망할 자식. 죽여 버릴 거야!"

"이럴 때는 반항이 아니라 빌어야지. 하지만 네가 빌리는 없 으니까 그냥 감각에 몸을 맡겨. 어차피 아무것도 안 보이잖아."

"아악!"

쿠퍼의 손이 이젤의 가슴을 지나 허리를 쓸었다. 만지면 만질 수록 손에 느껴지는 곡선이 그를 미치게 했다. 달아오를 대로 달 아오른 쿠퍼가 이젤을 바닥에 눕혔다.

소리를 지르며 반항하는 이젤을 제압한 그가 거친 숨을 내쉬었다. 여자만큼이나 곱고 가는 어깨를 제 욕심에 힘껏 깨물었다. 얼마나 힘껏 깨물었는지 그녀의 어깨에서 피가 배어 나왔다.

몸을 비틀어 그에게서 도망치려는 이젤을 쿠퍼가 다시 주먹으로 후려쳤다.

거칠게 반항하던 이젤의 몸이 축 늘어졌다. 만족한 쿠퍼가 단번에 이젤의 상의를 찢어 냈다.

"어? 뭐야?"

상의가 찢어지면서 같이 뜯긴 붕대의 틈 사이로 사내에게는 없는 것이 눈에 들어왔다. 그럴 리가 없다는 표정의 쿠퍼가 단단히 묶여 있는 붕대를 힘으로 뜯어 냈다.

"여, 여자?"

옆에 있던 기사가 놀란 나머지 말을 더듬었다. 이젤의 몸 위에 앉아 있던 쿠퍼조차 믿을 수 없다는 듯 눈을 비볐다. 하지만 잠시 후, 쿠퍼가 크게 웃음을 터트렸다.

"진짜 오늘 뭐가 좀 되는 날인데? 킬킬. 야! 내가 먼저 할 테니까 기다……."

쿠퍼의 말은 계속되지 않았다. 문을 막고 있던 기사 머리가 말 그대로 사라져 있었다.

목에서 뿜어져 나오는 피가 쿠퍼와 다른 기사의 얼굴을 적셨다.

얼굴에 묻는 피가 뜨겁다는 생각은 들지도 않았다. 소리 없이 목이 베인 기사의 몸이 바닥에 쿵 떨어졌다.

그리고 그 뒤에 보이는 이의 모습에 쿠퍼와 기사들의 몸이 굳었다. 서 있던 이들이 황급히 바닥에 한쪽 무릎을 꿇었다.

"황, 황태자, 저, 전하."

"여, 여길 어찌……."

굳어 있는 기사 중 한 명이 덜덜 떨며 레너드를 불렀다. 하지만 레너드의 시선은 기사들이 아닌 기절해 있는 이젤에게 향해 있었다.

간헐적으로 몸을 떠는 그녀의 모습은 레너드가 보기에도 심상치 않았다. 찢어진 옷과 붕대 사이로 이젤이 여자라는 증거가 적나라하게 드러나 있었다.

피가 차갑게 식어 간다. 품에서 쓰러졌던 그녀의 모습이 다시 머리를 스쳤다.

차가운 그의 눈가에 고요한 분노가 자리 잡기 시작했다.

레너드의 몸에서 나오는 살기가 숨쉬기 어려울 정도로 주변을 압도하였다. 그의 살기에 몸을 숙이고 있는 기사들이 부들부들 떨었다.

"너희들이 그랬나?"

"저, 전하! 이놈이, 아니 이년이 전하를 속였습니다. 계집입니다! 이 쿠퍼가! 제가 밝혀냈습니다. 전하를 우롱한 이 계집을 제가 당장 처리하겠습니다!"

"뭘 먹였나?"

쿠퍼의 말을 자른 레너드가 차분히 물었다.

감정이라고는 하나도 느껴지지 않는 그의 물음.

루칸이었다면 대답이고 뭐고 몸을 숙이고 살려 달라며 빌고 또 빌었을 것이다. 하지만 그에 대해 모르는 쿠퍼는 레너드가 이젤이 여자라는 사실 때문에 화가 난 것으로 착각하고 있었다. 공을 세울 수 있는 절호의 기회. 쿠퍼의 눈이 빛났다.

"독과 마취제를 섞여 먹였습니다. 워낙 이년이 의심스러운 짓을 많이 했던 터라 증거를 잡기 위해 주시하고 있었습니다. 하루만 지나면 알아서 뒈질 것입······."

"해독제는?"

말을 자르는 레너드의 행동에 쿠퍼는 울컥하였으나 지금은 몸을 낮출 때였다.

계집을 품지 못한 것은 안타까웠으나 이젤이 여자라는 것을 밝혀낸 이상, 자신의 미래는 밝았다. 여자인 주제에 기사로 살아온 죄. 더군다나 황태자인 레너드까지 속였으니 이제 저 더러운 계집도 곧 죽을 터였다.

쿠퍼가 품에 넣어 놓았던 해독제를 꺼내 레너드에 내밀었다.

그에게서 해독제를 받아 든 레너드가 그것을 자신의 품에 넣었다. 그리고는 말없이 등 뒤의 문을 잠갔다.

"힘이 없는 자가 주제도 모르고 선을 넘으면 결국 죽는 거지."

"저, 전하? 무, 무슨 소리를······ 무슨 소리를 하시는 것입니까?"

레너드의 살기에 쿠퍼가 몸을 떨었다. 분명 그의 생각대로라면 레너드는 쿠퍼, 자신이 이뤄 낸 공을 치하하고 있어야 했다. 그런데 지금의 레너드는 공을 치하하는 대신 검을 들고 있는 손에 힘을 주고 있었다.

"때로는 다가가서는 안 되는 선에 멋대로 들어와 놓고는 잘했다며 칭찬해 달라고 하지."

"전하, 소인들은 이해가……!"

몸을 일으키던 기사의 등으로 레너드의 검이 튀어나왔다. 비명조차 지르지 못한 기사가 쿵 소리를 내며 바닥에 쓰러졌다. 그가 흘리는 피로 바닥이 검붉게 물들었다.

경악하는 기사들을 보며 무심한 표정의 레너드가 검을 흔들어 묻어 있는 피를 털어 냈다.

마치 지나가는 벌레를 죽인 것처럼 담담한 표정이었으나 눈 안에 깃들어 있는 것은 소름 끼치도록 서슬 퍼런 분노였다.

옷을 뜯긴 채 쓰러져 있는 이젤을 보는 순간, 그의 이성은 완전히 사라져 있었다. 약한 숨을 내쉬며 중독된 몸을 떠는 이젤의 모습이 완전히 사라졌던 레너드의 이성을 간신히 붙잡았다. 당장에라도 휘두르고 싶은 검을 간신히 붙잡은 채, 쿠퍼에게서 해독제를 받아 냈다.

이제 이들은 필요 없다.

자신의 것을 저렇게까지 부숴 놓은 놈들을 그가 살려 줄 이유는 없었다.

답을 요구하는 기사들을 보며 레너드가 입꼬리를 올렸다. 그의 미소에 기사들이 몸을 떤 것도 잠시, 곧바로 이젤의 방 안에 기사들이 내지르는 비명 소리가 끔찍하게 울리기 시작했다.

잠겨 있는 문을 피투성이의 기사가 떠는 손으로 열려 했다. 하지만 문고리에 흥건히 묻어 있는 피 때문에 마음대로 열리지 않자 기사가 비명을 질렀다.

"아아아악!"

온몸을 감싸는 순수한 공포에 이성을 잃고 소리치던 기사의 비명이 뚝 끊겼다. 기사의 등에서 대각선으로 피가 뿜어져 나왔다.

"사, 살려 주십시오. 전하! 잘못……!"

문을 기댄 채 주저앉은 기사가 왼팔밖에 남지 않은 상태로 바닥에 머리를 박았다. 레너드에게서 살아남을 수만 있다면 그는 악마에게 영혼이라도 팔 수 있었다.

제발 살려 달라며 빌고 또 비는 기사의 목에 레너드의 검이 박혔다.

방 안의 모습에 주저앉은 쿠퍼가 덜덜 몸을 떨었다. 지금까지 수많은 전쟁터에 참여한 그였지만, 어지간한 참상에는 눈 하나 깜짝 안 하는 그였지만, 지금은 손가락 하나 움직일 수 없을 정도로 겁에 질려 있었다.

이번 일을 위해 끌어들였던 기사 모두가 형체를 알아볼 수 없을 정도로 잘린 채 바닥을 뒹굴었다. 이제 남은 것은 굳어 있는 쿠퍼와 누워 있는 이젤, 그리고 앞의 참상을 태연하게 만들어 낸 레너드뿐이었다.

"저, 전하."

나오지 않는 목소리를 쥐어짜며 쿠퍼가 그를 불렀다. 그의 부름에 죽어 있는 기사를 태연히 보고 있던 레너드의 시선이 그의 옆에 쓰러져 있는 이젤에 향했다.

몸을 숙인 레너드가 조심히 그녀를 안아 들었다. 조금 전의 상황 때문인지 레너드의 품에 안겨 있던 이젤이 몸을 떨며 그를

178

밀어냈다.

"하지…… 마."

"이젤, 이제 괜찮다."

쿠퍼와 다른 기사들을 대하는 것과는 천지 차이였다. 상대를 주 눅이 들게 하는 냉정하고 차가운 눈매는 어디에도 없었다. 레너드 의 목소리를 들었는지 반항하던 이젤의 몸이 다시 축 늘어졌다.

평소의 레너드라 생각할 수 없는 부드러운 목소리가 끊임없이 이젤에게 괜찮다며 다독였다. 간헐적으로 떠는 몸이 온기를 찾아 레너드의 품을 파고들었다.

품에 안은 이젤을 그가 들어 올렸다. 유일하게 피가 묻어 있 지 않은 침대에 이젤을 눕힌 레너드가 품에 넣어 놓았던 해독제 를 꺼내 천천히 그녀에게 먹였다.

"여자인 걸 알고 있었어?"

쿠퍼의 혼잣말에 레너드가 그를 노려보았다.

그제야 상황을 깨달은 쿠퍼가 바닥에 주저앉은 채 뒷걸음을 쳤다.

잘못 건드렸다. 하필 이젤이 황태자의 여자였다니! 건드려도 단단히 잘못 건드려 버렸다.

뒷걸음질 치던 쿠퍼가 몸을 돌려 문으로 뛰었다.

미끈거리던 문고리를 부들부들 떨리는 손으로 잡았다. 다행히 한 번에 고리가 풀리며 문이 열렸다. 살 수 있다는 희망에 쿠퍼 가 문을 열고 밖으로 나가려 했다.

동시에 레너드가 던진 단검이 정확히 쿠퍼의 허벅지에 박혔다.

"아악!"

이젤이 쿠퍼에 의해 찔렸던 그 자리 그대로 검을 맞은 그가 바닥을 굴렀다. 남의 고통에는 누구보다도 즐거워한 그였지만 막상 그 대상이 자신이 되자 방이 떠나가라 비명을 질렀다.

"아파! 아프다고! 아악…… 컥!"

비명을 지르는 쿠퍼의 입을 레너드가 발로 걷어찼다. 마치 지나가는 물건을 차는 것 같은 행동, 하지만 레너드의 발에 사정없이 차이는 쿠퍼의 얼굴은 순식간에 엉망이 되었다.

연이은 구타에 그가 정신을 잃자 레너드가 허벅지에 꽂혀 있던 자신의 검을 주저 없이 빼냈다.

"겨우 이 정도로 쓰러질 것이었다면 내 것을 건드리지 말았어야지."

쿠퍼의 손을 밟고 있던 레너드의 발에 힘이 들어갔다.

우두둑.

뼈가 부서지는 소리와 쿠퍼의 비명 소리가 방 안을 채웠다.

"살려, 살려 주십시오. 전하, 살려 주세요."

손의 뼈가 완전히 으스러지자 그제야 레너드가 밟고 있던 쿠퍼의 손을 풀어 줬다. 바닥을 기어 온 그가 레너드의 발목을 잡고 빌었다. 조금 전까지 득의양양했던 그의 모습은 온데간데없었다.

"한 번만 살려 주시면 죽은 듯이 살아가겠습니다! 전하! 한 번만 자비를! 살려 주세요. 살려 주세요. 전하!"

살고 싶다.

그의 손에 죽어 간 타국의 기사는 셀 수 없이 많았지만, 지금의 그는 너무나도 억울했다. 운이 좋지 않았다. 그뿐이었다. 레너드도, 자신도 같은 카렐 사람이 아닌가. 물론 그가 좀 심하게 한 것은 있었지만 죽을 정도는 아니었다.

"기회만 주시면 전하에게 전부를 바치겠습니다! 제발! 제발!"

애걸복걸하는 쿠퍼를 보고 있던 레너드가 발로 그를 걷어찼다. 굴러가던 쿠퍼가 굵은 핏덩어리를 한 움큼 쏟아 냈다.

이제는 정리할 시간, 레너드가 잡고 있는 검에 힘을 주었다.

"안 돼. 들키면 안 돼……."

뒤에서 들려오는 소리에 레너드의 움직임이 멈추었다. 언제 일어난 것인지 엉망진창이 된 이젤의 손에 검이 들려 있었다.

둘에게 걸어오는 이젤의 눈에는 초점이 없었다. 쓰러질 듯 비틀거리며 오는 걸음, 하지만 검을 잡고 있는 손에는 힘이 들어가 있었다.

"여자인 걸 들키면…… 들키면 안…… 돼. 기사 작위를 빼앗는다고 했어…… 안 돼."

그녀의 말을 들은 레너드의 눈이 좁아졌다. 여인인 것을 들키는 순간, 기사 작위를 없앤다는 말을 했었다. 그녀를 잡아 두기 위해 그가 했었던 말. 하지만 그 말이 족쇄가 된 듯 이젤은 무의식중에 몸을 움직이고 있었다.

"이젤."

"빼앗기면 안…… 돼."

그럴 일은 없다며 이젤을 안심시키려는 순간, 그녀의 검이 레너드를 향해 휘둘러졌다.

방을 채우는 굉음과 함께 레너드의 눈이 커졌다. 순간의 속도로 막은 이젤의 검, 하지만 어떻게 한 것인지 레너드의 뺨에 서늘한 기운이 스쳐 지나갔다.

얼굴을 타고 흐르는 피. 검제라는 이름을 얻은 후, 두 번째로 입은 상처였다.

첫 번째나 두 번째나 이젤의 검에 다쳤던 것.

레너드의 눈이 날카로워졌다.

하지만 지금의 상황에 놀라는 것도 잠시, 이젤의 검이 다시 그를 공격했다.

자신과 검을 맞대고 있는 이가 레너드가 아니라 쿠퍼라 믿고 있는 듯 이젤의 움직임은 매섭다 못해 처절했다. 하지만 움직이면 움직일수록 이젤의 몸에서 흐르는 피가 그 양을 더해 갔다. 이 이상 그녀가 움직이게 둘 수 없었다.

그의 검이 이젤의 손목을 쳤다. 검을 놓친 이젤이 비틀거리는 찰나, 가까이 다가온 그가 그녀의 뒷목을 쳤다.

정신을 잃은 이젤이 레너드의 품에 다시 안겼다. 한 팔에 그녀를 안은 레너드가 주저 없이 들고 있던 검을 도망가는 쿠퍼에게 던졌다.

비명조차 지르지 못한 쿠퍼가 검에 찔린 채 무릎을 꿇었다. 한 팔에 이젤을 안은 채 쿠퍼의 몸에 박혀 있는 검을 뽑아 낸 레너드가 주저 없이 휘둘렀다.

쿠퍼의 양눈에서 피가 터져 나왔다.

"쿨럭."

살아남은 쿠퍼가 몸을 떨었지만 그는 더 이상 레너드의 관심을 받지 못했다.

품 안의 이젤을 보는 레너드의 안색이 창백했다.

알 수 없는 감정이 그를 자꾸 흔들었다. 진정하려 해도 한 번 뛰기 시작한 심장이 가라앉지 않았다.

단 한 번도, 그 누구에게도 이런 감정을 느껴보지 못했다.

처음으로 레너드는 이젤이 죽을지도 모른다는 사실에 두려움을 느꼈다.

눈앞에 보이는 참상에 루칸이 숨을 들이마셨다.

분노한 레너드는 죄를 지은 상대에게 일말의 자비를 베풀지 않았지만, 지금의 모습은 그로서도 처음 보는 모습이었다.

형체를 알아볼 수 없을 정도로 훼손된 시체들. 그리고 그 사이에서 고통스러운 비명을 지르고 있는 쿠퍼. 마지막으로 레너드의 품에 안겨 있는 이젤.

"루칸."

경악에 찬 눈으로 이젤을 보고 있는 루칸을 레너드가 낮게 불렀다. 그의 부름에 이젤을 보고 있던 그가 화들짝 놀라며 고개를 숙였다.

'사내치고는 왜소하다고는 생각했지만 여자일 줄이야!'

이젤은 다른 기사들과 겨루어도 밀리지 않을 정도의 기량과 능력을 가지고 있었다. 레너드의 관심을 받는 이젤의 존재를 시기하는 이들은 많았지만 내심 루칸은 조용하고 성실한 그가 마음에 들던 참이었다.

그랬던 이젤이 여자였다니. 무엇보다도 여자인 그녀가 사내들조차 포기하고 도망가는 황태자의 기사단에서 버텨 내고 있었다는 사실이 더 놀라웠다.

"여기를 정리해라."

"⋯⋯."

"루칸."

"네? 네! 전하!"

그제야 정신을 차린 루칸이 고개를 들어 레너드를 쳐다봤다.

한 점 흔들리지 않는 레너드의 시선.

'이젤이 여자라는 것을 알고 계셨다.'

알고 있으면서도 레너드는 이젤을 기사로 데리고 있었다. 그 사실은 깨닫는 순간, 흔들리던 루칸의 눈빛이 변하였다.

레너드의 측근이 되었을 때부터 그의 생각은 중요하지 않았다.

그가 이젤을 받아들였다면 루칸은 당연히 그에 따라야 했다.

레너드와 시선을 마주한 루칸이 힘껏 자신의 뺨을 후려쳤다.

뺨이 빨개지도록 후려친 그가 레너드를 향해 고개를 숙였다.

"죄송합니다, 전하. 깨끗하게 정리해 놓겠습니다."

그의 심중을 누구보다도 빨리 알아채는 루칸이었다. 고개를 끄덕인 레너드의 시선이 바닥에 쓰러져 있는 쿠퍼에게 향했다. 눈을 잃은 채 신음을 흘리며 그가 몸을 꿈틀댔다.

고요한 레너드의 미간이 찌푸려졌다.

"살려 주⋯⋯."

쿠퍼를 보는 레너드의 눈은 차가웠다. 어차피 루칸이 수습을 해 놓아도 오늘 일은 금세 퍼지게 될 것이다.

그렇다면 쿠퍼를 본보기로 기사단을 각성시키는 것도 좋은 방법이었다.

레너드가 손을 내밀자 루칸이 허리에 차고 있던 검을 꺼내 내밀었다. 루칸의 검을 잡은 레너드가 일말의 주저도 없이 쿠퍼의 목에 검을 찔렀다.

움찔대던 쿠퍼의 몸이 완전히 멈추었다.

눈썹 하나 꿈틀대지 않는 레너드의 모습에 루칸이 몸을 떨었다. 분노할수록 광기를 겉으로 터트리는 황제와 달리 그는 더 냉정해지고 잔인해졌다. 평소와 다를 바 없는 모습이었으나 루칸이 아는 한, 그가 이렇게 분노하는 것은 카일과 연관이 되었던 그날 이후로 두 번째로 있는 일이었다.

이럴 때는 죽은 듯 몸을 숙이고 있는 것이 상책.

루칸이 몸을 숙였다.

"내 방으로 치료사를 보내라."

레너드의 명에 루칸이 다시 고개를 숙였다. 그에게 검을 돌려준 레너드가 이젤을 안은 채 방 밖으로 나갔다.

이젤을 안고 있는 팔에 힘이 들어갔다. 밀려오는 감정에 레너드가 굳게 입을 다물었다.

초조하다.

당장에라도 끊어질 것같이 팽팽한 이성의 끈을 간신히 붙잡고 있었다.

185

이젤에게서 고통스러운 신음이 나올 때마다 레너드의 피가 차가워졌다.

괜찮을 것이다. 강한 여인이니 이번에도 잘 버텨 낼 것이다.

궁으로 향하는 레너드의 발걸음이 빨라졌다.

루칸이 신속하게 움직인 덕분에 레너드가 방에 돌아온 지 얼마 되지 않아 치료사가 헐레벌떡 안으로 들어왔다.

길게 뺨에 나 있는 상흔을 본 치료사가 레너드부터 치료하러 다가왔다.

"이젤부터 치료해라. 내 상처는 심하지 않다."

레너드의 명령에 몸을 숙인 치료사가 침대에 누워 있는 이젤에 시선을 옮겼다.

한눈에 봐도 위험한 상황, 레너드부터 치료하려 했던 치료사가 그녀의 옆으로 다가갔다.

치료사의 커다란 가방에서 약과 치료 도구가 나오자 자리를 비켜 주기 위해 레너드가 몸을 일으켰다.

그 순간, 팔에 느껴지는 묵직한 느낌에 레너드의 움직임이 멈추었다.

상처투성이인 이젤의 손이 레너드의 소매를 단단히 붙잡고 있었다. 정신을 차린 것인가 싶어 레너드가 이젤의 뺨을 어루만졌지만, 그녀는 미동도 없었다.

절박해 보일 정도로 소매를 꼭 붙잡고 있는 이젤의 손을 보고 있던 레너드가 다시 옆에 앉았다.

"이대로 치료를 해야 할 것 같다."

"괜찮사옵니다, 전하. 그럼 시작하겠습니다."

치료사의 손이 분주히 움직였다. 검에 찔렸던 다리를 치료하고 군데군데 무기에 베이고 터진 상처에 약을 바르고 붕대를 감았다. 치료하느라 밀려오는 고통에 이젤이 간헐적으로 발작하였다.

"이젤, 조금만 참아라."

고통스러워하는 이젤의 몸을 붙잡은 레너드가 그녀의 귀에 나지막이 속삭였다. 쿠퍼에게 구타당해 부은 눈에 물이 고였다. 비명을 지르는 대신 입술을 깨문 이젤이 무의식적으로 레너드의 손을 움켜잡았다.

이젤이 비명을 삼킬수록 레너드의 피가 말라 갔다.

처음으로 느끼는 지금의 불안이 지독하게 싫었다. 카델의 황자라는 자리를 인식하는 순간부터, 그는 누군가를 죽이고 또 누군가가 죽어 가는 모습을 지겹도록 보아 왔다.

그렇기에 누구보다도 죽음이라는 것을 담담하게 받아들일 수 있다고 생각했다.

"아악!"

허벅지에 오른 쇳독을 없애기 위해 치료사가 약을 쓰자 이젤이 고통스러운 듯 비명을 질렀다. 마치 절벽에 드리워져 있는 유일한 목숨줄을 잡은 것같이 이젤의 손이 레너드의 손을 움켜잡았다.

"제길."

잡힌 것은 손이었으나 쥐어뜯고 있는 것은 그의 심장이었다.

피가 마르는 시간이 한동안 계속되었다. 하지만 시작이 있으면 끝도 있는 법, 분주히 움직이던 치료사가 이마에 흐른 땀을 닦아 내며 레너드에게 고개를 숙였다.

"위험한 고비는 넘기셨습니다. 체내에 있는 독은 해독제로 중화되었지만 자세한 것은 이젤 님이 깨어나신 후에나 확인이 가능할 듯합니다. 급한 치료는 마무리되었으니 우선은 상황을 지켜보겠습니다."

고비를 넘겼다는 치료사의 말에 레너드가 무거운 숨을 내쉬었다.

"수고했다. 이만 나가 봐라."

레너드의 뺨까지 치료를 끝낸 그가 뒷걸음질로 방 밖으로 나갔다.

둘만이 남은 방. 한 달 전과 상황은 똑같았으나 그녀를 보고 있는 레너드는 달라져 있었다. 치료가 모두 끝났음에도 이젤은 여전히 그의 손을 놓지 않았다.

독의 영향 때문인지, 끔찍한 일을 당할 뻔했던 충격 때문인지 레너드의 손을 잡고 있던 이젤의 몸이 간헐적으로 떨렸다. 잡고 있는 이젤의 손이, 뺨이 얼음장처럼 차가웠다.

목 끝까지 이불을 씌워 주고, 괜찮다며 다독여도 이젤은 좀처럼 나아지지 않았다.

결국 이젤을 보고 있던 레너드가 최대한 조심스럽게 그녀의 옆에 누웠다.

몸을 떠는 이젤을 부드럽게 안은 레너드가 천천히 그녀를 다독였다.

감겨 있던 이젤의 눈이 떠졌다.

익숙하지는 않지만 낯설지도 않은 온기가 느껴졌다. 그녀가 아는 한, 이런 온기를 가지고 있는 사람은 하나뿐이었다.

눈을 뜨고 앞을 보았지만 이젤의 눈에 아무것도 보이지 않았다.

그를 밀어내야 한다는 것도, 이렇게 사내의 품에 안겨 있으면 안 된다는 생각도 들지 않았다.

끔찍하다 못해 무서웠던 밤. 아무런 조건 없이 주는 누군가의 온기가 필요했다.

보이지 않는 눈을 감은 이젤이 레너드의 품으로 파고들었다.

나지막이 달래는 목소리가 마법처럼 그녀를 안정시켰다. 부드 럽게 안심시키는 레너드의 손길을 느끼며 이젤이 몸을 맡겼다.

정신을 차린 지 일주일이 지나 있었다. 군데군데 딱지가 생긴 이젤의 손이 자신의 눈을 쓸었다.

눈은 뜨고 있으나 아무것도 보이지 않았다.

치료사의 말에 의하면 아직 몸에 독이 남아 있어서라고 했다. 치료를 받으며 몸을 추스르면 곧 원래대로 돌아올 것이라 했지 만 언제나 보이던 눈이 안 보이니 불안했다.

"아얏!"

걸어 보려는 생각으로 침대에서 몸을 일으키려는 이젤이 짧게 비명을 질렀다. 아직 걷기에는 무리였던 듯 쿠퍼에게 찔렸던 다리가 욱신댔다.

한 발짝 발을 내딛던 이젤이 결국 침대에 앉았다. 손으로 팔을 감싸며 이젤이 몸을 떨었다.

만약 그 자리에 레너드가 없었다면 이젤은 돌이킬 수 없는 상황까지 갔었을지도 몰랐다.

생각하는 것만으로도 몸이 떨리고 속이 울렁거렸다.

"왜 앉아 있는 거지?"

상념을 깨뜨리는 목소리에 이젤의 시선이 소리가 나는 쪽으로 향하였다. 눈이 보이지 않는 상태로 방에 머물면서 그녀가 깨달은 사실 중 하나는, 레너드는 평소에도 기척이 거의 느껴지지 않는다는 것이었다.

"오셨습니까?"

"아직 움직이면 안 된다는 소리를 들었을 텐데?"

눈이 보이지 않기 때문일까? 아니면 몸이 약해졌기 때문이었을까?

그게 아니면 며칠 동안 발작이 일어날 때마다 그의 품에서 안정을 찾았기 때문이었을까?

항상 그에게서 느꼈던 한기가 느껴지지 않았다. 한없이 두렵게 느껴지던 공포조차도 언제부터인가 무뎌져 있었다.

"걸을 수 있을 줄 알았는데 아직은 어려운 것 같습니다."

"검에 찔린 상처가 일주일 만에 나아질 리가 없지. 가만히 있어라."

말을 끝낸 레너드가 몸을 숙였다. 팔과 다리에 느껴지는 기운에 이젤이 몸을 떨었다.

여린 어깨를 감싸는 백금발이 등까지 내려왔다. 앞이 깊게 파여 있는 잠옷 사이로 보이는 봉긋한 가슴골을 가는 팔이 아슬아슬하게 가리고 있었다. 치마 끝에 보이는 작고 하얀 발이 보일 듯 말 듯 그의 시선을 잡았다.

레너드가 그녀를 안자 얼굴이 빨갛게 익은 이젤이 고개를 숙였다.

"전하! 제가 움직일 수 있습니다! 그러니 놓아주십시오."

레너드밖에 없다는 것 때문인지 이젤의 미성은 풀려 있었다. 여인의 말투라기에는 딱딱했지만 부끄러워하는 목소리는 듣기 좋았다. 이대로 품에서 놔주고 싶지 않았지만 그때 일로 이젤은 많이 약해져 있었다. 지금은 쉬어야 할 때, 레너드가 이젤을 침대에 앉혔다.

"환자가 고집을 부리는 것만큼 억지도 없다."

레너드의 말에 이젤의 말문이 막혔다.

침대에 이젤을 앉힌 레너드가 얇은 이불을 다리 위로 올려 주었다. 딱딱한 어조와는 다른 부드러운 손길에 이젤이 고개를 숙였다.

심장이 제멋대로 떨린다. 옆에서 느껴지는 온기에 마음을 진정할 수 없다.

"이젤."

레너드의 부름에 놀란 이젤이 고개를 들었다. 눈에 보이는 것은 없었지만 느껴지는 것은 있었다. 일주일을 내리 그에게 의존한 이젤이었다.

자신도 모르게 이젤이 손을 들어 레너드의 **뺨**으로 가져갔다. 그녀 자신도 무슨 생각인지 알 수 없었다. 그저 그에게 조금만 더 가까이 다가가고 싶었다.

이젤의 손끝에 레너드의 **뺨**이 닿았다. 그리고 그 순간, 이젤의 머릿속에 윈스턴의 모습이 지나갔다.

"아!"

창백해진 이젤이 레너드의 **뺨**에 닿았던 손을 거두었다. 하지만 얼마 지나지 않아 레너드에 의해 손이 잡혔다.

익숙한 온기가 손목에서 느껴졌다. 피가 싸늘하게 식어 갔다. 떨리던 심장이 내려앉았다.

「레나로 돌아와라.」

윈스턴의 목소리가 머릿속에 울려 퍼졌다.

처음으로 느껴보는 누군가의 온기에 잊고 있었다.

자신은 레나의 기사다.

무슨 일이 있어도 가장 마지막에 그녀가 돌아갈 곳은 레나였다.

"놔!"

"이젤!"

갑작스러운 그녀의 반응에 레너드가 어깨를 잡았다. 분명 이젤은 그에게 흔들렸다.

레나로 돌아갈 것이라며 밀어내던 전과는 확실히 달랐다. 조심스럽게 다가와 준 그녀의 손길에 왠지 모르게 두근거리기까지 했었다.

하지만 그랬던 반응이 순식간에 바뀌었다.

"놔주십시오! 놓으시란 말입니다!"

"이젤!"

"아무것도 아니었습니다. 충동이었을 뿐입니다. 실수였습니다! 실수란 말입니다!"

그에게서 벗어나려는 이젤의 몸부림이 강해졌다. 그럴수록 레너드의 눈이 차가워졌다.

묻지 않아도 이젤이 왜 이러는지 알고 있다.

레나는 그녀에게 아무것도 주지 않았다. 그런데도 악착같이 그곳만을 바라보는 이젤의 모습이 싫었다.

반항하는 이젤을 침대에 억지로 눕혔다. 새하얀 침대시트 위로 백금발이 청초하게 늘어졌다. 허공을 감도는 눈에 철저한 거부가 보였다.

이젤을 잡고 있는 레너드의 눈에 분노와 탐욕이 복잡하게 엉켰다. 이젤이 밀어내면 밀어낼수록 잡고 있는 레너드의 손에 힘이 들었다.

"자신의 감정을 외면하는 것이 실수라면 실수겠지. 조금 전의 너, 분명 나와 같은 감정이었다."

"충동이었을 뿐입니다. 아무것도 아니었단 말입니……."

이젤의 말은 지속되지 않았다. 반항하던 움직임조차 움켜잡은 팔에 의해 가두어졌다.

굳게 다물고 있던 입술이 사내의 힘에 의해 억지로 열렸다.

그때 이후로 두 번째. 하지만 처음과 달랐다.

강압적으로 취하고 빼앗던 것과는 달리 허락을 구하듯 조심스럽게 다가왔다. 자신을 받아 달라는 애원처럼 그는 이젤을 달래고 또 달래었다.

그와 자꾸 이런 식으로 엮이면 안 된다. 자신의 것이 되면 안 되는 감정이었다.

팔을 움켜잡고 있던 그의 손이 풀렸다. 손은 자유를 찾았지만 레너드를 밀어낼 수 없었다. 거부도, 받아들일 수도 없다. 양면적인 감정에 이젤은 결국 자신을 다시 외면했다.

입을 맞춘 채 이젤을 노려보고 있던 레너드가 입술을 뗐다.

이젤의 눈가에 맺혀 있는 눈물을 손가락으로 닦아 냈다.

전의 그였다면 지금의 이젤을 당장에라도 품에 안았을 것이다. 그녀의 의사와는 상관없이 멋대로 취했을 것이다.

하지만 이젤에게만큼은 그런 식으로 전부를 얻어 내고 싶지 않았다.

결국 레너드는 이젤에게서 살짝 물러났다.

"너는 네가 원하는 대로 나는 내가 원하는 대로."

레너드의 말에 감고 있던 이젤의 눈이 떠졌다. 아무것도 보이지 않는 눈이었지만 마치 레너드를 보는 것같이 그를 향해 있었다.

그의 손이 이젤의 뺨을 쓸었다.

"네가 레나로 돌아가고 싶다는 마음 자체를 막진 않겠다. 사람의 마음을 강제할 순 없으니까. 대신 난 네가 레나로 돌아가지 못하게 하는 데 최선을 다하겠다."

"제가 이기면 돌아갈 수 있는 것입니까?"

"보내 줄 수밖에 없는 상황이라면 보내야겠지. 하지만……."

이젤의 위에 있던 레너드가 침대를 내려왔다. 가까이서 느껴지던 온기가 사라지자 자신도 모르게 이젤이 떨리는 숨을 내쉬었다.

반항하느라 흐트러진 이불을 이젤에게 다시 덮어 주며 그가 자신 있게 말했다.

"날 이기는 일은 쉽지 않을 것이다. 네가 완전히 마음을 돌릴 때까지 기다리겠다."

"전하, 저는……."

"이만 쉬어라."

그의 기척이 사라지고, 문이 여닫는 소리가 들려왔다.

누워 있던 이젤이 자리에서 일어났다. 가는 손가락이 그가 머물고 간 입술을 쓸었다.

방향을 알 수 없는 감정이 그녀를 힘들게 했다.

이불을 움켜잡은 이젤이 질끈 눈을 감았다.

제5장
기사 또는 여인

집무실의 문이 열리고, 화가 난 레너드가 성큼성큼 어디론가 바쁘게 걸음을 옮겼다. 차가운 눈에 깃들어져 있는 분노가 주변의 분위기를 무겁게 가라앉혔다. 그런 레너드의 뒤를 불안한 표정의 루칸과 시종들이 분주히 따라갔다.

레너드의 모습에 문 앞을 지키고 있던 병사들이 고개를 숙였다. 하지만 그들의 인사를 받는 둥 마는 둥 지나친 레너드가 뒤를 따라오던 이들을 보았다.

"여기에서 기다려라."

레너드의 방 앞, 그의 명에 뒤를 따라오던 루칸과 시종의 걸음이 멈추었다.

닫혀 있는 문을 연 레너드가 앞에 보이는 모습에 미간을 좁혔다.

그의 침대에서 잠들어 있는 이젤이 누군가의 품에 안겨 있었다. 워낙 상처가 심한 터라 요즘 이젤이 먹고 있는 약은 전보다 몇 배나 독한 것이었다. 그 때문에 한 번 약을 먹으면 그녀는 완전히 무방비 상태가 되어 버렸다.

평소였다면 누군가가 방에 들어온 것만으로도 기척을 알아챘을 것이었건만, 현재 잠들어 있는 이젤은 침입자에 의해 안겨 있음에도 전혀 깨지 못했다.

"카일 형, 언제 왔어?"

레너드와 비슷한 외모. 하지만 환하게 웃고 있는 미소가 어린아이의 그것이었다.

"좀 전에! 이젤이 탑으로 오지 않으니까 이상하잖아! 또 레니가 이젤을 안 놔주는 거 같아서 와 봤지!"

레니라는 단어에 레너드의 눈매가 날카로워졌다. 시종이나 루칸이었다면 몸을 피했을 정도로 차가운 분위기였지만 카일은 아무렇지도 않다는 듯 이젤을 안은 채 즐거운 미소를 짓고 있었다.

"레니, 못됐다. 이젤이 다쳤으면 나한테도 알려 줘야지! 난 그것도 모르고 기다렸잖아."

"카일 형."

이젤의 어깨와 허리를 감싼 팔이 거슬렸다. 아무것도 모른다는 표정의 카일을 보는 레너드의 눈매가 서늘해졌다.

레니는 어린 여자아이를 부르는 애칭 중 하나였다. 그림자 황태자로 불리는 그에게, 자신을 거스르는 이는 가차 없이 제거하는 그에게 레니라는 호칭으로 부를 수 있는 사람은 황궁에 단 한 명이었다.

그림자 날에 태어난 저주받은 아이를 동생으로 받아 준 사람. 아차 하는 순간 목이 떨어지는 황궁에서 살아남는 길을 알려 준 사람.

정신을 놓은 그가 아니라 제정신의 카일 로즈.

"연기하지 마."

"무슨 소리를 하는 거야? 근데 이젤은 내가 왔는데도 계속 잠만 잔다! 깨워야지!"

"형, 지금 제정신인 거 알아. 장난 그만해."

레너드의 경고에 어린아이 같은 미소를 짓고 있던 카일의 표정이 바뀌었다.

미친 황제도, 카일을 모시는 시종도 모르는 그의 모습.

레너드만이 아는 그의 진짜 모습이었다.

"레니 앞에서는 장난도 못 치겠어. 아버지나 바렌 녀석은 전혀 못 알아채던데 말이야."

제정신으로 돌아온 카일은 다른 사람이 있을 때는 절대 레니라 부르지 않았다. 오직 단둘이 있을 때만 부르는 호칭, 무엇보다도 원래대로 돌아왔을 때의 카일에게서는 황제에게서 물려받은 특유의 광기가 느껴졌다.

"그녀는 놔줘. 쉬어야 해."

"싫어. 진짜 오랜만인걸. 좀 더 이러고 있을 거야. 멍청한 놈들. 선을 넘지 않는 수준에서 까불었어야지. 레니가 죽이지 않았다면 내가 죽였을 거야."

소중한 보물인마냥 이젤을 꼭 안고 있는 카일의 입가에 연신 싱글벙글 즐거운 미소가 감돌았다.

황제로서의 자질도, 검제로서의 재능도 모두 카일이 먼저였다.

대륙의 단 하나인 검제인 레너드와 검으로 막상막하로 겨룰 수 있는 유일한 자. 처음 만났던 날, 이젤은 방심하다 카일에 잡힌 것이라 했지만 실제로는 그게 아니라는 것을 레너드는 알고 있었다.

"난 이젤이 좋아."

"형."

"만약 레니가 이 아이에게 마음이 없었다면 난 무슨 수를 써서라도 내 옆에 두었을 거야. 하지만 이젤이 아무리 좋아도 레니는 내 동생이니까. 형인 내가 양보해야지."

레너드가 아는 한, 카일은 확실히 미쳤다. 제정신이라는 말을 하기는 했지만 어린아이일 때보다는 낫다는 것일 뿐, 레너드와 정상적으로 대화하는 카일은 때로는 아이일 때보다도 잔인하고 냉정했다.

말없이 바라보는 레너드의 시선에 카일이 빙긋 미소를 지었다. 안 놔줄 듯 꼭 잡고 있던 이젤을 자리에 눕힌 카일이 친근한 손길로 그녀의 어깨까지 이불을 올렸다.

"계속 올려다보니 목 아파, 레니. 자리에 앉아."

카일의 말에 레너드가 의자를 끌어와 자리에 앉았다. 레너드가 자리에 앉아 카일의 시선이 자고 있는 이젤에게 향했다. 얼굴을 가리는 백금발을 뒤로 넘겨 준 카일이 먼저 말을 시작했다.

"왜 레니가 여자를 기사로 데리고 있을까 궁금했는데 묻지 않아도 알겠더라. 그 거짓으로 똘똘 뭉친 비비엔보다 훨씬 나아. 귀찮은 일인데도 이젤은 한 번도 빠짐없이 탑에 오거든. 피곤해하지도 않고 항상 재미있게 해 줘. 그리고 네 곁에 있던 여자 중 가장 예쁘단 말이지."

"이젤의 이야기를 하러 온 게 아닐 텐데? 그리고 아직 내 여자도 아니니까."

"하지만 가질 거잖아. 그러니까 일부러 네 방에서 치료받게 한 거 아니야? 넌 옆에 누가 있으면 잠도 못 잘 정도로 예민하잖아. 너에게 이 정도의 대우를 받았던 여자는 없었어."

가감 없이 나오는 카일의 말에 레너드의 분위기가 가라앉았다. 아무도 모르는 레너드의 속내를 전부 알고 있는 그의 형. 적어도 예전의 카일은 그에게 존경하는 스승이었고, 의지할 수 있는 형이었다.

하지만 이제는 아니었다. 카일은 레너드에게는 누구보다도 믿을 수 있는 조력자이기도 했지만 동시에 언제든지 그에게 검을 겨눌 수 있는 양날의 검이었다.

아무 말도 없는 레너드를 보고 있던 카일이 빙긋 웃었다.

"누가 뭐라 해도 난 레니 편이라니까 그렇게 긴장 안 해도 돼. 난 널 황제로 만들 생각이거든. 물론 어린아이일 때의 난 무리지만 말이야. 하지만 이 빌어먹을 기억력은 어린아이로 있을 때도 또렷해. 덕분에 듣고 싶지 않은 걸 듣기도 하지."

말을 끝낸 카일이 이젤을 향해 눈을 돌렸다. 이젤에 관한 이 야기라는 것인가?

카일은 자신이 미쳐 있다는 사실을 백분 활용했다. 사람이라는 존재 자체를 의심하는 황제조차 정신을 놓은 그에게는 자신의 속마음을 말했다.

황제가 전쟁을 시작할 계획이라는 것도 그가 알려 줬고, 그의 정보에 레너드가 움직였다.

어쩌면, 어린아이일 때보다도 지금이 더 미친 것일지도 몰랐다. 하지만 지금의 모습을 볼 수 있는 사람은 레너드뿐이었다.

"바렌과 황제가 이젤에게 관심을 가지고 있어. 네 방에 이젤이 있다는 것까지는 모르지만 적어도 네 최근 관심이 이젤에게가 있다는 것 정도는 쉽게 알 수 있으니까."

"그건 나도 알고 있어. 하지만 어차피 관심은 관심일 뿐이야."

"황제가 노예를 데리고 사냥에 나설 거야. 너도 알다시피 황제는 자신을 수행할 기사를 직접 뽑을 수 있어."

"……."

"관심을 가지는 정도에서 끝나면 다행이겠지만 황제에게 가는 순간, 이젤이 여자라는 건 금방 들킬 거야. 그리고 개처럼 너에게 달려들겠지."

카일의 말에 레너드의 눈이 이젤을 향했다. 그녀가 여자라는 사실 자체는 문제가 아니었다. 다만 여자인 것을 숨기고 카델의 기사로 넣은 레너드의 행동이 문제라면 문제였다.

하지만 시종들에게 들키면서까지 이 사실을 레너드에게 알려 주러 온 카일의 행동은 이해가 가지 않았다. 말해 주지 않아도 레너드에게 크게 문제가 되진 않는다. 황제가 먼저 움직인다 한들 레너드가 막지 못할 일은 아니었다.

카일에게 물어보려던 찰나, 레너드의 기색을 눈치챈 그가 먼저 입을 열었다.

"난 이젤이 좋아. 어떨 때는 레니, 너보다도 더 끌려. 안타깝게도 이젤은 강하지만 힘이 너무 없어. 지켜 줄 울타리는 아무것도 없는 상태에서 자꾸 눈에 들어오니 이번처럼 위험해지는 거야. 그러니까 널 움직이게 해서라도 이젤을 지켜 줘야지."

이젤에게 끌린다는 카일의 말에 레너드의 분위기가 가라앉았다. 살기까지 띠는 그의 모습에 킥킥 카일이 웃음을 터트렸다.

"말했잖아. 난 네 형이니까 양보할 거라고. 하지만 잘 데리고 있어. 한 번이라도 틈이 보이면 내가 데리고 갈 거야."

말을 끝낸 카일이 침대에서 일어났다. 이젤의 뺨을 손으로 쓴 카일이 한껏 기지개를 켰다.

"언제 내 정신으로 다시 돌아올지는 모르겠지만 우선은 가 보마. 더 이상 내 이젤을 다치게 하지 마."

내 이젤이라는 말에 레너드가 뭐라 하려는 순간, 창문을 연 카일이 단숨에 몸을 날렸다. 이 층이었지만 그에게는 아무렇지도 않은 듯, 사뿐히 바닥에 착지한 그가 유유히 사라졌다.

노을빛에 사라지는 카일을 보고 있던 레너드가 열린 창문을 닫았다.

창에 있던 시선이 이젤이 누워 있는 침대로 향했다. 잠들어 있는 이젤의 옆으로 걸어간 레너드가 카일이 만졌던 그 자리의 뺨을 어루만졌다. 조금씩 나아지는 혈색만큼이나 차가웠던 뺨에 온기가 돌았다.

"지켜 줄 울타리는 없는데 눈에 들어온다라……."

아직 황제를 옭아맬 정도의 힘은 갖추어지지 않았다. 물론 그건 황제도 마찬가지였다.

뺨에 가 있던 손이 붉은 입술로 향했다. 꾸준히 쉬고 치료하니 입술의 혈색도 제법 돌아와 있었다.

"어설픈 울타리를 만드느니 벽을 만들어 버리는 것이 낫겠군."

윈스턴에, 카일에, 관심을 안 가져 줬으면 하는 사내들이 주변에 맴돌았다.

무슨 대화가 오고 갔는지 전혀 알지 못한 채, 잠들어 있는 이젤을 어루만지고 있던 레너드가 고개를 숙여 짧게 입술을 훔쳤다.

쿠퍼 무리의 목이 성벽에 내걸렸다. 감히 황태자인 레너드의 암살시도를 했다는 죄명이었다. 그리고 그를 막다 타국의 기사인 이젤이 부상을 당해 요양 중이라는 것이 발표되었다. 황태자의 기사단이 자신을 암살하려 했다는 사실에 레너드는 분노했다. 동시에 그들의 처벌이 가혹하다며 목소리를 높이는 가문 또한 레너드는 가차 없이 처벌하였다.

반면 자신을 구하느라 부상을 입은 이젤에게는 몸이 전부 나을 때까지 무기한 휴식을 주었다. 자국의 기사에게는 엄격한 처벌을, 타국의 기사인 이젤에게는 전례 없는 포상에 나라로 나뉜 기사단의 분위기는 미묘하게 변해 갔다.

하지만 기사로서 자신에게 충성하면 나라는 상관없다는 레너드의 말과 빠른 수습에 상황은 조금씩 안정이 되어 갔다.

그렇게 삼 주가 지나고, 이젤이 다시 기사단에 복귀했다.

"이야. 황태자 전하를 구한 영웅이 드디어 모습을 드러내셨네."

"그런 말 하지 마. 제스퍼."

어깨에 팔을 두른 채 미소를 짓는 제스퍼에 이젤이 눈살을 찌푸렸다. 하지만 그녀의 반응에도 제스퍼는 상관없다는 듯 그들에게 다가오는 클라우에게 말했다.

"클라우, 내가 말한 게 맞지 않소? 검성은 쌩쌩하다니까."

쩌렁쩌렁 울리는 제스퍼의 목소리에 각자 훈련을 하던 기사들의 시선이 둘에게 향했다. 그의 행동에 이젤이 난감한 듯 손으로 눈을 가렸다. 그녀의 모습에 클라우가 웃음을 터트렸다.

"반가워서 그러는 거야. 심술부리는 것처럼 보여도 제스퍼가 자네가 어디에서 치료받는지 찾아보겠다고 열심히 돌아다녔단 말이지. 물론 나중에는 포기했지만."

"클라우! 진짜 그런 말은 하는 게 아니잖아! 진짜 저 인간은 할 말 안 할 말 다 한다니까. 그런데 말이야. 진짜 레너드 전하의 치료사에게 치료를 받은 거야? 황태자 전하의 궁에 머물고 있다는 데까지는 들었단 말이지. 그럼 이제 확실히 전하 눈에 든 건가?"

제스퍼의 물음에 이젤이 난감한 듯 미간을 좁혔다. 암살을 막느라 중상을 입은 그녀를 위해 황태자가 방을 따로 마련해 주고, 자신의 치료사로 하여금 직접 치료를 시킨 일은 이미 기사들 사이에서는 퍼질 대로 퍼져 있는 이야기였다.

"운이 좋아 전하의 치료사에게 치료를 받은 것뿐이야. 별건 아니었고, 그냥 치료였을 뿐이네! 그러니까 오해할 말은 하지 말게."

"오해할 말이라니! 사실일지도 모른다니까 그러네!"

제스퍼의 말에 그만하라는 듯 이젤이 그의 옆구리를 툭 쳤다. 그녀의 행동에 제스퍼가 몸을 사린다며 더욱 놀려 댔다. 죽을 뻔했다는 소문과는 달리 삼 주 만에 돌아온 이젤의 얼굴은 괜찮아 보였다.

그 정도만 하라며 목소리를 높이는 이젤의 어깨를 두드린 클라우가 안도의 숨을 내쉬었다.

"그래도 그만해서 다행이네."

"걱정해 주신 덕분입니다."

이젤의 인사에 제스퍼와 클라우가 미소를 지었다.

그때, 훈련장 안으로 들어온 시종이 큰 목소리로 레너드가 들어온다는 말을 하였다.

어수선하게 있던 기사들이 일사불란하게 자신의 자리에 서고,

잠시 후 문이 열리며 레너드와 비비엔이 안으로 들어왔다.

평소와 다름없는 레너드와는 달리, 뒤에 있는 비비엔은 전에 보았을 때보다도 훨씬 화려했다. 가슴을 강조하듯 앞이 깊게 파인 벨벳드레스가 넓게 퍼져 있었다. 드레스와 같은 빛깔의 머리카락이 화려한 장신구에 의해 맵시 있게 올려져 있었다.

레너드의 팔에 자연스럽게 자신의 팔을 낀 그녀가 환한 미소를 지어 보였다. 어두운 모습이라고는 하나도 없는 해맑은 미소, 하지만 그녀를 보는 레너드의 눈은 그대로였다.

그저 같이 있는 모습일 뿐이었다. 그럼에도 왠지 모르게 알 수 없는 감정이 치밀어 올랐다.

"전하 곁에 있는 여인이 차기 황태자비라고 하던데 본 적 있나?"

제스퍼의 물음에 이젤이 고개를 끄덕였다. 그저 스쳐 지나가듯 본 것이 전부였다.

단지 그뿐이었다.

"보기만 했어. 황태자비가 될 사람인지는 몰랐군."

자신의 감정을 확실히 알 수는 없다. 아니, 마음속으로 이미 알고 있다고 해도 받아들일 수 없었다. 그걸 알면서도 이젤이 자신도 모르게 주먹을 쥐었다.

여인으로서의 삶을 부러워한 적은 없었다. 그녀가 가장 오랫동안 보아 왔던 여인은 사내의 관심 하나에 평생을 안절부절못하며, 아들을 지켜야 한다는 강박관념에 휩싸인 어머니뿐이었다. 평생을 거짓으로 살더라도 스스로가 의지하고 선택할 수 있는 삶을 원했다.

하지만 사내에게서 그녀에게 마음이 있다는 말은 이젤도 처음 들었다. 그녀에게 마음이 있다며 다가오는 그가 싫지 않았다. 그의 진심을 느꼈기에 흔들렸다. 안 된다는 것을 알면서도 그에게 끌렸다.

받을 수 없다며 마음을 잘라 내기는 했지만 이젤은 그에게 미안한 감정을 가졌다.

그랬던 감정이 싸늘하게 식었다.

"비비엔 아가씨의 가문인 파벨은 남쪽의 해양무역으로 막대한 부를 축적했다고 하더군. 뭐, 지금은 둘째 치고라도 둘은 꽤 사이가 오래된 연인이니까."

"연인…… 이란 말인가?"

바뀐 분위기에 레너드를 보고 있던 제스퍼가 고개를 돌렸다. 무엇에 화가 났는지 이젤은 레너드를 차갑게 노려보고 있었다. 그리고 이젤의 시선에 레너드의 눈이 그들을 향했다.

불과 불이 만났다고 생각했다. 짧은 순간이었지만 제스퍼로서는 처음 보는 이젤의 모습이었다.

하지만 그것도 잠시, 감았다 뜬 이젤의 눈이 원래대로 돌아와 있었다. 순간 바뀌었던 분위기가 섬뜩했지만 제스퍼는 이젤에게 묻지 못하였다.

한편 제스퍼의 시선을 알지 못하는 이젤이 속으로 치미는 감정을 억지로 참았다.

반려가 있는 사내가 달콤한 말로 그녀를 우롱했다.

제멋대로에 무서운 자였지만 가볍게 말을 놀리는 이 같지 않았기에 흔들렸었다.

'내가 그렇게 얕보였단 말인가!'

그저 즐기려고 했던 사내의 감언이설에 흔들리고 고민했던 스스로가 치욕스러웠다.

가라앉은 이젤의 시선이 담담히 레너드를 보았다.

하지만 주먹을 쥐고 있는 손은 핏줄이 도드라져 있었다.

❖

레너드에게 팔짱을 낀 비비엔이 환한 미소로 그를 바라보았다.

기사들의 훈련장은 그다지 보고 싶지 않은 곳이었지만, 어렵게 만난 레너드와 헤어지고 싶지 않았다. 결국 혼자 가려는 레너드를 붙잡은 비비엔이 억지를 부려 그와 동행했다.

"레너드, 훈련장의 일이 끝나면 우리 정원으로 가요. 이번에 아버지께서 좋은 차를 가져오셔서 레너드와 마시려고 시종에게 준비하라고 했어요."

듣는 것만으로도 녹아 버릴 정도로 달콤한 목소리로 속삭이며 비비엔이 레너드의 팔에 매달렸다. 하지만 그녀의 애교에도 상관없다는 듯 레너드는 훈련장으로 부지런히 걸음을 옮겼다.

훈련장에 들어서자 대기하던 기사들이 한쪽 무릎을 꿇고 레너드에게 인사했다.

인사를 마친 기사들이 레너드의 명에 따라 각자의 훈련장으로 이동하고, 곧이어 루칸의 안내를 받으며 둘이 훈련하는 기사의 사이를 걷기 시작했다.

검과 검이 만나는 소리도, 기사가 내지르는 고함도 비비엔의 귀에는 아무것도 들리지 않았다. 그녀의 관심은 단 하나, 날카로운 눈으로 기사의 대련을 보는 레너드뿐이었다.

그리고 그때, 막힘없이 걸어가던 레너드의 걸음이 멈추었다.

"레너드, 갑자기 왜?"

비비엔의 시선이 레너드의 눈이 향하고 있는 방향으로 향하였다.

두 명의 기사가 끊임없이 검을 마주하고 있었다. 왜소한 기사와 그 기사의 두 배는 될 체구의 기사가 치열하다 못해 위험하게 느껴질 정도로 격한 대련을 하고 있었다.

'이젤이라고 했던가?'

이젤의 이름을 기억해 낸 비비엔이 심드렁한 눈으로 앞의 모습을 보았다..

레너드나 루칸의 눈은 뚫어지게 둘을 보고 있었지만, 검에 대해 아무것도 모르는 비비엔은 앞의 대련이 지루하기만 했다.

"레너드, 이만 정원으로……."

말을 잇던 비비엔의 입술이 굳었다. 경악에 찬 시선으로, 믿을 수 없다는 표정으로 레너드를 바라보았다.

그의 입가에 보일 듯 말 듯 한 희미한 미소가 감돌았다.

자신의 눈으로 보고도 믿을 수 없는지 비비엔이 고개를 젓고 눈을 감았다가 다시 떴다. 하지만 자신이 잘못 본 게 아니라는 듯 레너드의 입꼬리는 올라가 있었다.

비비엔의 심장이 온몸을 휘감는 불안에 빠르게 뛰기 시작했다.

"레너드, 이만 가요. 기사들의 모습은 충분히 보았잖아요."

"……."

"레너드!"

"비비엔, 자꾸 귀찮게 할 생각이면 이만 돌아가라."

돌아가라는 말에 비비엔의 눈이 커졌다. 하지만 그런 비비엔의 시선과는 달리 레너드의 눈은 단 한 번도 이젤에게서 떨어지지 않았다.

그러던 중 체구가 큰 기사의 손목을 쳐 검을 떨어뜨린 이젤이 그의 목에 검을 갖다 대었다. 순식간에 끝난 대련, 자신의 검을 수습해 인사를 마친 둘이 레너드에게 고개를 숙였다.

레너드를 바라보는 이젤의 눈은 차가웠다. 비비엔이 아는 레너드라면 이젤의 저런 시선을 절대 용서하지 않았을 것이었다.

하지만 이젤을 바라보는 레너드의 눈은 사뭇 부드러웠다.

놀란 눈으로 레너드를 바라보던 비비엔이 이젤을 향해 매섭게 고개를 돌렸다.

옆에서 느껴지는 날카로운 눈초리에 이젤의 시선이 레너드에서 비비엔으로 방향을 바꾸었다.

'이젤 드니스.'

레너드의 미소를 받는다면 그 대상은 당연히 비비엔이었다.

분노에 찬 비비엔의 시선을 말없이 바라보던 이젤이 레너드를 향해 고개를 숙였다.

그녀를 외면하는 이젤의 태도에 비비엔의 눈에 서슬 퍼런 분노가 치밀었다.

❖

「"네가 레너드 전하께 인사를 드리러 가게 되었다고?"

비비엔과 같은 색의 짙은 검은 머리카락. 새하얀 피부. 붉고 탐스러운 입술에 깃들어져 있는 환한 미소. 세 살 터울의 동생인 리엔은 비비엔이 보기에도 환하고 아름다웠다.

장남인 카일이 있었지만 미친 그는 황제의 승계순위에서 완전히 밀려난 상태였다. 더 큰 권력을 원하는 파벨 후작은 곧 황태자의 자리에 오를 레너드에게 비비엔과 리엔 중 하나를 소개할 생각이었다.

레너드의 눈에 들기만 하면 황후의 자리는 정해진 것이나 다름없었다. 카델의 황후라면 여자로서는 오를 수 있는 최고의 자리였다. 그것을 위해 비비엔은 지금까지 스스로를 갈고닦았다.

"응. 나도 언니가 가는 줄 알았어. 그런데 아버지께서 나보고 사흘 뒤에 가니 준비를 끝내 놓으라고 하시네."

"그래."

부채를 움켜잡고 있는 비비엔의 손에 힘이 들어갔다.

분명 지난밤, 레너드에게 자신이 가고 싶다는 말을 파벨 후작에게 확실히 전했었다. 그리고 그녀의 말에 파벨 후작은 생각해 보겠다는 답을 주었다.

그런데 이게 그 생각의 대답이라는 것인가!

비비엔의 눈에 분노가 스미었다.

"리엔은 가고 싶니?"

"내가 선택할 수 있는 게 아니잖아. 무서운 분이라는 소문은 있지만 우선은 만나 볼까 해."

"그래?"

어째서 리엔이 레너드에게 가게 되었는지는 더는 중요하지 않았다.

그저 자신이 아니라 리엔이 간다는 사실만이 그녀에게 각인되었다.

굳어 있던 비비엔의 입꼬리가 살짝 올라갔다.

"잘되었네. 레너드 전하의 눈에 들기만 하면 황후가 될 수 있는 거잖아. 정말 잘되었다."

비비엔의 미소에 리엔 또한 환하게 웃었다.

"언니가 가고 싶어 했는데…… 미안해, 언니."

"아니야. 신경 쓰지 마. 아! 리엔, 차가 식었다. 이리 주렴. 다시 따라 줄게."

"하녀를 시켜도 되잖아."

"아니야. 내가 직접 따라 주고 싶어."

비비엔의 말에 리엔이 미소 지으며 자신의 찻잔을 그녀에게 건넸다. 자신의 찻잔과 리엔의 찻잔을 받아 든 비비엔이 찻주전

자가 놓여 있는 곳으로 걸어갔다. 식은 차를 버린 비비엔이 부채 끝에 매달려 있는 장식을 비틀었다.

장식이 반으로 갈라지며 아주 작은 크기의 유리병 두 개가 모습을 드러냈다. 그중 하나의 뚜껑을 연 비비엔이 리엔 몰래 병 안의 액체를 삼켰다.

남아 있는 병의 뚜껑을 연 비비엔이 두 개의 잔에 똑같은 양으로 병에 들어 있던 액체를 부었다. 검붉은색의 액체가 담긴 잔 위로 따뜻한 홍차가 따라졌다.

고맙다며 차를 받아 드는 리엔에게 비비엔은 그 어느 때보다도 환한 미소를 지어 보였다.

그 날, 독이 든 차를 마신 비비엔과 리엔은 똑같이 쓰러졌다.

독을 마시기 직전, 해독제를 마신 비비엔은 이틀을 꼬박 앓고는 정신을 차렸지만 리엔은 결국 목숨을 잃었다.

그리고 홍차에 독을 탔다는 죄명 아래 차를 담당하던 하녀가 목숨을 잃었다.

딸을 잃었다는 슬픔에 잠길 시간도 없이 비비엔이 리엔 대신 레너드에게 소개되었다.

그리고 그날 이후, 레너드의 곁에는 비비엔이 있게 되었다.」

집으로 돌아가는 마차에서 비비엔이 감고 있던 눈을 떴다.

망사 장갑을 낀 가는 손으로 미간을 누른 그녀가 마차 밖의 풍경을 보았다.

"조금 후면 집에 도착합니다."

마차에 함께 탄 유모의 말에 비비엔이 눈은 누르던 손으로 관자놀이를 눌렀다. 그 모습에 유모의 표정이 어두워졌다.

"아가씨, 어디 안 좋으신 데라도?"

유모의 말에 비비엔이 고개를 저었다.

카텔의 황후가, 레너드의 여인이 되겠다는 결심 하나로 비비엔은 동생을 죽였다. 그게 벌써 삼 년이 넘은 일이었다.

죄책감이 없는 것은 아니었지만 그때는 비비엔에게도 다른 방법이 없었다. 일곱 살 때 레너드를 처음 보았고, 그 순간 그를 마음에 담았다.

가지고 싶었다. 그가 그녀에게 줄 수 있는 모든 권리를 자신의 것으로 만들고 싶었다.

그런 그녀의 계획에 이젤이라는 방해물이 나타났다.

"거슬려."

"네? 아가씨, 무슨 말씀을 하시는 거예요?"

유모의 말에도 비비엔의 시선은 마차의 창에 고정되었다. 창에 팔을 기댄 비비엔이 손에 얼굴을 기댔다.

'그가 달라졌다.'

아무리 좋은 성과를 얻어 내도 그는 똑같았다. 심지어 그녀를 안고 있을 때조차 레너드는 차가웠다.

단 한 번도 그가 그런 시선으로 미소를 짓는 모습을 비비엔은 본 적이 없었다.

"내 사람이다."

이젤이 사내라는 것은 중요하지 않았다. 레너드가 이젤을 보며 미소를 짓는 모습을 도저히 받아들일 수 없었다. 그의 전부를 받을 사람은 사내인 이젤이 아니라 바로 비비엔, 자신이었다.

"정리해야겠어."

비비엔의 섬뜩한 말에 유모가 입을 다물었다.

마부에게 서두르라는 말을 하며 비비엔이 입술을 깨물었다.

동생조차 죽이고 얻어 낸 자리였다.

이제 얼마 남지 않은 미래, 레너드의 마음을 얻지 못해도 상관없다.

하지만 누구에게도 황후의 자리를 넘겨줄 수 없었다.

단 한 명에게만 주어지는 자리. 그건 자신의 것이었다.

훈련장에 갔던 날. 그의 옆에 서 있던 비비엔의 눈이 이젤에 향하는 순간, 레너드는 이번 일을 계획했다.

그를 제외한 다른 사람의 시선이 이젤에게 향하는 것을 원하지 않았다. 더군다나 무슨 이야기를 들었는지 훈련장 때 이후로 이젤은 철저히 레너드와 선을 그었다. 황태자로서의 예우를 지키기는 했지만 마치 그와는 아무 사이도 아니라는 듯 눈조차 마주치지 않았다.

그의 생각과 다르게 돌아가는 상황이 마음에 들지 않았다.

때마침 이튼에서 민란의 조짐이 보인다는 보고가 있었다. 그래서 미리 사냥에 필요한 기사로 이젤을 보내라는 명령을 내린 황제에게는 수석기사인 루칸과 무난한 성격의 클라우를 보내고 궁을 빠져나왔다.

자신의 명령대로 이젤을 보내지 않은 것에 황제는 분노할지는 모르나 그뿐이었다.

민란을 수습하러 가는 황태자에게 사냥에 기사가 필요하니 돌아오라고 할 정도로 황제는 무모하지 않았다.

'미치기는 했어도 영악하니 알아서 행동하겠지.'

거친 산길을 걷던 레너드가 고개를 뒤로 돌리자 거친 숨을 내쉬며 기사들이 뒤따라오고 있었다.

마차를 타고, 편안하게 이튼을 가는 방법도 있었지만 그렇게는 민란이 왜 일어났는지 알아낼 수 없었다. 그리고 어차피 황제의 견제를 피해 한두 달 정도는 황궁 밖에 있을 생각이었다.

이튼은 막내인 바렌의 영향력 안에 있는 영지. 이번 기회를 잘 이용하면 주제도 모르는 바렌을 옭아맬 증거를 얻을 수 있을 것이다.

"해가 진다. 서둘러라."

"네!"

조용히 이동하려는 레너드가 선택한 방법은 이튼의 앞까지 연결되어 있는 세 개의 산을 연거푸 넘어가는 것이었다. 이제 겨우 첫 번째 산을 넘고 있건만, 보조를 맞춰야 할 기사들은 이미 초주검이었다.

힘들어하는 기사를 보던 레너드의 시선이 가장 마지막으로 걸어오는 이젤에게 향했다. 지고 있는 짐의 무게에 힘들어하면서도 버틸 만한 듯, 끝에서 주변을 경계하면서 뒤따라오고 있었다.

힘든 숨을 내쉬며 고개를 들었던 이젤의 눈이 레너드의 눈과 마주쳤다.

순간 이젤의 눈이 차가워졌다. 적을 보듯 레너드를 바라보던 눈이 피하듯 바닥을 향했다.

그녀를 바라보던 레너드의 시선이 가라앉았다. 전쟁터에서 처음 이젤을 만났을 때의 눈이었다. 당장에라도 그녀를 잡고 무슨 일이 있었느냐며 묻고 싶었다.

하지만 그렇게 말하는 대신 레너드가 몸을 돌려 걸음을 재촉했다. 조금만 더 걸어가면 지도로 봐둔 곳이 나온다.

사람들의 시선에서 한결 자유로운 지금, 물어보고 싶다면 언제든지 물어보면 그만이었다.

기사들을 채근하며 레너드가 산을 올랐다.

앞에 보이는 물가에 이젤의 표정이 밝아졌다.

레너드의 수행기사로 정해져 이튿을 가게 되었다는 것은 알고 있었지만, 산을 넘어서 가게 될 줄을 상상도 하지 못했다.

수많은 전쟁터를 다니며 체력 하나는 자신 있다고 생각했건만 하루에도 몇 번씩 오르내리는 산행에 이젤도 일주일 만에 녹초가 돼 버렸다.

"아야."

신발을 벗자 발에서 느껴지는 고통에 이젤이 낮은 비명을 질렀다. 해가 뜨자마자 일어나고 해가 진 후에나 쉴 수 있었기에 그녀의 발은 물집과 상처로 엉망이었다.

하지만 아프다거나 힘든 티는 낼 수 없었다. 사내가 아니기에 할 수 없다는 생각 따위 하고 싶지 않았다. 그들도 걸으면 걸을 수 있었고, 그들도 참으면 이젤도 참을 수 있었다.

더군다나 보는 것만으로도 울컥 화가 치솟는 레너드는 도대체 어떻게 된 인간인지 일주일 내내 이어진 노숙과 산행에도 힘든 기색 하나도 없었다.

그에게 지고 싶지 않았다. 그렇기에 더 이를 악물고 참아 냈다.

차가운 물에 상처투성이인 발을 담그자 이젤의 눈썹이 찡그렸다. 따갑기는 했지만 그래도 열이 잔뜩 난 발을 담그니 긴장했던 몸이 풀렸다.

"후우."

몸의 긴장이 풀리자 이젤이 단단히 묶어 놓았던 긴 머리카락을 풀었다. 동행하는 기사들과 레너드는 잠들어 있었다. 이젤 또한 내일을 위해 자야 했으나 일주일을 내리 걸은 탓에 온몸이 먼지투성이였다.

아쉬운 대로 얼굴과 몸을 씻고 머리를 감았다. 손이 시릴 정도로 물은 차가웠지만 모처럼 씻으니 기분은 나아졌다.

채 마르지 않은 머리카락을 하나로 묶었다. 먼지로 더러운 옷까지 갈아입고 나니 어느새 이젤의 입가에 기분 좋은 미소가 지어져 있었다.

신발을 다시 신은 이젤이 자리에서 일어났다. 원래의 자리로 돌아가려는 이젤의 걸음이 멈추었다.

수줍게 미소 짓고 있던 얼굴이 경직되었다.

"언제 오셨습니까?"

"글쎄. 언제 왔던가?"

그의 목소리에 알 수 없는 즐거움이 느껴지는 것은 단순한 착각일지도 몰랐다. 하지만 그의 얼굴조차 보고 싶지 않은 이젤에게는 지금의 상황이 난감했다.

레너드의 이름을 편하게 부르던 비비엔의 모습이 뇌리를 지나갔다. 곁에 있을 여인은 이미 정해져 있으면서 다른 여인에게 관심을 가지는 앞의 사내가 싫었다. 그런 사내에게 끌린 자신 또한 한심했다.

"이만 가 보겠습니다."

"이젤."

"쉬십시오."

도망가듯 자신을 피하는 이젤의 모습에 레너드의 미간이 좁아졌다. 빠른 걸음으로 피하려는 이젤의 팔을 단번에 잡아챘다.

"놓아주십시오."

짧게 말하는 이젤의 말에 가시가 돋쳐 있었다. 바뀐 이젤의 말투에 레너드의 눈이 날카로워졌다. 레너드가 가만히 있자 이젤이 그를 노려보았다.

그를 보는 시선에 희미하지만 경멸과 분노가 느껴졌다.

"무슨 일이십니까?"

"내가 묻고 싶은 말이다. 무슨 일이 있었던 것이냐?"

핵심을 찌르는 레너드의 말에도 이젤은 전처럼 당황하지 않았다. 시선을 외면하는 그녀에게서 확실한 선이 느껴졌다.

팔을 빼려는 이젤을 나무로 밀었다. 빠져나갈 틈도 없이 레너드의 품에 갇힌 이젤이 차가운 눈으로 그를 보았다.

도발이기보다는 무시에 가까운 시선에 레너드의 심기가 불편해졌다.

"무슨 일이 있었겠습니까? 아무 일도 없었습니다. 그러니 놓아주십시오. 듣는 귀가 많습니다."

몸을 돌리려는 이젤의 어깨를 움켜잡았다. 그를 피하려는 이젤의 행동에 화가 치밀었다.

"듣는 귀가 많다? 그래서 무언가가 있는데도 말하지 않겠다는 것인가?"

집요하게 물어보는 그가 싫다. 레너드에게서 벗어나려 해도 벗어나지지 않는 자신의 무능이 참담했다. 레나를 생각했다면, 아무 힘도 없는 윈스턴을 생각했다면 애초에 그에게 흔들리지도 않았을 것이다.

레너드의 달콤한 말에, 꿈같이 매혹적인 미래에 자신도 모르게 방심했다.

이제는 그러지 않을 것이다.

"이만 놓아주십시오. 자리로 돌아가겠습니다."

회피하는 이젤의 모습에 레너드의 인내가 끊어졌다. 도망가려는 이젤의 허리를 잡은 그가 땅에 눕혔다. 반항하는 이젤의 팔을 잡아 그대로 위로 올렸다.

그의 말에 말대답을 하는 이젤도, 그에게 흔들려 하면서도 거부하는 이젤도 모두 받아들일 수 있다. 하지만 이유도 없이 그에게 선을 긋는 이젤은 용납되지 않았다.

찍어 누르듯 이젤의 팔을 잡은 레너드가 저항하는 턱을 잡아 자신을 보게 했다.

"말해라."

"이거 놔주십시오!"

잡혀 있던 레너드의 손에서 미끄러져 나온 이젤의 손이 그를 밀어냈다. 레너드가 휘청거리는 틈을 타 이젤이 몸을 일으켰다.

하지만 도망치려던 그녀의 몸이 다시 휘청거렸다. 씻었던 것이 무색하게 레너드의 무자비한 손에 의해 이젤이 다시 땅에 굴렀다. 엉망이 된 모습도, 힘에 의해 빨갛게 부어 버린 팔목도 상관이 없다. 다만 원하지 않는 사내와 같은 공간에서 단둘이 있는 것은 견딜 수 없었다.

결국 레너드에 잡혀 있던 이젤이 소리를 질렀다.

"정말 아무것도 모르셔서 이러시는 것입니까? 아니면 아시고 있음에도 모르는 척하시는 것입니까?"

"뭐?"

전혀 생각지 못했던 말에 레너드의 눈이 커졌다. 하지만 그를 노려보는 이젤의 눈에는 핏발이 서려 있었다.

"이미 곁에 있을 여인이 있으면서 왜 저에게 자꾸 이러시는 것입니까? 제가 여인이라는 걸 말할 수 없기에 이러시는 것입니까? 그저 즐기고 멋대로 취할 여인으로 적당해서 이런 모욕을 주시는 것입니까!"

"……."

"달콤한 말로 속삭이다 넘어오면 취하고 버릴 생각이셨습니까? 어차피 레나로 가겠다며 고집을 부리는 기사 따위 마음대로 가지고 놀다 버리면 그만일 테니까!"

말을 하면 할수록 속은 엉망이었다. 폭언을 쏟는 상대는 레너드였으나 결국 그 말은 그대로 이젤에게 되돌아왔다.

검성이라는 말을 들으면 무엇하는가? 악착같이 검을 익혀 기사가 되었어도 그녀가 할 수 있는 것은 아무것도 없었다. 왈칵 솟아나는 눈물을 억지로 참아 냈다.

반면 위에서 이젤을 제압하고 있던 레너드의 눈은 한층 가라앉아 있었다. 숨조차도 제대로 내쉬기 어려울 분위기에서 그가 이젤을 차갑게 내려다보았다.

"네가 말하는 내 곁에 있을 여인이 비비엔을 말하는 것인가?"

"……."

"누가 내 허락도 없이 내 곁에 있을 여인을 정한단 말인가? 누가 감히 그따위의 말을 지껄이는가?"

"누군가는 말했고, 제 눈으로도 보았습니다. 당신의 곁에서 행복해하는 그분을 보았고, 당신을 향해 보는 시선에 담겨 있는 감정을 느꼈습니다."

이젤의 눈가에 서 있던 핏발이 가라앉았다. 반항하던 몸짓이 멈추었다.

숨조차 함부로 쉬지 못할 정도로 팽팽한 긴장이 흘렀다. 두 사람의 시선이 치열하게 부딪쳤다. 차가운 숲 속 공기에 둘의 입에서 나오는 김이 하얗게 서렸다.

"사내처럼 살아오기는 했지만 사람의 감정을 읽지 못할 정도로 바보는 아닙니다. 그분이 저에게 보낸 시선이 아무것도 아니었다 말씀하실 것입니까? 당신과 그분의 관계가 아무것도 아니라 말씀하실 것입니까?"

"아무것도 아니었다."

"저 또한 기사이기 전에 여인입니다. 전하에게는 아무것도 아닐지 모르나 그분은 또 그게 아닐 수도 있지요. 저를 우롱하지 마십시오. 전하의 일시적인 충동으로 절 모욕하지 마시란 말입니다!"

"내 일시적인 충동에 널 흔들지 말아 달라는 것이냐?"

"제가 싫습니다."

이젤의 거부에 레너드의 분위기가 한층 더 가라앉았다. 이 이상 말하면 레너드와의 선을 넘는다는 것을 알았지만 이미 시작된 상황, 물러날 곳은 없었다.

"전하의 관심이 싫습니다. 전하의 곁에서 이러고 있는 것이 싫습니다. 전하에게 흔들리기는 했으나 그 끝이 어떻게 될 것인지 알기에 원하지 않습니다. 기사로서도, 여인으로서도 아무것도 할 수 없는 지금의 상황이 전부 싫단 말입니다!"

차갑기만 했던 분위기에 살기가 더해졌다. 레너드의 변한 눈빛에 이젤이 입술을 깨물었다. 하지만 피하는 대신 그의 시선을 마주하였다.

언제나 그에게 대들기는 했지만 심기를 건드리지는 않았었다.

하지만 이도저도 할 수 없는 상황이 몸서리쳐지도록 싫었다. 레너드의 관심에서만 벗어날 수 있다면 편해질 것 같았다. 흔들리는 감정 따위 시간이 지나면 나아질 것이다.

누군가의 관심이, 애정이 필요한 게 아니었다. 그저 조용히 스스로가 만드는 세상에서 최선을 다해 살고 싶을 뿐이었다.

"놓아주십시오. 저에게 전하께서 얻어 가실 것은 아무것도 없습……."

"네가 주는 것이 아니라 내가 가지는 것이다."

말을 끊은 레너드의 목소리가 숲 속의 밤바람보다도 차가웠다. 한 손으로 이젤의 두 팔을 잡은 레너드가 자유로운 손으로 이젤의 상의를 움켜잡았다.

"사내에게 즐기고 버릴 여인이 어떤 존재라 생각하는가?"

레너드의 물음에 이젤의 눈이 커졌다. 흔들리는 동공에 거부의 빛이 떠올랐지만 이젤의 말에 레너드 또한 분노로 이성을 잃은 상태였다.

빠져나가려는 이젤을 레너드가 억압했다. 이미 제압한 먹이를 보듯 노려보는 레너드의 시선이 두려웠다.

"너 스스로가 그런 존재라 생각한다면 그렇게 대해도 상관없겠지."

당황한 이젤이 입을 여는 순간 그가 다가왔다.

작게 열린 입으로 멋대로 들어온 그가 그녀의 의사와는 상관없이 거칠게 숨을 삼켰다. 고개를 비틀어 그를 피하려던 이젤의 아랫입술을 레너드가 깨물었다.

원하던 여인의 숨결 사이로 나는 비릿한 피 맛이 그를 흔들었다.

평소의 레너드였다면 절대로 하지 않았을 짓.

하지만 말도 안 되는 이유로 외면하는 이젤의 무의미한 행동이 그의 탐욕에 불을 질렀다.

"줄 것이 없다는 여인을 소유하는 방법은 하나밖에 없다."

레너드의 손에 잡혀 있던 상의가 애참하게 찢겨 나갔다.

가는 목덜미에 입술을 깊게 묻자 반항하는 몸이 가늘게 떨었다. 사내로 살았다고는 하나 이젤은 사내에 대해 전혀 몰랐다. 어깨를 잡고 있던 손이 유연한 허리를 지나 봉긋하게 솟아 있는 가슴을 움켜잡았다. 그의 손길이 지나갈 때마다 이젤의 몸이 떨었다.

"하지……."

거부하는 말 따위 듣지 않겠다는 듯 레너드가 이젤의 입을 막았다. 한 손 가득 잡히는 가슴도, 그 위에서 작게 핀 꽃의 감촉도 좋았다. 다가오는 여인들을 거부하던 그가 아니었기에 여체가 새로운 것은 아니었으나 이젤에게서 느끼는 기분은 그로서도 처음이었다.

몸을 틀어 피하려는 허리를 팔로 감았다. 하얗고 가는 목에 입 맞춘 그가 아담하게 파여 있는 쇄골에 얼굴을 묻었다.

"전하! 이러지 마십시오!"

이젤의 거부에도 레너드가 가는 어깨에 입을 맞췄다.

다른 여인들 같은 진한 향은 아니었지만 은은하게 나는 이젤의 체향이 좋았다. 목에 얼굴을 묻은 레너드가 깊게 숨을 들이마셨다.

느껴지는 촉감 하나하나가 그를 매섭게 자극하였다.

안고 싶다.

자신의 소유로 만들 여인. 애초에 누군가의 마음을 욕심내며 살지 않았다.

곁에 두고 원할 때마다 취하면 그뿐, 차라리 마음 가는 대로 가지고 싶었다.

하지만…….

지친 이젤의 몸이 바닥에 널브러졌다. 힘껏 깨물고 있는 입술에서 피가 배어 나왔다.

질끈 감은 눈에 맺혀 있던 눈물이 얼굴을 타고 흐르는 순간, 일방적인 약탈은 멈추었다. 이젤의 말에 사라졌던 이성이 이젤의 엉망인 모습에 다시 돌아왔다.

단단히 움켜잡고 있던 손을 놔주자 이젤이 레너드를 밀어냈다. 갈기갈기 찢긴 상의와 가는 팔로 몸을 가리는 모습이 잔약하게 여렸다.

"저에게서 무엇을 원하시는 것입니까?"

여린 겉모습과는 달리 레너드를 보는 이젤의 시선에는 분노가 서려 있었다. 그에게 잡혀 있던 손목에 빨갛게 부어올라 있었다. 거듭 물리고 눌린 목 또한 손목 못지않게 붉어 있었다.

"전하는 저에게서 무엇을 요구하시는 것입니까? 제가 어떻게 하길 바라시는 것입니까? 싫다고 했습니다. 원하지 않는다고 했습니다!"

"이젤."

"전하가 끔찍합니다! 놓아 달라 하였습니다. 죽은 듯이 지낼 테니 절 내버려 달라고 하였습니다!"

고요한 숲 속에 이젤이 지르는 소리가 울렸다. 좀 전의 일로 이젤의 모습은 엉망이었으나 레너드를 노려보는 눈만큼은 독기에 가득 차 있었다.

거친 숨을 내쉬는 이젤을 보고 있던 레너드가 입고 있던 재킷을 벗었다. 말없이 다가오는 그의 모습에 이젤이 뒷걸음을 쳤으나 얼마 지나지 않아 그에게 다시 잡혔다.

"네가 걸친 사내라는 허울이 바로 이런 놈들이라는 걸 보여 주고 싶었다."

거부하는 이젤에게 억지로 재킷을 입힌 레너드가 나지막이 말했다. 그를 노려보던 이젤이 시선을 피하듯 고개를 숙였다.

진정하려 해도 쉽게 몸의 떨림이 가라앉지 않았다.

그에게서 벗어나고 싶다. 하지만 어깨를 잡은 그에 의해 다시 갇혔다.

"그저 취하고 버릴 것을 위해 배려한다느니 기다린다는 소리 따위는 안 한다. 힘으로 가질 수 있다면 가지면 그만이다. 미친 황태자도, 비루한 거지도 결국 사내는 다 그런 존재다."

고개를 숙이고 있던 이젤이 질끈 눈을 감았다. 입고 있는 그의 재킷을 있는 힘껏 움켜잡았다.

참으려 했지만 울컥 치솟는 눈물이 그녀도 모르게 얼굴을 타고 흘러내렸다.

짓이기도 밟히는 게 여인이었다. 누구보다도 강하게 살아남으려 했지만 결국 자신도 그런 여인일 뿐이었다.

누구 앞에서도 이렇게 울어본 적은 없었다. 하지만 한 번 울컥 치밀어 오른 감정이 이젤을 흔들었다. 입술을 굳게 깨문 채, 이젤이 억지로 눈물을 삼켰다.

"이젤?"

떨고 있는 몸이, 얼굴을 타고 내리는 눈물이 레너드의 심장을 후려쳤다. 울컥하는 마음에 저지른 일의 결과가 그를 암담하게 만들었다.

소리 없이 울음을 터트리는 이젤을 레너드가 품에 안았다.

"울지 마라."

"……."

"그 빌어먹을 놈들과 똑같은 짓 따위 하고 싶지 않았다. 그러니까 나는…… 젠장."

해명을 해 봤자 조금 전의 행동이 정당화되는 것은 아니었다. 이번 일로 그녀의 마음이 레너드에게서 완전히 떠나게 될까 불안했다.

떨고 있는 이젤의 어깨가 좀처럼 가라앉지 않았다. 강한 척, 아무렇지도 않은 척해도 그가 아는 이젤의 속은 여렸다. 기사라는 껍질에 가려 있는 이젤은 상처투성이였다.

"너만 보면 나 또한 절제가 사라진다. 당장에라도 품 안에 가두고 원 없이 탐하고 소유하고 싶다. 하지만 그러면 결국 아무것도 못 가진다는 걸 아니까. 내가 원하는 건 그런 게 아니니까. 내가 원하는 건……."

몸을 웅크린 채 레너드를 외면하던 이젤이 고개를 들었다. 지금의 상황에 난감해하는 레너드가 보였다. 이젤로서는 처음 보는 레너드의 모습이었다.

그렁그렁 눈물이 맺혀 있는 눈을 보고 있던 레너드가 그녀의 어깨에 얼굴을 묻었다.

지금까지 그 누구에게도 자신의 속마음을 이야기한 적은 없었다.

그럴 필요도 없었고, 그럴 이유도 없었다.

하지만 지금은 그 어느 때보다도 절실했다.

"네가 웃었으면…… 날 보며 웃었으면 좋겠다. 나 하나만 바라보고, 나만을 사내로 생각했으면 좋겠다."

팔을 잡고 있는 레너드의 손이 떨렸다. 얼굴을 묻고 있기에 그의 표정을 볼 수는 없었지만 그의 분위기가 이젤의 떨림을 가라앉혔다.

조심스러운 이젤의 손이 레너드의 뺨을 감쌌다. 뺨에 와 닿는 차가운 손을 레너드가 감쌌다. 어깨에 얼굴을 묻었던 그가 얼굴을 들어 이젤과 시선을 맞추었다.

"내 옆에 네가 있기를 원한다."

쉬던 숨조차 멈출 정도로 고요한 순간이 지나갔다. 차갑지만 흔들림 없는 시선이 이젤만을 바라봤다.

"즐기고 취할 여인과 곁에 둘 여인. 네가 내 곁에 머무는 순간, 그것의 경계는 사라질 것이다. 네 존재가 나한테 전부를 줄 테니까. 그러니까 네 생애에 단 하나의 남자로 날 선택해라. 주변의 상황 따위 한 번만 외면한 채 네 감정이 이끄는 대로 날 받아 주면 안 되겠나?"

레너드의 고백에 이젤의 눈이 떨렸다. 이젤의 눈가에 그렁그렁 맺혀 있는 눈물을 손으로 닦아 낸 레너드가 조심히 이젤을 품에 안았다.

은은하게 비추는 달빛 아래, 그와 그녀만이 있었다.

"나만의 이젤이 되어라."

결국 그의 말에 이젤은 아무런 대답도 하지 못했다. 하지만 레너드 또한 대답을 기대하고 말한 것은 아니었는지 그 이후로 별다른 말을 하지 않았다.

잠시 자리를 비웠던 레너드의 손에는 이젤의 짐이 들려 있었다.

그가 사라졌던 동안, 머리와 몸에 묻었던 흙을 닦아 냈는지 깨끗해진 백금발에 똑똑 물방울이 떨어지고 있었다.

레너드의 모습에 이젤이 자리에서 일어났다. 추운 날씨, 젖은 머리카락과 몸이 파르르 떨고 있었다.

"전하, 제가……."

이젤의 말이 채 끝나기도 전에 레너드가 가져온 두꺼운 외투가 그녀를 감쌌다.

바람 하나 들어올 틈도 없이 단단히 외투를 여민 레너드가 이젤의 젖은 머리 위에 두꺼운 수건을 올렸다.

"가만히 있어."

머리카락의 물기를 닦아 내는 그의 손길에 어색한 이젤이 몸을 움츠렸다. 그의 손길에 젖어 있던 머리카락은 점점 말라 갔지만, 그와 동시에 이젤의 고개 또한 땅으로 들어갈 듯 아래로 향했다.

아플 때야 어쩔 수 없이 몸을 맡겼지만, 지금처럼 말짱할 때 그에게 전부를 맡겨 보기는 처음이었다. 유난히 부는 바람은 차가웠지만 열이 머리끝으로 솟아오르듯 이젤의 얼굴이 붉어졌다.

머리를 덮고 있던 수건을 걷어 내자 흔들리는 이젤의 눈이 레너드에게 향했다. 그녀의 시선에도 아랑곳하지 않고 레너드가 그녀의 팔을 잡고 어디론가 데리고 갔다.

바람을 막고 있는 커다란 나무로 이젤을 데리고 간 레너드가 여미고 있던 외투를 풀었다. 그리고는 말없이 물기가 남아 있는 팔과 몸의 물기를 닦기 시작했다.

자신이 하겠다는 말을 해야 함에도 이젤은 목에 돌이라도 걸린 것처럼 아무 말도 나오지 않았다.

몸의 물기를 닦아 내던 레너드의 손이 이젤의 손목에서 멈추었다.

있는 힘껏 움켜잡았던 이젤의 손목이 붉게 부어 있었다. 며칠만 지나면 가라앉겠지만 그럼에도 손목의 부기는 제법 심했다.

옷의 소매로 멍을 가리며 이젤이 고개를 저었다.

"이런 건 곧 가라앉습니다. 신경 쓰지 마십시오."

"미안하다."

전혀 생각지 못한 말에 이젤의 눈이 커졌다. 하지만 레너드의 시선은 줄곧 부어 있는 이젤의 손목에 가 있었다. 사내의 허울을 쓴 채 기사로 살고 있음에도 그의 눈에 이제 이젤은 여인일 뿐이었다.

가늘고 여린 팔도, 움켜잡아 붉게 멍이 든 손목도, 가늘고 하얀 피부나 깊이를 알 수 없는 푸른 눈도 그녀를 비추는 달빛만큼이나 은은하고 매혹적이었다.

언제부터였는지, 아니 어쩌면 처음부터였을지도 모른다.

진흙탕 같은 현실 속에서도 홀로 빛을 가득 품은 진주처럼, 자신은 아무것도 아닌 존재라고 했지만 실은 그 누구보다도 티 없이 맑고 강한 그녀가 눈에 들어왔다.

그래서 가지고 싶었다. 다른 이에게 빼앗길까 두려워 그녀를 더 압박했었던 것일지도 몰랐다.

"미안하다."

엄지손가락으로 부은 손목을 어루만지고 있던 레너드가 고개를 숙였다.

그의 촉감에 이젤이 숨을 멈추었다. 닿은 것은 레너드의 입술일 뿐이었으나 부서진 것은 이젤의 깊숙이에 여인이라는 것을 감싸고 있던 단단한 껍질이었다.

"다시는 이런 식으로 널 다치게 하지 않겠다."

마치 자신에게 다짐하듯 몇 번이고 같은 말을 한 레너드가 고개를 들어 이젤을 바라보았다. 달빛을 등지고 서 있는 그가 미소 짓는 것같이 느껴졌다.

그가 자신을 보며 미소 지었다. 그 사실이 그녀를 아프게 했다.

아직 그녀는 그에게 아무 말도 하지 않았다. 이젤에게는 돌아가야 할 나라가 있었고, 모셔야 할 주군이 있었다.

그걸 알고 있으면서도 레너드라는 사내에게 끌렸다. 이 사람 옆에 있고 싶었다. 이 사람에게만큼은 기사보다는 여인으로 보이고 싶었다.

"갈아입어라. 그리고……."

레너드의 촉감이 닿을 때마다 감추고 싶은 마음이 자꾸 드러났다. 결국 그를 보고 있던 눈이 다시 바닥을 향하였다.

고개를 숙여도 이젤이 어떤 표정을 짓고 있는지 뻔히 보였다. 좀처럼 짓지 않는 레너드의 입가에 미소가 지어졌다. 조금은 자신을 위한 감정을 보여 주면 좋으련만, 이젤은 그런 부분에서는 다른 사람들에 비해 어색했다.

자신에게만 본심을 보여 주면 그만이었다. 다른 사람에게는 그저 사내이자 기사인 이젤로만 보이면 그뿐이었다.

"앞으로 나에 대한 건 직접 물어봐라. 어디서 이상한 걸 주워듣고 멋대로 판단하지 말고."

숙이고 있던 눈이 다시 위로 올라갔다. 그의 말 한마디가 흔들리는 마음을 욱신욱신 찔렀다.

이젤이 옷을 갈아입도록 레너드가 몸을 일으켰다. 그가 완전히 사라질 때까지 이젤의 시선을 그를 좇았다.

그와 함께 있으면 있을수록 지금까지 지켜왔던 이젤이라는 존재가 흔들렸다. 문제는 그 사실을 알고 있으면서도 막을 수 없었다.

'기사인 이젤과 여인인 이젤은 같이할 수 없다.'

그렇기에 그의 말에 대답할 수 없었다. 심장이 터질 듯 떨렸음에도 그의 이젤이 되고 싶다는 말을 할 수 없었다.

이젤이 옷을 갈아입었다. 여인이라는 존재를 철저히 숨기듯 준비된 천으로 몇 번이고 가슴을 에워쌌다. 그 위에 사내들의 옷을 입고 무장을 하였다.

그에게는 여인이고 싶었다.

하지만 여인이기 전에 그녀는 기사였다.

준비를 마치고 자리로 되돌아올 때까지 이젤의 굳은 표정은 풀리지 않았다.

일주일을 부지런히 걷자 이튼의 밑에 있는 마을에 도착하였다. 애초부터 이곳이 목적지였던 듯 레너드는 마을의 구석에 있는 여관에 들어섰다.

황태자가 머물기에는 허름하고 엉망인 여관. 기사들의 시선이 이곳을 선택한 레너드에게 향했다.

"전하, 오셨습니까?"

레너드의 모습에 여관 주인이 한걸음에 거실로 걸어 나왔다.

"누추한 곳에 전하를 모시게 되어 송구스럽습니다, 전하."

"이곳에 널 배치할 때 내가 요구한 게 그거지 않았는가. 고생했다."

별 꺼림 없이 여관 안으로 들어온 레너드가 몸을 숙이고 있는 주인의 어깨를 두드렸다. 레너드의 행동에 주인의 고개가 더욱 아래로 숙여졌다.

"당분간은 이곳에 머물 것이다. 방으로 안내해라."

레너드의 말에 주인이 고개를 뒤로 돌렸다. 겉모습은 여관이었지만 실상은 그게 아닌 듯 부엌에서 나온 이들이 능숙한 솜씨로 병사들을 안내했다.

안내를 받아 가며 계단을 올라가는 이젤의 눈에 여관 주인과 대화를 하는 레너드의 모습이 보였다. 여관 주인의 말을 듣던 레너드가 멀지 않은 곳에 보이는 이젤의 시선에 고개를 들었다.

시선과 시선이 마주쳤다. 전에는 피했거나 외면했을 시선이 언제부터인가 다르게 느껴졌다.

레너드의 시선에 고개를 숙인 이젤이 채근하는 안내인을 따라 계단을 걸어 올라갔다.

그리고 잠시 후, 식사를 위해 내려온 기사들과 레너드가 한자리에 앉았다. 따로 식사를 대접하겠다는 여관 주인을 말린 레너드가 식탁 위에 놓이는 음식을 보며 주인에게 말했다.

"무리하지 마라. 예전이나 지금이나 넌 너무 과하게 대접해."

오래전부터 알던 사이인 듯 그를 대하는 레너드의 말투는 편했다.

"오랜만에 방문하신 전하가 아니십니까? 이 정도는 당연히 해드려야지요."

주인조차 레너드와 편한 사이인 듯 최대한 예의를 갖추면서도 자연스럽게 레너드와 대화를 나누었다. 둘의 모습을 보고 있던 이젤이 식탁에 놓이는 음식에 눈을 돌렸다.

오랜만에 보는 따뜻한 음식에 입맛이 도는지 이젤의 눈에 모처럼 빛이 돌았다.

그때 무릎 위에 놓여 있던 이젤의 손을 옆에 앉은 레너드가 자연스럽게 붙잡았다.

잡힌 것은 손이었으나 닿은 것은 마음인 듯 이젤이 숨을 삼켰다. 음식에 향해 있던 시선이 순식간에 옆에 앉아 있는 레너드에게 향하였다.

하지만 정작 손을 잡고 있는 당사자는 아무 일도 없다는 표정으로 주인과 이야기를 계속하고 있었다.

"이젤?"

반대편에 앉아 있는 기사가 이젤을 불렀다. 그의 부름에 화들짝 놀란 이젤이 고개를 저었다.

"아무것도 아닙니다."

어색한 미소를 지은 이젤이 잡혀 있는 손을 빼기 위해 손목을 움직였다. 하지만 그것도 잠시, 무표정한 상태로 여관 주인과 대화를 나누던 그가 손에 깍지를 끼웠다.

들킬지도 모른다는 불안에 엄지로 깍지를 낀 손을 밀어냈지만 도리어 그의 손가락이 꼼지락대며 도망가는 이젤의 엄지까지 감싸 버렸다.

"이젤, 혹 몸이 안 좋은 것이 아닌가? 안색이 좋지 않네."

"아, 아닙니다. 잠깐 딴생각을 하다 보니…… 걱정하지 마십시오."

미간을 찌푸리고 있던 이젤이 그녀에게 묻는 기사를 향해 미소 지었다. 그 와중에도 탈출을 꿈꾸는 이젤의 손이 부지런히 깍지를 풀기 위해 고군분투하고 있었다.

하지만 들켜도 상관없는지 손의 감촉을 느끼듯 잡고 있는 방향을 이리저리 바꿔 가며 그녀의 손을 희롱하고 있었다.

쿵쾅대는 심장 소리가 모두에게 들릴 것 같았다. 그녀의 반응에 다른 기사들이 이상하게 여길까 봐 마음이 불안해졌다.

「손 좀 놓아 달란 말입니다.」

급한 마음에 이젤이 그의 손바닥에 다급히 써 내려갔다. 하지만 레너드에 의해 잡힌 손은 쉽게 풀리지 않았다.

이젤의 반응에 손으로 입가를 가린 레너드가 피식 미소를 지었다. 기사들에게 들킬까 봐 불안한 듯 이젤은 입술까지 깨문 채 악착같이 밀어내고 있었다.

「이러다가 다른 기사들에게 들키기라도 하면 어쩌려고 이러시려는 것…….」

「나의 이젤.」

손바닥에 느껴지는 감촉에, 그리고 짧은 문장 안에 담겨 있는 그의 감정에 이젤의 눈이 커졌다.

부지런히 반항하던 손이 그의 문장 하나에 멈추었다. 크게 떠진 눈이 그녀 자신도 모르게 레너드를 향하였다.

먹음직스러운 음식도, 기사들의 목소리도 더 이상 아무것도 들리지 않았다.

움츠러들 듯 도망가는 이젤의 손을 더 꼭 잡은 레너드가 천천히 그녀의 손바닥에 다시 글을 남겼다.

「나의 하나뿐인 이젤.」

"이젤, 아무래도 쉬어야겠네. 열이라도 나는 것이 아닌가? 얼굴이 빨갛군."

"아니요. 안으로 들어오니 열이 좀 납니다만 괜찮습니다."

다른 기사의 물음에 이젤이 어색한 미소를 지었다.

까마득한 절벽으로 떨어지듯 이젤의 정신이 아득해졌다. 생각지도 못했던 상황에서 단숨에 들어오는 레너드의 감정은 이젤의 심장을 움켜쥐고 흔들어 댔다.

레너드의 손을 밀어내는 대신, 이젤이 다른 이들이 볼 수 없도록 의자 밑으로 내렸다.

마주 잡은 손에서 느껴지는 열기에 얼굴이 화끈 달아올랐다. 지금 느끼고 있는 감정이 들킬까 두려워 이젤이 고개를 살짝 숙였다.

여관 주인이 주방으로 가기 위해 둘의 뒤로 다가오자 이젤이 자신의 다리 위에 손을 올려놓았다. 그리고 그의 손을 가리듯 자신의 손을 그 위에 포개었다.

레너드의 입가에 희미한 미소가 감돌았다. 그의 심술에 입이 나온 이젤을 달래듯 깍지를 낀 손의 손가락이 이젤을 간지럽혔다. 하지만 레너드의 손이 풀어진 짧은 순간, 이젤의 손이 그에게서 빠져나왔다.

생각 외의 반격에 레너드의 눈이 이젤을 향했지만 승자인 그녀의 시선은 식탁에 완전히 놓인 음식에 가 있었다. 그녀의 반항에 미간을 찌푸린 것도 잠시, 이상하게 신이 난 이젤의 미소에 레너드가 살짝 입꼬리를 올렸다.

"먹어라."

"네."

레너드의 허락에 기사들이 부지런히 손을 움직였다.

식사를 마친 후, 기사들은 그동안 쌓인 피로를 풀기 위해 각자 자신의 방에서 휴식을 취했다.

그렇게 사흘이 지나고, 평민의 옷으로 갈아입은 기사들이 레너드의 명에 따라 마을을 탐문하기 시작했다.

"이럴 때 이튼을 간다고? 이보게, 무모한 짓 하지 말게나. 지금도 영주의 것인지 민란을 저지른 사람들의 것인지 모르는 무기가 하루에도 몇 번이고 이튼으로 들어간다고."

부지런히 짐을 옮기는 사람의 뒤로 서 있는 이젤이 손가락으로 턱을 쓸었다. 여관에 자리를 잡은 후, 기사들은 레너드의 지시에 따라 필요한 정보를 구해 왔다.

다들 민란이 일어났다는 것만 알고 있을 뿐, 정확한 상황을 알지 못했다. 하지만 민란이 일어나기는 일어난 듯 하루에도 몇 번씩 전투 소리나 위급 상황을 알리는 종소리가 희미하게 이튼에서 들려왔다.

"흐흠. 이튼에 일이 있는 터라 꼭 들어가 봐야 하는데 말이죠. 정말로 방법이 없습니까?"

"몰래 들어가는 방법 이외에는 어려울 걸세. 현재 이튼은 바로 옆에 위치하고 있는 이쪽 사람들의 진입도 철저히 막고 있거든. 아무래도 민란이 지속되어서 그런 것 같네."

레나에서는 그녀의 존재를 염려한 페로단에 의해 아무것도 하지 못했지만, 카렐에서는 달랐다. 레너드의 명에 의해 직접 자료를 모으고 발로 뛰어다녀야 했다. 자신의 손으로 직접 무언가를 알아내는 기분은 상상외로 새로웠다.

다른 기사들보다 검술 능력만 좋았으면 끝이었던 레나와는 확실히 달랐다.

그 후로 몇 가지를 더 조사한 이젤이 레너드가 머물고 있는 여관으로 들어갔다.

"이젤 님, 오셨습니까?"

느긋하게 컵을 닦고 있던 주인이 이젤의 모습에 미소 지었다.

황태자가 아닌 레너드가 성인이 될 때까지 옆에서 보필하던 시종장이었다. 이후 황궁을 나온 그는 레너드의 명에 의해 필요한 곳을 다니며 정보를 모으는 일을 하였다.

"전하께서 기다리십니다."

"네, 가 보겠습니다."

여관 주인의 말에 이젤의 시선이 이 층으로 향했다. 외투를 벗어 올라가려는 이젤을 여관 주인이 잡았다.

"외투는 주고 가셔야지요."

"괜찮습니다. 제 방에 두고 가면 됩니다."

"속히 들어오시라는 명이 있으셨습니다. 그리고 이곳에 있는 한, 여러분을 보필하는 것이 저의 할 일. 꺼리지 마시고 이리 주십시오."

레너드의 시종장이었다는 말이 허언이 아닌 듯 여관 주인은 조용하지만 절도 있게 이젤에게서 외투를 받아 들었다. 자신의 방으로 사라지는 그를 보고 있던 이젤이 이 층으로 오르는 계단을 올라갔다.

조용히 걷는 이젤이었지만 워낙 오래된 여관이라 그런지 한 걸음씩 계단을 밟을 때마다 나무 계단에서 삐걱거리는 잡음이 들렸다.

"후우."

레너드의 방 앞에서 이젤이 길게 숨을 내쉬었다. 눈을 감고 밖에서 조사해 온 것을 머릿속에 정리한 이젤이 문을 두드리기 위해 손을 들었다.

"들어와라."

주먹이 문에 닿기 직전, 레너드의 목소리가 안에서 들렸다. 무안한 듯 주먹을 내린 이젤이 문고리를 잡고 돌렸다. 문을 열자 허름한 여관의 모습과는 다른 고급스러운 방이 모습을 드러냈다.

어디에서 가져온 것인지 산처럼 쌓여 있는 종이더미 속에서 레너드가 턱을 괸 채 서류를 읽고 있었다. 황궁을 나왔어도 그는 여전히 서류 속에 파묻히다시피 하고 있었다.

"앉아라."

달빛 속의 그와 동일인물인지 의심될 정도로 공적인 부분에서 레너드는 칼 같았다. 떨리는 숨을 조용히 내쉰 이젤이 앞에 있는 의자에 앉았다. 자리에 앉았어도 레너드는 알아보라는 정보에 대해 말해 보라는 대신, 보고 있던 서류에 다시 눈을 돌렸다.

맨 처음 당했을 때도 그렇고, 사람을 불러 놓고 하던 일을 마무리하는 것이 그의 버릇이라는 것을 알았기에 이젤은 조용히 그를 기다렸다. 하지만 얼마 가지 않아 이젤의 시선이 옆에 쌓여 있는 서류로 향했다.

처음에는 그저 가볍게 볼 내용이었다. 그렇게 생각하고 표지의 내용만 읽어 내려가기 시작했다.

"……젤."

"……."

"이젤."

"네? 네! 전하."

어느새 서류를 손에 잡은 채 정신없이 읽고 있던 이젤이 당황하였다. 그녀를 보고 있는 레너드의 입가에 보일 듯 말 듯 한 미소가 지어져 있었다. 눈을 동그랗게 뜬 채 레너드를 보고 있던 이젤이 그제야 상황을 파악한 듯 들고 있던 서류를 다시 원래의 자리로 돌려놓았다.

옷의 구김과 머리카락까지 서둘러 단장한 이젤이 처음에 앉았던 그 자세로 다시 앉았다.

이미 보일 것은 다 보여 놓고 모른 척 처음 모습으로 돌아가는 그녀의 행동에 레너드가 피식 실소를 흘렸다.

"이미 처음으로 돌아가기에는 늦은 것 같은데?"

"그렇게 본 것은 아니고…… 그러니까 그냥 표지만…… 죄송합니다."

변명을 해 보았자 서류까지 들고 본 이상 아무 의미도 없었다. 결국 긴장 상태의 이젤이 고개를 숙였다. 하지만 제 눈에 콩깍지라고, 창을 보며 딴짓을 하는 놈들보다는 하나라도 더 배우겠다며 서류를 보는 이젤이 그의 눈에는 훨씬 나아 보였다.

"볼만은 했나?"

레너드의 말에서 묻어 나오는 장난기에 이젤의 미간이 살짝 모였다. 하지만 이 경우에는 그의 말을 기다리지 못하고 딴짓을 한 자신이 잘못이었다.

"어려웠습니다. 하지만 신기했습니다."

"어떤 점이?"

"수로를 만들어 도시 곳곳에 물을 공급한다는 생각이 획기적이었습니다. 레나는 왕궁 이외의 곳에서는 아직도 강이나 연못을 이용하는 걸로 알고 있습니다. 왕궁에서만 가능한 것이라 생각했습니다."

"자금과 인력, 그리고 그에 맞는 기술자가 있으면 어려운 일은 아니지. 우선은 계획일 뿐이다. 수로 이야기는 그만하고 조사해 온 것을 보고해라."

말을 끝낸 레너드가 깍지를 낀 채 의자에 몸을 묻었다. 들을 준비를 마친 그를 보며 이젤이 입을 열었다.

"하루가 멀다 하고 이튼으로 무기와 식량이 들어가고 있습니다. 밤에는 무기가 밀반입되는 모습도 포착되었습니다. 추가 피해를 막기 위함인지 외부인이 이튼으로 들어오는 것조차도 막고 있었습니다."

"그리고?"

"새벽쯤에는 병사와 민란을 저지른 이들이 충돌하는 소리도 났었습니다. 오늘 아침에는 이튼 남작의 명으로 용병을 뽑으러 온 사람들도 보았습니다."

이젤의 보고를 듣는 레너드가 손으로 턱을 괴었다. 계속해 보라는 그의 시선에 이젤이 말을 이었다.

"이튼은 확실히 민란을 진압하기 위해 최선을 다하는 것으로 보입니다. 하지만 민란의 규모가 큰 듯 쉽게 수습이 안 되고 있었습니다."

이삼일을 열심히 돌아다닌다 했더니만 이젤에게서 나오는 정보는 군더더기가 없었다. 하지만 그녀의 보고를 들은 레너드의 표정은 그다지 편해 보이지 않았다. 그건 그에게 보고를 한 이젤도 마찬가지였다.

조사하는 내내 걸리는 것이 있었다. 행정에 대한 것은 레나에서 전혀 접하지 못했기에 모르는 것이 많았으나 전투나 전쟁에 관한 지식과 감은 뛰어난 이젤이었다.

애초에 기사란 주군이 시키는 대로 움직일 뿐, 의견을 내거나 자신의 생각을 말할 수는 없었다. 무엇보다도 이젤은 아직 카델에 대해 제대로 아는 것이 없었다. 자칫 오판을 할 수도 있는 일이었다.

하지만 이대로 넘기기에는 무언가 이상했다. 결국 이젤이 조심스럽게 입을 열었다.

"전하께서는 저에게 이곳과 이튼의 상황을 정리해서 보고하라는 명령만 내리셨다는 것을 알고 있습니다. 모든 일의 판단은 전하께서 하시는 것이고, 기사는 주군의 명령만을 위해 움직이는 존재라 배웠습니다."

"긴 서론은 필요 없다. 결론은?"

"민란이라고 결론 짓기에 무언가가 맞지 않습니다."

이젤의 말에 손으로 입을 가린 레너드의 입꼬리가 올라갔다. 검성이라 불리기는 했어도 검만 뛰어날 뿐, 이젤이 대단한 능력이 있거나 그렇다고 다양한 분야에서 경험이 있는 것은 아니었다.

하지만 이젤은 배우려는 의욕도 있었고, 그것에 걸맞은 성실함도 있었다. 하물며 자신과 상관없는 분야에 집중할 정도로 호기심도 강했다.

그래서 마음껏 경험하고, 판단할 수 있게 그녀에게 배경을 만들어 주었다.

"왜 그렇게 생각하지?"

"민란을 일으킨 자들이 이곳에서 무기를 밀반입해 들어간다고 해도 결국 다수가 농민입니다. 물론 이튼은 중규모의 영지이니 민란의 규모가 클 수는 있습니다. 하지만 훈련받은 기사와 충분히 전술을 구사할 수 있는 인력, 무엇보다도 무기와 식량을 살 정도의 자금을 가지고 있는 영주가 지금까지 그들을 진압하지 못했다는 것은 말이 되지 않습니다."

"그래서 민란이라 할 수 없다."

"물론 민란이 아니라고 단정 짓기도 어렵습니다. 하지만 지금으로써는 저는 민란 이외의 것이 있다고 생각합니다."

확실치 않은 표정의 이젤이 조심스럽게 말을 마무리했다. 하지만 주저하는 이젤에 비해 레너드는 만족스러웠다.

배경을 만들어도 그대로인 자들이 있었다. 하지만 만들어 준 기회에서 이젤은 하나씩 자신의 것을 만들었다. 아직 이젤과 자신의 주변에는 정리해야 할 것이 산더미같이 많았다. 하지만 그것을 모두 외면한 채 이곳에 온 이유는 하나였다.

이젤의 가능성을 넓히는 것, 그리고 그녀에게 호기심을 갖는 황제와 바렌에게 더 이상 자신의 것에 관심을 가지지 말라는 경고를 하기 위함이었다.

"이곳과 이튼은 바렌 황자, 아니 이제 공작 작위를 받았으니 바렌 공이라 해야겠군. 그의 영향 아래 있는 곳이다. 잘못 움직이면 일이 더 커질 수 있다."

"역시 제가……."

"아니, 네가 제대로 짚었다. 잘했다. 이만 쉬어라."

잘했다는 말에 이젤의 눈이 커졌다. 알 수 없는 기분이 전신을 짜르르 울렸다.

처음으로 그에게 잘했다는 말을 들었다.

잘못 들은 것일까? 아니다. 불시에 듣기는 했지만 확실한 칭찬이었다.

이젤의 입가에 기쁜 미소가 감돌았다. 이곳저곳 돌아다니느라 쌓였던 피로가 단숨에 보상받는 기분이었다.

"뭐지? 더 할 말이 남았나?"

다시 냉담한 분위기로 돌아온 레너드가 자리에 서 있는 이젤을 보며 물었다. 그의 차가운 음성에 현실로 돌아온 이젤이 고개를 푹 숙였다.

"아닙니다. 가 보겠습니다!"

한껏 격양된 목소리가 모처럼 예의 바르게 인사를 한 후, 문밖으로 나갔다. 이젤이 나갈 때까지 서류를 보던 레너드가 문이 닫히자마자 피식 실소를 터트렸다.

힘들게 마음을 표현했지만 이젤은 그에 대한 답을 주지 않았다.

곧바로 답을 얻고 싶었지만 그럴 수 없다는 것을 알기에 강요하지 않았다. 이젤에게는 책임을 져야 할 짐이 너무 많았다. 쓸데없이 많은 짐이었지만 그녀가 원해서 짊어지고 있는 것이었기에 레너드가 강제할 수 없었다.

더군다나 외면하고 밀어내던 전과는 달리 조금씩 그에게 다가오는 게 느껴졌다.

다가갈 것이다. 보듬고 감쌀수록 자신의 빛을 마음껏 반짝이는 여자였다.

레나의 윈스턴도, 형인 카일도, 누구에게도 양보할 수 없다.

가질 것이다.

그리고 절대 놓지 않을 것이다.

형제이기 전에 정적인 바렌의 영향 아래 있는 영지이기 때문에 레너드는 여관 밖에 나가질 않았다. 수석기사인 루칸이 없는 상황이었기에 현재 기사들은 번갈아 가며 그의 집무실을 지키고 있었다.

"오늘 순서가 이젤이던가?"

동행 중 가장 나이가 많은 기사가 그녀에 물었다. 검을 손질하고 있던 이젤이 그 물음에 고개를 끄덕였다.

"네, 한 시간 뒤에 들어오라고 하셔서 대기하고 있습니다."

"흠."

할 말이 있는지 이젤의 앞에 선 기사가 잠시 뜸을 들였다. 그의 모습에 이젤이 검을 내려놓고 자리에서 일어났다. 이젤이 일어나자 기사가 고개로 자신의 방을 가리켰고, 그의 의사를 알아챈 그녀가 안으로 들어갔다.

주변에 사람이 있는지 두리번거리던 기사가 문을 닫았다.

서 있는 이젤에게 의자를 건넨 기사가 반대편에 앉았다.

"이걸 자네에게 부탁을 해도 되는 일인지 아닌지는 모르겠네. 하지만 이곳에 있는 이들 중에서는 그래도 자네를 좋게 보시니, 자네가 직접 전하에게 말씀드리는 것이 좋을 것 같아서 말이야."

"무엇을 말입니까?"

"다른 기사들도 그렇고, 나 또한 전하께서 쉬시거나 주무시는 모습을 본 적이 없네. 일주일째 저러시니 걱정이 돼서 말일세. 자네가 한번 말씀드려 보는 것이 어떤가?"

기사의 말에 이젤이 고개를 끄덕였다. 그녀 또한 이곳에 머물면서 레너드가 쉬는 모습은 보지 못했다. 워낙 위치가 위치이다 보니 그는 눈코 뜰 새 없이 바빴다. 그의 방에 누워 있는 이젤을 간호할 때도 틈틈이 일을 처리하던 레너드였다.

하지만 자신에게 무엇을 하라는 것인지 이젤은 알 수 없었다. 그녀가 쉬라고 해도 들을 리도 없었고, 더군다나 레너드는 자신의 일에 간섭하는 것을 좋아하지 않는 사람이었다.

"제가 말씀드린다 한들 전하께서 들으실 분이 아니지 않습니까?"

"궁에서 떠나기 직전 수석기사님이 해 주신 말이 있네. 전하께서는 일이 많거나 원하는 대로 처리가 되지 않으면 잠을 거의 주무시지 않는다고 하셨지. 만약 위험할 정도로 쉬지 않으실 때는 자네에게 이야기를 꺼내 보라고 하셨네."

기사의 말에 이젤의 미간이 찌푸려졌다. 쿠퍼의 일로 여자라는 것을 루칸에게 들켰다. 하지만 레너드가 어떻게 처리한 것인지 그는 이젤에게 별다른 말도, 특별한 행동도 하지 않았다.

'적당히 넘긴 줄 알았는데.'

"말을 해 보긴 하겠지만 그렇게 기대하지는 마십시오."

"기대는 무슨…… 시간이 되었군. 들어가게."

이젤이 받아들여서 다행이라는 표정으로 기사가 문을 열어 줬다.

그의 방을 나가 레너드가 있는 곳으로 걸어가는 이젤의 표정이 복잡했다.

빼곡히 쓰여 있는 서류를 말없이 보고 있던 레너드가 옆에 놓여 있는 깨끗한 종이에 펜을 들고 부지런히 써 내려갔다. 기교라고는 하나도 없는 딱딱한 글씨체였지만 깔끔하고 단정한 글씨가 단숨에 종이를 채워 나갔다.

적은 종이가 반듯이 접혀 봉투 안으로 들어가고, 그 위에 녹은 밀랍을 뿌렸다. 그리고 그 위, 황태자의 표식이 있는 인장이 찍혔다.

하나의 일이 끝났으면 잠시 쉬어도 되건만, 그는 곧바로 옆에 있는 다른 서류에 손을 가져갔다.

「일주일째 쉬시거나 주무시는 모습을 보지 못했네.」

기사의 목소리가 이젤의 뇌리를 스쳤다.

고개를 돌려 창을 보니 벌써 한밤중이었다. 대부분의 사람들이 잠들었을 깊은 밤, 하지만 이젤의 눈에 보이는 레너드는 낮과 별 차이가 없었다.

물론 레너드가 하루 종일 여관에만 있는 것은 아니었다. 궁금한 게 있으면 말없이 나가 홀로 조사하기도 했고, 일이 풀리지 않으면 여관 주변을 걸어 다니기도 했다.

　하지만 그가 쉬거나 누워 있는 모습은 보지 못했다. 그러면 그럴 수 있다고 생각하면서도 한편으로는 마음이 쓰였다.

　그때, 서류를 보던 그가 피곤한지 손으로 미간을 눌렀다.

　"전하께서는 언제 쉬시는 것입니까?"

　조용히 서 있던 이젤이 뜬금없이 물어보자 레너드의 눈이 그녀를 향했다. 그녀의 물음에 레너드가 고개를 갸웃했다.

　"누구에게 무슨 말이라도 들었나?"

　"무슨 말을 들었기보다는 궁금해서 그렇습니다. 이곳에 오신 이후로 전하께서 쉬시는 모습을 본 적이 없어서요."

　이젤의 반응에 레너드가 의외라는 듯 잡고 있던 펜을 다시 잉크 통에 꽂아 놓았다.

　레너드가 먼저 이젤에게 관심을 가지고, 그녀는 대답하는 것이 일반적이었다. 하지만 그랬던 것이 처음으로 역전되었다.

　"편하게 잠자지 못할 바에야 안 자는 것이 더 편할 뿐이다."

　그의 말에 이젤이 고개를 갸웃했다. 설마 넓고 화려한 황태자궁이 아니면 잠들지 못한다는 것일까? 하지만 이젤이 아는 레너드는 비싸고 귀한 것만 추구하는 귀족들과는 다른 사람이었다. 그 증거로 여관에서 나오는 음식은 황궁에 비하면 형편없었지만 그는 단 한 번도 싫어하거나 꺼리는 기색이 없었다.

　여관의 무엇이 편하지 않은 잠자리인 것일까? 안전하지 않다는 것인가? 아니면 새로운 잠자리가 불편하다는 것일까? 하지만 그런 이유라고 하기에는 며칠 동안 잠을 자지 않는 그의 모습은 위태로워 보였다.

대수롭지 않다는 어조였지만 이젤은 왠지 모르게 신경이 쓰였다.

"그래도 일주일이 넘었습니다. 조금은 눈을 붙이시는 것이 좋지 않겠습니까? 전하께 말씀을 드리지는 않았지만 걱정하는 이들이 많습니다."

기사가 말을 해 보라 했기에 한 것은 아니었다. 솔직히 그에게는 하겠다는 말을 했었지만 이젤은 그냥 넘어갈 생각이었다. 스스로의 일에 관여하는 것을 싫어하는 레너드였다. 그녀의 말이 자칫 그의 심기를 건드릴 수도 있었다.

그랬던 생각이 미간을 누르는 그를 보자 바뀌었다. 쉼 없이 일하는 그를 잠깐이나마 쉬게 하고 싶었다. 그는 아니라고 했지만 이젤의 눈에 보이는 레너드는 피곤해 보였다.

"여인으로서의 걱정인가? 아니면 내 부하로서의 걱정인가?"

자리에서 일어난 레너드가 이젤의 코앞까지 걸어왔다. 가까이 다가오는 그에 반응하듯 이젤의 심장이 천천히 떨리기 시작했다. 하지만 그럴수록 담담한 시선으로 그를 보았다.

"전하께서는 많은 것을 짊어지신 분이 아니십니까? 그래서 말씀드리는 것입니다. 신경 쓰이신다면 방 밖에 있겠습니다. 조금이라도 쉬십시오."

지금 이젤은 자신이 어떤 표정으로 그를 보고 있는지 모를 것이다. 하지만 레너드는 이젤의 저런 표정을 레나에서 한 번 본 적이 있었다.

레나에서 윈스턴을 보며 이젤이 지었던 표정, 그때는 무슨 대화를 나누고 있었는지 알지 못했으나 이제는 알 것 같았다.

잠깐이나마 쉬라고 하는 그녀의 조용한 어조가, 담담하지만 그 안에 보이는 걱정스러운 시선이 그를 두근거리게 했다.

"굳이 네가 지켜 주지 않아도 내 몸 정도는 얼마든지 지킬 수 있다."

"알고 있습니다. 하지만……."

"하지만?"

"저의 착각일 수 있으나 지금의 전하는 피곤해 보이십니다."

그녀의 말에 레너드의 눈이 커졌다. 측근인 루칸도 감히 레너드에게 쉬라는 말은 꺼내지 못했다. 권력과 생에 대한 탐욕으로 미친 황제에 의해 목숨을 위협받으며 살아온 레너드는 누가 옆에 있거나 잠을 자던 장소가 바뀌면 쉽게 잠들지 못했다.

처음에는 억지로라도 잠들기 위해 애썼으나 그게 더 힘들었다. 그렇기에 어설프게 잠드느니 언제부터인가 레너드는 스스로 잠을 거부했다.

그렇게 만들어진 레너드의 삶에, 누구도 감히 들어올 수 없었던 그의 깊숙한 곳에 이젤이 단숨에 들어왔다. 그녀의 말이 팽팽하게 억누르고 있던 그의 긴장을 풀게 했다.

"전하?"

어깨에 닿는 레너드의 체온에 이젤이 몸을 떨었다. 하지만 전처럼 그를 밀어내거나 거부하지 않았다. 이젤의 어깨에 얼굴을 묻은 레너드가 무거운 숨을 내쉬었다.

힘이 빠지는 그의 몸이 무겁기는 했지만 버티지 못할 정도는 아니었다.

한참을 주저하던 이젤이 조심스러운 손길로 레너드의 뺨을 감쌌다.

얇은 실내복 너머로 느껴지는 이젤의 체온이 좋았다. 그녀의 기운을 각인시키듯 이젤의 어깨에 그가 더 깊이 얼굴을 묻었다.

"졸립다."

어깨에서 들려오는 목소리에 피곤이 묻어 나왔다. 손에서 느껴지는 그의 기운이 싫지 않았다. 아니다. 실제로는 그녀가 생각했던 것보다도 그의 체온은 따뜻했다.

누군가를, 더군다나 사내를 이렇게 다독여 본 적은 없었다. 어색했지만 한편으로는 심장이 터질 듯이 떨렸다.

"밤이 깊었습니다, 전하. 밖에서 있을 테니……."

"나가지 마라. 명령이다."

말을 자른 레너드가 이젤의 어깨에서 얼굴을 들었다. 피곤이 묻어 나오는 얼굴에 짓고 있는 미소가 단숨에 그녀를 흔들었다.

언제 그의 품에 안겨 있었는지 기억나지 않았다. 그리고 언제 그의 옆에서 누웠는지도 알 수 없었다. 깊게 잠든 레너드의 옆에 누워 있던 이젤이 자리에서 일어났다. 그에게 잡혀 있는 손이 답답하기보다는 따뜻했다.

깊은 밤. 레너드의 곁을 이젤이 조용히 지켰다.

❖

「아버지인 황제가 그를 죽도록 미워하는 것을 알게 된 것은 7살 때였다. 그를 피하는 어머니와 그가 보는 것만으로도 인상이 찌푸리는 아버지의 모습에 상처받기는 했지만, 레너드에게는 부모보다도 따뜻하고 현명한 형, 카일이 있었고, 그의 어머니 대신 전부를 희생해 주는 유모가 있었다.

그날도 유난히 날이 따뜻하고 좋았다. 감시하는 호위병들 몰래 궁에서 그를 데리고 나온 유모는 레너드에게 새로운 세상을 보여 줬다.

"유모! 빨리 와!"

넓게 펼쳐진 트인 장소에 불어오는 바람이 따뜻했다. 아무리 뛰어도 끝이 보이지 않는 곳에서 마음껏 뛰어다니던 레너드가 기분 좋은 웃음을 터트렸다.

"황자 저하, 좋으세요?"

어느새 다가온 유모가 그의 옆에 무릎을 꿇었다. 레너드와 똑같은 갈색 머리카락을 단정히 묶은 유모는 그에게 있어서는 어머니와 같은 사람이었다.

"응! 매일 이곳에 왔으면 좋겠다! 하지만 힘들겠지? 황제 폐하께서 화를 많이 내실 거야."

레너드의 말에 유모가 물기 어린 눈으로 그를 바라보았다. 그녀가 모시고 있는 황자는 저주받은 날에 태어난 아이라고는 생각할 수 없을 정도로 맑고 착했다.

그래서 자신의 아들만큼 귀하게 여기고 아꼈다. 그랬던 자신의 삶에 후회는 없었다.

"저하, 저에게 아들이 하나 있다는 것을 아시죠?"

"그럼! 지미 말하는 거잖아. 지난번에 데리고 와서 같이 놀았잖아."

유모의 묘한 분위기에 레너드가 고개를 갸웃했다. 하지만 곧 별일 없다는 듯 환한 미소로 유모를 붙잡았다.

"왜 그 아이가 어디 아파? 유모 얼굴이 이상해."

레너드의 이마에 맺힌 땀을 닦아 주며 유모가 힘겹게 미소를 지었다. 유모의 가는 팔이 레너드를 품에 안았다. 언제나 따뜻한 유모의 품에 몸을 맡기며 레너드가 즐거운 미소를 지었다.

그리고 레너드를 안고 있는 유모의 눈에서 한 줄기 눈물이 떨어졌다.

"죄송합니다, 저하."

"유모. 왜?"

안고 있던 유모의 팔에 힘이 들어갔다. 레너드의 귀에 카일의 비명 소리가 들렸다.

언제부터 쥐고 있었는지 날이 바짝 선 검이 레너드의 등 뒤를 향했다.

"그 아이를 살리려면 어쩔 수 없어요. 저하."

"이러지 마! 왜 그래?"

반항을 한들 그는 겨우 일곱 살이었다. 유모의 악력에 잡힌 레너드가 본능적으로 그녀를 밀어내려 하였다.

"이 죄는 죽음으로 갚겠습니다."

유모의 검이 레너드의 등을 찔렀다. 동시에 카일이 쏜 화살이 유모의 등에 박혔다.

등에 퍼지는 고통에 레너드가 비명을 질렀다. 눈물을 흘리던 유모가 그제야 레너드를 풀어 줬다. 멀지 않은 곳에서 카일의 비명 소리가 들려왔다. 바닥에 널브러진 레너드의 등에서 흥건한 피가 흘러내렸다.

둘에게 달려온 병사가 들고 있던 검으로 유모의 목을 베었다.

땅에 스며드는 유모의 피가 레너드의 머리에 각인되었다. 달려온 카일이 늘어진 레너드를 안아 들었다.

시간이 흐르고 다행히 레너드는 정신을 차렸다.

"안타까운 일이다. 내 그 사람을 믿고 너를 맡겼거늘."

사흘을 앓고 일어난 레너드를 찾아온 황제는 혀를 차며 그에게 일어난 일을 걱정하였다.

처음으로 받아 보는 그의 관심이 유모를 잃었다는 충격을 덮을 정도로 레너드를 설레게 했다. 그렇기에 일어나서는 안 된다는 시종의 만류에도 감사하다는 인사를 하기 위해 방을 떠난 황제의 뒤를 따라갔다.

유모 대신 새롭게 온 보모가 황제를 향해 몸을 숙였다. 상황을 보고 있던 레너드가 황제에게 다가가려는 순간, 레너드는 자신의 아버지이자 카델의 황제인 그의 본래 모습을 보았다.

"너는 실수 없이 처리해야 한다. 이번에는 반드시 레너드의

257

목을 나에게 가져와야 한다."

황제의 말에 몸을 숙이는 보모의 모습을, 레너드가 죽지 않았다는 사실에 아쉬워하는 황제의 표정을.

아무것도 모르던 일곱 살 아이가 자신의 아버지에 대해 깨닫는 날이었다.」

레너드의 눈이 떠졌다.

어두운 방 안, 일을 위해 켜 놓았던 불조차 전부 꺼져 있었다.

잠깐 눈만 붙인다는 것이 생각 외로 오래 잠든 것 같았다.

'얼마나 잔 건가?'

침대에서 일어난 레너드가 정신을 차리기 위해 고개를 저었다. 그러는 레너드의 눈에 잠든 이젤의 모습이 보였다. 지켜 준다는 말을 해서 그런지 몰라도 검을 품에 안은 모습이었다. 위태위태하게 기둥에 몸을 기대고 있는 모습이 불안했다.

좋지 않은 꿈을 꾸기는 했지만 쌓였던 피로는 어느 정도 해소가 되었다. 십 년 만에 처음으로 누군가가 옆에 있어도 잠들어 보았다.

"이젤."

깊게 잠든 듯 레너드가 불러도 이젤은 요지부동이었다. 조심스러운 손이 이젤의 뺨을 어루만졌다.

능력을 보고 곁에 두기는 했어도 레너드는 그 누구도 진심으로 믿지 않았다. 한배를 타고 같은 곳을 바라봐도 결국은 상대에게 검을 겨누고 찌르는 것이 인간이었다.

7살 이후로 그의 곁에 머문 사람들은 다 그런 인간들이었다.

그랬던 그의 삶 안에 이젤이 들어왔다. 그녀는 피할망정 거짓으로 자신을 꾸미지 않았다.

"널 놔줄 수 없을 것 같다."

이번 일이 끝나고 황궁으로 돌아가면 하나씩 정리할 것이다. 그에게 흔들려 하면서도 레나로 돌아가고 싶어 하는 이젤에게는 미안한 말이었지만 그 또한 철저하게 자를 생각이었다.

윈스턴을 보며 걱정하던 시선이 그를 향하는 순간, 막연하던 결심이 확고해졌다.

앞의 여자가 오롯이 주는 관심이 받고 싶었다. 자신만을 보며, 그만을 생각하는 여인이 되기를 바랐다.

원하는 것은 반드시 소유하는 그였다. 이젤 또한 그렇게 될 것이었다.

"으음."

방이 추운지 몸을 웅크리던 이젤이 몸을 뒤척였다. 그러자 기대고 있던 기둥에서 이젤이 미끄러졌다. 그녀의 모습에 놀란 레너드가 침대에서 떨어지려는 이젤을 안았다.

품에 안기는 여린 체구가 그를 흔들었다. 최상의 검술 실력을 가진 이젤이었으나 지금 그의 품에 있는 것은 소유하고 싶은 여인일 뿐이었다.

"날 자꾸 흔들지 마라."

품에 안았던 그 어느 여자들에게서도 느껴보지 못했던 감정이었다.

가지고 싶다. 자신의 옆에만 두고 다른 사내들은 볼 수 없도록 가둬 놓고 마음껏 탐하고 싶었다.

그녀를 보며 복잡한 생각을 하던 레너드가 문득 스치는 생각이 쓴 미소를 지었다.

지금의 생각은 황제와 다를 것이 하나도 없었다. 원하는 것을 빼앗고 가두고 부숴 버리는 짓은 황제가 하는 일이었다.

저주받을 황제의 피를 받기는 했지만 그와 똑같은 인간이 되지는 않을 것이다.

이젤을 안아 든 레너드가 침대에 그녀를 눕혔다. 그리고 그녀의 옆에 레너드가 침대에 누웠다. 할 일은 많았으나 잠시 동안만이라도 이렇게 있고 싶었다.

그때 감고 있던 이젤의 눈이 서서히 떠졌다. 그녀의 반응에 레너드가 뭐라고 말하려는 찰나 이젤이 레너드의 품 안으로 파고들었다.

"추워."

온기를 찾듯 레너드의 품에 스스로 안긴 이젤이 다시 고른 숨을 내쉬며 잠들었다. 갑작스러운 그녀의 행동에 그가 헛웃음을 터트렸다.

이런 식으로 사람을 들었다 놓았다 하는 여인도 없을 것이었다. 지금 안겨서 자고 있는 사내가 무슨 생각을 가지고 있는지도 모르면서도 새근새근 잘도 자고 있었다.

이마에 흘러내린 백금발을 뒤로 넘겨주며 레너드가 자신의 팔에 이젤의 머리를 기대게 했다. 몸을 떠는 이젤의 위에 이불을 덮어 준 그가 천천히 그녀의 등을 토닥였다.

잠은 충분히 잤다고 생각했건만, 그녀의 체온에 몸을 맡기고 있으니 다시 잠이 몰려왔다. 품 안에서 잠든 이젤을 다독이던 레너드가 모처럼 편안히 눈을 감았다.

❖

무슨 일이 있었는지는 몰라도 그날 이후, 레너드는 사나흘에 한 번은 휴식을 취하였다. 이젤에게 말해 보라 했던 기사는 잘했다는 칭찬을 하였지만, 그녀는 그 이야기가 나올 때마다 얼굴이 붉어진 채로 도망 다니듯 피하였다.

이튼 아래의 마을에 머문 지 이 주일째, 레너드가 대기하고 있던 기사를 한꺼번에 불렀다.

"이제 이곳에서의 일은 끝났다. 이튼으로 직접 들어갈 것이다."

"하지만 현재 이튼은 사실상 진입이 불가능하옵니다. 어찌 들어가실 생각이십니까?"

이젤 및 대기하고 있던 기사 중 하나가 조심스럽게 레너드에게 물었다. 앞에 놓여 있는 잔을 들어 몇 모금의 물을 마신 그가 의자에 몸을 기댔다.

"닫혀 있는 문을 여는 방법은 한 가지. 영주가 직접 데리러 오는 수밖에 없지. 이미 이튼의 영주에게는 이곳에서 내가 정보를 모으고 있다는 정보를 흘렸다. 이미 도착했을 터, 이곳에서 정보를 얻을 수 없다면 직접 들어가야지."

"전하의 신변에 문제가 생길 수도 있습니다. 너무 위험한 계획이 아닌지요?"

조용한 물음에 레너드의 시선이 옮겨졌다. 붉어진 얼굴을 감추느라 고개를 약간 숙이고 있었지만 묻는 어조에는 그녀 특유의 걱정이 실려 있었다.

말없이 바라보는 시선에 숙이고 있던 이젤의 고개가 들렸다.

짧지만 강렬하게 느껴지는 그의 눈빛에 이젤의 얼굴이 붉어졌다. 다른 기사들에게 들킬 수는 없는 일, 그녀가 서둘러 다시 시선을 아래로 내렸다.

"어차피 한 번은 부딪쳐야 할 일이다. 대신 하르칸."

"네! 전하."

하르칸이라 불리는 기사 레너드의 부름에 몸을 세웠다. 대화를 나누던 탁자에 올려놓았던 봉투를 그에게 건네었다.

"루칸에게 전하라. 그 후에는 루칸의 명령에 따라 움직여라."

"따르겠습니다, 전하."

"지금 당장 출발해라. 이튼의 영주가 도착하기 전에 마을을 빠져나가라."

레너드의 명령에 하르칸이라는 기사가 자신의 짐을 들고 여관 밖으로 빠져나갔다. 그 이후에 여관 주인 및 나머지 기사에게 명령을 내린 레너드가 홀에서 조용히 기다렸다.

그렇게 한 시간 후, 요란한 마차 소리와 함께 이튼의 영주가 안으로 들어왔다.

호리호리한 체구. 가는 이목구비. 순한 눈매와 입가에 짓고 있는 미소가 사근사근해 보이는 중년 사내가 레너드의 앞에 무릎을 꿇었다.

"이튼의 영주, 로젠이 황태자 전하께 인사드립니다."

"생각보다 빨리 왔군."

"이곳에 전하께서 계시다는 것을 이제야 알았습니다. 저의 불충을 용서하시옵소서."

레너드의 뒤에서 영주인 로젠을 보는 이젤의 눈이 날카롭게 빛났다.

분명 순한 눈매와 인상을 가진 이였다. 하지만 이젤이 느끼는 로젠의 분위기는 교활하고 음흉했다. 자신의 무능을 질책하라며 몸을 숙이고 있었지만 레너드를 바라보는 눈빛만큼은 불안할 정도로 빠르게 움직이고 있었다.

"황태자 전하를 모실 준비가 끝났사옵니다. 어서 마차에 오르시옵소서."

"앞장서라."

레너드가 자리에서 일어나자 로젠이 여관 밖으로 나가 몸을 숙였다. 열려 있는 마차를 보고 있던 레너드가 뒤에 서 있는 이젤에 말했다.

"이튼으로 가면 네가 날 지켜야 한다."

나지막이 들려오는 음성에 이젤이 고개를 들었다. 진지한 레너드의 시선에 이젤이 마른침을 삼켰다.

"이튼의 영주, 로젠은 교활하지. 아주 매력적인 먹이가 아니

면 움직이지 않는 자다. 내가 그 먹이가 될 것이다. 내가 잡아먹
히지 않도록 잘 지켜 주도록."

"저는 전하의 기사입니다. 당연히 그렇게 할 것입니다."

일말의 주저도 없이 나오는 이젤의 말에 레너드가 희미한 미
소를 지었다.

그는 카델의 황제인 아버지와는 다르다.

능력이 있다면 발휘할 수 있는 배경을 만들어 줄 것이고, 가
능성이 있다면 키워 줄 것이다. 품 안에서 부서트려 망가뜨리기
보다는, 품고 있는 빛을 마음껏 빛나게 해서 모두가 탐이 나는
존재로 만들 것이다.

'그리고 그 빛은 내 것이 되는 거지.'

오로지 자신만을 위한 빛. 그의 단 하나뿐인 여인.

로젠의 인사를 적당히 받아 가며 레너드가 마차에 올랐다.

제6장
교차

끈으로 대충 묶었던 백금발이 푸른색 리본에 깔끔하게 정리되어 어깨에 늘여졌다.

코끝에 감도는 화장품의 향이나 다리에 휘감기는 치마의 느낌이 걸음을 옮길수록 불편했다.

"어색해."

넓게 퍼지는 치마나 손을 덮는 긴 소매의 드레스는 평소에 입었던 옷과는 차이가 났다. 한 걸음, 한 걸음 옮길 때마다 구두의 굽에서 나는 소리가 왠지 모르게 거슬렸다. 움직이지 못할 정도로 불편한 것은 아니었으나 거의 해 보지 않은 여장은 역시 불편했다.

유리에 비치는 자신의 모습이 이상했다. 지금까지 드레스를 입어 본 경험은 손에 꼽을 정도로 적었다. 혹시라도 이젤이 여자

라는 것을 들킬까 걱정한 페로단이 둘을 동시에 보여 주는 자리
가 아니면 입힌 적이 없었기 때문이다.

드레스보다는 바지가 편했지만 이번만큼은 어쩔 수 없었다.
결국 옷가게의 주인에게 옷값과 얼마의 수고비를 쥐여 주고 드
레스로 갈아입고 치장을 하였다.

"저기요."

입 밖으로 나오는 말에 이젤이 입술을 깨물었다. 지금의 모습
으로 기사의 말투는 쓸 수 없었다. 하지만 처음으로 해 보는 여
인의 말투가 몸서리치도록 불편했다.

"누구요?"

뜨거운 열기 사이로 거친 모습의 사내가 얼굴을 내밀었다. 멀
지 않은 곳에서 들려오는 망치 소리가 대장간 가득 울렸다.

이젤이 온 곳은 이튼의 안에 있는 수많은 대장간 중 두 번째
로 큰 곳이었다.

"이걸 고쳤으면 하는데요."

이젤이 들고 있던 상자를 대장장이에게 건넸다. 상자를 열자
자수정 구슬이 백금 줄에 꿰어 있는 목걸이가 모습을 드러냈다.
한눈에 봐도 고가의 물건으로 보였으나 안타깝게도 줄이 끊어져
있었다.

"보아하니 본인 것은 아닌 것 같고 주인마님 것인가?"

자식이라면 아들인 아인젤만을 생각하던 어머니가 처음이자
마지막으로 이젤의 생일에 준 물건이었다. 평소라면 가지고 다
녔는지도 몰랐을 물건. 하지만 미끼로 쓸 만한 것이 이것밖에

없었다.

"네. 고쳐 오라고 하시는데 아무리 돌아다녀도 이걸 고칠 수 있는 대장간이 없네요."

"그럴 수밖에. 이튼에 있는 대장간에서 이 정도의 목걸이를 고칠 수 있는 곳은 없을 걸세. 대부분 무기를 만들던 놈들이 온 것이거든."

대장장이의 말에 이젤의 눈이 빛났다.

이튼의 영주가 레너드에게 보여 준 서류는 완벽했다. 민란의 원인은 연이은 흉년에 의한 농민들의 반항일 뿐, 영주가 공금을 횡령하거나 강제로 착취한 흔적은 없었다.

심지어 영주는 용병이나 기사를 배치하기는 했지만, 그들을 공격할 수 없다며 꾸준히 농민을 설득하고 있었다. 걸릴 것이라고는 하나도 없는 완벽한 상황, 하지만 이튼의 지도와 성 주변에 있는 대장간을 보는 순간 미심쩍은 것이 머리를 스쳤다.

"대장간이 많아서 쉽게 고칠 줄 알았는데…… 어떻게 마님께 말씀을 드려야 할지 막막하네요."

"이튼은 철광석이 아주 싸거든. 철괴 자체도 구하기도 쉽고 말이야. 더군다나 만들어 놓기만 해도 영주의 성에서 바로바로 사 가니 대장간이 모일 수밖에 없지."

"민란 때문인가요?"

곧바로 이어지는 이젤의 질문에 대장장이가 이상하다는 듯 고개를 저었다. 하지만 그저 호기심이 많은 하녀 아가씨라는 생각을 한 대장장이가 피식 웃음을 터트렸다.

"민란이라고 해 봤자 영지 외곽에서 벌어지는 게 전부라네. 실제로 민란으로 어수선한 건 외곽뿐이야. 어차피 우리야 만든 무기를 누군가가 사 주기만 하면 그만이니까 말이야. 아무튼 미안하네. 이건 못 고쳐 주겠구먼."

건네주는 목걸이를 받아 들며 이젤이 어색한 미소를 지었다. 반듯이 인사를 한 이젤이 대장간을 나왔다. 좀 전에 짓던 미소가 사라진 이젤이 날카로운 눈으로 다시 걸음을 옮겼다.

이튼은 서남쪽에 위치하는 소규모의 철광에서만 철을 구할 수 있었다.

다른 곳보다는 몇 배는 많은 대장간. 그리고 그 대장간에서 나오는 수많은 무기들.

그리고 무기를 모조리 사고 있는 영주.

증거라고는 아무것도 없었지만 조사할수록 자꾸 민란과 연결 지을 만한 것이 하나도 없었다.

'철을 수입하거나 반입한 흔적은 없으니…… 그렇다고 이튼에 철광이 있는지 찾아보겠다며 돌아다닐 수도 없고.'

길을 가던 이젤이 손가락으로 미간을 눌렀다. 서류의 허점을 찾아내라는 레너드의 명에 며칠 내내 휴식조차 취할 수 없었다. 워낙 방대한 양에 틀린 부분도 없으니 그녀가 할 수 있는 유일한 일은 자신이 잘못 봤는지 여러 번 확인하는 것뿐이었다.

'결국 제자리.'

불만족스러운 결과에 인상을 찡그린 이젤이 결국 성으로 돌아갈 결심을 하였다. 중간에 옷가게를 들러 옷을 갈아입는 시간까지 계산하면 성에 제법 늦게 도착할 듯했다.

마음이 급해진 이젤이 불편한 치마를 잡은 채 빠르게 발을 놀렸다. 한참 걸음을 옮길 때 누군가가 이젤의 팔을 낚아채듯 붙잡았다.

"아야!"

팔에서 전해 오는 고통에 눈썹을 찌푸린 그녀가 팔을 잡고 있는 사내를 노려보았다.

앞에 보이는 사내의 모습에 이젤의 말문이 막혔다. 토끼처럼 뜬 눈이 그녀의 지금 기분을 대변하듯 동그랗게 떠 있었다.

그녀를 잡은 그조차도 믿을 수 없다는 표정으로 미간을 찌푸렸다.

그와 그녀를 스쳐 가는 사람들.

하지만 그 안에 존재하는 것은 둘뿐이었다.

카델의 여관이 다른 나라와 다른 점이 있다면, 그것은 여관 앞에 놓여 있는 몇 개의 테이블과 의자였다. 여관 안에서 모든 숙식을 하는 타국과는 달리 카델에서는 간단한 식사나 다과를 밖에서도 할 수 있게 만들어져 있었다.

"따로 시키실 일은 있으십니까?"

홍차와 다과를 내려놓은 급사의 물음에 사내가 이만 가 보라는 손짓을 하였다. 그의 행동에 고개를 숙인 급사가 종종걸음으로 안으로 들어갔다.

이튼에서도 규모가 큰 여관답게 고급스러운 잔에 담겨 있는 홍차나 깔끔한 접시에 담겨 있는 딸기 케이크가 입맛을 돋우었다. 하지만 그것을 보는 이젤의 표정은 그다지 좋지 않았다.

"단 거 좋아하지 않았나?"

손으로 턱을 괸 채 미소를 짓고 있는 그의 모습에 왠지 모르게 울컥 심술이 치솟았다.

"전하께서는 어떻게 알고 오신 겁니까?"

"전하라니? 듣는 귀가 많다. 지금 그 모습이면 주인님이라는 단어가 더 맞지 않겠나?"

그의 농담에 이젤의 눈썹이 꿈틀했다. 하지만 현장에서 딱 걸린 상황이라 뭐라 변명할 말이 떠오르지 않았다.

이젤이 평민 여인의 옷을 입고 나온 것처럼 그 또한 평소와는 다른 수수한 옷을 입고 나와 있었다. 하지만 애초에 황제의 자식으로 태어나 황태자로 자란 사람이었기에 레너드의 분위기는 여전했다.

'그에게 보이는 내 모습은 어떨까?'

그에게 처음으로 보여 주는 자신의 모습에 떨리면서도 무서웠다. 언제나 기사인 이젤만 보아 왔던 그였다.

볼 것이라고는 하나도 없는 그녀의 모습에 실망하고 있을지도 모른다.

무릎 위에 올려놓았던 이젤의 손이 주먹을 쥐었다.

그를 이런 곳에서 만날 줄 알았다면 좀 더 신경을 썼을 것이다. 물론 지금까지 사내로 살아온 그녀가 아무리 예쁘게 꾸민다 한들 다른 여인들에 비해 많이 부족하다는 것은 알고 있었다.

하지만 이 순간만큼은, 적어도 지금은 이젤은 그에게 여인으로 보이고 싶었다.

"전…… 아니, 주인님은 왜 여기에 계시는 것입니까?"

"차 식는다. 우선은 차부터 마시고 이야기하지."

대답을 회피하는 그의 말에 이젤의 눈썹이 꿈틀댔다. 하지만 그런 그녀의 반응과는 달리 잔에 입술을 갖다 댄 레너드는 희미한 미소를 짓고 있었다.

몸이 좋지 않아 하루 쉰다는 말을 했을 때는 미심쩍어하면서도 마지못해 허락했었다. 그런데 저런 모습으로 성 밖에서 돌아다니고 있을 줄은 상상조차 하지 못했다. 여인의 옷과 그것에 맞게 꾸민 이젤의 모습이 어떨지 궁금했으나, 막상 눈으로 보니 생각보다 제법 어울렸다.

"먹고 이야기해도 늦지 않다."

레너드의 말에 그의 눈치를 보던 이젤이 결국 포기한 듯 수저를 들었다.

단 걸 좋아하는 이젤답게 차보다도 먼저 하얀 케이크를 수저로 떠 입에 넣었다. 퉁명스럽던 입가에 단 것이 들어가자마자 부드러운 곡선이 만들어졌다.

케이크에 눈을 반짝이는 이젤의 모습이 그제야 또래의 여인으로 보였다.

그의 입가에 자신도 모르게 미소가 지어졌다.

"자. 이젠 왜 그 모습으로 이곳에 있는지 이야기해 봐라."

작은 케이크가 순식간에 사라지고 어느 정도 식은 홍차를 마시고 있던 이젤의 움직임이 멈추었다. 잔을 내려놓은 이젤의 시선이 소리 없이 옆으로 향했다.

"이젤, 여기서 도망가면 성에서처럼 쉽게 놔주지 않는다."

돌아가던 눈동자가 다시 소리 없이 레너드를 향했다. 그 모습에 그가 피식 웃음을 터트렸다. 또래의 여인으로 보이는 것은 그렇다 쳐도 그를 보는 이젤의 표정은 성과는 달리 다양했다.

손으로 턱을 받친 레너드가 이젤이 말을 꺼낼 때까지 기다렸다. 결국 이리저리 눈을 굴리던 이젤이 결국 도망가길 포기한 듯 조곤조곤 성을 나와 있었던 일을 전부 보고했다.

"작은 철광밖에 없는 이튼에 철이 넘쳐 난다라……."

"그리고 이번에 대장간을 차린 대장장이들은 영주가 사 온 용병들 사이에 껴서 들어온 사람들입니다. 그들이 말하기를, 대장장이가 아니라 용병으로 영지에 들어오면 대장간을 차릴 때 내는 세금도 면제해 주겠다는 영주의 조건이 있었다고 합니다."

"철의 값도 싸고, 만드는 즉시 구입을 해 주는 영주도 있으니 그들로서는 나쁜 조건이 아니겠지. 이튼에 철을 매입한 흔적은 없었으니 결국 할 수 있는 추리는 나라에 신고하지 않은 철광산이 있을 것이라는 가설이군. 최악은 이튼의 영주 로젠이 역모를 일으킬 계획이라는 것이고."

역모라는 말에 이젤이 주변을 빠르게 훑었다. 다행히 둘의 대화를 듣는 사람은 없었다.

"민란이라는 것도 결국 로젠이 꾸민 자작극일 확률이 높겠군."

"민란이 수습되지 않았다는 핑계로 나라에서 자금을 받을 수도 있고, 무엇보다도 용병이나 무기를 사 모아도 문제가 되지는 않을 테니까요. 하지만……."

무엇이 걸리는지 이젤이 말을 흐렸다. 그녀를 보고 있던 레너드가 알겠다는 듯 입꼬리를 올렸다.

이튼은 실질적으로 레너드의 동생인 바렌의 수중에 있는 영지였다. 그런 곳에서 역모를 준비하고 있다는 소리는 주범은 황제의 아들이자 레너드의 동생인 바렌이라는 소리였다.

"나름 재미있는 집안이지 않은가? 미친 아버지에 미친 아들 셋. 하나는 미쳤고, 하나는 황제가 시키는 대로 꼭두각시처럼 움직이고 있고, 나머지 하나는 아버지를 향해 검을 겨누고 황제의 자리를 내놓으라 하고 있지."

레너드의 말에 이젤의 말문이 막혔다. 바늘 하나도 안 들어갈 것 같았던 레너드의 마음 한편을 자신도 모르게 본 기분이었다.

아무렇지 않다는 듯 말했지만 그의 안에서 느껴지는 감정은 지독한 상처였다. 본의 아니게 그의 상처를 건드린 것 같은 기분에 이젤의 고개를 숙였다.

"죄송합니다. 제가 실수한 것 같습니다."

모르는 척하고 넘어가도 될 일임에도 이젤은 그러지 않았다. 그에게는 더 이상 상처도 무엇도 아니었던 것. 하지만 이젤에게는 그렇지 않은 듯했다.

어차피 형제의 우애 따위는 없다. 하지만 그 쓸모없는 우애를 팔아 그녀와 조금 더 있을 수 있다면 레너드는 얼마든지 이용할 수 있었다.

"그렇게 신경 쓰이면 오늘 하루는 나에게 줘도 되겠군."

"네?"

"내가 조사할 것을 네가 전부 했으니 밖으로 나온 의미가 사라졌다. 나로서는 헛걸음을 한 게 되어 버렸으니 다른 걸 가져 볼 생각이다."

불길한 기분에 무슨 생각이냐고 물어보려는 찰나, 레너드가 앉아 있던 의자에서 일어났다.

"이만 일어나자."

다른 것이 무엇이냐고 물으려던 이젤이 일어나는 레너드 때문에 질문 타이밍을 놓쳐 버렸다. 결국 묻는 대신 이젤이 그를 따라 몸을 일으켰다.

"기사 이젤보다는 지금의 이젤이 더 마음에 든다."

레너드를 따라가던 이젤의 걸음이 멈추었다. 그를 보며 막연히 떨리던 심장이 터질 듯 쿵쾅댔다.

그에게 여인으로 보이고 싶었던 것은 진심이다. 하지만 막상 원하는 대로 이루어지니 몸이 떨려 걸음을 뗄 수 없었다.

이젤이 움직이지 않자 앞서 걸어가던 레너드의 걸음이 멈추었다.

그저 바라보고 있는 시선임에도 두근거렸다. 그를 바라보기만 할 뿐, 아무것도 할 수 없었다.

"이젤."

레너드의 목소리에 이젤이 숨을 삼켰다. 그를 따라 걸어야 한다. 아무 일도 없다는 듯 그가 걷는 그 길의 뒤를 따라야 했다. 바로 앞까지 다가온 레너드가 이젤을 바라보았지만 그것만으로도 온몸의 피가 머리로 쏠리는 기분이었다.

이젤을 보고 있던 레너드가 자신의 손으로 그녀의 손을 잡았다.

"전, 아니 주인님. 이건!"

그의 온기에 당황하여 밀어내려는 순간, 이곳이 성 밖이고 주변에 둘을 의식할 누구도 없다는 것을 깨달았다.

돌아갈 나라도 있고, 이러면 안 된다는 것도 알았다.

하지만 자꾸 억눌러 오고 참아 왔었던 것이 이 사람 앞에서는 무의미해졌다.

이끄는 감정대로, 마음이 끌리는 대로 따라가고 싶다. 딱 한 번만, 아니 생애의 처음으로 선택이라는 것을 할 수 있다면 지금 이 손을 잡고 싶었다.

잡혀 있던 손을 빼내는 대신 레너드의 손을 이젤이 감쌌다. 놀란 것도 잠시, 미소를 지은 레너드가 능숙하게 이젤을 에스코트하였다.

심장이 터질 듯 두근거렸다. 바로 옆에 있을 뿐인데도 마음을 잡을 수 없었다.

본래의 의지와는 달리 그의 품에서 눈을 떴던 날, 부정하던 마음이 결국 답이었다는 것을 깨달았다.

'난 이 사람에게 끌린다.'

언제부터 시작된 감정인지는 알 수 없었다.

절대 아니라며 부정하고 외면하였다.

같은 하늘 아래 공존할 수 없는 사람. 누구보다도 위험하고 잔인했기에 절대로 피해야 했던 사내였다.

물이 흐르듯 감정이 변했다. 함께할 수 없을 것이라 생각했던 사내가 언제부터인가 곁에 머물고 싶은 사람이 되어 있었다.

그에게 그녀가 어떤 존재인지는 알 수 없었어도, 그저 호기심으로 관심을 보이는 여자일지 몰라도 이젤은 레너드의 옆에 있고 싶었다.

그를 가지고 싶었다.

"오늘은 날이 아닌 것 같습니다."

암담해하는 이젤의 말을 들으며 레너드가 피식 미소를 지었다. 구름 한 점 없이 맑았던 날이었기에 이렇게 갑자기 비가 내릴 줄은 그조차도 상상조차 하지 못했다.

이젤의 손을 잡고, 사람들 사이를 걸어 다녔다. 여인과 이렇게 걸어 본 적은 없었기에 지금 느끼는 기분이 생소했다.

적어도 예고도 없이 퍼붓는 소나기만 아니었다면 그러했던 기분은 좀 더 오래갔을 것이었다.

"곧 그치겠지. 신경 쓰지 마라."

주변에는 여관조차 보이지 않았다. 결국 둘은 누구의 집인지도 모를 지붕 아래서 잠시 비를 피하고 있었다.

지붕의 안쪽에 있는 이젤은 주룩주룩 내리는 비에서 자유로웠지만 그녀에게 자리를 내주느라 외곽에 있는 레너드의 어깨는 지붕에서 흐르는 비로 젖어 있었다.

그 모습을 보고 있던 이젤이 있던 자리에서 한 걸음 나왔다.

"전하, 안쪽으로 오십시오. 계속 그렇게 비를 맞으시면……."

당장에라도 그에게 지붕을 양보하고 밖으로 나가려는 이젤을 레너드가 말렸다.

안절부절못하는 이젤을 지붕 안의 벽으로 밀어 놓은 레너드가 고개를 저었다.

"도대체 너란 녀석은 정말……."

"전하, 무슨 소리를 하시는 건지 모르겠습니다만 그렇게 계시면 비에 젖습니다."

"나보고 마음에 둔 여자를 비나 맞게 하는 못난 사내가 되라는 것이냐? 여기는 궁도 아니고, 지금의 너는 기사의 모습도 아니니 쓸데없는 고집부리지 마라."

허점을 노리듯 들어오는 그의 말에 이젤이 숨을 삼켰다. 말은 없었지만 그에게 보여 주는 표정에서 속마음이 모두 보였다. 벽에 이젤을 가둔 레너드의 손이 그녀의 뺨에 닿았다.

전이었다면 거절했을 그의 손길을 빨개진 이젤이 받아들였다. 무슨 변화인지는 모르나 밀어내고 외면하던 행동이 바뀌어 있었다.

"그래도 조금은 안으로 계십시오. 바로 그칠 비는 아닌 것 같습니다. 혹여나 감기라도 걸리시면…… 우선은 한 걸음이라도 안으로 들어오십시오."

본인은 아니라고 하겠지만 기사를 잠시 내려놓은 이젤은 자극할수록 귀여웠다.

하지만 조금이라도 더 자극하면 그대로 터져 버릴 것같이 빨개진 그녀의 표정에 레너드가 몸을 돌려 그녀의 옆에 섰다.

"비가 그치지 않네요."

곧 그칠 것 같았던 비가 끊임없이 내렸다. 예상치 못했던 비라 당황했던 것도 잠시, 지붕 아래서 마냥 내리는 비를 보니 그것도 나름 이젤의 기분을 설레게 하였다.

레나에서는 비조차 제대로 보지 못할 정도로 갇혀서 살아왔다. 누군가의 그림자로 사는 것 이외의 삶은 용납될 수 없는 것이었다.

볼모로 끌려온 카델이었지만, 그 안에서 조금씩이나마 자신의 삶이 만들어졌다.

이제는 성과를 올려도 그녀만의 것이었고, 실수를 해도 그녀만의 책임이었다.

자신만의 삶.

"이런 곳에서 이렇게 비를 보게 될 줄은 몰랐습니다."

"카델에서 비를 보는 게 신기하다는 것인가?"

뜬금없는 이젤의 말에 레너드가 반문하였다. 그의 물음에 이젤이 아니라는 듯 고개를 저었다.

지붕 끝에 손을 들자 몇 방울의 비가 손바닥에 똑똑 떨어졌다. 그저 내리는 비일 뿐이었다. 하지만 무엇이 즐거운지 이젤의 입가에는 작은 미소가 지어져 있었다.

"출전하라면 출전을 했고, 집에 대기하고 있으라면 막연히 방에서 기다렸습니다. 비가 와도, 날이 좋아도 그런 것을 보며 감상에 젖는 것은 제 것이 아니라고 생각했었거든요. 레나에서는 제가 겪는 모든 일은 제 것이 아니라 동생 것이라 생각했기에 더 그렇게 자신을 외면하며 살아왔습니다."

"……."

"이름을 받아도 달라질 것은 없다고 생각했는데…… 이런 모습으로 어딘지도 모르는 곳에서 비를 피하고 있으니…… 누가 뭐라 해도 이건 제가 겪는 저만의 삶이지 않습니까? 별것도 아닌데도 그냥 기분이 그렇습니다."

손에 비를 받은 채 미소 짓고 있는 모습이 영락없이 여인의 모습이었다. 그럼에도 그녀를 보는 레너드의 표정은 좋지 않았다.

차라리 그처럼 자신만을 생각하고 살았으면 저런 상처 따위 없었을 것이다. 하지만 여인, 그것도 귀족 신분의 여인이 그럴 수 없다는 것은 그도 알고 있었다.

철저히 타인에 의해 살아온 삶. 충분히 그럴 수밖에 없다는 것을 알면서도 불편했다.

"진짜 재미없게 살았군."

레너드의 말에 동그랗게 눈을 뜬 이젤이 갑자기 웃음을 터트렸다.

"하하. 그러게요."

무엇이 그렇게 재미있는지 허리까지 굽혀 가며 이젤이 웃음을
삼켰다. 한참을 그렇게 웃던 이젤이 눈 끝에 맺혀 있는 눈물을
닦았다.

"진짜 재미없게 살았네요."

입은 웃고 있었지만 촉촉한 눈 끝에는 눈방울이 맺혀 있었다.
손가락으로 눈물을 닦아 낸 이젤이 옆에서 느껴지는 시선에 고
개를 돌렸다.

레너드의 시선에서 느껴지는 분위기가 이젤의 마음을 끌었다.
기사와 주인이 아닌 그저 여인과 사내로만 느껴졌다. 불경이고
불충인 생각이었으나 지금의 레너드는 이젤에게는 그저 사내, 그
뿐으로 다가왔다.

"웃으니 아름답다. 하지만 이제는 그렇게 웃지는 마라."

눈가에 고여 있던 것이 사내의 손에 묻어 사라졌다. 크게 떠
졌던 눈에 또다시 물이 가득 차올랐다.

"네가 그렇게 웃고 있으니 아프다."

꾸밈이라고는 전혀 없는 고백이 그녀를 흔들었다. 언제부터
그와 입술을 맞추고 있었는지 기억나지 않았다. 강제로 빼앗기고
빼앗던 전과는 달랐다. 그를 밀어내는 대신 조심스러운 손길이
그의 뺨을 쓸고는, 수줍어하던 팔을 들어 그의 목을 감았다.

허리를 감는 레너드의 손길에 몸이 떨렸다. 밀착된 몸에서 느
껴지는 그의 온기에 눈물이 울컥 치솟았다.

오랫동안 머물던 입술이 떨어졌다. 레너드를 바라보는 이젤의 눈은 더 이상 떨리지 않았다. 붉게 달아오른 이젤의 입술을 레너드가 엄지로 쓸었다.

피하고 외면하던 이젤이 그제야 그를 마주 보기 시작했다.

입술을 쓸던 손가락이 얼굴을 지나 어깨를 잡았다.

상기된 이젤의 뺨에 가볍게 입술을 맞춘 그가 자신의 자리를 찾듯 이젤의 입술에 입을 맞추었다.

그의 품에 이젤이 한 걸음 안으로 들어왔다.

이튼의 영주로 있는 로젠은 황제의 최측근이라는 소리를 듣는 것을 즐겼다. 그만큼 로젠은 능력이 있었고, 그렇기에 바렌의 영지 중 가장 중심적인 위치인 이튼을 맡아 지금까지 문제없이 운영해 왔다.

그랬던 그에게 레너드는 얼마든지 제 손안에 가지고 놀 수 있는 상대였다. 물론 황제의 자리를 위협하는 존재 중 단연 압도적이었지만, 그래 보았자 제 나이의 반도 먹지 않은 젊은 황태자였다.

문제라고는 전혀 없는 문서와 절대 찾을 수 없는 증거라면 어쩔 수 없이 되돌아갈 것이라 생각했다.

"지금 무슨 말씀을 하시는 것입니까? 민란에 참여한 이들을 모두 잡아들이시겠다는 것입니까?"

"굳이 영지를 좀먹는 이들을 내버려 둘 이유가 없지. 민란 자체가 이튼의 분위기를 가라앉게 하고 있다면 원인을 제거하는 건 당연한 것. 사나흘 내로 황궁에서 기사단이 내려올 것이다."

"전하! 하지만 그들은 농민이옵니다."

"그전에 카뎰에 악영향을 주고 있는 이들이겠지. 처음부터 그대가 이튼의 민란을 제대로 수습했다면 이렇게까지 나설 필요도 없는 일이었다."

"전하! 그들을 잡아들이면 이튼의 상황이 더욱 나빠질 수 있습니다."

"우두머리만 베어 버리면 소란은 잠잠해질 터, 그 이후의 일은 그대의 역량에 달린 것이겠지."

레너드의 말에 로젠이 입술을 깨물었다. 설마 그가 민란이고 뭐고 다 제거하겠다며 움직일 줄은 생각지 못했다.

이대로 민란이 끝나 버리면 곤란했다. 목표로 한 무기의 양이 채워지고, 이곳에 있는 대장장이들을 모두 처리한 후에 민란을 정리할 생각이었다.

현재 민란에 투입된 인력은 로젠이 직접 심어 놓은 기사들이었다.

민란을 가장하여 바렌을 위한 충분한 병사와 무기를 준비해 놓는 것. 그것이 바로 황제가 로젠에게 내린 명령이었다.

"전하, 그리할 수는 없습니다! 그건 안 될 일입니다."

어떻게든 설득하려는 로젠의 영주가 레너드에게 호소하였다. 하지만 그가 레너드에게 안 된다는 말을 꺼내려는 순간, 임시

로 마련된 집무실 밖에서 이젤이 와 있다는 시종의 말이 들려
왔다.

"로젠, 더 할 말이 있는가?"

공기를 자를 수 있으면 당장에라도 반으로 나눌 것 같은 레너
드의 서늘한 말에 로젠이 결국 자리에서 일어났다. 대기하고 있
던 시종이 문을 열자 밖에 대기하던 이젤이 옆으로 물러나 몸을
숙였다. 화가 잔뜩 난 로젠이 이젤의 인사를 받는 둥 마는 둥 거
칠게 걸어 나갔다.

그가 완전히 모습을 감추자 이젤이 조심스럽게 문을 닫고 안
으로 들어왔다.

로젠이 나가고 이젤이 들어오자 레너드가 피곤한지 의자에 몸
을 깊게 묻었다.

그의 모습에 가져온 서류를 책상에 내려놓은 이젤이 다가왔
다.

"괜찮으신 것입니…… 악!"

팔을 잡히고 그의 코앞까지 끌려왔다. 레너드의 무릎에 앉혀
진 것에 비명을 지른 것도 잠시, 목에 느껴지는 그의 호흡에 이
젤의 몸이 빳빳하게 굳었다. 도망가지 못하도록 품에 이젤을 가
둔 레너드가 그제야 편안한 숨을 내쉬었다.

"지금 뭐하시는 것입니까?"

눈을 찡그린 이젤이 레너드를 밀어냈다. 하지만 레너드는 꿈
쩍도 하지 않았다.

아니, 도리어 레너드가 안은 팔에 힘을 주었다. 약간의 틈도

없이 그에게 밀착된 이젤이 낮게 외쳤다.

"지금의 저는 기사입니다! 그리고 이러다가 시종이라도 들어오면 어쩌시려는 것입니까!"

"누가 황태자의 방에 멋대로 들어온단 말인가?"

안겨 있는 이젤의 목을 레너드의 입술이 깊게 눌렀다. 언제 풀린 것인지 단추가 풀린 셔츠 사이로 보이는 쇄골이 그의 시선을 끌었다. 안 된다며 도망가려는 이젤의 허리를 팔로 감은 레너드가 파인 쇄골에 입술을 묻었다.

그러자 이젤의 몸이 떨림과 긴장으로 빳빳하게 굳었다. 손에서 느껴지는 긴장에 레너드가 피식 웃음을 터트렸다.

"힘 빼라."

"와서 보고하라고 하신 분은 전하셨습니다! 하지만 이게 보고는 아니지 않습니까? 문 밖의 시종에게 들립니다. 놓아주십시오!"

당황한 이젤이 어떻게든 도망가려 하였다. 그런 이젤에게 작은 틈도 내주지 않은 레너드가 그녀의 귓불에 짧게 입 맞췄다.

"안의 소리가 밖까지 들리지 않는다. 그리고 내 사정거리에 알아서 걸어 들어온 건 너다. 잡힌 이상 가만히 있어."

단정하게 묶은 머리끈을 풀어내자 긴 백금발이 어깨와 허리에 흐트러지듯 내려왔다. 품에 얼굴을 묻고 있던 레너드가 고개를 들어 앞의 이젤을 바라보았다.

손가락으로 볼을 찌르는 것만으로도 연기가 폴폴 날 것같이 빨개진 모습이 귀여우면서도 매혹적이었다.

"나의 이젤."

도망가려던 이젤의 움직임이 레너드의 그 한마디에 멈추었다. 토끼 눈으로 그를 바라보는 이젤의 시선에 그가 피식 미소 지었다.

어깨를 감싸고 있던 팔을 푼 레너드가 이젤의 새하얀 목을 어루만졌다. 어찌할 바를 모른 채 레너드가 하는 대로 가만히 있던 이젤이 결국 질끈 눈을 감았다.

"나의 하나뿐인 이젤."

말이 족쇄가 되어 이젤을 휘감았다. 목을 어루만지던 손길이 이젤의 하얀 뺨으로 올라왔다. 아직은 그의 손길이 떨리고 어색했지만 한편으로는 그녀를 감싸 주는 그의 온기가 좋았다.

그가 매만지는 곳곳이 불에 닿은 듯 뜨거웠다. 처음으로 사내에게 허락하는 접촉, 온몸을 휘감는 떨림에 숨을 쉴 수 없었다.

"이젤."

레너드의 부름에 감고 있던 이젤의 눈이 떠졌다. 방에 들어올 때보다도 창백해진 얼굴에 레너드가 피식 실소를 지었다.

"이제 그만 숨 쉬어라."

"후우."

레너드의 말에 숨을 참고 있던 이젤이 길게 숨을 내쉬었다. 얼굴을 만진다며 숨까지 멈추는 그녀의 모습에 레너드가 미소를 지었다.

"숨을 쉬지 말라고는 하지 않았다."

"전하께서 그렇게 하시면 제가……!"

"제가?"

약 올리듯 말을 잡는 그의 모습에 이젤이 입을 다물었다.

비가 내렸던 그날부터 레너드와 이젤의 위치가 조금이지만 바뀌었다. 여전히 사람들 앞에서 그는 황태자였고 이젤은 기사였지만, 그 틀에서 한 걸음 벗어나면 처음으로 상대에게 호감을 느끼는 사내와 여인이었다.

"내가 내 여인을 만지는데 뭐가 문제지?"

"전하께서는!"

"……전하께서는?"

능글맞은 미소를 짓는 레너드의 모습에 이젤이 울컥하였다. 하지만 그녀가 화가 났다는 것을 알면서도 재미있다는 듯 레너드는 미소를 짓고 있을 뿐이었다.

윈스턴에 대한 감정이 일방적이고 돌려받을 수 없는 것이었다면, 레너드에 대한 감정은 그와는 반대였다. 누군가에게, 특히 사내에게 감정을 보인 적이 없는 이젤이 무뚝뚝하게 굴어도 대수롭지 않다는 듯 그는 자신의 감정을 마음껏 이젤에게 보여 줬다.

"전하께서는 저를 너무 어린애 보듯 하십니다."

종종 레너드는 둘만 있으면 수줍어하는 이젤을 놀리기 시작했다. 처음으로 받아 보는 사내의 감정에 떨렸지만 한편으로는 그녀를 어리게만 보는 레너드의 행동에 화가 나기도 했다.

항의하듯 눈을 치켜세우는 이젤에게 무슨 소리냐는 듯 레너드가 어깨를 으쓱 올렸다.

"어린애 보듯 한다라…… 실제로도 나보다는 어리지 않은가?"

"그래도 열여덟입니다! 성인식도 레나에서 치렀······ 읍."

종알종알 화가 났다며 말하는 행동조차 귀여웠다. 사내처럼 키워졌지만 사내에 대해서는 아무것도 모르는 이젤은 항상 그를 자극했다.

당황하며 그를 밀어내는 손 따위 손목째로 잡아버렸다. 안 된다며 도망가려는 허리를 다시 품 안으로 당겼다. 맞닿은 입술이 무어라고 웅얼거렸으나 그의 귀에는 아무것도 들리지 않았다.

"시종······ 이라도······ 들어오면."

레너드의 혀에 반쯤은 엉킨 상태로 이젤이 힘겹게 말을 꺼냈다. 누군가가 본다며 밀어내기는 했어도 레너드의 스킨십을 거부하거나 외면하지 않았다. 천천히 시작된 감정이었지만 이미 이젤의 감정을 확인한 이상 뜸들이고 싶지 않았다.

상기된 뺨에 흐릿해진 눈의 이젤이 아무것도 모르는 사람처럼 그를 흔들었다. 아무도 만지지 못했던 과실을 혼자서만 독차지하는 기분, 그 미묘한 소유욕이 그를 자꾸 자극하였다.

당장에라도 자신의 것으로 만들고 싶은 욕구가 치밀었지만 때가 아니었기에 그는 참아 냈다. 참기 힘든 유혹이었으나 아직 시기가 아닌 것을 욕심에 가질 정도로 무모하진 않았다.

열기에 뜨거워진 아랫입술을 살짝 깨문 레너드가 마음껏 탐하고 있던 입술을 뗐다.

차가운 산소를 안으로 넣듯 이젤이 가쁜 숨을 내쉬었다. 의자에 몸을 기대고 있던 레너드가 이젤의 팔을 끌었다. 부끄러워하면서도 말없이 이젤이 그의 품에 안겼다.

그의 허리를 감싸는 이젤의 팔도, 그의 가슴에 얼굴을 기대고 있는 그녀의 감촉도 좋았다. 레너드의 품에 안긴 이젤이 홍조가 가득한 얼굴로 조심스럽게 입을 열었다.

"명령하신 보고서도 보셔야……."

"눈 아프다. 나중에 보겠다."

레너드의 말 한마디에 품에 안겨 있던 이젤이 벌떡 몸을 일으켰다. 바로 치료사를 데려오겠다는 시선에 그가 미소를 지었다. 카델의 누구도 레너드를 이렇게까지 걱정하지 않았다.

누군가에게 마음을 받는다는 것. 가장 순수한 걱정을 받는 기분은 지금까지 레너드가 느껴 본 감정 중에 가장 짜릿했다. 몸을 일으킨 이젤을 다시 끌어 품에 안았다.

"별것 아니다. 신경 쓰지 마라."

"어젯밤에도 제대로 주무시지 않으셨잖습니까?"

"흠."

정곡을 찌르는 물음에 레너드가 회피하듯 답을 하지 않았다. 그를 보고 있던 이젤이 결심한 듯 질끈 눈을 감고는 가는 팔로 레너드의 어깨를 감쌌다. 레너드의 어깨에 얼굴을 묻은 이젤이 등을 어루만지며 나지막이 말했다.

"별것 아니라고 하실 수 있으나 그러다 몸이라도 상하실까 두렵습니다. 제발 무리하지 마십시오."

이젤의 얼굴을 볼 수는 없었지만 그녀에게서 들려오는 말투에서 어떤 표정을 짓고 있을지 눈에 선했다. 많은 여인들이 사탕발림으로 해 주는 말 한마디, 사내로 살아온 그녀가 꺼내기 쉽지 않다는 것을 알고 있었다.

레너드의 입가에 최근 자주 짓는 미소가 생겨났다.

그녀와 있으면 아무런 사심 없이 즐겁게 웃을 수 있었다.

유일하게, 곁에 있어도 마음 편히 쉴 수 있는 여자였다. 부드러운 이젤의 등을 어루만지며 레너드가 편안히 눈을 감았다.

이젤을 보낸 후, 레너드가 서랍 깊숙이 넣어 놓았던 서류를 꺼냈다. 제목조차 쓰여 있지 않은 표지를 넘기자 빼곡한 글씨가 서류 가득 채워져 있었다.

윈스턴의 중독. 페로단이 레나의 왕에게 이젤을 요구한 것.

그리고 왕의 움직임과 레나의 상황이 빼곡히 적혀 있었다.

「레나에 일이 생기면 보내 주십시오.」

비가 그치고 돌아오면서 한참을 고민하던 이젤이 레너드에게 요구한 것이었다.

「이기적인 선택이고, 우유부단한 결정이라는 것은 알고 있습니다. 하지만 저의 생애에 처음으로 한 맹세였습니다. 오래 걸리지 않을 것입니다. 레나의 일이 마무리된다면 무슨 수를 써서라도 되돌아오겠습니다.」

그를 보는 시선에 깃들어져 있는 결심이 단호했다. 우직할 정도로 올곧은 이젤이 답답했지만 그런 그녀를 먼저 원한 것은 레너드였다.

「저에게도 듣는 귀가 있고 보는 눈이 있습니다. 하지만 그렇기에 전하를 믿겠습니다. 레나에 일이 생기면 전하께서 직접 저를 보내 주십시오. 제 전부를 걸고 맹세하겠습니다. 반드시 돌아오겠습니다. 저의 마지막은 전하의 곁이 될 것입니다.」

한 걸음 물러난 타협. 하지만 그녀가 할 만한 타협이었기에 레너드는 그녀의 요구에 고개를 끄덕였다.

이젤에게 레나라는 존재는 윈스턴을 빼면 아무것도 아니었다. 윈스턴만 없어져 버리면 그만일 것. 하지만 이번 중독은 윈스턴에게도, 이젤에게도 좋지 않았다.

머리가 아픈지 레너드가 미간을 손가락으로 눌렀다.

"이젤은 믿지만 레나는 믿을 수가 없다."

이젤은 자신의 말한 것은 반드시 지켰다. 그걸 알기에 레너드는 누구보다도 이젤을 믿었다. 하지만 페로단은? 레나의 왕은? 마지막으로 윈스턴은 믿을 수도 믿고 싶지도 않았다.

그렇기에 레너드는 카델로 들어오는 레나의 편지를 전부 막아 버렸다. 이젤이 그에게 온 지도 벌써 반년, 윈스턴과 페로단은 이젤과 연락을 주고받기 위해 수없이 많은 시도를 하였다. 그들의 편지 어디에도 그녀를 걱정하는 내용은 없었다. 윈스턴이 보낸 편지에도 몇 줄의 안부를 묻는 내용일 뿐, 둘의 편지는 마치 한 사람이 쓴 것처럼 똑같았다.

레나로 돌아와서 자신의 사람이 되어 달라는 것.

이젤의 진심은 믿는다.

하지만 이젤이 레나로 돌아가는 순간, 그들은 무슨 수를 써서라도 이젤을 잡고 늘어질 것이다.

"감히 너희들 따위가……."

의자의 팔걸이에 올려놓은 손에 힘이 들어갔다.

초반에는 레나만을 생각하며 무작정 거부하던 이젤이 이제야 자신을 돌보고 스스로의 감정에 솔직해지기 시작했다. 여전히 표정은 굳어 있었지만 단둘이 있을 때는 종종 편안한 미소를 보여 주었다.

그렇게 이젤이 바뀌려는 찰나에 레나의 상황이 급박하게 변하기 시작했다. 병약했던 윈스턴이 쓰러지면서 귀족과 왕 사이의 갈등이 점점 극에 달하고 있다는 보고가 있었다.

이젤이 말하는 레나의 일, 바로 지금이 그 상황이었다.

고심하던 레너드가 서류들 사이에 끼워져 있던 편지를 꺼내었다.

윈스턴이 이젤에게 보내온 편지. 그 안에는 뒷일은 책임질 터이니 이젤에게 레나로 돌아오라는 것이었다.

'속국의 왕태자가 무엇을 책임질 수 있다는 것인가?'

윈스턴이 죽든 살든 결국 절벽으로 몰리는 것은 이젤이 될 것이었다. 누군가를 책임지려면 그만한 힘이 있어야 한다. 하지만 레너드의 눈에 보이는 윈스턴은 그러한 힘도, 능력도 없었다.

결국 자리에서 일어난 레너드가 들고 있던 편지를 촛불에 가까이 댔다.

불에 활활 타오르는 편지를 보는 레너드의 눈이 무미건조했다.

"이젤에게 레나는 필요 없다."

훗날 이 일로 그녀가 그를 원망할지도 몰랐다. 왜 약속을 지키지 않았느냐며 절규를 할지도 몰랐다.

하지만 그는 후회하지 않았다. 어설픈 권력 싸움에 그녀가 또 상처 입고 무너질 것이라면 애초에 그런 여지 따위 없애버리는 것이 현명했다.

누구와도 공유할 수 없는 존재.

그렇기에 레너드는 이젤을 지킬 생각이었다.

레나의 이젤도, 카렐의 이젤도 아니었다.

이제 레너드의 이젤이었다.

이튼에서 머문 지 사흘이 지나고, 내일이면 레너드가 직접 부른 황태자의 기사단이 민란을 진압하러 이튼으로 내려올 예정이었다.

강경하게 나오는 레너드에게 밀린 로젠은 민란을 저지른 이들을 설득하겠다며 성을 비웠다. 레너드의 군대가 오기 전에 그들을 숨기려는 속셈이었지만 이쪽으로써도 나쁜 일이 아니었기에 성을 나가도록 내버려 두었다.

로젠이 나가자 기다렸다는 듯 레너드는 자신의 기사들에게 명령을 내렸다.

그의 명령은 가짜로 만들어 놓은 서류가 아닌 로젠의 진짜 서류를 찾는 것. 레너드가 직접 뽑아서 데려온 기사답게 그들은 능숙한 솜씨로 병사들을 따돌리며 의심이 가는 곳을 뒤지기 시작했다.

가장 가능성이 큰 집무실로 향한 다른 기사들과는 달리 이젤이 향한 곳은 5년 전 죽은 영주부인의 방이었다.

레너드가 나누어 준 성의 지도, 그리고 주변 시종들과 하녀들에게 들은 정보를 조합하면 가장 의심스러운 곳은 그곳이었다.

사람이 없는 방 앞에 서 있는 병사를 보며 이젤은 자신의 생각에 확신을 가졌다.

다행히 늦은 밤이었기에 보초를 서고 있는 병사들은 반쯤 잠에 빠져 있었다. 기척 없이 달려간 이젤이 검집으로 병사의 복부를 후려쳤다.

"컥."

습격을 인지하기도 전에 병사가 바닥에 쓰러졌다. 갑작스러운 상황에 옆에 있던 병사가 검을 빼기 위해 손을 가져갔다. 하지만 검에 손이 닿기도 전에 이젤이 병사의 목을 내려쳤다.

방을 지키고 있던 병사 셋이 순식간에 바닥에 쓰러졌다. 그들을 적당한 곳에 가둔 이젤은 부인의 방으로 들어갔다.

"로젠과 부인의 사이는 좋지 않았다."

그럼에도 로젠은 부인의 방을 치우지도, 없애버리지도 않았다. 대부분 영주는 부인이 죽으면 방을 새로 꾸미거나 그것도 아니면 그냥 방치하는 경우가 일반적이었다. 하지만 로젠은 사이가 좋지도 않았던 부인의 방을 하녀를 배치하여 정성껏 관리하도록 하였다.

최대한 기척을 감추며 이젤이 부인의 방을 뒤지기 시작했다.

하지만 얼마 지나지 않아 서랍을 열고 있던 이젤이 순식간에 검을 뽑아 뒤로 휘둘렀다.

베어지는 감촉 대신 검과 검이 팽팽히 만났다. 희미한 빛에 누구인지는 알 수 없었지만 마주한 검으로는 상당한 실력을 갖춘 자였다. 처음의 공격이 막히자 이젤은 검에 힘의 방향을 틀었다. 그때, 상대가 이젤이 비튼 방향의 반대로 검을 움직였다.

다시 팽팽히 부딪친 검, 만만치 않은 상대의 실력에 이젤은 이를 악물었다. 팽팽히 맞대고 있는 검을 밀어낸 이젤이 다시 공격하려는 찰나, 몇 걸음 떨어져 있던 상대가 단숨에 그녀 앞으로 달려왔다.

검으로 공격하는 것이 어렵다 생각한 이젤이 팔꿈치로 상대를 후려치려는 순간, 그녀의 팔을 잡은 상대가 벽으로 그녀를 밀었다.

"이젤, 그만하자."

"전하?"

익숙한 음성에 공격하려던 이젤의 움직임이 멈추었다. 한 걸음 가까이 다가가자 검을 들고 있는 레너드의 모습이 보였다. 당황한 이젤이 한 걸음 뒤로 물러났다. 그 순간, 그녀의 팔이 서랍장 위의 화분을 건드리고 말았다. 기대고 있는 벽이 이상하다는 것을 느끼려는 찰나, 움직이는 벽이 둘을 삼켰다.

움직이던 벽이 멈추고, 한 치 앞도 보이지 않는 밀실에서 이젤이 자리에서 일어났다. 달빛이라도 있었던 방과는 달리 밀실은 아무런 빛도 없었다. 손을 뻗어 벽이 어디 있는지 찾은 이젤이 조심스럽게 주변을 손으로 짚어 같이 들어온 레너드를 찾았다.

익숙하지만 설레는 촉감이 느껴지자 이젤의 입가에 안도의 미소가 떠올랐다.

"전하, 괜찮으십니까?"

어떻게 부인의 방에 그가 있었는지는 중요치 않았다. 안부를 확인하듯 이젤이 레너드를 불렀다. 하지만 그녀의 물음에 언제나 여유롭게 답을 하던 레너드가 지금만큼은 아무 말도 하지 않았다.

"전하?"

불안한 이젤이 그의 이름을 조심스럽게 불렀다.

하지만 레너드는 여전히 말이 없었다.

자신을 놓기 전의 카일은 어린 레너드를 누구보다도 아꼈다. 그의 보호가 아니었다면 열다섯이 될 때까지 레너드는 황제에 의해 살아남지 못했을 것이었다.

황제를 상대할 힘이 없었기에 죽은 듯 몸을 숙였다. 무능을 온몸에 두르고, 외면하고 감추는 것을 먼저 배웠다. 몸을 사리고 죽은 듯이 지내다 보면 카일이 황제에 오르는 그날, 황궁을 떠나 조용히 살 수 있을 것이라 믿었었다.

그렇게 믿으며 15살까지 버틴 레너드의 생일에 황제가 마치 큰 자비를 내리듯 달콤한 제안을 해 왔다.

「내가 풀어놓은 병사들 사이에서 두 시간만 버티면 황궁을 나가게 해 주마.」

믿지 못하는 레너드에게 황제는 선심을 쓰듯 인장이 찍힌 명령서를 그에게 건네었다.

한 번의 모험. 그것 하나만으로도 황궁을 나갈 수 있다는 생각에 레너드는 황제의 제안을 받아들였다.

아무것도 보이지 않는 암실, 그 안에서 황궁을 나가겠다는 일념으로 악착같이 버텨 냈다. 달려드는 병사를 베고, 병사에 의해 다친 상처를 참아 내며 검을 휘둘렀다. 그렇게 두 시간만 참아 내면 원하는 대로 황궁을 나갈 수 있을 것이라 굳게 믿었다.

거의 시간이 다 되어 갈 때쯤, 누군가의 몸이 레너드의 어깨를 쳐 내었다. 갑작스러운 공격에 레너드의 몸이 흔들렸다. 다시 자세를 잡으려는 찰나, 적의 검이 레너드의 어깨를 베었다. 지금까지 상대하던 병사들과는 그 수준이 달랐다. 날카롭고 순식간에 공격해 오는 검을 막으며 레너드가 이를 악물었다.

그가 아무리 발악을 해도 앞의 상대를 이길 수 없다. 어차피 2시간만 참아 내면 되는 것, 결국 레너드는 그가 생각할 수 있는 마지막 수를 썼다.

상대의 검이 레너드의 복부를 깊게 베었다. 동시에 레너드의 검이 상대의 어깨를 찔렀다. 복부의 상처에 무너진 레너드와는 달리 어깨만을 다친 상대의 검이 다시 레너드의 심장을 찔렀다.

"아악!"

온몸을 관통하는 고통에 레너드가 비명을 질렀다. 그리고 순간, 위에 있던 적의 움직임이 멈추었다.

"레……니?"

익숙한 애칭이 상대에게서 들려왔다.

"카일…… 형? 쿨럭."

입 안으로 역류하는 피에 레너드의 목소리가 잠겼다.

그리고 그 순간, 암실의 문이 열리며 황제가 모습을 드러냈다.

레너드를 찌르고 있는 카일, 그리고 그 모습을 보며 재미있다며 웃음을 터트리는 황제.

흐려 가는 정신 속에서 레너드는 이제야 자유로워질 수 있겠다는 생각을 하였다.

차라리 죽어 버리면 이 지옥 같은 현실에서 벗어날 수 있을 것이라 믿었다.

하지만 레너드의 바람과는 달리 일주일 후 그는 깨어났다.

그리고 그를 살리기 위해 전력투구한 치료사에 의해 모든 일을 듣게 되었다.

황제의 음모에 의해 레너드가 목숨을 위협받고 있다는 소식을 들은 카일은 주저 없이 암실로 들어섰다. 누가 누구인지 알 수 없었던 방 안, 레너드는 무기도 없이 들어갔다는 말을 믿은 카일은 자신과 무기를 맞대는 모든 사람을 베었다.

그리고 궁극적으로 황제의 의도대로 카일은 레너드의 심장을 찔렀다.

황위를 물려받을 장남에게 레너드를 제 손으로 죽이게 함으로써 황제는 카일을 한 단계 발전시키려 하였다.

하지만 아끼던 동생을 제 손으로 죽이려 했다는 충격으로 카일은 자신을 놓았다. 그렇게 아끼던 장남이 그렇게 되어 버렸다는 것에 자책한 황제가 처음으로 레너드에게 황궁을 나가도 좋다는 허락을 하였다.

하지만 허락을 한 황제의 앞에서 레너드는 황궁을 나가는 대신, 황제의 명령서를 찢어 버렸다.

그렇게 바뀐 그의 삶. 이제는 그때의 악몽에서 벗어났다고 생각했다.

아무것도 보이지 않는 밀실, 지금 있는 곳은 황궁의 그곳은 아니었지만 이미 레너드에게는 그때 느꼈던 공포가 자리 잡기 시작했다.

크게 뜬 눈의 동공이 수축되었다. 몸을 떨지는 않았지만 차가워진 손이 핏줄이 도드라지도록 굳게 쥐어져 있었다.

지금은 그때와 다르다는 것을 알고 있었다. 하지만 이성적인 머리와는 달리 몸은 이성적으로 반응하지 않았다. 숨조차 제대로 쉬지 못할 정도의 압박에 레너드가 천천히 무너져 내리려 하였다.

"전하!"

멀지 않은 곳에서 들리는 날카로운 소리가 레너드의 뇌리를 스쳤다. 굳은 듯 멈춰 있던 눈이 미성을 듣자마자 움직였다.

차가운 바람에 손의 온기는 식어 있었지만 그럼에도 뺨에 닿는 그녀의 감촉이 온화했다.

반응은 있었지만 여전히 말이 없는 레너드가 걱정이 되는 듯 이젤이 그의 심장에 귀를 기울였다. 그녀의 온기가 닿을 때마다 굳었던 몸이 언제 그랬냐는 듯 풀어졌다.

그를 움켜쥐고 있던 더러운 것들이 바로 앞에서 느껴지는 온기에 서서히 사라져 갔다.

"어디라도 다치신 줄 알았습니다. 괜찮으셔서 다행입…… 전하?"

닿아 있던 이젤의 팔을 끌어 품 안에 안은 레너드가 그녀의 어깨에 얼굴을 묻었다. 굳어 있던 심장이 격하게 뛰기 시작했다.

그의 변화에 놀란 이젤이 뭐라 말하려는 찰나, 레너드가 긴 한숨을 내쉬었다.

"어두운 건 질색이다."

레너드의 말에 이젤이 숨을 삼켰다. 싫어하는 것은 하나도 없어 보이는 그에게도 이런 면이 있을 줄은 상상도 하지 못했다. 그의 반응이 새로우면서도 신경이 쓰였다.

그에게 끌린다. 그에게 시선이 고정되었고, 그를 보며 심장이 떨렸다.

언제부터였을까? 알 수는 없었다.

그녀의 중심에 그가 서게 되었다.

"전하, 잠시 눈을 감았다가 떠 보십시오."

이젤의 말에 무슨 소리인가 하면서도 레너드가 얌전히 눈을 감았다가 다시 떴다. 그러자 희미하게나마 그의 품에 안겨 있는 이젤의 모습이 보였다. 레너드의 손이 윤곽만 보이는 이젤의 뺨을 쓸었다.

좀 전보다는 그의 반응이 나아지자 이젤이 자신도 모르게 미소를 지었다.

"레나에서 저를 키워 준 유모가 알려 준 방법입니다. 아버지께서 어둠에 익숙해져야 한다면서 자주 방에 가두셨던지라……처음에는 아무것도 보이지 않아 무섭지만 이렇게 여러 번을 하면 제법 시야가 돌아옵니다."

이젤의 얼굴을 볼 수는 없었지만, 눈썹을 찌푸리며 억지로 미소를 짓고 있는 표정이 떠올랐다. 그만큼이나 상처가 많은 이젤이었다. 그것을 드러내면서까지 그를 걱정하는 이젤의 감정에 심장이 울렸다.

"네가 자꾸 탐이 난다. 가지고 싶어."

정확히는 알 수 없었지만 그를 바라보는 이젤의 눈이 커진 것처럼 보였다. 당장에라도 기사의 옷을 벗기고 자신의 여인만으로 두고 싶었다.

"전하, 지금은 그런 말을 하실 때가……."

안고 있던 팔을 푼 레너드가 차가운 이젤의 뺨에 입을 맞췄다. 불시에 느껴지는 그의 온기에 이젤이 자신도 모르게 고개를 숙였다. 사내의 모습 사이사이 보이는 여인의 모습이 유난히도 고왔다.

"하지만 지금은 때가 아니니까. 걱정하지 마라. 공사를 구분하지 못할 정도로 바보는 아니다."

이젤의 뺨을 가볍게 어루만진 레너드가 고개를 돌려 주변을 둘러보았다. 기밀 서류는커녕 가구 하나 없이 텅 빈 방의 모습에 레너드의 눈이 좁아졌다.

"아무것도 없군."

"이곳에 있다고 생각했는데 잘못 짚은 것 같습니다."

"잘못 짚은 게 아니라 제대로 짚은 거다. 뼛속까지 황제의 사람이라는 소리를 듣고 싶어 하는 놈이 증거가 될 만한 서류를 만들어 놓았을 리가 없지."

무언가 아는 듯한 레너드의 말에 이젤의 눈이 그를 향했다.

그때, 그들을 가두었던 벽의 반대편에서 부산한 사람들의 움직임이 들려오기 시작했다.

"이젤, 만약 눈엣가시 같은 존재가 악착같이 살아남아 네 목을 노린다면 너는 어떻게 하겠는가?"

뜬금없는 레너드의 물음에 이젤이 고개를 갸웃했다. 하지만 곧 레너드의 물음에 이젤은 짧게 답하였다.

"먼저 처리하겠습니다. 죽을 수는 없으니까요."

주저 없이 나오는 그녀의 대답에 레너드의 입가에 미소가 감돌았다.

모든 것을 다 포용하고 받아 주는 것 같아도 이젤은 욕심이 강했다. 선한 척하며 전부를 잃는 바보보다는 어떻게든 자신의 것을 지키려는 여인이 레너드에게는 필요했다. 더군다나 이젤은 선택하고 결정하는 데 주저라고는 전혀 없었다.

어느 자리에 있더라도 그녀는 잘 헤쳐 나갈 것이다. 그걸 알기에 점점 더 빠져들었다.

"이튿에 오기 전에 내가 했던 말 기억하나?"

미끼가 될 테니 지키라고 했었던 레너드의 말을 떠올린 이젤이 고개를 끄덕였다. 검을 다시 잡은 이젤이 날카로운 눈으로 열리는 문을 노려보았다. 굳게 닫혀 있던 문 사이로 비치는 빛 너머로 로젠과 병사들이 비릿한 미소로 짓고 있었다.

"이런 선택을 하게 될지는 몰랐습니다, 전하."

"난 네가 이런 선택을 할 것이라 생각하고 있었다. 민란을 수습하러 갔다는 황태자가 사고로 죽는다면 황제의 입장에서는 제법 괜찮은 그림이거든."

"폐하를 위해서이기도 하지만 카델을 위해서입니다, 황태자 전하. 저 또한 전하와 이러고 싶지는 않았으나 제 주군이 당신을 죽이라 명하시니 따라야지요."

검을 빼 든 로젠이 레너드를 향해 살기 어린 미소를 지었다. 대충 봐도 이삼십 정도 되는 병사들이 둘을 향해 무기를 겨누고 있었다.

로젠을 보고 있던 레너드가 떨어뜨렸던 검을 다시 들었다. 두어 번 검을 돌린 레너드가 로젠에게 차갑게 말했다.

"죽일 생각이라면 전력으로 달려들어야 할 것이다. 황태자를 시해하려한 죄의 대가는 목숨이다."

"쳐라!"

로젠의 말이 끝나자 병사들이 둘에게 달려들었다. 동시에 둘의 검이 병사를 향해 춤을 추었다.

병사의 비명이 방 가득 울렸다. 밀실에 몰아넣고 황태자를 제거하려 했던 로젠의 계획은 레너드와 이젤이 병사를 제압하고 밀실 밖으로 나오면서 틀어졌다.

검제이니 검성이니 해도 결국은 인간이었다. 훈련 시킨 병사들의 수로 밀어붙이면 충분히 둘을 제압할 수 있을 것이라 예상했다.

하지만 압도적인 실력 차이, 더군다나 일말의 자비도 없이 휘두르는 검에 로젠이 공을 들여 키워 온 병사들은 우후죽순으로 쓰러졌다.

"뭐 하는 것이냐! 어서 죽이란 말이다!"

병사들의 뒤에서 로젠이 비명을 질렀지만 그것에 대한 대답은 레너드를 공격하던 병사의 잘린 머리였다.

"이히익."

기괴한 비명을 지르며 로젠이 한 걸음 더 물러났다. 아무리 훈련을 시켰다 한들 둘은 다수의 전투에서 살아남은 이들이었다. 애초에 상대가 되지 않았다.

일시적인 소강상태가 되자 레너드가 시야를 가리는 피를 닦아 냈다. 눈을 돌려 옆에 있는 이젤을 보니 가쁜 숨을 내쉬지만 할 만한 듯 다가오는 병사를 매서운 눈으로 보고 있었다.

"이만 포기하시지요. 그러신다고 이튼에서 나가실 수 있을 것이라 믿으시는 것입니까?"

병사들의 뒤에 있는 로젠이 몸을 떨면서도 레너드를 위협했다. 그의 행동에 레너드가 냉소하였다.

"병사들 뒤에 숨어 있는 것치고는 말은 용감하군."

"겨우 기사 하나와 전하뿐입니다. 무엇을 믿고 이렇게 반항하시는 것입니까? 어차피 여기서 죽는 것은 전하이십니다."

자신 있어 하는 로젠의 말에 레너드가 실소를 하였다. 로젠을 노려보던 시선을 돌려 창밖을 바라보았다.

하늘 꼭대기에 떠 있는 달, 이제 시간이 되었다.

"로젠, 그대는 내 머리를 내일 올 기사단에게 꼭 보여 주고 싶은 것 같군."

"그래야 전하의 죽음에 분노한 기사단이 남아 있는 민란의 잔재를 해결할 테니까요. 그렇게만 된다면 제가 처리해야 할 것까지 전하의 기사단이 해결하지 않겠습니까?"

의기양양한 로젠의 말 너머로 미약한 울림이, 많은 인원이 움직이느라 들리는 굉음이 레너드의 귀에 천천히 들려왔다. 이젤 또한 느낀 듯 시선을 창으로 돌렸다.

둘의 반응에 이상한 것을 느낀 로젠이 그들의 시선이 향해 있는 창으로 고개를 돌렸다. 하지만 로젠의 귀에는 아무것도 들리지 않았다.

"로젠, 내 기사단을 제재 없이 통과시켜 줘서 고맙군."

"무슨 소리를 하시는 것입니까? 전하."

의아해하는 로젠의 모습을 보며 레너드가 입꼬리를 올렸다. 그때, 거칠게 문이 열리며 병사 하나가 다급히 외쳤다.

"영주님! 중앙에서 온 기사단이 성에 들어오고 있습니다!"

병사의 말에 이해가 안 된 로젠이 그럴 리가 없다며 고개를 저었다. 그 순간, 로젠의 뒤에 있던 레너드가 피식 웃으며 입을 열었다.

"황제의 명으로 왔다 하니 별생각 없이 성문을 열었겠지."

창백해진 로젠이 비명을 지르려는 순간, 레너드의 팔이 움직였다. 그러자 눈앞에 병사의 어깨에서 피가 뿜어져 나왔다.

그것을 시작으로 이젤의 검 또한 다시 병사를 향해 휘둘러졌다. 이제는 방에 있어도 충분히 알 수 있을 정도로 굉음이 밖에서 울려 퍼졌다. 거칠게 문이 열리고, 안으로 들어온 루칸과 기사들이 로젠의 병력을 향해 거침없이 무기를 휘둘렀다.

잠시 후, 성 아래의 병사들을 모두 제압한 루칸과 기사들이 레너드 앞에 한쪽 무릎을 꿇었다. 그리고 생포된 로젠 또한 포박된 상태로 레너드 앞에 무릎을 꿇었다.

"절 데려가도 들으실 수 있는 것은 아무것도 없습니다."

이를 갈며 말하는 로젠에 레너드가 차가운 표정으로 그를 노려보았다.

"너에게 무엇을 듣는단 말인가? 애초에 너는 시키는 대로 했을 뿐, 그 이상의 가치는 없지."

"……."

"하지만 성질 급한 바렌이 가만히 앉아 있을 리 없지."

"그, 그런!"

"데려가라."

안 된다며 발악하는 로젠을 우악스럽게 붙잡은 병사들이 거칠게 끌고 나갔다. 그리고 그때, 이젤의 귀에 날카로운 파공음이 들렸다.

"전하!"

이젤이 레너드의 앞을 막자, 동시에 레너드가 이젤을 안고 몇 걸음 뒤로 물러났다.

레너드가 서 있던 그 자리를 관통하여 벽에 박히는 화살. 그리고 이어서 날아온 화살이 정확히 로젠의 목에 박혔다.

"컥!"

비명조차 제대로 지르지 못한 채 로젠이 절명하였다. 순간 일어난 일에 기사들은 당황했지만 벽에 박힌 화살을 본 레너드는 담담했다.

"생각보다 빨리 왔군."

레너드의 말이 끝나자 어두운 복도에서 사내가 느긋하게 걸어왔다.

갈색 머리카락에 녹색 눈, 레너드보다는 어렸지만 풍겨 나오는 분위기는 레너드 못지않게 위험하고 음산했다. 그의 등장에 막고 있던 기사들이 양옆으로 몸을 옮겼다. 안고 있던 이젤을 풀어 준 레너드가 걸어오는 사내를 차가운 눈으로 바라보았다.

둘 사이에 만들어진 길로 걸어온 사내가 활을 잡은 상태로 손을 흔들었다.

"안녕, 형님."

녹색 눈을 가진 사내가 빙긋 웃었다. 생긴 모습은 레너드와는 조금은 달랐지만 짓고 있는 냉소는 그와 똑같았다.

바렌 로즈.

레너드의 동생이자, 카델 황제의 마지막 황자가 빙긋 웃었다.

❖

연회장 가득 울려 퍼지는 음악이 분위기를 돋우었다. 이름도 알 수 없는 수많은 음식들과 어디서 데려왔는지 새로운 복장의 무희들이 기사들 사이를 오가며 흥겹게 춤을 추었다.

수도에서 봐 왔던 연회와는 전혀 다른 모습에 레너드의 뒤에 서 있던 기사들의 눈에 흥미로운 빛이 가득했다.

하지만 그들과는 달리 이젤의 눈은 가라앉아 있었다. 고요한 눈이 향하고 있는 곳은 바렌과 마주앉아 있는 레너드와 그의 주변에 착 달라붙어 있는 두 명의 여자였다.

마치 자신을 눕혀 달라는 듯 끈적끈적하게 매달리는 모습이 역겨웠다. 하지만 무엇보다도 화가 나는 것은, 그녀가 보고 있다는 것을 알면서도 레너드가 그녀들을 제재하지 않는다는 것이다.

핏줄이 도드라지도록 이젤이 손에 힘을 줬다. 입술이 하얗게 되도록 이젤이 입을 악물었다.

그녀의 반응을 아는지 모르는지 바렌이 건네는 잔을 받으며 레너드가 무심히 말했다.

"너는 여전하군."

"뭐가? 아! 여자 좋아하는 거? 당연하잖아. 살결 만지는 재미도 있고 말이야."

술을 따르는 여자의 가슴을 주무르며 바렌이 진한 미소를 지었다. 그의 행동에 레너드가 대수롭지 않다는 표정으로 잔을 들었다. 그러자 옆에 있던 여인이 진한 미소를 흘리며 그의 잔에 술을 채웠다.

"왜 옆에 있는 것들이 마음에 들지 않아? 나름 형님의 입맛에 맞는 애로 고른 건데. 바꿔 줄까?"

"바렌."

나지막이 나오는 그의 말에 대들고 있던 바렌이 잠시 몸을 떨었다. 하지만 곧, 바렌이 웃음을 터트렸다.

"그렇게 부르지 마. 형님이 그렇게 부르면 겁나거든."

"겁난다는 놈이 잘도 황제랑 뒤에서 주머니를 차고 있었군."

"밑져야 본전이잖아. 운이 좋아 형님이 죽으면 차기 황태자는 내가 될 수 있고, 그게 아니더라도 이번 기회에 형님과 대항할 기반을 마련할 수도 있으니까 말이야."

"그래서 그 늙은이를 부추겼다?"

"그 늙은이가 먼저 제안한 거라고 해 주면 안 될까? 아직 그 늙은이와는 손을 잡아야 하거든."

헤실헤실 미소를 짓는 바렌을 보며 레너드가 냉담히 잔을 비웠다.

카일과는 달리 레너드와 바렌의 거리는 멀다 못해 위험했다.

"그래서 이제 내 목을 칠 준비가 되었다?"

"그렇게 생각하고 있었는데 예상하지 못한 걸 형님이 데려왔더라고."

갑작스러운 시선에 레너드를 보고 있던 이젤이 고개를 돌려 바렌을 바라보았다.

검성이라 해도 결국 사람일 뿐이었지만 이젤이라는 존재는 미묘하게 바렌을 자극하였다.

여린 체구나 계집처럼 하얀 피부가 걸리는 것은 아니었다. 다만 사내치고 조용하고 고요한 분위기에서 나오는 매력이 있었다. 무엇보다도 레너드를 죽이기 위해 로젠과 같이 움직였던 병사들은, 바렌이 특별히 훈련 시킨 최정예였다. 레너드 혼자였다면 제거되었을지도 모르는 상황, 그게 이젤의 개입 하나로 틀어져 버렸다.

"검성이라…… 난 형님과 달리 모험은 하지 않아. 안전한 게 최고거든. 저 검성이 어떤 역할을 하게 될지도 모르는데 힘이 조금 모였다고 바로 형님에게 검을 들이밀 수는 없지. 형님은 궁에 있는 늙은이와는 달리 날 진짜 죽일 거잖아."

뒤틀린 바렌의 미소가 레너드를 향했다. 그의 미소에 상관없다는 듯 레너드가 의자에 몸을 맡겼다. 흥겨운 연회도, 유혹하는 무희의 몸짓도 지금의 상황에는 아무런 도움도 되지 않았다.

살쾡이와 호랑이.

사람의 모습을 하고 있는 둘이었으나 주변의 기사들에게 바렌과 레너드는 그렇게 보였다. 당장에라도 무기를 잡고 상대를 죽일 것 같은 일촉즉발의 분위기, 몇몇 기사들은 자신도 모르게 허리춤에 차고 있던 검에 손을 갖다 대었다.

그때, 팽팽한 분위기를 깨듯 바렌이 박수를 몇 번 쳤다.

"형님하고 오랜만에 만났는데 칼부림을 할 수는 없지."

"칼부림을 하고 싶다면 마음대로 해라. 하지만……."

"……."

"양팔은 내어 준다 생각하고 검을 뽑아라."

레너드에게서 나오는 살기가 주변을 압도하였다. 춤을 추던 무희도, 끈적끈적하게 붙어 있던 여인들도, 마지막으로 둘의 주변에 서 있던 기사들까지도 옴짝달싹도 못 하게 했다.

한 마디라도 잘못 말하면 그대로 목이 떨어질 것 같은 위험한 분위기.

레너드의 살기를 느끼며 바렌이 마른침을 삼켰다.

무기를 모으고 용병을 모았다 한들 현재의 레너드는 강했다. 가볍게 찔러 보려고 했던 도발이 검이 되어 바렌의 목을 겨누었다.

'잘못 건드렸나?'

소리를 치지도, 검을 휘두르지도 않았지만 이미 그는 화가 날 대로 나 있는 상태였다.

난감해하는 바렌이 어떻게 해야 할지 감을 잡지 못할 때, 가까이에 있던 이젤이 고개를 돌려 말없이 레너드를 바라보았다. 압도적인 살기에도 괜찮은 듯 레너드가 이젤을 볼 때까지 조용히 시선을 보냈다.

잠시 후, 바렌을 보던 레너드의 시선이 이젤을 향했다. 오가는 시선 속에서 레너드가 몸 밖에 풀었던 살기를 거둬들였다.

그리고 재빠르게 바렌이 항복하듯 손을 들었다.

"미안. 실수였어. 화내지 말라고 형님."

느물느물하게 그를 자극하는 바렌이 짜증 났다. 어차피 피로만 연결되어 있을 뿐, 황제에 의해 형제들은 철저히 분리되었다.

타인보다도 더 먼 존재. 하지만 외면하는 건, 바렌 또한 황제의 자리를 노리고 있기에 불가능하였다. 레너드의 화를 풀어 주기라도 하듯 옆에 있던 여인이 다시 유혹하는 미소로 그의 팔에 몸을 기대 왔다.

연회가 다시 시작되고, 모두들 시답지 않은 이야기를 하며 대화를 이어 나갔다.

무시하는 레너드와는 달리, 바렌은 흥미로운 듯 눈을 빛내며 레너드와 이젤을 번갈아 바라보았다.

제대로 화가 난 레너드를 막을 수 있는 사람은 아무도 없었다. 그런데 검성이라는 이가 바라보자마자 조용히 살기를 갈무리하였다.

흥미로웠다. 분명 둘의 사이에 무언가 있었다.

"형님, 근데 연회에 대결이 빠지면 재미없지 않아?"

바렌의 말에 무슨 생각이냐는 듯 레너드가 미간을 좁혔다. 바렌이 두어 번 손을 치자 어느 정도 실력이 있어 보이는 기사들이 연회장 안으로 들어왔다.

"난 형님과 검을 들고 싸울 생각은 없어. 하지만 기사 대 기사는 재미있잖아. 이래 봬도 저기에 있는 놈들은 내가 공을 들여 키운 놈들이거든."

"그래서 무슨 말이 하고 싶은 거지?"

"사랑하는 동생을 위해 검성의 실력을 한번 보여 주는 건 어때?"

생각지 못했던 바렌의 제안에 레너드의 눈이 좁아졌다. 레너드의 표정에 위험한 미소를 지은 바렌이 이젤을 쳐다보았다.

"검성이라면 5명 정도는 가뿐하겠지?"

"바렌."

"고작 기사잖아. 실력을 본다고 닳는 것도 아니잖아."

막무가내로 주장하는 바렌의 말에 레너드의 미간이 좁아졌다. 애초에 이번 연회도 이젤의 실력을 보기 위함이었던 것일지도 몰랐다.

무엇보다도 이런 말도 안 되는 소모전에 이젤을 끌어들이고 싶지 않았다.

바렌의 제안을 거절하기 위해 레너드가 입을 열려는 찰나, 그의 뒤에 있던 이젤이 한 걸음 앞으로 나왔다.

"전하께서 허락하신다면 하겠습니다."

이젤은 연회에서 즐기는 대련을 좋아하지 않았다. 아니, 노골적으로 여인을 유혹하기 위한 눈속임 같은 대련을 극도로 싫어했다. 사람을 해칠 수 있는 검이라면 적어도 서로가 거짓 없이 실력을 겨룰 수 있는 전쟁터가 나았다.

하지만 지금은 그런 것을 따질 만큼 이젤은 편하지 않았다.

레나 왕과 페로단의 명으로 전쟁터에 나갔고, 살아남기 위해 악착같이 버텨 냈다. 그렇게 한 번, 두 번 전쟁터에서 살아남으니 어느새 검성이라 불리기 시작했다.

그녀는 그저 기사로서 싸우고 살아남았을 뿐이었다. 검성이라 불리기를 원하지도 않았고, 연회장에 있는 사람들의 구경거리가 되기를 바란 적도 없었다.

무엇보다도 기사인 이젤은 절대로 다가갈 수 없는 레너드의 곁을, 제 것인마냥 붙어 있는 여인의 모습을 보고 싶지 않았다.

기사도, 여인도 억울하게 느껴지는 지금을 이젤은 견딜 수 없었다. 도발이 목적인 대련이라도 해야 지금의 감정을 털어 낼 수 있을 것 같았다.

"악!"

비명을 지른 기사가 피가 뿜어져 나오는 팔을 붙잡으며 쓰러졌다. 바렌이 호언장담한 대로 이젤을 둘러싼 기사의 기량은 뛰어났다. 잠시라도 방심하면 다치는 것은 이젤이 될 터, 하지만 지금의 그녀는 그 모든 것을 무시할 정도로 분노했다.

목으로 들어오는 기사의 검을 비껴 내며 이젤이 공격하는 기사의 품으로 이동하였다. 미처 검을 회수하지 못한 기사의 복부를 검으로 후려친 이젤이 연이어 기사의 턱을 손잡이로 후려쳤다.

다섯 중 네 명의 기사가 이젤의 검에 쓰러졌다. 혼자서 다섯을 상대하고 있었지만 이젤은 숨소리조차 흐트러지지 않았다.

애정을 받고 있어도 이젤은 공식적인 자리에서 절대 레너드의 곁에 여인으로 머물 수 없었다. 그녀에게 기사는 절대 포기할 수 없는 것이었다. 이 상황이 어쩔 수 없다는 것을 알고 있음에도 레너드의 곁에 다른 여인이 머무는 모습을 보니 눈이 뒤집혔다.

바렌과 술잔을 기울이는 그에게 여인이 작은 목소리로 속삭였다. 한쪽 손은 어깨에 올리고 다른 손은 팔을 잡고, 깊게 파인 가슴골 사이에 레너드의 팔을 묻었다. 그리고 그의 반대편, 거의 안기듯 매달린 여인이 비어 있는 그의 잔에 술을 따랐다.

울컥. 치밀어 오르는 분노가 이젤을 다시 흔들었다. 전투 중에 다른 생각을 하면 안 된다는 것을 알면서도 밀물이 들어오듯 밀려오는 생각은 끝이 없었다.

'이런 게 투기인가?'

윈스턴의 옆에 있는 태자비를 보면서도 이런 감정을 느끼진 않았다. 애초에 넘봐서는 안 되는 사내라 생각했기 때문이었을까?

'그건 아니야.'

윈스턴만큼이나 레너드도 이젤에게는 다가가기 먼 존재였다. 둘의 차이라면 한 가지, 윈스턴은 이젤을 여인으로 보지 않았고 레너드는 이젤에게 거침없이 다가왔다는 것뿐이었다.

'어느 것도 놓을 수 없는 것은 나 자신이다.'

무엇하느냐는 바렌의 시선에 마지못해 달려드는 기사의 검을 받아치며 이젤이 입술을 깨물었다. 레너드의 곁에 있는 한, 저런 모습은 얼마든지 보게 될 것이다.

'싫다.'

그의 곁에 머물 여인도, 그런 모습을 봐야 할 자신도, 마지막으로 이런 감정을 느끼고 있는 스스로의 모습도 전부 싫었다.

울컥 치솟는 감정에 기사의 검을 막고 있던 이젤이 입술을 깨물었다. 대련이었기에 가벼운 자상이나 타격만을 했던 이젤의 검이 기사의 허벅지를 찔렀다.

"아악!"

피를 뿜으며 기사가 자리에 쓰러졌다. 전의를 완전히 상실한 모습임에도 이젤의 검은 멈추지 않았다. 방향을 바꾼 이젤의 검이 기사의 어깨를 향해 쇄도해 갔다.

"그만해라!"

멀지 않은 곳에서 들려오는 목소리에 이젤의 검이 멈추었다.

"그 정도만 충분하다. 그만해라."

지금만큼은 레너드의 목소리조차 듣기 싫었다. 처음으로 느껴 보는 투기심이 이젤의 인내를 엉망으로 만들었다.

하지만 지금의 이젤은 기사. 주군인 레너드의 말을 거역할 수 없었다.

레너드의 시선을 외면한 채 이젤이 검을 거두었다.

"허락하신다면 이만 물러나겠습니다."

시선조차 마주하지 않는 이젤을 보며 레너드가 미간을 좁혔다. 바렌이 여자를 붙여 줬을 때부터 이젤의 기분이 좋지 않은 것을 알고 있었다.

작은 틈이라도 놓치지 않고 달려드는 바렌의 앞에서 이젤을 의식해 바뀐 모습을 보여 줄 수 없었다. 레너드를 의식하는 바렌은 넘겼지만 아쉽게도 이젤의 기분은 망친 듯했다.

"물러나라."

어차피 바렌에게 이젤을 계속 노출할 생각은 없었다. 로즈가의 사내들은 유난히 감이 좋았다. 지금까지는 검성이라는 것에만 관심을 가지고 있었지만, 이젤을 계속 보다 보면 그녀 특유의 분위기에 무언가를 느낄 확률이 있었다.

레너드의 허락이 떨어지자 꾸벅 인사를 한 이젤이 주저 없이 연회장을 떠났다.

"이야. 이름값은 하네. 형님이 일부러 데려올 만한데?"

여인의 엉덩이를 움켜잡으며 바렌이 흥미로운 미소를 지었다. 하지만 그의 반응에도 레너드는 잔의 술을 비울 뿐이었다.

끊임없이 옆의 여인을 희롱하며 바렌이 잔을 들었다.

무언가 확실치는 않았지만 미묘한 느낌이 들게 하는 기사였다. 가까이에서 보고 싶었지만 자칫하면 레너드에게 약점만 잡힐 것이었기에 바렌은 그 뒤로 이젤에 대한 이야기를 꺼내지 않았다.

'어차피 이곳에 있는 동안은 내 손안에 있는 거나 다름없으니까.'

비틀린 미소를 술잔으로 가리며 바렌이 날카로운 시선으로 레너드를 노려봤다.

바렌과 연회를 끝낸 레너드가 방으로 돌아왔다. 바렌에게 어떤 지시를 받았는지 뻔한 여인들이 레너드를 따라 방까지 들어왔지만 미리 명령을 받은 루칸에 의해 여인들은 쫓겨났다.

"이젤은?"

"숙소에서 쉬고 있습니다. 대련 중에 다치지는 않았습니다."

황궁을 떠나기 전이나 지금이나 레너드는 여전했다. 칼로 찔러도 피 한 방울도 안 날 것 같은 강인한 모습에 감정을 알 수 없는 표정 없는 얼굴 그대로였다.

다만 한 가지, 레너드도 모르는 유일한 변화는 이젤이 보이지 않으면 루칸에게 그녀의 상태를 묻는 것뿐이었다.

별것은 아닌 일이었으나 루칸의 대답에 따라 레너드의 분위기는 달라졌다.

"이젤을 부를까요?"

루칸의 말에 레너드가 고개를 저었다.

어렸을 때부터 강요된 삶을 살았기에 이젤은 감정을 드러내는 대신 숨었고, 나서는 대신 한 걸음 뒤에서 머물렀다. 그런 점이 좋았기에 이젤에게 마음을 준 것이었지만 시간이 지날수록 그러한 점이 그를 초조하게 만들었다.

"바렌은?"

"데리고 있던 여인들과 방으로 들어갔습니다."

관심이 없는 듯 행동했지만 바렌은 이젤에게서 무언가 느낀 것 같았다. 궁금한 게 있으면 절대 참지 않는 바렌이 이젤의 존재를 내버려 둘 리가 없었다.

당장에라도 품에 가지려 했던 빛. 하지만 이젤의 주변에 처리해야 할 것이 많았기에, 그리고 그녀 또한 시간이 필요했기에 시간을 두고 있었을 뿐이다.

그저 즐기고 버릴 여인이었다면 그런 배려 따위 하지 않았을 것이다. 오랫동안 곁에 두고 싶은 이젤이었기에 레너드로서는 처음으로 해 보는 양보였다.

그런데 원치 않는 존재들이 자꾸 그녀의 옆에 머물렀다. 흥미롭다며, 관심이 있다며 가만히 있는 이젤을 자꾸 들쑤셔 댔다.

"전하."

"나가 봐라."

레너드의 명에 몸을 숙인 루칸이 방 밖으로 나갔다.

이젤이 스스로 빛을 뿜을수록 본능적으로 사내들이 그녀에게 관심을 가졌다.

자신의 것에 관심을 가지는 시선 따위 기분 나빴지만 포용할 수 있었기에 참아 냈다.

하지만 이제는 그런 대단한 여유는 남지 않았다.

연회장을 빠져나가는 이젤에게서 느꼈던 기분이 그가 생각하는 것과 똑같다면 이제 레너드도 그녀를 그대로 둘 이유가 없었다.

고요한 레너드의 눈가에 천천히 탐욕이 스며들었다.

처음부터 자신의 소유였던 것. 그걸 취한다 한들 잘못될 일은 없었다.

시녀가 준비해 준 목욕물에 씻은 이젤이 젖은 머리를 말릴 겸 밖으로 나왔다. 무슨 생각인지는 몰라도 바렌은 레너드에게 궁 하나를 전부 내주었다. 바렌의 성안이었지만 그 안에 머무는 이들은 전부 레너드의 사람이었기에 이젤은 편안히 걷고 있었다.

사람이 없는 궁 밖을 걸으며 이젤이 숨을 깊게 들이마셨다. 시원한 바람이 몸 안 깊게 들어오니 그제야 굳어 있는 얼굴에 옅은 미소가 감돌았다.

어쩔 수 없다고 생각하면서도 울컥 치솟는 투기심에 어제부터 내내 힘들었다.

"머리 아파."

동생의 삶을 대신 살았을 때는 느끼지 못했던 감정. 더군다나 여인으로서의 감정은 이젤에게는 생소하고 두렵기까지 했다.

레너드는 이젤이 생각하는 것 이상으로 많은 것을 가지고 있는 사내였다. 겨우 자신 따위가 그를 독차지할 수 있을 것이라 생각하지는 않았었다.

답이 있는 고민임에도 마음만큼은 그 답을 받아들이고 싶지 않았다.

"이야. 그러고 있으니 여자라고 해도 믿겠는데?"

멀지 않은 곳에서 들려오는 목소리에 이젤의 걸음이 멈췄다.

언제부터 보고 있었는지 바렌이 가까이 다가왔다. 그의 모습에 이젤이 몸을 숙였다. 긴장한 이젤의 모습에 그가 싱긋 웃었다.

"괜찮아. 어차피 딱딱한 황궁도 아니잖아? 편하게 있어."

레너드보다는 어리고 가벼운 목소리였지만 카델에 머물면서 제일 먼저 배운 것은 황족인 로즈가의 사내를 믿지 말라는 것이었다.

바렌의 명대로 숙이고 있던 고개는 들었지만, 긴장을 풀지 않았다. 신중한 이젤의 태도에 바렌이 씩 입꼬리를 올렸다.

"형님이 좋아할 만하네. 레너드 형님은 나대는 사람을 좋아하지 않거든. 형님의 기사단은 있을 만해?"

"황태자 전하께서 배려해 주시기에 잘 지내고 있습니다. 저하."

"형님이 배려해 주는 게 아니겠지. 네가 현명하게 해 나가고 있는 거지."

생각지 못했던 말에 이젤의 눈이 커졌다. 활로 로젠의 목숨을 단번에 끊을 때와는 전혀 다른 모습이었다.

하지만 당황하던 이젤의 행동은 곧 원래대로 돌아왔다.

"과분한 칭찬 감사드립니다, 저하."

이젤의 대답에 도리어 놀란 바렌이 웃음을 터트렸다.

"아하하. 너 진짜 신중하구나. 이 정도로 칭찬하면 대부분 자신을 전부 보여 주던데 넌 다르네."

재미있다는 듯 바렌은 웃고 있었지만 이젤은 지금의 상황이 불편했다.

머리가 복잡하다고 생각 없이 걸은 것이 패인이었다. 바렌은 황제와 손을 잡고 레너드의 자리를 노리고 있는 자였다.

자칫 잘못 행동하면 바렌에게 약점을 잡힐 수 있었다.

"저의 불찰로 저하의 산책을 방해하였사옵니다. 이만 물러나겠습니다."

"왜? 난 즐거운데. 어차피 너도 걷고 있었던 거잖아. 좀 더 있어."

도망가려는 이젤을 바렌이 잡았다. 밖을 나온 자신의 행동을 후회해 봤자 이미 일은 일어난 뒤였다. 결국 바렌의 뒤를 이젤이 따르기 시작했다.

말이 오고 가는 산책은 아니었지만 한 걸음, 한 걸음이 가시밭길처럼 위태롭게 느껴졌다.

"그런데 보면 볼수록 예쁘네. 꾸며 놓으면 사내가 아니라 여자로 보겠어. 그런 이야기 자주 듣지 않아?"

가볍게 던지는 말이었지만 놀란 이젤의 심장은 바닥에 쿵 떨어지는 기분이었다. 순간 달라진 이젤의 분위기에 바렌이 고개를 돌렸다.

"무슨 말씀을 하시는 것입니까?"

소름 끼치도록 차가워진 이젤의 말투에 그녀를 보고 있던 바렌이 재미있다는 듯 웃음을 터트렸다.

"뭐야? 진짜 그런 이야기 많이 들어 본 거야? 킥킥. 별것도 아닌 말에 예민해하지 마. 그냥 농담이야."

"저하, 저는 기사입니다. 기사에게 예쁘다는 말은 어울리지 않습니다. 그런 말씀은 하지 말아 주십시오."

조심스러워하면서도 자기 할 말은 다 하는 이젤의 모습에 앞서가던 바렌의 걸음이 멈추었다. 뒤에 서 있는 이젤에게 가까이 다가온 바렌이 그녀를 빤히 바라보았다.

"카일 형님이나 레너드 형님이 유난히 예뻐한다기에 궁금했는데, 이거 생각보다 괜찮네."

이거라는 호칭에 이젤의 눈이 다시 가라앉았다. 배려하는 듯 보여도 바렌의 기본적인 행동이나 말투는 상대를 깔고 뭉개는 방식이었다.

냉정하고 차갑기는 했지만 상대를 존중하는 레너드와는 완전히 다른 모습이었다.

"허락해 주신다면 이만 물러나겠습니다."

"너, 나한테 올래?"

바렌의 물음에 이젤의 걸음이 멈추었다. 무슨 생각이냐는 이
젤의 시선에 바렌이 빙긋 웃었다.

"날 황제로 만들어 줘. 그럼 널 레나로 보내 줄게."

"못 들은 이야기로 하겠습니다."

자리를 피하려는 이젤의 팔을 바렌이 붙잡았다.

"레너드 형님은 자기가 가진 걸 절대 내놓지 않아. 널 레나로
절대 보내지 않을걸. 하지만 난 아니야. 어때? 나한테 올래?"

레너드는 자신이 가진 걸 내놓지 않는다. 바렌이 말하지 않아
도 이젤 또한 아는 사실이었다.

마음을 열었던 그날, 레나에 일이 생기면 보내 달라 했던 약
속을 지켜 주겠다던 그였지만 어쩌면 말뿐인 약속이었을 수도
있었다.

바렌의 말대로 레너드는 누구보다도 소유욕이 강한 사람이었
으니까. 카델에 오던 날, 레나는 이제 잊어버리라는 말을 했던
사람이 바로 그 레너드였다.

하지만 그럼에도 그를 믿었다. 레너드를 진심으로 마음에 두
었던 자신처럼, 그도 이젤에게 진심일 것이라 믿고 싶었다.

잡고 있는 바렌의 손을 정중히 떼어 내며 이젤이 고개를 숙였
다.

"제가 모시고 있는 주인은 황태자 전하이십니다. 이만 가 보

겠습니다."

"레나 안 궁금해?"

피하려는 이젤의 어깨를 바렌이 움켜잡았다. 이젤을 바라보는
바렌의 시선에 광기가 엿보였다.

"레나가 어떤 상황인지 난 이야기해 줄 수 있는데."

마치 레나에 무슨 일이 일어난 것 같은 말에 이젤의 눈이 흔
들렸다. 어쩌면 이젤을 속이려는 바렌의 못된 장난일지도 모른
다.

하지만 진짜 레나에 무슨 일이 일어난 것이라면 이젤은 알아
야 했다.

"레나에 무슨⋯⋯?"

"내 기사에게 무슨 짓이지?"

이젤의 물음이 끝나기도 전에 얼음보다도 더 차가운 물음이
둘 사이를 갈랐다. 굳어 있던 이젤의 시선이 소리가 들려오는 쪽
으로 향했다.

언제나 보아 왔던 냉정한 시선에 차가운 분노가 깃들어 있었
다. 지금의 상황에 이젤이 말하려는 찰나, 어느새 다가온 레너드
가 그녀의 팔을 끌어 자신의 뒤로 숨겼다.

당장 목이 베일 것 같은 두려운 분위기에 바렌이 어색한 미소
로 손을 들었다.

"헤헤, 형님. 쉬고 있는 거 아니었⋯⋯ 컥!"

"전하!"

순간 일어난 일에 이젤이 낮은 비명을 질렀다. 하지만 바렌의

목을 움켜잡은 레너드의 손에는 단단히 힘이 들어가 있었다.

"커헉. 형님."

"장난도 적당히 쳐야 봐주는 것이다."

"전하, 아무 일도 없었습니다! 여기는 황궁이 아닙니다! 참으셔야 합니다."

진심으로 바렌을 죽이려는 레너드의 모습에 당황한 이젤이 그를 말렸다. 하지만 이미 화가 날 대로 난 레너드에게는 아무 소리도 들리지 않았다.

"형님의 것을 탐하는 동생 따위 이참에 죽이는 것도 나쁘지 않겠지."

"혀, 형님. 노, 농담이야…… 그, 그냥 농담일…… 뿐이라고."

"그래. 네가 하는 농담이 언제나 그따위라는 건 잘 알고 있지. 그래서 나도 농담으로 이러는 것이다."

목을 움켜잡고 있는 레너드의 손에 힘이 들어가자 창백해진 바렌이 다급히 레너드의 팔을 붙잡았다. 마침 이젤이 눈에 뜨였기에 재미삼아 접근해 보았다. 그러다 생각 외로 괜찮았기에 가져 보려 했을 뿐이었다.

그런데 재수 없게 상황을 들켜 버렸다. 걸린 이상, 무조건 잘못했다며 빌어야 했다.

지금까지 보아 온 바로 저 상태의 레너드는 바렌을 진짜 죽일 것이었다.

"자, 잘못했어. 안, 안 그럴게."

"전하, 저의 불찰입니다! 잘못했습니다!"

바렌의 말은 귀에 들어오지도 않았다. 하지만 참아야 한다며 절박하게 외치는 이젤의 목소리는 또렷이 들려왔다.

당장에라도 바렌을 죽일 것같이 움켜잡고 있던 레너드가 손에 힘을 뺐다. 컥 소리를 내며 얼굴을 숙이는 바렌의 뺨을 레너드가 주먹으로 후려쳤다.

"다음에는 봐주지 않겠다."

바닥을 흉하게 구른 바렌이 목을 붙잡고 연신 기침을 해 댔다. 일말의 동정도 느껴지지 않는 시선으로 바렌을 노려본 레너드가 뒤에 서 있는 이젤을 보았다.

"따라와라."

고통스러워하는 바렌을 잠시 본 이젤이 레너드의 명에 고개를 숙이고 따라갔다. 지금은 바렌보다도 자신을 걱정해야 할 상황이었다.

궁 안으로 성큼성큼 들어가는 레너드를 따라가는 이젤의 발걸음이 무거웠다. 실로 오랜만에 느끼는 레너드의 분노가 숨쉬기조차 힘들게 만들었다.

그의 방 앞까지 가자 다급히 나온 루칸이 무슨 일이냐는 시선으로 이젤을 쳐다보았다. 하지만 이젤이 입을 열기도 전에 돌아가라는 레너드의 명령이 먼저 나왔다.

서슬 퍼런 명령에 루칸이 몸을 돌리자마자 방에 들어간 레너드가 이젤의 팔을 끌었다.

문이 닫히자마자 내쉬는 숨조차 전부 삼킬 기세로 레너드가 이젤에게 입을 맞췄다. 당황한 이젤이 스스로도 모르게 그를 밀어냈지만 작정한 듯 그는 꿈쩍도 하지 않았다.

그를 밀어내는 팔이 거슬렸는지 이젤의 팔을 잡은 레너드가 벽에 단단히 눌렀다.

"하아. 하아."

한참을 탐하던 입술을 떼자 이젤이 격한 숨을 내쉬었다. 이게 무슨 짓이냐고 소리치려던 찰나, 레너드가 그녀를 바라보는 시선에 말문이 막혀 버렸다.

숨 막히는 분위기 속에서 레너드가 이젤의 뺨에, 이마에, 코에 입을 맞췄다.

"가져야겠다."

희롱하던 귓불을 살짝 깨물며 레너드가 나지막이 말했다. 놀란 이젤이 무언가 말하려는 순간, 레너드의 입술이 다시 이젤의 말을 삼켰다. 좀 전과는 다르게 이젤의 입술을 부드럽게 핥은 그가 이젤의 목에 얼굴을 묻었다.

"지금 널 가질 것이다."

등에 닿는 벽돌의 거친 감촉이 어색했다. 가슴을 가리고 있는 붕대 이외에는 아무것도 입지 않은 몸이 방의 한기에 떨려 왔다.

하지만 한기를 막듯 단단한 팔이 이젤의 허리를 감쌌다. 아무것도 걸치지 않은 레너드의 상체는 데일 정도로 뜨거우면서도 단단했다. 그녀를 가지겠다는 레너드의 말에 이젤은 무엇이라 답했는지 기억조차 나지 않았다.

빠르게 뛰는 레너드의 가슴을 지나 목을 어루만지고 어깨를 팔로 감쌌다. 거듭 물리고 앗았던 입술에서 입을 뗀 레너드가 열기에 찬 눈으로 품의 이젤을 바라보았다.

"이젤."

열기에 홍조가 오른 모습이 사랑스러웠다.

"네 전부를 원한다."

묶여 있던 머리카락이 풀려 이젤의 어깨에 내려왔다. 새하얀 피부에 파란 눈이 누구도 아닌 그만을 보고 있었다. 열기에 붉어진 이젤의 뺨을 손으로 감싸니 어깨를 감싸고 있던 이젤이 그의 손 위에 자신의 손을 포갰다.

"전하께서는 저에게 전부를 주실 것입니까?"

사내를 홀리게 하는 여린 목소리는 아니었지만 레너드를 유혹하기에는 충분히 매력적이었다.

"저의 전부를 드리는'대신 전하의 전부를 주실 것입니까?"

그를 욕심내는 이젤의 물음에 레너드가 기분 좋은 미소를 지었다. 품에 안겨 있는 이젤을 레너드가 안아 들었다. 달빛이 고요하게 비추는 침대 위에 이젤을 조심스럽게 눕혔다. 달빛에 은은히 보이는 여인의 모습이 사내의 이성을 흔들었다.

희미하게 보이는 어깨의 흉터에 레너드의 미간이 좁아졌다. 처음 만났던 날, 레너드에 의해 찔린 상처, 더군다나 피하려는 그녀를 잡기 위해 그는 일부러 아물던 상처를 터트리기까지 했었다.

"전하, 이건 별것 아닙니다."

그가 어디를 보고 있는지 안 이젤이 손으로 흉을 가렸다. 흉을 숨기는 팔을 내린 레너드가 흉터에 입술을 맞췄다. 어깨에 남은 흉일 뿐이었건만, 그의 입술이 닿자 알 수 없는 감각이 이젤을 울렸다. 그녀에게는 아무것도 아닌 것, 하지만 레너드의 눈에는 안타까움으로 자리 잡았다.

이런 상처는 단 하나도 생기지 않게 할 것이었다.

마음속 깊이 품기로 한 여인.

가진 것이라고는 아무것도 없으면서도 괜찮다며 필요 없는 책임까지 전부 떠맡는 지독히도 강한 여인.

가질 것이다.

그의 전부를 걸어서라도 그녀를 소유할 것이다.

"나만 생각하고."

몸을 일으키려는 이젤의 어깨를 누른 레너드가 가슴에 묶인 붕대를 손으로 움켜잡았다.

약간의 힘을 주자 단단히 묶여 있던 붕대가 힘없이 뜯겼다. 몸을 가리려는 이젤의 팔을 잡아 침대에 눌렀다.

"내 곁에만 머물고."

빠르게 오르내리는 봉긋한 가슴에 레너드가 고개를 숙였다. 가슴 끝에 작게 핀 꽃을 조급한 레너드가 한입 가득 삼켰다.

"하아."

처음으로 사내에게 허락하는 접촉에 이젤이 짧게 비명을 질렀다. 떠는 몸으로 도망가려는 이젤을 단단히 붙잡은 레너드가 느긋이 이젤의 가슴을 희롱하였다.

"나 하나만 사내로 바라봐라."

"전하!"

유려한 목에 입술을 깊게 묻고 팔을 잡고 있던 손이 빠르게 오르내리는 가슴을 담뿍 쥐어 잡았다. 그녀에게 자신을 묻으라고 외치는 본능을 참아 내며 레너드가 이젤을 바라보았다.

사내를 전혀 모르는 여인을 취하는 것이 이렇게까지 그를 흔들 줄은 몰랐다. 어쩌면 자신의 품에 안겨 있는 여인이 이젤이라 이런 기분일 수도 있었다.

수줍어하는 몸짓이, 지금 느끼는 열망을 어떻게 해야 할지 혼란스러워하는 표정이, 그러면서도 레너드를 거부하지 않으려는 그녀의 행동이 그의 감각 하나하나를 전부 자극하였다.

"그럼 난 네 것이다."

그의 말에 이젤의 눈이 그를 향했다. 그녀의 생애 누군가를 사내로 보며, 그에게 전부를 주며 사랑할 수 있을 것이라고는 꿈조차 꾸지 않았었다. 자유를 찾은 이젤의 손이 레너드의 가슴 위에 놓였다.

열망에 차 있는 시선만큼이나 그의 심장이 빠르게 뛰었다.

그와 함께하는 삶은 쉽지 않을 것이다. 하지만 처음부터 이젤에게 삶은 단 한 번도 쉽지 않았다.

스스로가 선택하는 삶.

이젤은 지금 그와 함께 있고 싶었다.

"전하를 주십시오."

이젤의 가는 손가락이 레너드의 입술을 쓸었다. 굵은 목을 쓸어내리고 자잘한 상처가 있는 어깨와 팔을 어루만졌다.

"그럼 전부를 드리겠습니다."

"이젤."

"대신 전 그 누구와도 전하를 나누지 않을 것입니다. 그래도 상관없다면 전하를 주십시오."

시선과 시선이 만났다. 이젤의 눈에 레너드와 똑같은 소유욕이 감돌았다. 그를 보고 있던 이젤이 몸을 들어 그의 입술에 자신의 입술을 맞추었다. 먼저 다가온 이젤의 뒤통수를 잡았다.

벌어진 입 사이로 감겨 오는 이젤의 감촉을 느끼며 절제하고 있던 그가 이성을 놓았다.

둘 사이를 막고 있던 옷가지가 바닥에 떨어졌다. 지독한 갈증이라도 느끼듯 서로가 서로를 끊임없이 갈구하였다.

오므려져 있던 이젤의 다리가 레너드의 애무에 천천히 열렸다.

레너드의 물음에 이젤이 달콤한 미소로 고개를 끄덕였다. 가는 팔이 레너드를 안았다.

그가 거침없이 이젤의 안으로 들어왔다. 레너드의 어깨에 얼굴을 묻고 있던 이젤의 허리가 휘었다. 휘어지는 이젤의 허리를 팔로 감싼 레너드가 이젤의 가슴에 얼굴을 묻었다.

그토록 원하던 여인을 소유한 사내의 입꼬리에 탐욕스러운 미소가 감돌았다.

이젤이 입술을 깨문 채로 비명을 참아 냈다.

"전하, 전…… 괜찮습니다."

처음 사내를 받아들이는 것이 여인에게는 상당한 고통이라는 것을 알고 있었다. 표정은 그렇지 않은데도 괜찮다는 이젤의 눈가에 입술을 맞추었다. 고통에 굳은 몸을 어루만지며, 깨물고 있는 입술을 풀듯 입을 맞추었다.

"조급해하지 마."

숨조차 제대로 못 쉴 정도로 힘들어하는 이젤을 진정시키듯 그녀의 귀에 그가 속삭였다.

레너드의 목소리에 이젤이 얼굴을 찡그리면서도 괜찮다는 의미의 미소를 지어 보였다. 그 미소에 간신히 참고 있는 레너드의 이성이 다시 흔들렸다.

온몸을 관통하듯 울리던 고통이 나아지자 이젤의 손이 레너드의 어깨를 붙잡았다.

그녀의 허락에 그가 천천히 움직이기 시작했다. 괜찮다고는 해도 힘든지 이젤이 입술을 깨물었다.

하지만 조금씩 이젤이 그의 움직임에 맞춰 가기 시작했다. 고통을 참던 목소리조차 어느 순간 점차 다르게 바뀌었다.

"하아. 하아."

자신의 입에서 나오는 신음 소리가 어색한지 당혹스러운 표정의 이젤이 손으로 입을 막았다. 하지만 곧바로 레너드의 손에 잡힌 팔이 얼굴 옆으로 옮겨졌다.

안 된다며 고개를 흔드는 이젤의 턱을 잡아 제 욕심껏 입술을 깨물고 내쉬는 숨을 삼켰다. 레너드가 깊게 들어올수록 이젤의 허리가 활처럼 휘었다.

이젤을 가지기만 하면 지금의 갈증이 해소될 것이라 생각했었다. 하지만 그게 아니었다.

그녀의 안에 자신을 묻고 있는 지금도 그는 갈증이 났다. 지금도, 어쩌면 앞으로도 그는 품 안의 이젤을 완전히 소유할 수 있을 것 같지 않았다.

한계에 도달한 듯 이젤의 허리를 당겨 그의 몸에 밀착시켰다. 그녀에게 붙어 체취를 느끼며 레너드가 이젤의 안에 자신을 풀어 넣었다.

가득 채우는 레너드의 정에 이젤이 몸을 떨었다. 송골송골 땀이 맺혀 있는 이마에 레너드가 입술을 맞추었다.

열기에 붉어진 뺨에, 거듭 물어 부어오른 입술에, 가쁜 숨을 쉬느라 움직이는 목과 가슴에도 입술을 맞춘 레너드가 몸을 옆으로 옮겼다. 하지만 이젤을 놓기는 싫었는지 그녀의 몸을 끌어 품 안에 가두었다.

말할 기운조차 없는 이젤이 자신을 안고 있는 레너드의 팔을 가는 손가락으로 어루만졌다.

"이젤."

정수리에 턱을 기대고 있던 레너드가 나지막이 그녀를 불렀다. 그의 부름에 품에 얼굴을 묻고 있던 이젤이 고개를 들어 그를 바라보았다.

"이제 그만 도망가라."

그가 하고자 하는 말의 의미를 알아차린 이젤이 변명하는 대신 입을 다물었다.

더 이상 자신의 감정을 외면하지 말라는 그의 말뜻을 한참을 생각하던 이젤이 변명하듯 작은 목소리로 말했다.

"그렇게 도망가지는 않았습니다."

이젤의 항변에 레너드가 피식 실소를 지었다. 그가 비웃는 것 같은 기분에 이젤이 미간을 모았다. 삐쳤다며 도망가려는 이젤을 레너드가 힘을 주어 잡았다.

"해 뜰 때까지는 놔줄 생각 없으니까 가만히 있어."

"지금 비웃으시는 거 다 봤습니다! 놓아주십시오. 씻을 것입니다."

"놔주지 않는다고 했다."

빠져나가려는 이젤과 놔주지 않는 레너드 사이에서 작은 실랑이가 일어났다. 어떻게든 도망가려는 이젤의 허리를 잡은 레너드가 결국 품에 가두듯 이젤의 몸 위로 올라탔다. 꼼지락대는 팔을 머리 위로 올린 레너드가 몇 번이고 삼켰던 입술에 다시 입을 맞추었다.

놓아 달라며 치는 발버둥이 얌전해진 다음에나 삼키고 있던 입술을 뗀 레너드가 짓궂은 미소를 지었다. 그의 미소에 툴툴대려던 이젤이 입을 다물었다.

뚱해 있는 이젤의 코에 입술을 맞춘 레너드가 다시 품에 그녀를 안았다.

이젤의 어깨를 만지던 레너드의 손이 아래로 내려와 손안 가득 잡히는 가슴을 움켜잡았다. 그의 행동에 이젤이 작게 몸을 떨었지만 그는 느긋하게 끝의 정점을 손가락으로 희롱하였다.

"황궁으로 돌아가면 비비엔의 일부터 해결할 것이다."

"전하?"

생각지 못한 말에 이젤의 눈이 커졌다. 하지만 이젤이 비비엔의 일로 몸을 사릴 때부터 생각했던 일이었다. 마음이 정해졌다면 주저하는 것은 그와 어울리지 않았다.

"전하, 그 일은…… 그러니까 그 말씀은 말입니다."

"네가 전하라고 부르는 건 이제 재미없다."

"네?"

"내 이름은 장식이 아니다. 불러 봐라."

레너드의 말뜻을 이해한 얼굴이 새빨갛게 변하였다.

"전하, 어찌 제가…… 제가 어떻게 전하의 이름을 부를 수 있겠습니까?"

"살까지 맞대고는 왜 또 도망가는 것이냐? 불러 봐라. 듣고 싶다."

도망갈 곳 따위 전혀 없다는 것 알려 주듯 레너드가 이젤을 안고 있는 팔에 힘을 주었다. 당황한 이젤이 안 된다는 눈으로 레너드를 바라보았지만 그는 요지부동이었다.

"레……."

이젤이 입을 열었으나 힘겹게 꺼낸 목소리는 첫 자를 끝으로 다시 사라졌다.

"레 이후로는 말이 없다?"

약 올리듯 레너드가 피식 웃음을 터트렸다. 느긋한 그에 비해 죽을상을 하고 있던 이젤이 결국 질끈 눈을 감았다.

"못 부르겠습니다! 차라리 혼내십시오! 죽어도 못 부르겠습니다!"

입까지 악문 채 못 하겠다는 이젤을 보며 결국 레너드가 크게 웃음을 터트렸다.

아무래도 눈에 뭐가 단단히 쓰인 것이 분명했다.

못하겠다며 차라리 혼내라며 배짱을 부리고 있는 모습조차 귀여웠다.

"차라리 혼내란 말인가?"

"아무리 그러셔도 제가 어찌 전하의 이름을…… 못 부르겠습니다! 아니 부를 수 없……."

이젤의 말을 끝까지 계속되지 않았다. 어느새 다가온 레너드의 입술이 자신만의 자리를 찾아 이젤의 입술을 삼켰다. 어깨를 감싸고 있던 손이 밀착시키듯 이젤의 허리를 잡아당겼다.

모은 허벅지 사이로 곧게 선 레너드의 남성이 느껴지자 이젤이 부끄러운지 눈을 질끈 감았다.

"해가 뜰 때까지 놔주지 않을 생각이었으니 천천히 혼내 볼까."

"전……하. 하아."

좀 전에도 가득 채웠던 그가 다시 들어오자 이젤이 숨을 삼켰다. 피하는 대신 그가 수월하게 들어올 수 있도록 이젤이 다리를 벌렸다. 처음의 고통만큼은 아니었지만 그럼에도 감당하기에는 여전히 버거웠다.

하지만 마음에 담은 그였기에 아파도 참을 수 있었다. 이젤이 가는 팔로 그를 안자 레너드가 달래듯 그녀의 얼굴에 자잘한 키스를 퍼부었다.

그를 사랑한다.

일시적이고 충동적으로 그에게 안겼지만 이젤은 후회하지 않았다.

그와 함께하는 시간이 꿈만 같아 이젤의 눈가에 눈방울이 맺혔다.

지금의 감정을 감추듯 이젤이 레너드의 단단한 어깨에 얼굴을 묻었다.

❖

어스름한 새벽빛이 들어오는 방에서 레너드가 자신의 옷매무새를 확인하였다.

일어나기에는 이른 시간, 하지만 얻을 것이라고는 없는 바렌의 성에 더는 있을 생각이 없었다. 준비를 마친 레너드가 침대로 걸음을 옮겼다.

지쳐 잠든 얼굴을 가리는 백금발을 뒤로 넘겨 주자 간지러운지 이젤이 얼굴을 움찔댔다.

제 욕심에 마음껏 탐하고 원하는 만큼 가졌다. 한 번 맛본 이젤은 놔주기 힘들 정도로 달콤했다. 결국 새벽이 된 다음에나 지친 그녀를 놓아주었다.

그가 누워 있던 방향으로 몸을 웅크리고 있는 이젤의 어깨까지 이불을 올린 레너드가 방 밖으로 나왔다.

"전하."

레너드가 나오자 대기하고 있던 루칸이 몸을 숙였다.

"바렌은?"

"방에서 기다리고 계십니다."

"루칸."

레너드의 부름에 루칸이 고개를 들었다. 고요한 레너드의 눈을 보고 있던 루칸이 알고 있다는 듯 다시 고개를 숙였다.

"저는 전하의 사람입니다. 이젤의 일은 걱정하지 마십시오."

언제나 루칸은 그가 생각하는 것 이상으로 움직여 줬다. 고개를 숙이고 있는 루칸의 어깨를 두세 번 두드린 레너드가 바렌의 방으로 걸음을 옮겼다.

대기하고 있던 시종이 몸을 숙이고 문을 열었다.

"이야. 늦을 줄 알았는데 바로 왔네?"

앉아 있던 바렌이 레너드의 모습에 팔을 흔들었다. 그의 인사를 무시하며 레너드가 준비되어 있는 자리에 앉았다.

"무슨 일이지?"

"형님이 오늘 떠난다는 소리를 들어서 말이야."

"여기서 시간 낭비를 할 생각은 없다."

"왜? 내가 여기에 이튼에서 빼돌린 무기와 병사를 숨겼을 수도 있잖아? 형님은 그걸 찾으려고 여기까지 온 거 아니야?"

바렌의 말에 레너드가 피식 실소를 지었다. 레너드의 실소에 바렌의 얼굴이 굳었다.

최소한 일주일을 이곳에 잡아 두라는 황제의 명이 있었다. 그런데 겨우 이곳에 온 지 하루, 레너드는 떠나려 하고 있었다. 자신의 말대로 이루어지지 않으면 황제는 불같이 화를 내었다. 늙었다고는 하나 아직 카델의 실세는 수도에 있는 황제였다.

우아하게 다리를 꼰 레너드가 미리 준비되어 있던 차를 한 모금 마셨다.

"나도 네가 빼돌린 무기를 가지고 있을 거라 생각했었다. 하지만 연회 때의 네 모습을 보니 답이 나오더구나. 넌 여자를 좋아하는 것 이외에는 뭘 제대로 하는 놈이 아니야."

레너드의 독설에 바렌의 미간이 좁아졌다. 그 모습에 레너드의 입가에 차가운 미소가 생겨났다.

처음부터 어렵게 생각할 일이 아니었다.

이튼의 영주 로젠이 민란을 가장하여 무기와 병사를 모았다. 그리고 그 배후에는 막내인 바렌이 있었다.

바렌은 황제에게 이번 일을 제안했다고 했지만, 레너드의 생각은 달랐다.

황제가 바렌을 충동질했을 것이다.

자신이 평생을 살 것이라 굳게 믿고 있는 미친 황제. 그가 목숨을 위협할 수 있는 바렌에게 힘을 실어 줄 리가 없었다.

그저 자신의 일을 수월하게 진행하는 데 필요한 방패로 바렌을 이용하는 것뿐이었다.

"이곳에서 쓸데없는 곳에 신경을 쓰느니 황궁을 조사하는 게 빠르겠지. 황제는 누구도 믿지 않으니까. 내 생각일 뿐이지만 이튼에서 횡령한 무기와 병사를 가지고 있는 것은 네가 아니라 황제일 것이다. 지금쯤 부지런히 다른 곳으로 빼돌리고 있겠지."

"……."

"말이 없는 것을 보니 맞는 것 같구나."

마치 그의 속을 전부 헤집어 본 것 같은 레너드의 말에 바렌의 얼굴이 창백해졌다. 밤 내내 이젤을 안느라 몸은 피곤했지만 정신은 맑았다. 그를 어지럽게 생각하는 생각 따위 그녀와 함께 있으며 모두 정리했다.

그녀와 그를 위협하는 주변 따위 이제는 단숨에 정리할 것이다.

얼굴이 굳어 있던 바렌이 떨리는 입술을 애써 무시하며 입을 열었다.

"형님, 우리 진짜 거래를 해야 할 거 같은데?"

"거래라…… 아무것도 없는 너에게서 무엇을 얻는단 말인가?"

무기와 병사를 빌미로 레너드의 약점을 잡으려 했던 바렌은 단숨에 치고 들어오는 그의 공격에 말문이 막혀 버렸다. 어떻게 안 것인지, 아니면 그냥 찔러 본 것인지는 몰라도 이대로라면 이튼 사건의 모든 책임을 바렌이 감당할지도 몰랐다.

책임만 감당해야 한다면 무시했을 것이다.

하지만 저 레너드라면 책임을 빌미로 바렌을 죽일 수도 있었다.

황제만큼이나 미쳐 있는 자. 자신의 원하는 것이 있으면 사람의 목숨이나 사정 따위는 전혀 상관하지 않는 사람이 레너드였다.

"어차피 이튿의 일은 실패니까…… 차라리 황제가 나에게 지시했던 문서를 넘겨 줄게. 그거라면 황제가 병사랑 무기를 어디에 숨겼는지도 형님은 알아낼 수 있을 거야. 대신 내가 한 게 아니라 로젠이 주도한 걸로 처리해 줘."

"네가 나에게 그 문서를 넘겼다는 것을 알면 황제가 널 가만히 둘까?"

"적어도 형님을 그 자리에서 끌어내리려면 말을 잘 듣는 내가 아직은 필요할 거야. 난 형님이나 황제에게 죽고 싶지 않아."

빠르게 오고 가는 말 사이로 거래가 이루어졌다.

형제간의 대화가 아니라 철저한 거래를 바탕으로 하는 살벌한 모습.

그게 카델의 미친 황제 덕분에 만들어진 형제들의 관계였다.

바렌이 시종을 부르자 이미 준비되어 있었던 듯 두꺼운 서류 뭉치가 레너드의 앞에 놓였다.

루칸에게 서류를 건넨 레너드가 자리에서 일어났다.

"오전에 떠나겠다."

"형님, 근데 그 이젤이라는 기사 말이야. 레나의 상황은 전혀 모르는 거 같더라?"

문을 열고 나가려는 레너드의 뒤로 바렌이 물었다. 그의 물음에 손잡이에 손을 올리고 있던 레너드가 몸을 돌렸다.

"무슨 말을 하고 싶은 거지?"

"레나의 왕태자가 쓰러졌다며. 현재 위급하다던데?"

그의 말에 레너드의 미간이 좁아졌다.

로젠이 처리된 그날, 급보로 레너드에게 전해진 소식이었다.

하지만 보고를 들은 레너드는 묻어 버렸다.

엉망이 된 레나 따위 그의 관심 사항이 아니었다. 더군다나 이젤이 자신의 것이 된 지금, 그녀를 무너뜨릴 원인이 될 이야기 따위는 사전에 막아 버릴 생각이었다.

이젤은 모르고 있었지만, 현재 레너드의 지시를 받은 루칸에 의해 그녀 주변에는 단 한 명의 레나인도 접근하지 못했다.

"그걸 내 기사에게 알려 주려 했나?"

말을 끝낸 레너드의 몸에서 소름 끼치는 살기가 뿜어져 나왔다. 바렌의 뒤에 있던 시종이 레너드의 살기에 바닥에 주저앉았다. 레너드의 뒤에 있던 루칸도 몸을 비틀거렸다.

핏줄을 도드라지도록 몰아치는 살기에 바렌이 입술을 깨물었다.

무슨 일인지는 알 수 없었으나 이젤을 건드리면 안 된다.

레너드의 살기를 정통으로 받은 눈치 좋은 바렌이 곧바로 몸을 숙였다.

"아……니. 말하지…… 않아. 안 할게. 안…… 한다…… 니까."

바렌의 말에 레너드가 몸의 살기를 거두었다. 주변을 압박하던 살기가 사라지자 그제야 안도의 숨을 내쉬었다.

목을 잡고 격한 숨을 내쉬는 바렌을 보고 있던 레너드가 차갑게 말했다.

"나와 경쟁 관계가 되고 싶다면 네 혀부터 단속해라."

"컥. 컥."

제대로 말조차 못 하는 바렌을 버려 둔 채 레너드가 밖으로 나갔다.

그날 오전, 서둘러 떠날 준비를 마친 그가 마차에 올랐다. 마차의 오르기 전, 혹시나 하는 불안에 이젤을 바라보았지만 그녀는 아무것도 모르는 듯 작은 미소로 레너드에게 마차에 오르라고 눈짓하였다.

이젤은 괜찮다. 지금도, 앞으로도 저 미소로 그를 바라보게 될 것이다.

그것을 위해서라면 주변에 쌓여 있는 장애물 따위 얼마든지 없애버릴 생각이다.

결심한 레너드가 마차에 오르자 마부가 서둘러 말을 채근하였다.

제7장
하룻밤의 꿈

아침 햇빛에 잠을 깬 이젤이 눈을 찡그렸다. 손을 들어 감겨 있던 눈을 비빈 이젤이 몸을 일으키려 했다. 하지만 그러했던 그녀의 노력은 허리를 감아 오는 사내의 굵은 팔에 의해 저지되었다.

"전하, 아침입니다. 일어나셔야 합니다."

이젤의 말에 레너드는 대답 대신 안고 있던 팔에 힘을 주었다. 능청스러운 그의 행동에 꼼짝없이 갇힌 이젤이 길게 한숨을 내쉬었다. 넓은 황태자의 침대는 놔주고 매번 자신의 좁은 침대에서 자는지 이해할 수 없었다.

"전하께서 놔주시지 않으면 전 훈련에 늦는단 말입니다. 일어 나시든지, 아니면 놔주십시오."

"……."

"전하!"

이젤의 새된 외침에 레너드가 감고 있던 눈을 떴다. 아직 잠이 가득한 눈에 불만이 가득했다.

"아침부터 종알종알. 네가 이렇게 수다스러운지 아무도 모를 거다."

"전하께서 하루가 멀다 하고 이곳으로 오시니 이러는 것이 아닙니까? 더군다나 오셔서 잠만 주무시는 것도 아니고 왜 또 제 셔츠의 단추는 멋대로 푸신 것입니까?"

레너드의 품에서 셔츠를 부여잡은 이젤이 눈을 흘겼다. 하지만 그녀가 뭐라고 종알대든 여미고 있던 셔츠 사이에 손을 넣은 레너드가 여유롭게 이젤의 피부를 즐겼다.

"붕대까지 풀려는 것을 참았다. 그리고 무슨 붕대를 그렇게 단단하게 묶었지? 그러고도 잠이 오는 게 신기하다."

"전하처럼 무작정 들어오는 기사가 있을까 봐 묶어 놓습니다. 왜 편안한 방을 놔두시고 이곳으로 오시는 것입니까?"

"어제 네가 안 오지 않았나? 왜 다른 기사와 순서를 바꿨지? 난 네가 내 방을 지키는 줄 알았다."

레너드의 물음에 이젤이 입을 다물었다.

황궁에 돌아온 이후 레너드는 거의 매일 밤 이젤을 안고 잠들었다. 누가 옆에 있으면 절대 못 잔다고 했건만, 언제 그랬냐는 듯 이젤 혼자 잠들어도 새벽에라도 방으로 들어와서 옆에서 잠들었다.

처음에는 침입자인 줄 알고 대응했던 이젤도 이제는 그의 체향만 맡고도 그러려니 하였다. 어차피 방으로 돌아가라며 밀어내도 듣는 레너드도 아니었고, 더군다나 그는 지독한 불면증을 가지고 있었다.

이렇게라도 그가 잘 수 있다면 이젤도 그나마 다행이라는 생각을 가지고 있었다.

하지만 레너드는 레너드, 이젤은 이젤이었다.

이젤이 말이 없자 레너드가 손에 얼굴을 기댄 채 옆으로 누워 그녀를 바라보았다. 답을 재촉하는 레너드의 시선에 이젤이 눈을 돌리며 작게 말했다.

"잠 좀 자려고 그랬습니다."

이젤의 말에 레너드의 미간이 좁아졌다. 결국 긴 한숨을 내쉰 이젤이 눈을 질끈 감았다.

"지난번에도 그렇고, 그저께에도 그렇고 요즘 도통 잠을 못 자게 하시지 않았습니까? 전하께서야 말짱하시지만 저는 아닙니다. 잠이라도 자야지 체력이…… 또 이러시는 것입니까!"

항의하는 이젤의 매끈한 목에 레너드가 입술을 깊게 묻었다. 당황하여 도망가려는 이젤의 허리를 잡아 다시 침대에 눕혔다.

"네가 잡아먹기 좋게 생겼으니까."

"그게 무슨 말도 안 되는 변명이…… 하아. 전하 이러지……."

빨갛게 달아오른 얼굴을 즐기듯 내려다보던 레너드가 언제 벗겼는지 이젤의 바지를 침대 밑에 내려놓았다. 오므리고 있는 다리 사이로 들어간 손가락이 이젤의 깊숙한 곳에서 능수능란하게 움직였다.

"하아."

몸을 비트는 이젤의 허리를 잡은 레너드가 더운 숨을 내쉬는 이젤의 입술을 빼앗았다. 언제나 숨을 쉬지 못할 정도로 탐해도 부족한 것, 부어 있는 입술을 살짝 깨물자 이젤의 비명이 작게 울렸다.

희롱하는 손가락에 이젤의 액이 묻어 나왔다. 그에게 보여 주는 감정만큼이나 이젤은 몸의 반응도 솔직했다. 미끈거리는 안으로 손가락을 하나 더 넣었다.

"하아."

떨리는 숨이 레너드의 뺨을 간지럽혔다. 이리저리 투정해도 이젤은 레너드를 거부하지 않았다. 물기가 어린 눈이 유혹하는 레너드를 바라보았다. 그녀의 눈에 흔들린 레너드가 안을 희롱하던 손가락을 빼고 누워 있는 이젤의 몸을 들어 올렸다.

자신의 몸 위에 이젤을 앉힌 레너드가 어깨에 걸쳐져 있는 셔츠를 끌어내렸다. 단단하게 묶여 풀어지지 않았던 붕대까지 뜯어낸 그가 기다렸다는 듯 가슴의 정점을 혀로 희롱하였다.

"아얏! 전하. 흔…… 악."

유두에서 느껴지는 쾌락에 몸을 튼 것도 잠시, 아래에서 뻐근하게 밀려오는 고통에 이젤이 낮은 비명을 질렀다. 언제나 처음은 힘들어하는 이젤을 위해 잠시 멈추고 있던 레너드가 곧 허리를 움직이기 시작했다.

혹여나 소리가 새어 나갈지도 모르는 부담에 이젤이 손으로 입을 막았다. 하지만 그러한 움직임은 얼마 지나지 않아 손목을 잡은 레너드에 의해 저지되었다.

"왜 자꾸 입을 막지?"

"누가 들으면…… 흐읍."

아랫배가 울릴 정도로 깊게 들어오는 그의 남성에 이젤이 숨을 삼켰다. 레너드의 어깨를 붙잡은 손에 힘이 들어갔다. 처음에는 그의 침입을 힘들어하던 목소리가 언제부터인가 그를 유혹하는 신음으로 바뀌었다.

언제나 그의 품에서 이젤은 여인으로 돌아갔다. 그의 손짓에만 반응했고, 그의 앞에서만 오롯이 그녀만의 모습을 보여 줬다.

불안해하는 이젤의 이마에 입술을 맞추었다.

"네 신음 소리 듣기 좋다. 그러니까 숨기지 마라."

나지막이 달래는 레너드의 목소리가 좋았다. 하지만 역시 지금의 상황이 그녀에게는 아직 부끄러웠다. 안 된다며 고개를 젓는 이젤에게 레너드가 깊숙이 들어왔다. 앉혔던 이젤을 침대에 다시 눕힌 레너드가 몇 번의 깊은 침입 끝에 자신을 풀어놓았다.

"하아."

온몸을 울리는 감각에 몸을 떨던 이젤이 촉촉한 눈으로 레너드를 바라봤다.

이젤을 바라보는 레너드의 시선이 부드러웠다. 그의 시선에 이젤이 젖은 눈으로 미소를 지었다. 그녀의 미소에 레너드가 손으로 땀에 젖은 이마를 닦아 주었다.

"안고 난 뒤에 네가 지어 주는 미소가 좋다."

그의 말에 이젤의 눈이 동그랗게 변했다. 토끼같이 쳐다보는 이젤의 입술에 살짝 입술을 맞춘 레너드가 짓궂게 말했다.

"네가 좋아 미칠 것 같다."

급습하듯 들어오는 고백에 이젤의 눈가에 눈물이 고였다. 레너드의 손가락이 고여 있는 눈물을 닦아 냈다.

"저도 전하가 좋습니다.

"좋다면서 여전히 전하군."

툴툴대는 레너드의 말에 이젤이 무안한 미소를 지었다. 요즘 레너드가 공을 들이고 있는 부분이 바로 이젤에게서 그의 이름을 듣는 것이었다.

"아직은 못 부르겠습니다. 전하께서도 강요하지 않는다 약속하지 않으셨습니까?"

"흐음."

품에 안겨 있으면서도 할 말은 다 하는 이젤의 모습에 레너드가 졌다는 듯 고개를 저었다.

"그래도 오래는 못 기다린다. 이번 달 안으로 반드시 들을 거다."

완고한 레너드의 말에 이젤이 어쩔 수 없이 고개를 끄덕였다. 그의 품에 안긴 이젤이 나른한 듯 작게 하품을 하였다.

"오늘 훈련은 없으니 좀 더 자 두어라."

"네?"

품에 안겨 있던 이젤이 고개를 배꼼 들어 레너드를 바라봤다. 이젤의 얼굴을 손으로 쓰다듬으며 레너드가 눈을 감았다.

"오후에 파벨 후작에게 갈 것이다."

"아!"

파벨 후작에게 간다는 말의 의미를 깨달은 이젤의 얼굴이 굳었다. 이젤의 정수리에 턱을 기댄 레너드가 나지막이 말했다.

"네 전부를 주는 대신 내 전부를 주기로 하지 않았는가?"

"전하. 아직 전……."

"그러니까 미리 준비해 놓는 것이다. 네가 언제든지 내 옆에 올 수 있도록 말이다."

"……."

두렵고 피하고 싶었던 사람이 점점 의지하고 싶은 사내로 바뀌어 갔다. 그가 그녀에게 주는 것만큼 그녀는 그렇게 해 주지 못하는 것이 마음에 걸렸다.

"저는 전하께서 주시는 것만큼 드릴 수 없습니다. 적어도 아직은 그렇게 할 수 없습니다. 하지만……."

"……하지만?"

"이건 약속드릴 수 있습니다. 제 평생에 사내는 전하뿐입니다. 누구도 그 사실을 바꾸지 못할 것입니다."

맹세를 하듯 진지하게 하는 고백에 레너드의 입가에 미소가 감돌았다.

그녀만큼 자신의 마음을 솔직하게 말하는 사람은 보지 못했다. 그가 이젤을 소유하는 평생, 그녀는 지금의 모습 그대로 그에게 전부를 보여 줄 것이다.

안고 있는 이젤의 입술에 레너드가 부드럽게 입을 맞췄다.

그의 인사에 이젤이 팔을 들어 그를 껴안았다.

❖

"요즘 자네 얼굴이 좋아졌네."

옆에서 들려오는 소리에 이젤이 미소 지었다. 해가 중천에 뜬 다음에나 레너드는 이젤을 풀어 줬다. 급한 대로 준비하고 밖으로 나오니 클라우가 이젤을 기다리고 있었다.

"클라우는 말랐습니다. 폐하의 사냥에 같이 가셨다고 들었는데 힘드셨습니까?"

"힘들기보다는 혹여나 실수라도 할까 부담되었다는 표현이 더 적절하군. 진짜 자네는 얼굴이 좋아졌어. 처음에 이곳에 왔을 때와는 또 다르군."

"이제야 적응이 되어서 그런 것 같습니다."

환한 표정의 이젤을 보며 클라우가 다행이라는 듯 고개를 끄덕였다. 쿠퍼가 엉망으로 만들었을 때의 이젤은 왠지 모르게 건드리기만 해도 부서질 듯 어둡고 약해 보였다.

그랬던 것이 레너드와 출궁을 한 이후로 완전히 달라져서 돌아왔다. 여전히 말수는 적었지만 굳은 얼굴로 묵묵히 답을 할 때와는 분위기부터가 달랐다.

"그런데 제스퍼가 보이지 않습니다. 혹시 무슨 일이라도 있는 것입니까?"

"글쎄? 요즘에는 통 모습을 보이지 않더군. 워낙 붙임성이 좋은 녀석이라 자주 나타났는데 말이야. 황태자 전하의 명을 받고 움직이고 있을지도 모르지. 워낙 전하께서는 움직이시는 게 많지 않은가?"

클라우의 말에 동조하듯 이젤이 고개를 끄덕였다. 주거니 받거니 이야기를 하는 와중 기사 하나가 이젤에게 다가왔다.

"이젤, 클라우. 황태자 전하께서 파벨가로 출발하신단다. 서둘러 준비하라고 하는군."

"네, 알겠습니다."

말을 끝낸 기사가 부지런히 자리를 옮기고, 그를 보고 있던 이젤이 클라우를 쳐다보았다.

"언제 다 함께 모이죠."

먼저 약속을 잡는 이젤의 모습에 클라우의 눈이 커졌다.

확실히 이젤은 변했다. 이번의 출궁이 무슨 영향을 줬는지는 몰라도 전의 소극적인 태도와는 달라져 있었다. 어쩌면 지금의 모습이 진짜 이젤일지도 모른다.

레나에서 카델로 환경이 바뀌었기에 그렇게 소극적이었을지도 모르는 일이다.

"그러게. 녀석에게도 전해야겠군. 내 수도에서 괜찮은 곳을 알고 있으니 한번 술이나 한잔하지."

클라우의 말에 이젤이 고개를 끄덕였다. 한결 밝아진 모습이 유난히 보기 좋았다.

그는 자신도 모르게 이젤의 머리카락을 손으로 흩트려 놓았다.

자신의 행동에 클라우가 당황한 것도 잠시, 이젤이 장난스럽게 웃음을 터트렸다.

이젤의 웃음에 클라우의 심장이 뛰었다.

알 수 없는 감정. 하지만 이젤의 웃는 모습이 보기 좋았다.

어서 오라는 이젤의 말에 고개를 끄덕이며 클라우가 걸음을 재촉했다.

테이블에 놓여 있는 찻잔을 든 파벨 후작이 소리 없이 긴 숨을 내쉬었다.

몇 년이 지나도록 발전이 없는 비비엔과 레너드를 보면서 그도 어느 정도 예상은 했었다. 하지만 아무리 이야기를 해도 비비엔이 듣지 않았기에 그저 방관만 하고 있었을 뿐이다.

"전하께서 비비엔에 대한 일을 꺼내시지 않기에 조금은 기대한 것이 있었습니다만 역시 헛된 것이었군요."

"대안이 없었다면 비비엔을 선택했을 것이다. 맹목적이고 욕심이 많았지만 무능하지는 않았으니까."

"전하께서는 욕심이 없는 사람을 싫어하시는 줄 알고 있었습니다만?"

"그 욕심이 주변을 태울 정도의 위험한 것이라면 마냥 좋아할 수는 없지."

비비엔의 본질을 꿰뚫는 레너드의 말에 파벨 후작이 고개를 저었다. 비비엔은 모두를 속였다고 생각했지만 실은 단 한 명도 제대로 속이지 못했다. 리엔을 어떻게 죽였는지를 알면서도 비비엔 또한 딸이었기에 넘어갔다. 그리고 이 모든 사실을 레너드도 알고 있었다.

"비비엔과의 관계를 제가 직접 정리하는 대신 파벨가는 무엇을 얻게 되는 것입니까? 아무리 좋은 조건도 황제의 장인만큼 매력적이진 않을 것 같습니다만."

"적어도 죽지는 않겠지."

레너드의 말에 파벨 후작의 눈이 커졌다. 이마에서 흐른 땀이 얼굴을 타고 내려왔다. 황후를 세운 가문은 망할 것이라는 말을 레너드는 태연하게 하고 있었다.

"황후의 가문만큼 황제를 위협하는 건 없지. 미친 황제에게 배운 것이라고는 내 손에 있는 권력을 지키는 방법밖에 없었다."

황제에게 가장 위협적인 존재인 레너드는 누구보다도 미친 황제를 많이 닮았다.

한때는 비비엔을 황후로 만들어 지금의 권력을 더욱 견고히 할 생각을 가지고 있었다. 하지만 이제는 아니다.

미친 황제와 그 자식들이 버티고 있는 카렐에서 살아남아 권력을 누리기 위해서는 포기할 때를 알아야 했다. 그리고 지금이 그 시기였다.

"분부대로 정리하겠습니다. 대신 여쭐 것이 있습니다."

"무엇인가?"

"비비엔을 정리한 후에 전하의 생각에서 저의 위치는 어느 정도가 되는 것입니까?"

무역으로 재력을 얻은 파벨 후작은 다른 귀족과는 달리 철저히 계산에 의해 움직였다. 비비엔이 자신의 감정에 충실해 저돌적으로 밀어붙이는 것과는 다른 모습이었다.

"나에게 힘든 일이 생긴다면 제일 먼저 찾을 사람은 그대다."

그를 최우선으로 생각하겠다는 레너드의 말에 파벨 후작이 옅은 미소를 지었다.

레너드는 자신의 말에 절대적으로 책임을 지는 사람이었다.

"전하께서 후작가를 나가신 후에 바로 처리하겠습니다."

"비비엔에게는 그에 맞는 혼처를 알아보겠다."

"그렇게까지 해 주신다니 면목없지만 부탁드리겠습니다."

말을 끝낸 레너드가 자리에서 일어났다.

문을 열며 파벨 후작이 고개를 숙였다.

"홍차 좋아하나요?"

사근사근 말을 걸어오는 비비엔의 모습에 이젤이 어색한 미소를 지었다.

레너드가 후작과 함께 들어가고, 밖에서 클라우와 대기하던 중 비비엔을 만났다.

오늘 레너드가 파벨 후작을 만나는 이유를 알고 있었기에 이젤은 그녀를 적당히 상대하고 넘기려 하였다.

하지만 무슨 연유에서인지 비비엔은 이젤에게 차를 하자며 그녀를 반강제로 정원 안으로 끌고 갔다.

불편한 자리. 하지만 후작가의 영애인 비비엔을 기사인 이젤이 거절할 수는 없었다.

"괜찮습니다, 아가씨."

"다른 차는 몰라도 난 홍차는 잘 타죠. 독은 없으니까 그렇게 경계할 필요는 없어요."

"경계를 하는 것이 아닙니다. 다만 기사에게 이런 호의는 과분합니다."

"듣던 대로 이젤은 겸손하네요. 솔직히 말하자면 당신이 궁금했어요. 난 검성이라면 레너드의 출정을 따라가서 본 보리스가 전부거든요. 난 당신도 보리스처럼 거구에 압도적인 힘을 가진 사람인 줄 알았어요. 뭐, 틀렸지만요."

비비엔의 말에 이젤이 조용한 미소로 고개를 살짝 숙였다.

시선이 엇나간 작은 틈, 비비엔의 눈에 광기가 감돌았다.

이튿에서 돌아온 후 레너드는 완전히 바뀌었다. 환궁 연회에서 레너드는 종종 부드러운 미소를 짓거나 재미있다는 듯 작게 웃기도 하였다.

처음으로 보는 변화, 하지만 그를 보는 비비엔의 표정은 굳어 있었다.

레너드의 감정을 받고 있는 사람은 비비엔이 아니라 그의 옆에 서 있는 이젤이었다.

"레너드가 요즘 잘해 주나요?"

"무슨 말씀을?"

"뭐, 특별한 의미가 있는 건 아니에요. 다만 지난번 연회에서 우연히 봤는데 레너드와 사이가 아주 좋더군요. 그 사람이 당신을 많이 아끼는 것 같아요."

비비엔의 미묘한 말에 이젤의 눈이 떨렸다.

의미 없이 말한 것일 수 있으나 말을 듣는 이젤의 기분은 점점 가라앉았다.

마치 레너드 대신 이젤에게 공을 치하하는 것 같은 말투. 마치 그의 옆은 자신의 것이 당연하다며 레너드의 안주인처럼 행동하는 모습이 거슬렸다.

그는 자신의 사람이었다. 하지만 그에 대한 감정을 겉으로 표현할 수는 없다.

이분법적의 복잡한 감정에 이젤의 목소리가 낮아졌다.

"저는 황태자 전하를 모실 뿐입니다. 전하께서는 본인의 기사들을 아끼실 뿐이지요."

이젤의 말에 비비엔의 눈이 꿈틀댔다. 그녀의 말투는 공손하고 정중했다.

하지만 이젤의 말에서 느껴지는 의미는 정중하지 않았다.

난 내 할 일을 했기에 레너드가 귀하게 여겨 주는 것이다. 그러니 아무 연관도 없는 당신이 레너드를 대신해 날 칭찬할 필요까지는 없다.

이젤의 간결한 말에서 느껴지는 뜻에 비비엔이 입술을 깨물었다. 하지만 표정을 감춘 비비엔이 이젤에게 다시 차를 권했다. 하지만 차를 마시는 대신 이젤이 자리에서 일어났다.

"아가씨의 호의는 감사드리나 전하께서 나오실 시간입니다.

가 보겠습니다."

"앉아요, 이젤. 이제 겨우 이야기를 시작하는 거잖아요."

비비엔의 말에 이젤이 고개를 숙인 후, 몸을 돌렸다.

더 이상 그녀와 이야기하고 싶지 않다. 처음 만나는 것이고, 아는 것이라고는 레너드와 약혼까지 오고 갔다는 것뿐이었지만 이젤의 감에 느껴지는 비비엔은 위험했다.

"자리에 앉으라 했어요."

몸을 돌린 이젤의 뒤로 비비엔의 낮은 목소리가 들렸다.

"내가, 후작의 영애인 내가 기사인 이젤에게 말하는 거예요. 앉아요."

비비엔의 말에 이젤이 몸을 돌렸다. 아무리 후작의 딸이어도 황태자의 기사인 이젤에게 이런 식으로 강압을 줄 수는 없었다.

하지만 카델의 황태자비가 될 것이라 추호도 의심하지 않는 비비엔은 고개까지 뻣뻣하게 세운 채 이젤에게 명령하고 있었다.

거절을 해도 이젤이 잘못한 것은 없지만, 후에 무슨 소리를 들을지 알 수 없었기에 이젤은 다시 의자로 걸어갔다.

자신의 말에 이젤이 따르자 비비엔의 입가에 자신만만한 미소가 감돌았다.

적어도 이젤의 뒤에서 레너드가 나타나기 전까지는……

"여기서 뭘 하고 있었지?"

"전하."

레너드의 목소리에 몸을 돌린 이젤이 고개를 숙였다.

의자에 여유롭게 앉아 있던 비비엔이 미소를 지으며 그에게 다가왔다.

"레너드! 아버지와는 이야기가 끝났나요?"

당장에라도 그를 안으려는 비비엔을 막으며 레너드가 이젤을 쳐다봤다. 무표정한 얼굴, 하지만 분명 이젤의 기분은 차갑게 가라앉아 있었다.

"비비엔, 내 기사와 무슨 일이지?"

"그게 말이죠, 레너드."

화를 낼 것 같은 레너드의 모습에 비비엔이 숨을 삼켰다. 그때 옆에 서 있던 이젤이 나지막이 말했다.

"비비엔 아가씨께서 예전의 일로 차를 대접해 주신다고 하셨습니다. 다만 제가 부담스러워 그 호의를 거절하고 있었습니다. 아무 일도 없었습니다, 전하."

물 흐르듯 나오는 대답에 레너드의 미간이 좁아졌다. 일촉즉발의 상황에 비비엔이 숨을 삼켰다.

반면 비비엔에게 몸을 돌린 이젤은 언제 그랬느냐는 듯 미소를 띠며 그녀에게 몸을 숙였다.

"아가씨의 호의에는 감사드립니다. 그럼 전 이만 물러나 있겠습니다."

"아니다. 이곳의 일은 끝났다. 그리고 비비엔."

레너드의 부름에 이젤을 보고 있던 비비엔의 시선이 그를 향했다.

"파벨 후작이 부르는 것 같더군. 가 봐라."

"당신은? 여기까지 왔는데……."

"황궁에 급한 일이 있다. 이만 가 보겠다."

말을 마친 레너드가 이젤을 끌고 정원에서 빠르게 걸어 나갔다. 잠시 동안 멈춰 있던 비비엔이 서둘러 그를 따라갔다.

정원을 나와 코너로 들어가는 길의 끝에서 레너드와 이젤이 서 있었다.

본능적으로 멈춘 걸음, 하나라도 놓칠세라 비비엔의 눈이 둘을 향했다.

무엇을 물었는지 레너드의 날카로운 눈이 이젤을 향해 있었다. 그런 레너드의 눈을 보던 이젤이 미소를 지으며 고개를 저었다. 기색을 살피던 레너드의 손이 자연스럽게 이젤의 뺨을 쓸었다.

레너드의 모습을 보고 있던 비비엔이 놀란 나머지 손으로 입을 막았다.

기사인 이젤은 남자다. 아니, 남자고 여자인 것은 비비엔에게 중요하지 않았다.

'그의 애정을 받는 사람이 이젤이었다.'

부정하고 싶었던 사실이 현실로 다가왔다.

비비엔의 눈에 붉게 핏줄이 생겨났다.

핏줄이 도드라지도록 움켜잡은 손이 부들부들 떨렸다.

레너드와 이젤이 완전히 사라진 자리, 오랫동안 비비엔의 살기 어린 시선이 그곳을 향하였다.

❖

"흥. 삐쳤어."

팔짱을 낀 채 돌아 앉아 있는 카일을 보며 이젤이 난감한 듯 미간을 모았다.

"죄송합니다. 요즘 일이 많아져서 자주 찾아오지 못했습니다."

"레니랑 노느라 못 온 것은 아니고?"

레니라는 말에 이젤의 눈이 동그랗게 변하였다.

"카일 저하, 레니라면…… 레너드 전하를 말씀하시는 것입니까?"

이젤의 물음에 카일이 묘한 미소로 그녀를 바라보았다.

"응! 레너드 말이야. 레니는 레너드의 애칭이거든!"

레너드의 애칭이라는 말에 이젤의 입가에 미소가 감돌았다. 그녀에게는 여전히 다가가기 어려운 황태자였어도, 카일에게 그는 동생이었으니 저렇게라도 부를 수 있는 것이었다.

"레니라니 왠지 어린 여자아이 이름 같습니다."

"나만 부를 수 있는 애칭이야!"

선언하듯 말하는 카일의 어조에 이젤이 미소를 지었다. 그런 그녀의 미소를 카일이 감정을 알 수 없는 눈으로 바라보았다.

비비엔과의 일 때문에 시종들은 그가 한층 더 날카로워졌다고 수군거렸지만 카일이 본 레너드는 환궁 전보다 훨씬 나아져 있었다. 더군다나 오랜만에 온 이젤도 전보다 표정이 편안해 보였다.

"이젤."

"네, 저하."

"카델에 온 걸 후회하지 않아?"

카일의 물음에 이젤의 눈이 커졌다. 하지만 잠시, 커진 눈을 부드럽게 휘며 고개를 끄덕였다.

"예전에는 레나로 돌아가고 싶은 생각밖에 없었습니다만 요즘은 달라졌습니다. 이곳에 오면서 지금까지 모르고 있었던 것을 알게 되었습니다. 무엇보다도 레나에서 오지 않았다면 이렇게 카일 저하와 대화를 하지도 못했을 것이 아닙니까?"

마지막 말에 놀란 카일이 멍하니 이젤을 바라봤다. 하지만 잠시 후, 즐거운 미소가 카일의 입가에 가득 채워졌다.

이젤을 보고 있던 카일이 팔을 들어 그녀를 와락 껴안았다.

"저하! 갑자기 이러시면!"

"진짜 속상해. 내가 먼저 이젤을 봤으면 좋았을 텐데!"

"그게 무슨? 혹 제가 말실수라도 한 것입니까?"

"아니야. 이젤은 잘못한 거 없어. 그냥 이렇게 조금만 있어 줘. 이젤은 착하잖아."

당황하는 이젤을 달래듯 카일이 나지막이 속삭였다. 반사적으로 카일을 밀어내던 이젤이 움직임을 멈추었다. 말을 잘 듣는 이젤이 평소보다도 예뻐 보이는 카일이 그녀의 작은 어깨에 얼굴을 묻었다.

"저하, 무슨 안 좋은 일이라도 있으셨습니까?"

"아니. 그냥 레너드한테 심술이 나서."

"황태자 전하께서 무슨 말씀이라도 하신 것입니까?"

레너드라는 단어에 이젤의 목소리에 걱정이 묻어 나왔다. 이젤의 반응에 카일이 입꼬리를 올렸다.

아무리 카일이 잘해 주고, 이젤에게 좋아한다고 말해도 지금의 그녀는 레너드가 최우선이었다. 황제가 될 레너드에게 어울리는 짝이라는 생각을 하면서도, 한편으로는 왜 자신이 마음에 있는 여인을 레너드에게 양보해야 하는 것인지 억울한 생각도 들었다.

자신이 먼저 이젤을 보았더라면. 자신의 정신이 조금이라도 온전했다면.

하지만 부질없는 짓.

카일이 이젤을 안고 있던 팔을 풀었다.

"레너드는 아무 말도 하지 않았어."

"그런데 왜 심술이 나신 것입니까? 혹 제가 잘못한 것이라도?"

"이젤, 혹시라도 말이야. 정말로 절실하게 도움이 필요하면, 그럴 일이 생긴다면 나한테 말해. 내가 들어줄게."

카일의 뜬금없는 소리에 이젤이 고개를 갸웃했다. 하지만 잠시 후, 미소를 지은 이젤이 고개를 끄덕였다.

"그러겠습니다, 저하. 대신 부족하지만 제 도움이 필요하시면 말씀하십시오."

"이젤은 지금도 날 도와주고 있는걸."

카일의 말에 이젤이 고개를 갸웃댔다.

카일은 이젤이 좋았다. 여자인 이젤도, 기사인 이젤도 반짝반짝 빛이 나서 자신의 손에 넣고 싶었다. 하지만 그럴 수 없다는 것을 알기에, 아니 그렇게 해서는 안 된다는 것을 알기에 카일은 말없이 이젤을 바라보았다.

카일과의 만남이 끝난 후, 이젤은 레너드의 집무실로 바쁘게 걸음을 옮겼다.

부지런히 걸음을 옮기니 루칸의 모습이 보였다. 서둘러 달려간 이젤이 루칸의 앞에 꾸벅 고개를 숙였다.

"죄송합니다. 늦었습니다."

"전하께서 기다리시네. 들어가 보게."

"네."

말을 끝낸 이젤이 다시 꾸벅 고개를 숙이고는 안으로 들어갔다. 문을 열자 책상 주변에 가득 쌓인 서류와 그 가운데서 부지런히 펜이 놀리고 있는 레너드의 모습이 보였다.

달려오느라 가빠진 숨을 고른 이젤이 몇 걸음 떨어진 곳에서 조용히 그를 기다렸다.

"가까이 와라."

그의 물음에 이젤이 몇 걸음 앞으로 걸어갔다. 하지만 가까이 다가오지는 않는 이젤의 행동이 불만이었는지 안경을 쓴 레너드가 눈썹을 찡그렸다. 그의 모습에 놀란 이젤이 두세 걸음 앞으로 걸어왔다.

"이젤, 죄진 거라도 있나?"

"아닙니다. 전하. 제가 무슨 잘못이라도 했다고…… 으악!"

순식간에 잡힌 손에 이끌려 단숨에 레너드의 다리 위에 어정쩡한 자세로 이젤이 앉아 버렸다. 당황한 이젤이 다시 일어나려는 찰나, 힘이 단단히 들어간 손이 그녀의 어깨를 잡았다.

한 번 품에 갇히면 빠져나오기 어렵다는 것을 알기에 이젤이 얼굴을 찡그렸다.

"죄라면 전하께서 지으셨습니다. 매번 이러시기입니까?"

"흠."

이젤의 투정에도 아무렇지도 않다는 표정으로 레너드가 이젤의 어깨에 얼굴을 묻었다. 하지만 잠시 후, 미간을 좁힌 그가 추궁하듯 이젤을 쳐다보았다.

"형님과 같이 있었나?"

"최근 찾아뵙질 못해서 오늘 갔다 왔습니다. 카일 전하께서는 전하를 레니라고 부르시더군요."

"레니?"

"네. 본인만 부르시는 애칭이라고 하시던데요."

미소 짓는 이젤과는 다르게 레너드의 눈은 날카로워졌다.

이성을 잃었을 때도 레너드 몰래 이젤을 껴안는 카일이었다. 그 모습에 꼭지가 돌아 버릴 정도로 화가 났지만 그녀의 앞이기에 억지로 참았다. 하지만 레니라고 부르는 카일은 제어는 없더라도 이성이 있는 상태였다. 그가 싫어할 것을 알면서도 카일은 자신의 체취를 이젤에게 남겼다.

울컥 치밀어 오르는 감정이 레너드 안에서 불처럼 휘몰아쳤다.

"카일 형님이 널 안기도 하나?"

"네?"

숨기려던 것이 레너드에게 들켜 버리자 이젤의 표정에 당혹감
이 흘렀다.

"왜 말을 못 하지?"

"그게 아니라 오해이십니다! 물론 오늘 같은 경우에는 카일
저하께서 갑자기 안으신 통에 어쩔 수 없었습니다."

"나한테 심술이 난다 하지 않았나?"

마치 좀 전의 일을 본 듯 나오는 레너드의 말에 이젤의 입이
떡 벌어졌다. 당황하는 이젤을 고요한 눈으로 노려보고 있던 그
가 말없이 이젤의 허리를 끌어 품에 안았다.

"어, 어떻게 아신 것입니까?"

이젤의 물음에도 레너드는 말없이 안고 있는 팔에 힘을 주었
다. 그에게 안긴 이젤이 레너드의 어깨에 얼굴을 기댔다. 이젤이
조건 없이 마음을 주는 사내는 자신밖에 없다는 것을 알면서도
끊임없이 시험당했다.

카일이 자신의 편이라는 것을 알면서도 이럴 때면 과연 믿을
수 있는 사람인지 의심스러웠다. 레너드가 누구를 만나도 한 번
도 관심을 주지 않았던 카일이었다. 그런 의미에서 카일이 이젤
에게 주는 관심은 단순한 게 아닐 것이었다.

레너드가 쓰고 있던 안경을 책상 위에 올려놓았다.

"전하. 왜 물음에 답을 안 해 주시는……."

목 끝까지 채워져 있던 단추가 몇 개 풀어졌다. 셔츠 안으로

들어오는 바람에 몸을 떠는 것도 잠시, 태울 듯 뜨거운 입술이 쇄골 끝에 닿았다. 숨을 참고 있던 이젤이 목에서 입술로 타고 오는 열기에 달아오른 숨을 내쉬었다.

마주 보고 앉아 있는 것만으로도 떨리는 이젤이 흔들리는 눈으로 레너드를 바라보았다. 그녀의 눈 끝에 입술을 맞추며 붕대가 단단히 감싸고 있는 등을 레너드가 부드럽게 쓸었다. 매끈한 허리를 어루만지고 사내처럼 보이기 위해 단단히 묶어 놓은 가슴 위도 쓸었다.

마치 어렵게 얻은 귀한 보석을 만지듯 레너드의 손이 천천히 이젤의 몸에 흔적을 남겼다.

"하아."

거칠고 빠르지는 않았지만 부드럽게 이어지는 애무에 이젤은 정신을 차릴 수 없었다. 그에게 길들여진 듯, 작은 손짓에도 이젤의 몸은 기다린 것처럼 달아올랐다. 더운 숨을 내쉬던 이젤의 허리가 휘었다.

"전하를 가지고 싶습니다."

취한 것같이 몽롱한 눈이 레너드를 바라봤다. 그녀의 몸짓 하나가 눈빛 하나가 레너드에게는 전부 고혹이자 유혹이었다. 이젤의 손가락이 열기가 감도는 레너드의 뺨을 쓸었다.

"전하를 제게 주십시오."

유혹은 그가 했지만 시작은 이젤이 먼저 하였다.

이젤의 말이 끝나자마자 그녀의 뒤통수를 레너드가 감쌌다. 혀뿌리가 뽑혀 나갈 듯 거칠었지만 이젤은 밀어내는 대신 팔로 그를 안았다. 서로의 숨을 강탈하듯 빼앗던 둘이 서로를 보며 미소 지었다. 미끄러지는 손을 채근해 가며 상대의 옷을 벗겼다.

등 뒤로 묶었던 붕대의 끈을 풀어 버리자 보이는 볼륨 있는 가슴에 레너드가 한 손 가득 움켜잡았다. 손에 잡지 않은 반대편 가슴의 끝을 혀로 희롱하였다.

"전하…… 흐읍."

"가져라. 네 마음껏."

말이 끝나자마자 들어오는 그의 분신에 이젤이 짧은 비명을 질렀다. 언제나 처음은 힘들어하는 이젤을 위해 그가 잠시 멈추며 기다렸다. 힘들어하던 이젤이 곧 달콤한 미소로 레너드의 입술에 입을 맞췄다.

무엇이 레너드를 자극했는지는 몰라도 그는 평소보다도 거칠었다. 아랫배까지 울리는 그의 분신에 이젤이 숨을 삼켰다. 그가 나갔다고 느껴지면 얼마 지나지 않아 다시 이젤의 안을 채웠다. 마음으로 받아들인 사내였으나 끝까지 밀려오는 감각은 쾌락이면서 동시에 아릿한 고통이었다.

한참을 살이 부딪치는 소리와 애써 신음을 참는 여인의 목소리가 방 안에 울렸다.

잠시 후, 사내의 짧은 신음 소리와 함께 그를 안고 있던 여인의 몸이 떨렸다.

지친 이젤이 앉아 있는 레너드에게 나른한 몸을 기댔다. 여전히 그의 분신이 안에 있었지만 거친 정사로 몸을 일으킬 기운조차 없었다. 지친 이젤의 머리를 어루만지며 레너드가 나지막이 말했다.

"너에게서 다른 사내의 향이 나는 건 싫다. 다음에 형님이 안으려고 하면 밀어 버려라."

"전하?"

"그리고 이제는 전하라는 소리도 듣기 싫다."

묘하게 강압적인 레너드의 목소리에 이젤이 몸을 일으키려 하였다. 하지만 그것보다도 먼저, 그가 이젤의 어깨를 감쌌다.

"이제는 들어야겠다."

"강압하지 않으시겠다고 말씀하시지 않으셨습니까?"

"강압이 아니다. 부탁이다."

레너드의 말에 이젤의 말문이 막혔다. 요령껏 사내의 모습으로 자신을 가리고 있었지만 여인 모습의 이젤은 강하게 사내를 흔들었다.

"부탁하는데 들어주지도 않을 것인가?"

"전하!"

"내 여인은 생각보다도 잔인한 면이 있군."

레너드의 말에 이젤의 눈이 흔들렸다. 이젤을 절벽 끝까지 밀고 싶은 생각은 없었지만 지금은 레너드도 초조했다. 언제나 원할 때마다 이젤은 자신을 내주었지만 그녀의 마음 한편에 레나가 있는 것을 알고 있었다.

현재 레너드에게는 이젤이 자신의 여인이라는 확신이 필요했다.

그가 양보할 생각이 전혀 없다는 것을 알게 된 이젤이 눈을 질끈 감았다. 자신도 모르게 주먹까지 쥔 이젤이 힘겹게 입을 열었다.

"레……."

마치 어린아이가 스스로의 힘으로 일어나는 것을 보듯 레너드가 이젤에게 시선을 고정했다.

"레……너드."

힘겹게 목표를 달성한 이젤이 멈췄던 숨을 깊게 내쉬었다. 고작 이름일 뿐인데도 이젤에게는 힘들었는지 가쁘게 오르내리는 가슴이 사랑스러웠다.

"레너드."

"그래."

그저 이름일 뿐이었다. 하지만 다른 사람이 아닌·이젤이 불렀기에 다가오는 느낌이 달랐다. 부끄러워하는 이젤을 품에 안은 레너드가 그녀의 백금발에 얼굴을 묻었다.

"이젤, 날 놓지 마라. 난 절대 널 놓칠 생각이 없으니 말이다."

냉정한 그의 표정이나 행동과는 달리 그가 하는 고백은 누구보다도 그녀를 울컥하게 만들었다. 그새 눈가가 빨개진 이젤이 답을 하는 대신 그의 입술에 자신의 입술을 맞추었다.

행복하다.

지금의 이젤은 누구보다도 행복했다.

❖

행복이 있다면 불행도 같이 있다.

그리고 이젤에게는 지금이 불행이었다.

보고를 위해 낮에 들어갔던 이젤은 늦은 오후가 돼서야 그에게서 풀려났다. 한 번 잡으면 그는 좀처럼 이젤을 놔주지 않았다. 쉬어도 된다는 명령에 방으로 돌아왔건만 방에서 그녀를 맞이한 사람은 환궁한 이후로 얼굴을 보지 못했던 제스퍼였다.

"제스퍼, 무슨 일인가? 어디서 다친 건가?"

팔과 다리에 피를 흘리는 제스퍼의 모습에 이젤의 눈이 커졌다.

"이젤."

"기다리게. 내 어서 치료사를!"

일어나려는 이젤을 제스퍼가 막았다. 상처의 고통으로 이마에 땀이 송골송골 맺혀 있었지만 그는 자신의 상처는 아무것도 아니라는 듯 이젤의 눈을 보며 다급히 말했다.

"난 앨빈에서 태어났지만 내 어머니는 레나 사람이지. 혼혈이라 아무것도 못 하는 날 위해 레나는 많은 것을 지원해 주었네. 그 덕분에 난 기사가 되었고 레너드에 의해 카델까지 오게 되었지. 하지만 내 뿌리는 레나야."

그가 하는 말이 이젤에게는 꿈같이 들려왔다. 타지에서 고향 사람을 만난 느낌은 새로웠지만 그 상대가 제스퍼라는 것은 불길했다.

다가가면 돌이킬 수 없을 것 같은 느낌. 이젤의 감이 더 이상 들으면 안 된다며 적의를 드러냈다. 하지만 제스퍼가 잡힌 팔은 마치 굳어 버린 것처럼 떼어 내려야 떼어 낼 수 없었다.

"지금 이럴 때가 아니네. 치료사를 불러와서 상처 치료를……."

"페로단 백작이 성 밖에서 기다리고 있네. 내가 길을 안내하겠네."

11개월 만에 들어 보는 아버지의 이름에 이젤의 움직임이 멈추었다.

머릿속에서 위험하다는 경고가 계속 울렸다. 하지만 들어야 했다.

"무슨 소리인가? 아버지께서 왜 카델에 와 계신 것인가?"

이젤의 물음에 제스퍼가 마른침을 삼켰다.

제스퍼가 레나의 첩자라는 것을 안 레너드는 병사를 뿌려 그를 추적하고 있었다.

며칠을 몸을 숨겨 간신히 포위망을 피해 이젤에게 접근했다.

레너드에게서 이젤을 빠져나오게 한다.

그게 레나의 왕에게서 그가 받은 임무였다.

"윈스턴 저하께서 위독하시네. 이건 저하께서 자네에게 전하라고 한 편지네."

한 방울, 두 방울.

비가 내리기 시작했다.

내리는 비를 무슨 정신으로 맞았는지는 기억나지 않았다.

제스퍼를 따라 병사를 따돌리고 궁 밖을 나갔다. 그를 잡으려는 병사들을 제압하며 그가 안내하는 곳으로 가니 페로단이 열 명의 복면인에 의해 끌려가는 모습이 보였다.

"이젤!"

페로단의 고함이 들려왔다. 복면에 폭우로 누가 누구인지 아무도 알 수 없었다. 윈스턴이 위독하고, 페로단이 위험하다는 사실에 이젤이 검을 뽑았다. 검과 검이 만나고 짧은 기합과 함께 상대의 검을 밀어냈다. 검을 밀어낸 이젤의 검이 페로단을 잡고 있는 두 복면인을 향했다.

"악!"

상대의 검을 타고 넘어온 이젤의 검이 복면인들의 팔과 다리를 베었다. 두 복면인이 쓰러지자 페로단이 그들이 떨어뜨린 검을 들었다. 페로단을 풀어낸 이젤이 이번에는 제스퍼를 압박하는 다른 적을 향해 검을 휘둘렀다.

방향을 알 수 없는 이젤의 검에 복면을 쓴 이들이 속수무책으로 당하고, 마지막 남은 한 명의 복면인과 검을 맞대었다.

앞의 적들과는 다른 듯 이젤의 공격을 아슬아슬하게 막은 복면인이 강한 힘으로 이젤을 압박하였다. 검을 맞대면 맞댈수록 알 수 없는 기분이 이젤을 감쌌다.

더군다나 목숨을 위협하던 다른 이들과는 달리 앞의 복면인은 이젤의 행동만을 제압하려 할 뿐 목숨을 위협할 정도의 검을 휘두르지 않았다.

맞대면 맞댈수록 이젤의 머릿속에 생각나는 한 사람의 잔영.

"클라우?"

그 순간, 검을 맞대고 있던 복면인이 몇 걸음 뒤로 물러났다.

비가 내렸다.

심장이, 불안한 마음이 바닥으로 치달았다.

"죽여라!"

이젤의 뒤에 서 있던 페로단이 뒤로 물러난 복면인을 향해 검을 휘둘렀다. 미처 페로단을 보지 못한 복면인이 뒤늦게 검을 올렸다.

복면인의 검을 넘어 목으로 향하는 페로단의 검.

그리고 둘의 사이를 파고든 이젤의 검.

페로단의 검이 복면인의 목을 꿰뚫기 바로 직전 파고든 이젤의 검이 둘의 검을 매섭게 쳐 냈다. 쳐 낸 검은 두 바퀴를 굴러 바닥에 떨어졌다.

"이젤! 이게 무슨 짓이냐!"

"아버지께서는 가만히 계십시오."

"뭐?"

예전과는 전혀 다른 이젤의 모습에 페로단의 말문이 막혔다. 페로단을 제압한 이젤이 물러나 있는 복면인을 향해 걸어갔다. 그녀의 걸음에 다시 복면인이 뒤로 물러났다.

이젤과 복면인의 중간, 제스퍼가 이젤을 막았다.

"페로단 백작을 구했으니 움직여야 하네. 지금은 이럴 때가 아니야."

앞을 막고 있는 제스퍼의 팔을 이젤이 떼어 냈다.

자신은 잘못한 게 없다.

죄인처럼 도망치듯 페로단과 제스퍼를 따라 움직일 필요는 없었다.

"난 확인하겠어."

"이젤."

"제스퍼에게 레나가 뿌리라면 난 내 자신을 믿네. 난 잘못한 게 없네. 도망칠 이유도, 영문도 모른 채 끌려다닐 이유도 없네. 비키게."

이제 자신은 하라는 대로 움직이던 인형이 아니었다. 스스로의 삶을 살게 되면서 마음이 원하는 대로 레너드를 선택했고, 할수 있는 최선을 다해 살아왔다. 동생의 그림자로서 자신을 숨기던 이젤은 이제 없었다.

원스턴이 위급한 급박한 상황이었지만 그렇기에 더더욱 현재의 상황에 휩쓸리기보다는 확인을 해야 했다.

제스퍼를 밀어낸 이젤이 복면인을 향해 걸어갔다. 도망가는 것을 포기했는지 뒷걸음질치던 복면인이 스스로 얼굴에 쓴 복면을 벗었다.

그의 모습에 이젤이 질끈 눈을 감았다.

"그분의 명입니까?"

이젤의 어두운 표정에 클라우가 눈을 질끈 감았다.

이젤에게 접근하는 모든 레나인을 막아라. 레너드는 이젤과 친분이 있는 클라우에게 그런 명령을 내렸다. 그리고 클라우는 레너드의 명대로 최대한 이젤의 주변을 지켜왔다.

설마 앨빈 출신이라 생각했던 제스퍼가 레나의 첩자인 줄은 전혀 생각하지 못했다.

"전하께서는 자네를 지키려 하셨네."

"고향의 전부를 막는 것이 지키는 것입니까?"

"이젤, 전하의 뜻은 그런 게 아니네! 전하께서는 레나라는 존재가 자네에게 악영향을 줄 거라 하셨네. 그때와 지금을 생각해 보게!"

이젤을 설득하려는 클라우의 목에 제스퍼가 검을 들이밀었다. 이젤의 눈에서 흐르는 눈물이 비와 섞였다. 그럴 리가 없다는 생각과 그럴 수도 있다는 생각이 격렬하고 치열하게 마주하였다.

"제스퍼, 검을 내려놓으십시오."

"이젤, 시간이 없다. 여기를 완전히 정리하고 레나로 출발해도 늦는단 말이다."

"난 레나로 돌아가지 않습니다."

"뭐?"

믿을 수 없다는 듯 바라보는 제스퍼를 보며 이젤이 말을 반복하였다.

"레너드 전하를 뵙겠습니다. 전하를 뵙기 전까지는 아무것도 믿지 않습니다."

"멍청한! 그 잔인한 황태자가 손안에 들어온 널 놔줄 것 같은가? 지금 출발해도 늦지 않는단 말이······."

제스퍼의 말이 끝나기도 전에 내려놓았던 이젤의 검이 움직였다. 클라우의 목을 틈도 없이 겨누고 있던 제스퍼의 검이 바닥에 떨어졌다. 떨어진 검을 보고 있는 제스퍼의 목에 이젤의 검이 겨눠졌다.

"이젤! 제스퍼에게 무슨 짓을 하는 것이냐!"

놀란 페로단이 이젤의 옆으로 다가왔다. 하지만 페로단의 고함에도 이젤은 변함이 없었다.

클라우의 말은 맞았다. 지옥처럼 무섭고 끔찍했던 카델의 하늘이 어느 때부터인가 다르게 보였다. 돌아갈 그 순간만을 생각하며 버텨 냈던 이곳의 생활에 언제부터인가 적응하게 된 자신을 발견하였다.

절대로 가까워질 수 없으리라 생각했던 레너드는 이제는 그녀의 삶에서 유일한 사내가 되어 있었다. 절망적이던 카델에서의 생활이 언제부터인가 행복하게 느껴졌다.

이곳이 좋아졌다. 이곳에서 살 결심이 생겼다.

"제스퍼의 말이 맞는다면 난 어떻게든 레나로 돌아갑니다. 하지만 그전에 확인해야 합니다. 만약 나를 막는다면 난 당신을 없애고 레너드 전하에게로 가겠습니다."

"레너드는 널 절대 보내지 않아. 네가 감추고자 하는 비밀은 나도 알고 있다. 그리고 저기 페로단 백작이 모르는 비밀도 알고 있다."

제스퍼의 말에 빗속에서 조용히 울고 있던 이젤의 입꼬리가 살짝 올라갔다.

이젤에게 아무런 감정이 없는 제스퍼가 보기에도 지금 그녀의 모습은 누구보다도 아름다웠다. 그리고 무엇보다도 불안했다.

왜 레너드가 타국의 기사면서 여자라는 사실을 숨긴 이젤을 원했는지 그제야 알 수 있었다.

"윈스턴 저하께서 찾으신다. 이젤, 돌아가야 해."

"그래, 제스퍼의 말대로 해야 한다. 이 아버지의 소원이다. 레나도 돌아가야 한다. 한시가 촉박하다!"

페로단까지 작정하고 이젤을 부추겼다. 말없이 서 있는 클라우를 보던 이젤이 고개를 들어 하늘을 보았다.

비가 내렸다.

이제 그만 멈춰주면 좋겠건만, 그녀의 작은 바람조차 조롱하듯 폭우가 쏟아졌다.

지나가던 시종이 경악하는 표정으로 이젤을 쳐다보았다. 하지만 그들의 시선은 보이지 않는 것처럼 이젤이 걸음을 옮겼다. 머리카락과 몸에서 떨어지는 물방울이 깔끔한 양탄자 위에 파문을 남겼다.

홀딱 젖어 있는 이젤을 보며 루칸이 마른침을 삼켰다. 이미 황궁으로 돌아온 기사의 보고를 들었다. 그리고 왜 이젤이 여기까지 왔는지도 알고 있었다.

걸음을 멈춘 이젤이 고요한 눈으로 루칸을 바라보았다. 말은 없었지만 빠른 시선 교환에서 수많은 대화가 오고 갔다.

'제발 그냥 돌아가라, 이젤.'

입술을 깨물며 루칸이 고개를 저었다. 레너드가 처음으로 마음을 주고 온전히 받아들이려는 여인이었다. 비록 공개할 수는 없는 여인이었지만 적어도 레너드에게 있어서 이젤은 단 하나의 존재였다.

"전하께서는 계십니까?"

"이젤."

말리려는 루칸의 말 사이로 레너드의 목소리가 들려왔다.

"들어와라."

루칸을 지나 이젤이 닫혀 있는 문의 손잡이를 붙잡았다. 비에 젖은 몸이 차가웠지만 지금 느끼고 있는 공포와 떨림에 비하면 아무것도 아니었다.

이젤은 지금의 상황이 너무나도 무서웠다.

몸의 떨림을 억지로 참아 가며 이젤이 레너드와 시선을 마주했다.

담담하지만 차가운 눈. 선택을 하고 행동하는 데 있어 주저함이라고는 전혀 없던 그의 눈에 이젤이 다시 나락에 빠졌다.

"전하께서 레나와 저의 사이를 막으셨다는 말을 들었습니다."

"내가 그랬다."

"전하께서 윈스턴 저하께서 위험하시다는 것을 알면서도 묵인하셨다고 들었습니다."

"그랬다."

"약속을 하지 않으셨습니까? 저와 하신 약속은 기억하시고 계십니까?"

"그래."

"근데 왜!"

창백해진 얼굴에 흐르는 눈물이, 핏줄이 보이도록 도드라지게 쥐고 있는 하얀 주먹이, 분노와 두려움으로 떨고 있는 몸이 숨이 막히도록 아름답고 슬펐다.

답을 요구하는 이젤과 답을 숨겼던 레너드.

그 팽팽한 평행선 위에서 레너드가 먼저 틀을 깼다.

"너한테 레나는 아무 도움이 되지 않았으니까. 레나에게 건네 주기에는 내가 이미 너한테 눈이 멀어 버린 뒤였으니까. 무능력 한 왕태자에게 널 보낼 정도로 난 관대하지 않다."

"전하께서는 저와 약속을 하셨습니다!"

"얻을 이득이 하나도 없는 약속이라면 굳이 지킬 필요가 없 다."

레너드의 말이 이젤의 안에서 공허하게 울렸다. 새까맣게 어 두워진 이젤의 눈에 간신히 매달려 있던 눈물이 떨어졌다.

레너드라면 충분히 그럴 수 있다고 생각하면서도 한편으로는 그가 숨긴 것이 아니기를 바랐다. 하지만 그는 자신이 했다는 말을 하였다. 도리어 이젤을 위한 일이었다며 당당히 말하고 있 었다.

"난 전하를…… 아니 나만이 자신의 여인이라고 하는 레너드 를 믿었습니다."

"이젤."

"평생을 그림자로 살면서 불신만을 주었던 가족과 레나와는 달리 적어도 당신만큼은, 내가 처음으로 마음에 각인한 당신만큼은 윈스턴 저하보다도 더 깊이 믿었습니다."

"믿어라. 너를 위한 일이었다."

"나에게는 사랑이, 당신에게는 유희였던 것을…… 그저 즐기기 위한 쾌락이었던 것을."

다가오는 레너드를 피해 이젤이 뒷걸음을 쳤다. 카델에 처음으로 오던 날, 레너드에게 적의를 가지기는 했어도 이렇게까지 원초적으로 피하지는 않았다.

품에 있던 이젤이 레나로 빠져나가려 했다.

레너드의 소유욕이 이대로는 안 된다며 경고하였다.

"레나는 포기해라. 원한다면 레나의 상황은 알려 주겠다."

"이제 와서?"

"이젤!"

"당신을 부정해."

이젤의 말에 레너드의 걸음이 멈추었다.

지금 절대 들으면 안 되는 말을 들었다. 하늘 아래 모든 이가 레너드를 향해 검을 들어도 이젤만큼은 절대 그러면 안 되었다. 이미 이젤은 그의 전부, 누구에게도 아니 누구와도 나누거나 양보할 수 없는 상대였다.

눈에서 뺨을 타고 목으로 흘러내리는 눈물을 닦아 내며 이젤이 독기에 찬 눈으로 그를 노려보았다.

"당신에게 주었던 내 전부, 당신을 믿었던 내 신뢰, 당신과 함께 있었던 내 모든 기억을 부정해."

"부정한다고 지워지는 것이 아니지."

성큼 다가온 레너드가 이젤의 팔을 잡았다. 그를 떼어 내기 위해 이젤이 레너드의 팔을 꺾었다. 하지만 그보다도 먼저 허리를 붙잡은 레너드가 이젤의 턱을 잡고 거칠게 입술을 맞추었다. 피하려는 혀를 감고 차갑게 식은 입술을 쓸었다.

레너드를 떼어 내느라 반항하는 사이, 그의 입술이 이젤의 아랫입술을 깨물었다.

비릿한 혈향. 레너드의 소유욕이 원하는 것을 가지라며 무섭게 불타올랐다.

반항하는 팔을 한 손에 잡고 언제나처럼 셔츠 단추에 손을 가져갔다. 가볍게 뜯어내기만 하는 끝, 하지만 그전에 필사적으로 레너드에게서 팔을 뺀 이젤이 힘껏 레너드의 뺨을 후려쳤다.

"멋대로 나에게 손대지 마."

있는 힘껏 맞은 뺨이 얼얼했다. 하지만 이젤이 그를 거부했다는 사실이 더 고통스러웠다. 그를 밀어낸 이젤이 피하듯 레너드에게서 떨어졌다.

레너드의 말대로 부정한다고 지워지는 것은 아니었다. 하지만 그는 이젤의 신뢰에 배신으로 답을 하였다.

적어도 그만큼은 부모와 같은 일을 하지 말았어야 했다.

달콤한 말로 진실을 감추는 일은 쉽다. 하지만 그 진실을 당사자가 다른 이에게 알게 된다면…… 그 고통은 숨긴 사람도, 모략질을 한 사람도 아닌 진실을 알게 된 본인의 것이었다.

"레나로 돌아가겠습니다."

"누가 보내 준다고 했는가?"

"약속은 깨졌습니다. 진실을 알아야 한다면 제 손으로 알 것입니다."

"넌 카델에서 한 걸음도 떠날 수 없다. 루칸!"

레너드의 짧은 외침에 문이 열리고 루칸과 열대여섯 명의 기사들이 이젤을 향해 달려들었다. 아무리 검을 가지고 있어도, 수적으로 불리한 상황이었다.

더군다나 기사들에 방심한 사이 레너드의 손이 이젤의 목 뒤를 후려쳤다.

제대로 된 반항조차 하지 못한 채 쓰러진 이젤을 두 명의 기사가 붙잡았다.

"이젤 드니스를 서쪽의 탑에 연금한다. 죄명은 주군에 대한 불충, 불신, 불의다."

"네!"

"누구도 탑에 들어갈 수 없다. 만약 이젤이 빠져나가거나 하는 일이 벌어진다면 탑에 있는 모든 사람이 죽는다."

섬뜩한 그의 명령에 병사들은 물론 루칸조차 숨을 삼켰다. 하지만 이젤을 보는 레너드의 눈은 어느 때보다도 냉정했다.

기절한 이젤이 기사들에 의해 끌려가고, 레너드의 차가운 시선이 창밖을 향했다.

그리고 그 뒤에 선 루칸이 고개를 숙였다.

"제스퍼와 페로단은?"

"놓쳤습니다. 워낙 변칙적으로 움직이는 터라 시간이 걸릴 것 같습니다."

"사로잡을 필요는 없다. 발견 즉시 죽여라."

말에 검이 있었다면 수십 번이고 베고 또 찔렀을 것 같은 레너드의 말투에 루칸이 숨을 삼켰다. 담담하고 고요한 분위기였지만 지금의 레너드는 누구보다도 위험했다.

뒷걸음질을 치며 루칸이 밖으로 나갔다.

「당신을 부정해.」

"제길!"

핏줄이 도드라지도록 움켜잡은 주먹에서 피가 뚝뚝 떨어졌다.

하룻밤의 꿈이 깨졌다.

《2권에서 계속》

도서출판 뿔미디어 홈페이지 OPEN!!

안녕하세요.
지금껏 저희 뿔미디어를 응원해 주신
독자님들의 성원에 힘입어
이번에 새롭게 홈페이지를 오픈하였습니다.

저희 뿔미디어는 홈페이지에서 독자님들께서
보다 빠른 출간 소식과 미리보기 등
알찬 내용을 제공하기 위해 많은 노력을 기울였습니다.
또한 독자님들에게 도서 할인, 이벤트 등
다양한 혜택을 제공하고자 합니다.

저희 뿔미디어 홈페이지 오픈을 계기로
한층 더 독자님들과 가까워질 수 있는 기회가 되었으면 합니다

보다 많은 관심과 사랑 부탁드리며,
앞으로도 더 좋은 컨텐츠 제공에 힘쓰도록 하겠습니다.

감사합니다.

-도서출판 뿔미디어 올림-

www.bbulmedia.com